又是新的一年。

苍都和齐之逾几乎同时开口：

"新年快乐。"

庭灯映衬着

两人牵手并肩的背影

不知不觉、屋下大了……

苍都拉着齐之逾往前走，

身影渐渐融入熙攘的人群。

魅丽文化　飞古精工作室

入迷

Addicted to you

清汤涮香菜 著

云南人民出版社

图书在版编目（CIP）数据

入迷 / 清汤涮香菜著 . -- 昆明 : 云南人民出版社，2025.1. -- ISBN 978-7-222-23495-6

Ⅰ . I247.5

中国国家版本馆 CIP 数据核字第 2024UG5295 号

出版统筹：曾英姿
选题策划：飞言情工作室
责任编辑：李　睿
助理编辑：杜佳颖
装帧设计：苏　荼
责任校对：刘　娟
责任印制：李寒东

入迷
RUMI
清汤涮香菜　著

出版	云南人民出版社
发行	云南人民出版社
社址	昆明市环城西路 609 号
邮编	650034
网址	www.ynpph.com.cn
E-mail	ynrms@sina.com
开本	880mm×1230mm　1/32
印张	10.625
字数	345 千
版次	2025 年 1 月第 1 版第 1 次印刷
印刷	湖南天闻新华印务有限公司
书号	ISBN 978-7-222-23495-6
定价	48.60 元

如有图书质量及相关问题请与我社联系
审校部电话：0871-64164626　印制科电话：0871-64191534

云南人民出版社微信公众号

目录

第一章 她像我一个朋友	001
第二章 你会哄小孩子吗	028
第三章 我会照顾她	061
第四章 你跟乔总挺熟啊	086
第五章 被误会了	115
第六章 生日快乐	146

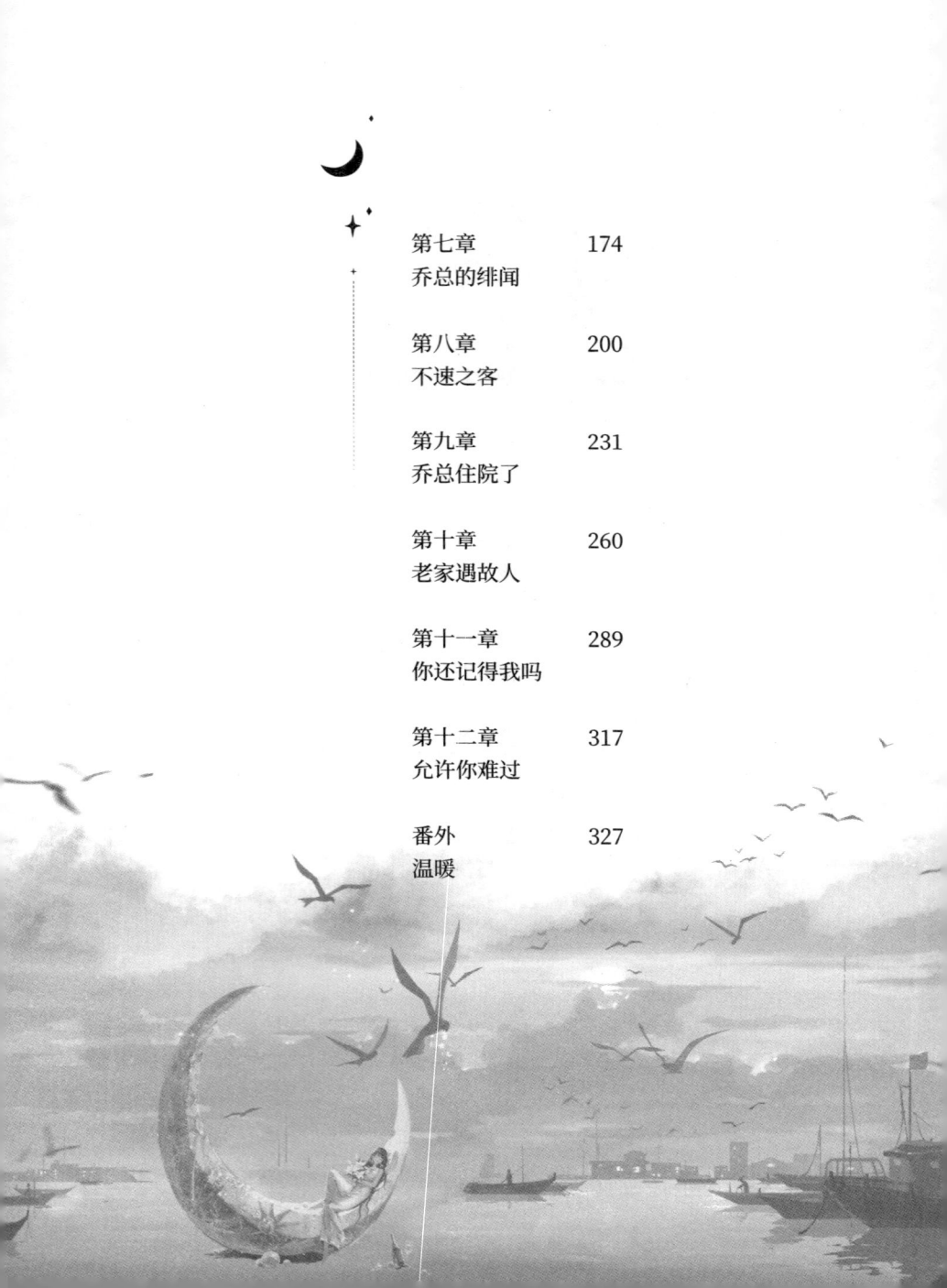

第七章 乔总的绯闻	174
第八章 不速之客	200
第九章 乔总住院了	231
第十章 老家遇故人	260
第十一章 你还记得我吗	289
第十二章 允许你难过	317
番外 温暖	327

第一章
她像我一个朋友

北临市，夜幕笼罩天际。

CBD 写字楼依旧灯火通明。

喝完今晚的第三杯咖啡，季希挺直腰板坐在工位前，细长的手指熟练地敲击着键盘。写报告是个基本功，枯燥乏味，一般都会落在实习生们的头上。

季希正是最新一批入职 ZY 资本的实习生，她目前研三在读，即将毕业。

ZY 资本是国内一线投资机构，在 ZY 上班的人通常会被贴上精英标签。单是能进入 ZY 实习，就已经是件令人羡慕的事。

当然，能不能转正是另外一回事，ZY 资本的转正名额一向少之又少。

能进入 ZY 的新人通常分为两类，一类是有资源有背景的富二代，入职自带项目资源；另一类是名校高才生，研究生起步，对学业成绩也有苛刻要求。不能说不公平，这就是现实，能含着金汤匙出生，本身就是一种优势。

季希不是含着金汤匙出生的。她属于第二类，名校高才生。

夜深了，办公室内十分安静。季希仍在打着字，全神贯注，整整两个小时过去了，她连姿势都没换一个。

"小季。"邵宇朝季希看过来，轻声问，"还没忙完？"

邵宇是消费组的投资经理，也是季希的顶头上司。

"小季，文档搞定了直接发到我邮箱里。"见季希没有回应，邵宇只好提高点音量提醒她，"我先下班了。"

季希这才抬起了头，笑道："嗯，做好了就发到您邮箱里。"

"那明天见。"邵宇提起公文包，笑了笑，心想这姑娘可真有意思，工作起来跟个机器人似的，非一般的投入。

这么有干劲的新人，不多见。

消费组捡到宝了。

邵宇来ZY快四年了，带过不少实习生，头一回遇上这么能吃苦又从来不抱怨的新人，还是个女生。他以前有偏见，总觉得这一行又苦又累，不适合小姑娘干，现在他要改变观点了。

说到底得看人，不分性别。

整理完报告，发好邮件，结束了一天的工作。季希松了口气，倦意也袭了上来。

每天处于高强度高压的状态，说不累是假的。

办公室里空荡荡一片，大家都下班了。冷白的灯光洒在灰白色系的办公区，整个空间显得分外冷清。

季希简单地收拾了一下桌面，便离开了办公室。

电梯口，几个人一边等着电梯，一边小声地聊着什么。

"加班到这么晚，累死了。"

"消费组那位，好像还在加班，佩服。"

"真有那么忙吗？我看正式员工都没她忙，显得我们好像多懒一样。"

"有一说一，她长得挺好看的，好像是校花哎，应该是我们公司最漂亮的吧？"

"你小子心动了就去追啊，有机会，听说她还是单身。"

"唉，还别说，长得漂亮就是好，你看她朝领导一笑，就能跟着一起做项目，哪儿像我们天天打杂。"

说话的是同期的三个男实习生。

金融圈存在一定的性别歧视，从在职人员的男女比例就能看出来。女人想要脱颖而出，必须加倍努力让自己更加出色。ZY的高层，就只有两名女性。

季希站在不远处，刻意加重了脚步，让高跟鞋和瓷砖地板碰撞出清脆的声响，楼道里荡着回音，惹人注意。

几个男生扭头看到季希后，立马结束了聊天，换上一副笑脸打着招呼：

"女神，下班啦。"

刚好电梯来了，季希看了他们一眼，也敷衍地扬了扬唇。

擅长职业假笑，是打工人的必备修养。

季希云淡风轻地走进电梯间。她按下了电梯键，仿佛什么都没听到一样。她向来不在意这些没营养的闲言碎语。

五月是北临天气正舒适的时候，气温刚好，不冷不热。

三号线一如既往地拥堵。人挤人，鞋子上出现的脏脚印都不知道是谁踩的。

出了地铁口，空气瞬间变得清新，迎面吹来的晚风温暖和煦。季希抬手拨了拨被吹散的长发，露出光洁好看的额头。

她这会儿倒不困了，只是胃里空空，有些饿。

校外的北门街很热闹，烧烤、麻辣烫、炸串……各色夜宵一应俱全，找点吃的填饱肚子很容易。

季希习惯速战速决，她走进便利店拿了盒泡面，让收银员帮忙冲泡。

不到三分钟，面就泡好了。

季希坐在窗边吧台旁，边吃边浏览手机上最新的财经新闻和行业资讯。

泡面热腾腾的，她喝了口汤，一路暖到胃里。

她从小爱吃烫的食物，无论是冬天还是夏天，越烫越好。这让她觉得温暖和安心。

手机突然振动起来，画面切换为来电提醒，上面显示的名字是"姜念"。

季希吃完最后一口面条，接通电话贴在耳畔，喊道："姜老板。"

电话那头的声音爽朗干脆："下班了吗？过来玩，就在时光，不来会后悔的。"

季希今晚本来想早点休息，但听到姜念的邀请，她想想还是应允了："行，马上过来。"

金融这行要想做得好，就得多积累人脉，多认识些人没坏处，交际也必不可少。

季希人缘不错，朋友不少，但她不与人深交，几乎没有走心的。

姜念大概是季希唯一走心的朋友。她们认识快六年了。

两人都是Q大的，是同届校友，季希在经管院，姜念在美院。

大二那会儿季希常去美院蹭课，一来二去就和姜念熟悉了。本科毕业后，季希继续念了本校研究生，姜念则是创业做了小老板。

003

因为姜念，季希才有机会接触到自己原本没办法接触到的圈子。

姜念很够意思，知道季希一心想在金融行业发展，会时不时地给她引荐一些业内的朋友或熟人。

季希先回宿舍换下了衬衫，穿了一身适合泡吧的休闲打扮——裙子外搭小西装，显得清爽干练。

时光是北三环有名的酒吧，离 Q 大不算太远。季希对那儿挺熟，毕竟她曾在时光兼职了小半年的调酒师。懂点酒、能喝酒，也是优势。

季希很清楚自己要什么，不管做什么，都是为了离自己的目标更近。对此，她心无旁骛。

踩着高跟鞋进入时光后，季希脱下披着的外套，搭在手臂上，只穿了条薄薄的裙子，吊带的，很贴身。

她一米七〇的身高，腰细腿长，斑斓光影映衬着她姣好的身段和脸庞，能吸引不少人的目光。

露出肩背时，季希走在外面回头率很高，一方面是因为她长得好看，另一方面是由于她左肩的文身，很漂亮，很惹眼。

"主角来了。"

"这边——"

是姜念的声音。

季希看到姜念拿着酒杯，在朝她招手。

只是走近后，一个人朝她走来："季希，你今天好美啊。送给你，九十九朵。"

九十九朵红玫瑰，高调的一大捧，鲜艳欲滴。季希察觉到情况不对，没有伸手接。

给季希送上红玫瑰的人，脸上泛红，看模样应该喝了酒。

对方很直接，送上玫瑰花的同时，开门见山道："季希，我喜欢你。"

这句话一出来，瞬间点燃了现场的气氛，这场聚会仿佛变成了表白局。

"其实第一次见面的时候，我就想追求你。我这人不习惯拐弯抹角，你给我个机会，做我女朋友，要么，我给你做伴侣。你二选一。"

好一个二选一。

众人看着热闹，一阵笑闹。

不像是开玩笑。

季希看了看红玫瑰，又看了看姜念。这回自己妥妥是被姜念给坑了，还说什么不来会后悔。

姜念做了个无辜的表情，一副被逼无奈的模样。

围观群众比当事人还激动。

"在一起！"

"选一个！"

"在一起！"

……

一片起哄声。

这边的动静太大，引来不少人，有的甚至掏出手机开始拍视频。

已经不是第一次被表白了，季希内心波澜不惊，淡定得像个局外人。甚至让对方觉得有戏。

那人问："那你答应了？"

"不好意思，我没兴趣，也没考虑过谈恋爱的事。你很优秀，一定能遇上适合你的女孩子。"季希措辞委婉，言简意赅且逻辑清晰。她将话说完，让对方无话可说。

姜念真心佩服季希的淡定，准确地说，她就没见过季希紧张慌乱的时候。

不愧是Q大公认的清冷美人。

这场表白，最后成功以"还是朋友"收场。但闹了这么一出，让气氛多少变得有些尴尬，以至于聚会没多久就散场了。

姜念猜到了今晚的结局。

相识多年，姜念不敢说自己多了解季希。但她知道季希有多难追，可以说完全撩不动。

季希很优秀，女神级学神，学神级女神。

可偏偏给人的感觉……像个没有感情的机器。

她以前沉迷学习，现在沉迷工作。感情的事，闭口不谈。

姜念不止一次怀疑季希是否受过情伤，所以才会这样。这件事姜念问过，季希说没有，姜念却越发觉得她受过很深的情伤。

等人都散了，季希问："让我过来就是为了这件事？"

"我是被他们逼的，不会有下次了，我保证不会有！"姜念先撇清关系，又补了一句，"再说，万一你对他有好感呢？我也是本着一片成人之美的心，关心你的终身大事。"

季希朝姜念微微一瞥，单纯想看热闹，还能说得这么清新脱俗。

"刚刚怎么不答应？人家都那么喜欢你了，都单身，试试又没关系。"

季希还没说话。

"介意啊？"姜念张嘴开始数落，"都2020年了，要不要这么古板？你试一次就知道了。"

连谈恋爱都没考虑过的季希，更没考虑过其他，这个话题她聊不开，跟姜念没有共同语言。

姜念大概属于不谈恋爱会死类型。季希理性，认为谈恋爱是个投入多、风险大、回报率低的项目。她没精力想这些，也没兴趣想。

"我们能换个话题吗？"

"说真的，你就没反思一下，为什么你总是碰到这样的表白？"姜念反问。

季希看了一眼姜念，道："也不多，就两个。"

姜念细细打量着季希，好一阵子后，她慢条斯理地分析道："你吧，给人感觉特别那什么。就是……那种感觉你懂吗？"

姜念承认，像季希这种气质干净、又冷又飒的女人，确实很吸引人。

季希不给面子，直接回答："不懂。"

姜念改口："那我给你介绍几个高富帅，滋润一下你的生活。"

季希又轻声道："没兴趣。"

"季小姐，你除了工作和画画外还有感兴趣的吗？想孤独终老吧。"

姜念说得没错，除了赚钱和画画，季希对其他事情都淡淡的，不关注，不上心，不在乎。

"挺久没见了，我们去喝一杯。"季希终于成功转移了话题。

"那当然了，不醉不归啊。"

"我先去趟洗手间。"季希起身。

"我也去。"

姜念去洗手间是为了补妆。她说她已经空窗小半年了，再单身下去都要废了。因此，要时刻保持美丽，迎接命运的桃花。

季希只是听着，没发表任何感想。

洗手间里。

"还没好？"季希抽了张纸巾擦了擦湿漉漉的手。

姜念自恋地对着镜子左看右看，说道："马上，要不你先出去吧。"

"外面等你。"

季希将手里的纸巾团成球，扔进了垃圾桶，恰好收到微信消息，部门群里有人找她，问工作进度的事。她一边低头回复消息，一边朝外面走去。

走到拐角处时，她没留神，冒冒失失一撞，和人撞了个满怀。

有些疼。

见对方没站稳，季希立马伸出手，好心扶了一把。

鼻尖嗅到的香水味夹杂着酒气，淡淡的，沁人心脾的清香。季希平时也会用点香水，气味同样也是淡淡的。

恰到好处的香气让人觉得舒服，以至于习惯和人保持一定距离的季希，竟不抵触这个接触。

"抱歉。"

"抱歉。"

两个声音轻轻柔柔地重叠在一起，意外地默契。

当季希抬眸看清眼前的人后，怔住了。目光落在对方精致漂亮的鼻子上。

她的鼻尖，有颗小小的痣。

似曾相识的感觉，勾起季希多年前的回忆，她霎时看得有些失神。

她们俩身高相当，眼眸恰好平视。

乔之逾的目光也扫过眼前的女孩。

"谢谢。"停顿片刻后，她颔首道谢，语气礼貌而温和。

"不客气。"季希说完仍目不转睛地看着对方，丝毫没意识到自己的眼神太过专注。

在陌生人之间，这种接触属于越界的范畴。

被人这样紧紧地盯着，乔之逾感觉不适，她又打量了季希一番，然后直接绕过去，没多说什么话。

人走了，季希侧身又望了一眼，思绪才回到现实。

想太多了！

怎么可能……

世界这么大，怎么可能再遇见她？鼻尖有痣的人多的是。

姜念补好一个自己颇为满意的妆容，走到季希身旁，破天荒地发现季小姐也有看美女看到出神的时候。

"认识？"姜念用肩碰了碰季希的肩。

"不认识。"季希神情有些黯然。

"不认识你看得那么认真？"姜念用八卦的眼神上下扫视着季希，开玩笑道，"我还以为是你朋友呢。"

季希无奈道："你说什么啊。"

只有两个人，季希和姜念换了一张小圆桌喝酒。季希酒量比姜念好很多，姜念说季希这人真的挺变态，什么都争强好胜，连喝酒都恨不得拿第一。

酒吧里氛围不错，歌手唱了首抒情的歌，嗓音清亮，颇具感染力。

季希有点心不在焉，还在想刚才撞上的人，以及一些往事。

她抬头喝了口酒，漫不经心地环视了一圈四周。忽然，目光停顿下来，她竟然又看到了那个身影。

对方坐在一个不太起眼的角落里，那儿灯光一半明，一半暗。

她的长发垂在耳后，季希从自己所在的角度望去，正好看到她的侧脸，鼻梁挺翘，有着近乎完美的轮廓线条。

酒吧里闹哄哄的，但她坐的那一隅显得分外安静，季希闲暇时会画画，突然很想把眼前的这一幕收进自己的画纸里。

她好像是一个人来的，手握着酒杯，时不时抿一口，侧影看起来有几分落寞，像是有什么心事。

没事谁会一个人来喝酒。

季希平时从不会这样去关注别人，或许是对方跟自己记忆里的人有几分相似，她总忍不住去看。

而且，她越看越觉得像。

"最近工作顺利吗？什么时候转正？"姜念不轻不重地问了句。

心思在别处，季希没第一时间回答。

姜念顺着季希视线的方向望去，又是那个女人。

"咳。"姜念清了清嗓子。

季希慢半拍地反应过来，答道："过两个月出结果，要看考核。"

姜念歪着脑袋，只是望着季希笑。

"笑什么？"季希看她有话想说。

"你说我笑什么？"姜念抬起胳膊撑在桌上，用眼神示意季希方才看着的方向，"是挺漂亮的，但你也不用一直盯着人家看吧。"

"我没有。"季希抚着额头解释。

此时，不远处的人正好也朝她们的方向扭头看过来。

就这样，两人的眼神猝不及防地又撞在了一起。季希略感尴尬，她转开头，捧杯喝酒。

乔之逾低头瞥了眼腕表，放下酒杯，拿起包准备离开。

"哎！也可以找人家要个联系方式，就当结交新朋友了。"桌底下，姜念轻轻踢了踢季希的腿。

季希懒得理她。

"别怪我没提醒你，走出这儿，你们可能就再也遇不上了，想做朋友也没机会！"

姜念这句话歪打正着。

走出这里，就再也遇不上了。季希默默思量片刻，还是起身，朝那个高挑优雅的背影追了上去。尽管是那个人的概率几乎为零，既然遇上了，她当然得试试。

"你好。"季希快步走上前。

听到身后有人叫住自己，乔之逾不紧不慢地转过身，她神情淡然地看着眼前的人，一眼便认了出来。

其实在洗手间不小心撞上之前，乔之逾就已经注意到季希。

刚刚那场表白，着实很高调，她记得这姑娘是被表白的那个，长得漂亮，笑起来挺好看。

突然被季希叫住，乔之逾并不觉得意外，因为她隐隐察觉，对方一直在偷看自己。

今晚大概是有些无聊，乔之逾心血来潮，想看看这姑娘想干什么。

季希拿出一包湿巾，递了过去，笑问："这个，是你刚刚掉的吗？"

湿巾是自己的，季希不过是想找个由头，好让她的搭讪不会显得那么突兀。

乔之逾喝了不少酒，后劲挺大的，双颊染上了淡淡的红晕，微醺时，眼神带着慵懒妩媚的意味。她看了看湿巾，又看了看季希，露出温柔大方的笑容，回答："不是。"

她虽在笑，但依旧给人疏离感。

不得不说气质是个微妙的东西，有时候压根不用多说什么，举手投足间就能看出一个人的涵养。季希确定自己认错人了，对方高傲优雅，有着强大的女王气场，多半是富家千金。

她和自己大约不是一个世界的人。

季希看人挺准，要不是在钱罐子里泡出来的，很难有这种气质，而对方身上价值不菲的穿搭打扮，也印证了这一点。

乔之逾见季希迟迟不离开，知道肯定还有事情。

果然是这样。

"刚刚在洗手间，不好意思，没撞着你吧？"季希不自觉地又在盯着她鼻尖上的那颗痣。

乔之逾照旧回答得简练："没。"

"冒昧问一下，你是北临人吗？"既然都过来了，季希索性再多问两句，确定一下。

乔之逾没回答，只是神情悠闲地盯着季希，似笑非笑。

被对方这样一凝视，季希怀疑自己被姜念带得跑偏了。

都想到哪儿去了。

季希不是什么颜控，也很少去评价别人的外貌，可眼前的人的确漂亮，并且不是那种流于表面的美感。对方自信从容，看起来让人觉得舒服。

意识到自己的唐突，季希认认真真地解释："我们以前是不是见过？你有点像我的一个朋友，她……"

季希还没说完，乔之逾红唇扬起，直接笑了起来。她瞥了一眼眼前的年轻姑娘，这才说了句稍长的话："接下来，是不是准备问我要联系方式？"

季希："嗯？"

"抱歉。"说罢，乔之逾转身离开了。

一个人被晾在原地，季希不禁开始反思姜念说过的话。

姜念坐在桌旁，手托着腮，边喝酒边看戏。

季希走回酒桌坐下。

"怎么样？"姜念抬眼看着季希，她看刚才两人聊得挺投机的，说不定还真能成为朋友。

"我想多了。"季希再一次解释，"她像我以前一个朋友，我认错了。"

姜念"哦"了一声，显出一副"你觉得我会信吗"的表情。按照季希要强的性子，多半是拉不下脸才这样说。

不管信不信，季希都不再解释。

好朋友的面子还是要给的。姜念拿过酒瓶，给季希倒了杯酒，不再纠缠于这个话题。倒好酒后,姜念盯着季希瘦削的肩头,歪着头,像欣赏艺术品一样看着:"这文身绝了,符合你的气质。"

季希同姜念碰了碰杯,笑道:"自卖自夸?"

姜念道:"我夸你呢,线稿是你自己设计的。"

季希的文身正是姜念最满意的作品之一。工作室刚开业那会儿,她免费给季希做的,至今仍是店里的招牌广告。

起初季希说想做个文身,姜念还觉得挺意外,以为她在开玩笑,因为季希看起来不像是对这个感兴趣的人。当时季希拉开衬衫,露出自己的半个肩头,上边的一大片疤痕十分骇人。

姜念问:"怎么弄伤的?"

季希轻飘飘地答了一句:"小时候被开水烫的。"

第一次看到季希文身的人,都会感叹:"这么一大片,该多疼啊!"

季希只是说还好。

当初姜念给季希做文身的时候,季希疼得额角冒汗,硬是忍着没哭甚至都没哼唧一声,要知道多少大老爷儿们都会疼得鬼哭狼嚎,一把鼻涕一把泪的。

从那时起,姜念就觉得季希这人与众不同。

这么能忍,肯定能成大事!

"你这么喜欢画画,当初怎么不读美术系?"姜念一直好奇这一点,一个经管院的,三天两头来美院蹭课。

为什么不读美术系?季希沉默了一会儿,道:"画画是兴趣。我更喜欢跟钱打交道。"

"掉钱眼儿里去了?"姜念随口道。

季希点点头:"是。"

姜念知道季希的拜金不是真正意义上的拜金,否则以季希的脸蛋,勾搭个有钱人简直是易如反掌。

午夜时分,季希才走出时光酒吧,这个时间已经没地铁了,她只好叫了辆网约车。

五分钟后,她坐上了车。

季希将车窗降到最低,边吹风边看着外面倒退的风景。街道两旁的樟树排列有序,枝繁叶茂,正汲取养分,努力生长。

夏天越来越近了。

司机瞧定位地点是Q大南校区北门,他借着后视镜看了看后座上的季希,开始闲扯起来:"姑娘,在Q大念书?"

季希又累又困,感觉回去挨着枕头就能睡着,她不想说话,只轻轻"嗯"了一声。

"学霸啊。"

在Q大念书是件让人羡慕的事,家长们教育小孩都喜欢开玩笑说,努力读书,将来争取上Q大。

季希是从一个小县城出来的,一个贫穷且教育资源极其匮乏的地方。但她高考考了698分,改写命运的698分,在当地引起了不小的轰动。

她当时也觉得自己挺牛的。直到大一时的一堂英语课上,她带着口音的口语引起班上同学的轻声哄笑,她才意识到,她还不够努力。

北临从来不缺乏优秀的人才,很多人的起点可能都是你一辈子都无法企及的。

独自在北临生活七年,季希被挫去了一身锐气,从此看清了现实,她只不过是靠读书改变命运的人中最普通的一个。

她现在没有不切实际的野心,只想在自己的努力下,给自己和家人更好的生活。

这个目标说起来简单,但做起来一点都不轻松。

二十几分钟后,季希回到宿舍。

宿舍里很安静,另一个室友已经搬出学校。季希算算时间,顶多再过一个半月,自己也得去外面租房。

租房,又得花钱。

慢慢来吧……

季希洗了个热水澡,上床才躺下不到一分钟就睡熟了,连灯都忘了关。

周末虽然不用去公司,但也并不意味着能够休息,还要保持一种随时能拿出笔记本电脑办公的状态。

季希做事时背总会挺得笔直,保持全神贯注的状态,一整天坐下来,神经紧绷,腰也酸痛。

夕阳西下,余晖透过窗户落在宿舍里的书桌上,季希眯了眯眼,发现一天就这样过去了。

一整天窝在宿舍里，她感觉有些闷。

她换了一套运动装，站在镜子前，将一头长发随意挽了起来，准备去外面跑几圈透透气。

绕着学校北体育馆操场一口气跑了五公里，季希气喘吁吁，出了不少汗，额角被打湿，碎发湿漉漉地贴着脸。

此时天已经黑了，夜幕上稀稀拉拉地挂着几颗星星，忽明忽暗。

晚风吹来，汗水被风吹干的滋味很不舒服，身上黏乎乎、凉飕飕的。季希正准备回宿舍，手机进来一通电话。

"姐，你在干吗？今天没加班吧。"

电话那头的少女声音，清澈好听。打电话来的是季楠，季希的妹妹，已经上高中了。

"没加班，在宿舍休息。"季希一面打电话，一面绕着操场慢走，"你今天回家了吧，奶奶咳嗽好些了没有？"

"好得差不多了，你别担心。今天我给她炖了梨。"

季希："那就好。"

"姐，有件事跟你说……"季楠语气犹豫起来。

"嗯？"

"我还是不参加艺考了，我靠文化成绩上一本没问题。不过肯定比你差得远了。"

"你不是一直想学声乐吗？怎么突然不想参加艺考了。"季希虽然这么问，但也能猜得到原因，一旦决定走艺考这条路，花销不小。

季楠太懂事了。

"当爱好就行了。我也想读你的专业，将来好挣钱。"季楠说。

季希当初选金融专业，也是想着赚钱，现在回想起来，这想法天真得有点好笑。

"楠楠，"季希想了想，其他的没多说，直接道，"告诉你一个好消息，我已经转正了，涨工资了。"

电话那头的声音明显开心起来："已经转正了？不是说要三个月嘛，怎么一个月就转正了？"

"你姐比别人优秀，当然转正也快呀。"

季希谎话说得自然，应届生能在 ZY 留下来已经算是幸运，想一个月内转正，简直是天方夜谭。

"是，我姐最棒了。"

"所以钱的事不用你来操心，培训课你也继续上。有目标就好好朝着目标前进，别胡思乱想、三心二意，这样什么都做不好。知道吗？"

"嗯，我会努力的。"欠姐姐太多，只能以后再慢慢报答，这些话季楠没说出口，说出来反倒显得生分，她只道，"你在那边要好好照顾自己，别老吃泡面。"

季希应着："我知道。"

季楠早就看穿了她："每次都说知道，又不长记性。对了姐，你现在处对象没？处个对象好照顾你。"

"小屁孩，说什么呢。"

季楠马上笑道："奶奶让我问的，不关我的事。"

"把电话给奶奶，我和奶奶说几句，你看书去。"季希笑了笑，命令道。

季希和老太太聊了几句，无非是问问身体状况，再就是说自己在这边过得很好，让她不要担心之类的。

结束通话后，季希望着远处漆黑的天空，缓缓地叹了口气。实习生的工资能高到哪里去？她现在已经一穷二白了。

就算能转正，至少还要等两个月。

乐观点，凡事总有办法。

周一，一堆积压的工作令人难以喘息。季希适应能力强，早已习惯了ZY的快节奏。

ZY资本的办公楼坐落于临江边，透过办公区的巨大落地窗，北临市最美的江景一览无余。

日落时的风景最美。

江面和城市像被铺了一层纱，连成金灿灿的一片，笼罩在柔和温暖之中。

季希的工位是个风水宝地，恰好靠窗，占据了欣赏江景的最佳视角，随便看一眼，都是旅游风景照级别的。

光是ZY无可挑剔的办公室，就能吸引一大批人投递简历。

五月初的阳光还不晒人，季希靠在窗边喝咖啡，夕阳落在脸上，暖暖的。

她喝完咖啡继续加班——扛不住的时候，全靠咖啡续命。

一直忙到九点，季希眼睛有些酸涩，休息片刻，发现群里有人在发消息。

这是一个实习生群，人不多，大家没事就出来吐吐槽、说说八卦。季希也在其中，因为群主宋慢是姜念的表妹。

"最新内部消息，确定了，熊胖胖终于要升合伙人了！"

"真的假的？"

"我宋乌龟能放假消息出来吗？你这是在质疑我的能力！"

"熊胖胖头顶都熬秃了，可算熬出头了。"

熊胖胖本名熊潘，项目部的运营总监之一，公司资历最深的运营总监，在业内摸爬滚打二十几年。熊潘负责消费组和科技组，为人和蔼可亲，因此员工私底下都叫他熊胖胖。

负责消息输出的女孩宋乌龟，正是宋慢，宋慢是个做什么事都很慢，但永远能站在吃瓜八卦第一线的奇女子。

她每次放出的消息都精确无误，可信度极高。

季希能猜出这姑娘后台很厉害。

消息还在往下刷。

"那我们项目部一组和二组谁接手？"

"过些天会来新的运营总监。"

"又是中年男人？呜呜呜，想要帅哥。"

"比帅哥还带感，这回是御姐，不到三十岁的总监，你们没想到吧？"

不怪宋慢这样说，公司高层的女性实在少得可怜，更别提三十岁以下，这在公司内部可以称得上爆炸性新闻。

"不到三十岁？！什么来头？"

"我就告诉你们，你们先别往外说。"

"不说。"

"华尔街打工回来的，乔明集团千金！"

"乔明集团大小姐，怎么不回去继承家业？"

"可能是想证明自己吧？"

"不走寻常路。"

"不管怎样，这个年纪能升总监就是厉害！"

"我好像见过她一次，挺好看的！以后我们有眼福了！"

"越漂亮的女人越可怕，在她手底下日子不会很好过吧，突然有点舍不得熊胖胖……"

消息刷得很快。

季希粗略看了两眼，看了个大概。

015

当她看到即将上任的项目运营总监是女性,而且还不到三十岁时,不禁有点期待。

肯定是个厉害角色。

乔之逾第二次去时光酒吧,是在周五傍晚。离正式营业还有两个小时,酒吧不见此前的热闹景象,冷冷清清,说话还带着点回音。

"上次放了你鸽子,今天想喝什么?都算我的。"

"我都行。"乔之逾环顾四周,问姚染,"你这酒吧开了多久了?那晚我来时人挺多的,生意不错。"

"快两年了,都是做些熟客生意。"姚染挑了一瓶珍藏的红酒,拿出两只高脚杯,倒上。

姚染是乔之逾留美攻读 MBA 时认识的,同事两年。后来,姚染因为结婚放弃了手头事业,回国做起全职太太。

乔之逾还一度觉得可惜,再后来,她听说姚染离婚了,一个人在北临开了家酒吧。

"姚小姐,不打算重返职场吗?"乔之逾很欣赏姚染在投资上的眼光,大胆独到。当年她们初出茅庐,就走运投中过一个"独角兽"。

姚染摇摇头,道:"做点小生意挺好的,我现在懒散惯了,喜欢旅游。别老说我,也说说你的事。"

乔之逾晃了晃酒杯里深红的液体,淡淡地笑道:"我辞掉了美国那边的工作,准备回国发展。"

"挺好的。怎么突然想回国了?"姚染好奇道。

"我不放心小清,她的孤独症又加重了。"

"你打算让小清跟你一起生活吗?"

"嗯。我答应过之迎,一定会帮她照顾好女儿。"提及往事,乔之逾眸底黯淡,声调降低了一些。

"让小清跟着你也好,她跟你亲近。"乔家的家务事有些复杂,姚染不便多评价什么,但让小清跟着乔之逾,肯定比待在乔家好。

乔之逾沉默地点点头,喝了口酒。

"那你接下来是去乔氏?"

"我接受了 ZY 资本的邀请,他们正好缺个运营总监。"

"乔总,你真是一点都没变啊。"姚染感叹,她就猜到了乔之逾肯定不会去乔氏。但她同时也有些不解，为什么乔之逾不去乔氏分一杯羹，好歹也是乔家长女。

乔之逾似乎不太愿意提及乔家的事，姚染也就没多问。

气氛有点压抑，姚染换了副轻松口吻："别总说工作，说点其他的。"

乔之逾问："什么其他的？"

"比如感情。追你的人肯定不少吧，现在什么情况，脱单了吗？以前没时间谈恋爱，现在总有了？"姚染一口气说了许多。

"老样子，习惯了。"乔之逾只淡淡地说了六个字，又反问姚染，"那你呢？"

"都快单身到性冷淡了。"姚染揉了揉脖颈，开玩笑说，"不过一个人过也挺好，自在。"

乔之逾低了低头，一副若有所思的样子，她不像姚染这样想，她其实……挺想有个自己的家，而不是一直形单影只。

不过年纪越大，好像就越难遇到和自己契合的人，变得现实了，很难心动，很难找到激情。

久而久之，她几乎所有的时间都扑在工作上。

的确很难找到激情，这点姚染认同，她觉得自己现在清心寡欲，几乎到了可以遁入空门的地步。

乔之逾想起一件事，道："我想给小清请个家教，一直没找到合适的，你有推荐的人吗？最主要是会哄小孩。"

姚染之前熟悉太太圈，乔之逾觉得她在这方面应该有所了解。

"行啊，这事包在我身上。"姚染答应得很爽快。

"谢了。"

"认识多少年了，你跟我客气什么。"

乔之逾特意错过饭点才回乔家，时间已经是晚上八点。

进屋时，她迎面遇上一个戴鸭舌帽、背着滑板的少年。

"姐，你怎么才回来。我约了朋友滑滑板，回见。"陆风说完，赶场子似的溜了。

陆风是乔之逾同父异母的弟弟，乔家最小的儿子，随他母亲姓。

客厅里很安静，乔之逾往楼上走去，经过二楼时，隐约听到书房里传出闹哄哄的争执声。

是乔胜添和陆卿云的声音,陆卿云是乔胜添的续弦。

"战投部不是缺人吗?正好之逾在这方面经验也丰富。"一个中年男声传来,儒雅温和。

"你的意思是整个部门都要交给她打理?是不是还想给她股权?我不同意。"

乔胜添道:"她叫我一声爸,给她股权也无可厚非。"

"乔胜添,你能不能别感情用事,这些年我们对她已经够好的了,在外边别人都恭恭敬敬叫她一声乔大小姐,这还不够吗?她到底跟你隔着一层,不是真正的乔家人。她回国说是为了照顾乔清,谁知道她抱着什么心思?反正这姑娘野心太大,我不放心她来乔氏,也不允许。"

"你想哪儿去了,之逾怎么会是这种人?"

"你别想当然,乔氏不是你一个人的心血。当年要不是我们陆家帮忙,乔氏早垮了,还能走到现在?"

"跟你说不清。"

争执的话语陆续钻进耳朵,乔之逾垂眸听着,面无表情。虽然这些想法她也能猜到,但亲耳听他们说出来,心中到底是另一番滋味。

乔胜添猛然拉开门,恰好看见乔之逾站在楼梯口,着实有些尴尬。

"爸。"乔之逾看着乔胜添,像是什么事情也没发生,她又看了看陆卿云,顿了一下,喊了声,"妈。"

聪明人从不明着撕破脸皮,不管私底下多看不顺眼,明面上还得一团和气,好歹留点回旋的余地。

"回来啦。怎么不早点回来,我们刚吃完饭,你吃了没?"陆卿云微笑着问道,她倒是不尴尬,心想着乔之逾听到正好,只当敲打一下,以免越界。

乔之逾轻声道:"在朋友那里吃过了。我今晚是过来接小清的。"

"让你照顾小清我们多过意不去。"陆卿云只是随口说说而已,毕竟乔清也不是她的亲外孙女,乔之逾接走乔清,省事的倒是她。

乔之逾看得明白,对着陆卿云皮笑肉不笑道:"没事,你们打理公司也挺忙。"

陆卿云:"也好,小清成天念着你。"

"那平时要多回家来住啊。"乔胜添在一旁说道。

"嗯。"乔之逾应了声,又说道,"爸,我朋友公司缺运营总监,我已经答应了,下周就入职。"

乔胜添闻言给陆卿云使了个眼色,潜台词是她先前以小人之心度君子之腹了。

乔之逾这样说,就是为了避免让乔胜添为难,她早就看清了现实,即便她再努力,也不可能真正成为乔家人。

就像陆卿云说的,永远隔着一层。她只是个没有血缘关系的外人。

乔之逾从没想过进乔氏集团,也没想着依靠乔家的力量。但她不得不承认,乔家给了她一个很好的跳板,让她在起跑线上就赢了许多人。

从某种意义上说,她的确该感恩乔家。

乔胜添问:"哪个公司?"

"ZY资本。"

"挺好。要是有什么需要帮忙的,就跟爸说。"

乔之逾神情有些倦怠:"谢谢爸。"

周三一大早,公司的各个群炸开了锅,都在讨论新上任的运营总监。

季希随便点开了一个微信群。

"啊啊啊,我刚刚看到新上任的乔总了,真的绝了!好飒好美!"

季希腹诽,有这么夸张吗?她还没来得及继续往下看,就被人叫着去楼下搬资料了。

苦力活儿通常都会落在实习生头上。

跟季希一起去的是个男生,戴着眼镜,白净斯文。季希看他搬得吃力,于是道:"你搬小的,我搬大的。"

"那怎么行?"男生有些不好意思,"大的可沉了,你搬不动的,还是我来。"

季希看了对方一眼,没多说什么,直接挽起衬衫袖子,搬起重的那一箱就走了。

男生彻底看傻了眼,他扶了扶眼镜,这姑娘力气也太大了吧?!

季希细胳膊细腿儿,外表看起来是个柔弱的小女生,但她力气可不小,干起活儿来从来都是毫不含糊,从不扭扭捏捏,也不在意形象是否受到影响。

一路搬到电梯口,季希明显感觉手臂酸了,不过咬咬牙还能坚持。

正好,电梯来了。

正准备上电梯的时候,突然被人用力推了一把,季希怀里的资料箱没抱稳,重重地摔到了地上,连带文件也散落出来一些。

好狼狈的情形。

季希皱眉看向那人，发现是项目部的冯副总，一脸的趾高气扬。

她忍着委屈，在众人的围观下，蹲下身一张一张捡起资料文件。

"现在的实习生啊，冒冒失失的，一点小事都做不好。"冯副总一副过来人的口吻，教育着季希。

乔之逾走进电梯，转身后看见蹲在地上收拾文件的女孩穿着衬衫，身形过分单薄，仿佛一阵风就能卷走。

瞥见女孩低垂的侧脸，乔之逾觉得有几分眼熟。

女孩用纤细的手臂抱起重重的资料箱，再度站起身。

乔之逾的记忆力极好，再加上那晚她对季希的印象实在是深刻。

就是，挺搞笑的一个姑娘。

季希留意到电梯里站着的人之后，也愣了一下，她自然能轻而易举地认出对方，因为对方鼻尖上的那颗痣太醒目了。

就这样，一个站在电梯外，一个站在电梯内，两人眼神直直地对视。

要不要这么巧，季希满脑子都是这个，想起那晚的事，感觉有些尴尬。不过，对方应该没认出自己吧。

季希本着只要我不表现得尴尬，就没什么尴尬的原则，面不改色。

"看见乔总也不知道打招呼。"冯副总提醒道。

乔总，居然就是她？

季希第一次觉得这世界好小，小得过分了。

乔之逾脸上带着让人捉摸不透的浅笑，声音轻柔好听："我第一天过来，不认识也正常。"

"乔总好。"季希乖乖问了声好，只是看着对方脸上熟悉的笑，怎么就觉得这么别扭。

电梯里人有些多，季希抱着个大箱子实在不方便，她看了一眼乔之逾，道："我坐下一趟。"

乔之逾看季希似乎在有意避开自己，心想那晚在酒吧搭讪的时候，她的脸皮不是挺厚的，现在怎么知道害怕了？

如此想着，乔之逾偏就退了一步，在身畔留出足够的空间，再抛给季希一个眼神，示意她上来。

领导都示意了，季希也不再磨蹭，她朝乔之逾微微一笑，进了电梯。

银色的电梯门合上,没有人说话,小小的空间很安静。

站在乔之逾身旁,季希时不时会闻到她身上的味道,很好闻。

但季希并没有感到很舒适。

箱子沉甸甸的,时不时往下滑,季希只好用手死死地抓着,暗暗用力,心想再坚持一下就好。

乔之逾偏过头,眼角余光扫在季希身上,对方穿衬衫和穿裙子是两种截然不同的风格。她的衬衫扣子扣得紧紧的,一丝不漏。

她衣袖挽起,露出的小臂很细,因为箱子太沉,原本纤瘦的手一用力,变得更加骨感。

看得出来,她搬得很吃力,仿佛下一秒箱子就要掉落下来。

乔之逾扭头看向一旁的男经理,又扫了眼季希。

身处职场,察言观色的本领还是有的。男经理被乔之逾一暗示,马上热情地对季希说道:"来,我帮你。"

"不用了,徐经理,我马上就到了。谢谢。"季希笑着拒绝。

自己能做的事,她坚决不麻烦别人。她还是挺倔的。

叮的一声,电梯门开了。

季希比乔之逾先走出电梯,她想乔总肯定是要去二十三楼,先跟高层碰面。

出了电梯,就在箱子要往下滑时,季希身体后仰,抬起腿往上借了把力,看起来十分豪迈的一个动作。

真是有点巧,乔之逾望着季希的背影,直至电梯门再度关闭。

搬完资料后,季希回到工位上继续忙碌,群里还有人在讨论乔总。季希却在走神。

她摸了摸额头,回想起来,那晚她的搭讪的确很拙劣、很丢脸。

季希打开文档,继续忙工作,只愿新领导不记得自己。

接近十一点,二十二楼的项目部开始热闹起来。新领导巡视公司,员工们一个个跟打了鸡血似的,十分亢奋,真是前所未有。

ZY资本的高层以中年男性居多,大多发福,而乔之逾年轻漂亮,走在众人中间完全不是一个画风,让人眼前一亮。加之众星捧月,更显气场十足。

季希远远看见这架势,心想:也难怪大家这么激动。

当乔之逾经过消费组时,季希跟其他同事一起站起了身,规规矩矩地喊道:"乔总好!"

乔之逾扫视一圈,捕捉到一个眼熟的身影,而季希抬眸时,也与新任领导短暂目光相接。

"大家好,以后消费组就由我来负责,很荣幸跟大家共事。"乔之逾简单打了个招呼,说道,"继续工作吧。杨总、刘总,来我办公室开个会。"

29岁的运营总监,果然有着与众不同的自信与高傲。季希暗叹自己的直觉准,第一次见面,就猜到对方不简单。

投资机构的规模通常不会太大,一个团队的成员也是少而精。

这个行业奉行狼性文化,当你创造不了足够大的价值时,就会被淘汰出局。能留下来的人,即便是最底层的分析师,也有着一两点过人之处。

ZY的办公室基本是全玻璃设计。乔之逾的办公室就在二十二楼,沟通起来效率更高。

刚接手新公司的业务,需要了解的东西太多,而乔之逾习惯从熟悉团队开始,每个人的名字、性格,擅长与不擅长的,以及工作风格。

不到半天时间,乔之逾基本能将骨干人员的脸和名字对上。

除了部门员工的履历,桌上还有一份实习生的资料,乔之逾随手翻了翻,翻到其中一页后,顿了下来。

只见上面写着:

姓名:季希

年龄:24岁

毕业院校:Q大

……

乔之逾先是粗略扫了一眼,然后又详细看了一遍,作为应届生,这是份很漂亮的简历。抛开背景和资源不谈,她算得上是实习生里最优秀的。

目光再一次移到右上角的蓝底一寸证件照上,乔之逾盯着看了两秒。

居然有二十四岁,看不出来。

六点,黄昏时分。

办公区工位空空,但电脑都还没关机,不少人抓紧时间吃晚饭去了。

因为新任总监连续两天都在办公室加班到八九点,所以消费组的人都不敢太早离开。

季希偷偷瞧了眼总监办公室,见里边灯还亮着。

来北临前，季希仅凭道听途说，对富二代总有种纨绔的印象。接触过以后，她才发现许多人不仅家境优渥，颇有涵养，也和普通人一样努力。

比如，姜念。

再比如，新上任的乔总。

已经到了吃饭的时间，但季希有个不好的习惯，不饿的时候不吃。

有时候饿过头了，准备吃的时候又不饿了。季楠的担心没错，季希确实不大擅长照顾自己。

时间还早，在办公室里憋久了，季希会去天台上吹吹风。神经总是紧绷着，工作效率也会降低。

她从兜里掏出一颗奶糖，听说甜味可以解压，她爱吃奶糖，最怀旧的那种大白兔奶糖。

很甜，甜到心里。

然而走上天台后，季希停下了脚步，甚至有往回退缩的念头。

黄昏下，她看到一个侧影，长卷发垂背，在夕阳余晖中显得柔和温暖。眼前的女人穿着缎面衬衫和长裤，显得知性而干练。

眼前所见，像一幅金色的油画。

季希有种误闯他人世界的感觉。她这是第二次看到乔之逾落寞的模样。

季希本想悄悄离开，可已经来不及了，乔之逾已经侧身朝她看了过来。

季希只见她红唇噙笑，脸上丝毫找不到刚才的落寞。不过她再怎么笑着，季希也知道，她现在心情其实不好。

乔之逾笑起来时眉眼很温柔，笑得温柔并不代表性格温和，只是让人难以看透心思。

她时常把笑挂在脸上，但并不是因为有多开心。

碰上领导自然要问声好，现在离开，不就跟老鼠躲猫一样？季希面上冷静，大方地走上前，道："乔总。"

乔之逾看着季希，先是没说话，过了一会儿才抬了抬手，问："介意我在这里吗？"

"不介意。"季希答道，目光盯着她鼻尖，一颗小小的痣点缀得恰到好处，更显精致。

乔之逾继续看着远方。

她的姿势优雅好看，带着成熟的风情。季希瞧着，暗想要是这一幕被员工群里的人看见，估计群里又要炸锅。

两个人都没再说话，气氛变得沉寂，耳畔仿佛只剩下风拂过的声音。

远处的天空烧红一片，很美。

季希放松时喜欢独处，现在上司站在她身旁，别提多尴尬了。可现在走显得不自然，不走又不自在，季希手里还捏着奶糖，准备剥开吃时，又想起什么。

"乔总，吃糖吗？"出于礼貌，季希先客套地问身旁的乔之逾。

乔之逾盯着季希手里递来的奶糖，有片刻失神。

而后，她接过，道："谢谢。"

季希都预想了乔之逾会说不吃，结果下一秒，她竟然看着乔之逾从她手中接过了糖。

女王会喜欢吃奶糖吗？

这画面难以想象。

乔之逾没吃糖，就拿在手里。

递完糖，空气不可避免地再度陷入沉寂。

又是几秒过后，季希想了想，决定使出脱身的惯用伎俩，她装模作样地从口袋里摸出手机，说话声音很轻："不好意思，我接个电话。"

接着，她一脸淡定地将手机贴到耳边："邵经理……现在要那个文件吗……嗯……我马上就……"

还没说完，这时，季希突然听到一旁乔之逾幽幽地提醒了她一句："手机拿倒了。"

轻飘飘的一句提醒，让季希瞬间沉默，非常沉默。她垂下手，默默地瞥了眼黑屏的手机，仿佛什么也没发生。

季希很神奇。她是个在任何情况下都能保持淡定的人，即便是像现在这样尴尬至顶的时候。她的表情没有太大变化，只是不知道为什么，一碰上乔之逾，气氛总能弄得……这么尴尬。

乔之逾淡淡地瞥了季希一眼，没再说什么。转身离开时，她的嘴角不由自主地扬起，然后无声地笑了起来。

第一天入职，比想象中有意思。

乔之逾走后，季希独自留在天台上吹了会儿风，眺望着波光粼粼的江面，心情又平静下来。

不过没平静多久，她脑子里又跳出刚刚的情景，怎么觉得新上任的领导有点恶趣味？

晚上，姜念扭着腰肢，招摇地走进酒吧，在吧台前拉开一个高脚凳坐下。
"美女，我又来给你捧场了。来点喝的。"
季希扶着雪克壶，问："喝什么？"
"随便。"
"稍等。"
从研二开始，季希就在时光酒吧兼职调酒师，这是个一举几得的活儿，能赚点钱，能锻炼酒量，还能结识不少人。她一般周五、周六的晚上在，因为次日不用上班，可以做得久一点。
季希在时光工作时通常穿得很休闲，她调酒时安静且专注，跟白天在公司上班时一样认真。
她话不多，让人觉得这姑娘有点冷，还有点酷。正是这样的气质，吸引了不少人找她喝酒，甚至有人专门为她而来。
季希在忙，姜念就趴在吧台上盯着她看，目不转睛。
姜念没多少兴趣爱好，除了文身、画画，就是盯着长得好看的人看。她是个重度颜控患者。
"盯着我干吗？"季希往酒杯里加着冰块，偷闲看了姜念一眼。
姜念肉麻兮兮地说道："看你长得好看啊。"
季希不以为意，道："有闲工夫你逗别人去。"
姜念撇了撇嘴，嫌季希不解风情。

两分钟后，一杯鸡尾酒递到姜念面前，姜念支着脑袋咬着吸管，闷闷地喝着，无聊得很。
"季希。"姜念拖着声音叫了季希一声。
"嗯？"季希擦拭酒杯的手停了下来。
姜念道："跟你这样的人谈恋爱，肯定很无聊。"
季希继续低头擦着手里的玻璃杯，说道："我看是你太无聊了。"
"是啊，单身好无聊。"姜念嚷嚷着，"好想谈恋爱。"
季希不再说话，她觉得姜念挺逗的，世上还真有不谈恋爱就活不了的人吗？
"小季。"有人叫了一声。

季希和姜念闻声,同时转过了头。

一个留着及肩短发、气质飒爽的女人走到吧台前,一只手肘撑在桌面上,悠闲地朝着季希笑。

姜念扭头恰好看着对方的侧脸。

"染姐。"季希跟姚染打着招呼,"什么时候回来的?"

"回来好几天了,给你带了礼物。"姚染提起手里的礼品袋,递给季希。

姚染每次出去旅游都喜欢给身边的朋友带点当地的特色礼物,不贵重,但有纪念意义。

"谢谢,你每次都给我带礼物。"季希有点过意不去。

姚染道:"都是些小玩意儿。"

季希来到时光酒吧兼职后,发现姚染也是Q大金融系毕业,对方是自己的校友也是自己的前辈,她时常向姚染请教学业和工作上的问题,两个人渐渐熟悉起来。

姚染是个没什么架子的老板,和季希又谈得来,让季希叫她姐就好。

和季希聊了两句后,姚染才察觉到一旁有人盯着自己,她回过头,看到一个留着大波浪的女人,看起来挺年轻,桃花眼,明艳动人。

姜念从座椅上起身,主动自我介绍:"你好,我叫姜念,季希的朋友。"

"你好,姚染。"姚染礼貌地回了一句。

"我请你喝杯酒吧。"姜念十分热情。

季希瞧见姜念看姚染的眼神,提醒姜念:"染姐是这儿的老板。"

"是吗?我都没见过。"

"我平时不大来店里。你既然是小季的朋友,这杯酒我请你喝。"姚染性格大方直爽,喜欢交友,所以离婚后开了这么一家酒吧。但她不亲自打理酒吧,平时都是满世界旅游,享受生活。

"那我就不客气了,我们加个微信吧。"说着,姜念已经拿出手机,迫不及待地打开了自己的微信二维码。

"手机现在没在身上,下次吧。"

姜念还想说点什么,这时大堂经理跑了过来,有事要跟姚染说。

姚染先离开了。

姜念一双眼睛盯着她的背影。

"想什么呢?"季希看姜念酒也不喝了。

姜念看着姚染的背影消失,回头问了季希好几个问题:"我看你跟她挺熟的。告诉我她喜欢什么,一般什么时候过来,她生日是哪天?"

季希无奈道:"我还在上班,没空闲聊。"

姜念无所谓道:"行,明晚我请你吃饭。"

季希无奈,看这架势,姜念是铁了心要结识姚染。

第二章
你会哄小孩子吗

凌晨两点下班,后半夜户外温度很低,季希走出酒吧前先套了件薄外套。走到门口时,她正好碰上姚染,问道:"染姐,你还没走?"

"跟几个朋友叙旧,刚送走他们。"

"那我先下班了。"

"哎,小季。"姚染揉了揉太阳穴,又叫住季希,"正好有件事想问你。"

"什么事?"季希停下脚步。

"你现在还做家教吗?"姚染知道季希以前做过家教,她还曾帮季希介绍过学生。

Q大学生出来做家教,课时费很可观。之前这也是季希的主要经济来源,只不过去了ZY实习以后,她没那么多精力了。

季希想着季楠的学费,又想着自己即将面临的房租,而且在ZY的工作能不能转正还是未知数,她正缺钱。

"做。"季希回答得飞快。姚染介绍的雇主,支付的报酬通常高于业内平均水平。

"我有个朋友要给她家小外甥女找家教,五岁多的孩子,马上要上一年级了,很乖。"姚染想了想,突然想起一件事,问季希,"你是在ZY资本实习吧?"

"嗯。"听姚染换了话题,季希还有点纳闷。

姚染笑道:"这么巧,那你应该认识我的朋友。"

季希疑惑道:"嗯?"

"乔之逾,乔总。"

乔之逾……这是个熟悉的名字。

季希想说何止认识，应该是印象非常深刻。

不知为何，季希听到是乔总以后，第一反应是想拒绝。

"她给的课时费很高的，不过我先提醒你，她的要求也很高哦。虽然是我介绍的，但能不能录用，还是要等你试课以后才能决定。你这个周末有时间吗？去她家试课。"

因为姚染的那句"她给的课时费很高"，季希最终还是答应了周六下午去试课。

让她去辅导学前班的小家伙，好像有点大材小用，但胜在轻松，报酬又高，何乐而不为？

周六，阳光明媚。乔之逾待在家里陪乔清看故事书。

"小清，讲故事给姨姨听好不好？"乔之逾坐在乔清身边，语调温柔。

乔清抿着嘴，不吭声，埋头翻着故事书，字她认识不少，只不过是不爱说话罢了。

"那姨姨给你讲故事。"

乔清咬着下唇，点了下头。

乔清的孤独症，大概是从她母亲离开以后开始表现出来的。乔之迎两年前因为乳腺癌去世，那时乔清才三岁多。除了乔之迎，乔清跟乔之逾最亲，以前会黏在乔之逾后面叫"姨姨"。可这次乔之逾回国，她发现乔清话已经少得不太正常，有时候一整天都不说一个字。

乔家没把乔清照顾好，乔胜添不管这些琐事，而陆卿云显然没把乔清当自己的外孙女对待。

乔之逾一早就计划了回国的事，当初她答应了乔之迎，无论如何都会照顾好乔清。说起来，乔家也只有乔之迎没把她当外人，真心实意地叫她一声姐。

"姨姨。"故事念到一半，乔清清澈的眸子盯着乔之逾，软软地喊了一声。

"什么？"

"妈妈什么时候回来？"乔清总是时不时冒出这个问题，还问得认真。

乔之逾语塞，她最怕乔清问这个。她摸摸乔清的脸蛋，搪塞道："等你长大了，她就回来了。"

五岁的孩子其实已经懂得很多事。乔清不再说话，继续咬着下唇，脸上没有笑容。

外边响起咚咚咚的敲门声。

乔之逾说道:"进来。"

敲门的是住家保姆李阿姨,她站在门口,道:"乔总,家教老师过来面试了。"

"让她稍微等一下。"

季希提着包站在一楼,手里拿着份简历,她有意无意地看了一圈四周,嗯……果然是有钱人的家。

楼梯处传来脚步声。

季希抬了抬头,先是一条长腿入目,然后便见乔之逾踩着楼梯下来了。

"乔总。"

乔之逾看到前来面试的家教老师后,眼神明显顿了一下,姚染只说安排了一个Q大高才生来试课,是她认识几年的熟人,非常优秀,经验也丰富。但乔之逾没想到,这个人就是季希。

自己跟这姑娘未免也太有缘了点!

走到季希面前后,乔之逾挑了挑眉,道:"你跟姚染认识?"

"她是我学姐。"

乔之逾会意。姚染的确是在Q大念的本科,后来才去了美国深造。

"乔总。"季希不多说,就按流程来,"这是我的简历。"

既然姚染说优秀,乔之逾还是信得过的。她没表现得太意外,也按流程接过季希递来的简历,扫了一眼,道:"坐。"

季希跟着乔之逾在沙发上坐下,李阿姨送了两杯茶过来,飘散着淡淡的香气。

季希轻轻道了声谢。

乔之逾手持简历,审视得很认真,季希则是安静等待。

季希稍一抬眼,只见乔之逾穿着打扮比平时要随意许多,化了淡妆,长发松松软软地散着,很居家,但也掩不住不俗的气质。

乔之逾看完简历后,只抛给了季希一个问题:"以前教过小孩吗?"

"我在孤儿院当过义工,也辅导过小学生,这方面经验还比较丰富。"

乔之逾这时抬头问道:"在孤儿院当义工?"

"社会实践,挺有意义的。"季希解释得简单,几个字带过,要不是面试需要,这些事她通常不提。

乔之逾放下简历，轻松道："我没什么要求，只要她喜欢你就可以。"

这么简单？季希浅笑，颇有自信地说道："我挺会哄小孩的。"

"那就好。"乔之逾望着季希，意味深长地笑了笑，她想季小姐待会儿可能会笑不出来。

乔清的性格过于内向，她马上就要上小学了，到时候可能跟不上学校的教学进度。

乔之逾之前找过不少专业家教，可他们压根儿没办法跟乔清建立基本的沟通关系。

乔之逾请家教没有特别高的要求，关键是能哄得住小孩，也并不是为了让乔清多优秀，只是希望乔清能跟普通小孩一样就行。

乔清很抵触陌生人，把自己困在封闭的世界里，害怕与人沟通。这件事让乔之逾很头疼，虽说她也曾带乔清接受心理治疗，但也不能立竿见影。

乔之逾带着季希往楼上走，顺便说着乔清的一些情况："小清比其他小孩内向，你需要多点耐心。"

"嗯。"

"小清一直跟母亲生活，两年前她母亲去世了。所以敏感的事，你不要跟她提。"走到二楼后，乔之逾转身低声提醒季希。

乔清的母亲，也就是乔之逾的妹妹……所以她才把乔清带在自己身边吗？季希听了，又应道："嗯。"

"半个小时的试讲时间，内容你可以自己安排。如果准备好了，我们现在就开始。"

季希过来面试，自然是有所准备，乔之逾让她自由发挥，她就不需再额外准备什么，于是说道："现在开始吧。"

她们来到二楼的儿童房，推开门。

季希看到一个瘦瘦的小女孩趴在窗边，看着外面发呆。听到开门的声音后，小女孩也没回过头，继续专注于自己的事，安静得出奇。

乔之逾走到窗边，在乔清身边蹲下身，说道："姨姨找了家教姐姐陪你玩，我们去跟她交个朋友好不好？"

阳光洒在她身上，温柔仿佛是从骨子里散发出来的。季希看着乔之逾哄着乔清的模样，不禁又有些走神。

"你有生日愿望吗？"

"我想嫁给一个跟你一样对我好的人。"

"小孩不能嫁人。"

"那我长大后再嫁。"

……

每每回想起这些，季希都情不自禁想笑。

虽然已经过去很多年了，但季希总会想，不知道对方现在过得好不好？

乔之逾回头望着季希，发现季希站在原地看着自己，她喊了声："季老师。"

季希从回忆中抽离，都说是认错人了，怎么她看着乔之逾还是会觉得熟悉。

只因为两人鼻尖上的痣太像了。

乔清长得漂亮，一双眼睛大大圆圆的，眸底比清潭还清澈。季希猜小姑娘应该像她爸爸吧，因为乔清和乔之逾两人的五官找不到半点相似之处。

"小清。"季希也蹲下身，从包里拿出一个迷你兔子摆件，粉嘟嘟的，很可爱，她说道，"这个送给你，老师可以和你交个朋友吗？"

季希理性，但小孩总能触碰到她心头柔软的地方，每次在小孩面前，她都感性得像是换了个人一样。

根据季希的经验，小孩子是最容易搞定的，一般送点小玩具就能很快获得他们的好感。

不过，这一次……

乔清都没看季希一眼，直接扑到乔之逾怀里抱着，委屈巴巴地叫了声："姨姨。"

季希拿着玩具的手悬在空中，心想自己不至于吓着孩子吧。

乔之逾揉着乔清的小脑袋，对季希说："她比较怕生。"

害羞腼腆的小孩季希也见过不少，毕竟她从大一就开始出来做家教，在这方面，经验也算丰富。

"小清，老师跟你玩个游戏吧？"

乔清没有看季希。

"老师给你讲个故事。"

乔清还是没有看季希。

"老师……"

乔清仍然没有看季希。

就这样，快二十分钟过去了。

无论季希说什么，乔清就是不看她，一直保持着窝在乔之逾怀里的姿势，还轻轻攥着乔之逾的衣角，始终保持警惕防备。

这是内向吗？季希看小姑娘如此敏感沉默，这应该是自闭吧。从自己进房间到现在，季希除了听乔清叫了声"姨姨"，就再也没说过一句话。

季希做家教这么多年，从来没被这样打击过，她看了看乔之逾，又看了看乔清，怎么这小不点和乔之逾一样……都这么不按套路出牌！

房间里三个人，只有季希在说话，像极了自言自语。

这氛围令人窒息，季希见乔总气定神闲，也打量着自己，眉梢轻挑了一下，仿佛在说：不是挺会哄小孩的吗？

季希硬着头皮，刚才有多自信现在就有多打脸。

她快没招了。

小祖宗就是不理人。

当季希不说话时，整个卧室都安静下来。

乔之逾低了低头，忍不住想笑，不知道为什么，每回看到季希窘迫还强装淡定时的模样，就是觉得挺有意思。

如乔之逾想的那样，季小姐现在有些笑不出来。

"乔总。"季希想向乔之逾求助，连句话都说不上，还怎么上课！

乔之逾看了看表，再望向季希，说："你还有十分钟。"

季希勉强保持微笑，乔总一定是她命里的克星。

不到最后一刻，季希都不会放弃。刚才那一套肯定行不通，她四下打量着房间里的摆设，发现了非常特别的一点。

床上三件套是海绵宝宝，抱枕是海绵宝宝，就连书桌上的橡皮擦，都是海绵宝宝。

"小清，你喜欢海绵宝宝吗？"季希想了想，说道，"老师认识海绵宝宝。"

乔清扭了扭头，稍微有了一点反应，但还是没理季希。

"你想和他交朋友吗？"季希又问，"老师让你和他交朋友，好不好？"

乔清这时转过身，抬头盯着季希看，不说话，软软的模样别提有多可爱。

乔之逾的注意力也集中在季希身上，她有些好奇，季老师到底有什么妙招？

她见季希在书桌上拿过纸和笔，纤细的手握着铅笔，低头在白纸上沙沙地勾勒着，再用彩笔稍加点缀，不一会儿，一个可爱的卡通人物跃然纸上。

乔清盯着跃动的笔尖，看得认真。

"这是谁？"季希柔声问乔清。

乔清迟了几秒才回答："海绵……宝宝。"

她终于肯说话了。

"那这个呢？"季希继续在纸上描绘，速度很快，一个小女孩的形象也出来了。

"这是我。"乔清很聪明，一眼就认出来了。

有时候小孩安静并不意味着乖巧听话，他们的世界，也许有你想象不到的难过。或许是自己经历过什么，季希对小孩格外有耐心。

"一天，海绵宝宝看见一个小女孩坐在那里发呆，好像不太开心，就问她叫什么名字。小女孩说我叫小清。海绵宝宝给她递了一颗糖，说我们做朋友吧，以后有不开心的事，可以跟我说……"季希一边画着漫画一边讲述着故事，乔清听得入迷。

乔之逾看看画纸，又看看低头认真画画的季希，她的眼睫毛长而翘，低眸时很漂亮，在孩子面前笑起来时，也像个孩子。

季希画完画后，道："这个送给小清。"

乔清接过画，脸上露出笑容，是很害羞的笑容，还礼貌地说了一句："谢谢老师。"

季希很欣慰，她摸摸小不点的头，知道乔清其实什么都懂，只不过暂时把自己关进了一个小房间而已。

"老师也有糖。"季希这时从包里拿出一颗大白兔奶糖，递给乔清，笑着问，"小清愿意跟老师做朋友吗？"

乔清犹豫了一会儿，点了点头，然后接过奶糖。

季希趁热打铁问："那老师以后每周都来给你讲故事，教你画画，好不好？"

乔清眼眸亮晶晶的，她看着季希，又点了点头。

季希弯唇笑得开心，她看向身边的乔之逾："乔总，你觉得呢？"

乔之逾对季希有点刮目相看了，这姑娘，还真的挺会哄小孩！

六月，北临的天气连续晴了一周后，开始下起淅淅沥沥的小雨。

离转正考核的日子越来越近，季希没有百分之百的把握，ZY 很少留下应届生，大部分人都是从投行或四大行转行过来的，本身就有一定经验。

尽人事听天命，季希从不会对一件事抱有满分期望，总会给自己留好退路。换个角度想，有过在ZY实习的经历，也是一个很不错的跳板。

季希现在的生活很简单：周一到周五按部就班工作，周六和周日下午去给上司家的小孩做家教，晚上则是去时光酒吧做兼职。

一份正职两份兼职，加上乔之逾支付的课时费确实可观，季希的经济压力小了许多，累是累了点，可她不怕累。

走出CBD写字楼，迎面飘来纷纷扬扬的细雨，季希撑起一把长伞。这伞是便利店抽奖得的，上面还印着"××便利店"的醒目大字。

季希一如既往地走向两百米开外的三号线地铁站，乘坐地铁需要转三次，全程大概需要一个半小时才能到学校。

不过，她也快要找房子了。

从公司出来没走多远，季希握着伞柄的手紧了紧，神经紧绷起来，因为她隐约察觉到身后有人跟着自己。

雨下得大了，雨滴砸在脏兮兮的地面上，身后的脚步声也在加重。

季希加快了脚步，恰好路口来了辆空出租车，她招手一拦，坐进了后座，道："Q大南校区北门。"

"好嘞。"

出租车继续往前行驶。

季希望着沾满雨花的玻璃车窗，外面的世界一片朦胧，看不真切。过了许久，她才松了口气，但愿只是自己太敏感，想多了。

回到宿舍，洗完澡后，季希躺在床上捧着手机，在APP上浏览着租房信息。要么交通不便，要么租金太高，租房真是一件挺令人头疼的事。好在她还有比较充足的时间。

姜念这段时间光顾时光的频率高得有些不正常，季希每回来上班都能看到姜念的身影。不管在工作室忙到多晚，下班后她总会来时光坐坐，称得上锲而不舍。

她发现，姜念换风格了，开始走熟女路线。

"姜老板，又来喝酒？"姚染看见姜念一个人坐在小桌旁，走上前打招呼。

"姚老板，好久不见，又去哪儿玩了？"姜念看到姚染后，笑得也开心。

为了拉近和姚染的距离，有更多共同话题，姜念说自己年纪和姚染差不多大，恰好也是开店的。这话半真半假，其实，姜念比姚染小了五岁多。

"去玩漂流了。"

姜念满怀期待地道："下次能带我一起吗？"

姚染笑道："可以啊。"

姜念厚着脸皮拉着姚染一起喝酒，姚染和姜念挺合得来的，于是也没客气，在姜念对面坐了下来。

两个人碰杯喝着酒，随意闲聊。

"你怎么这么爱旅游？"

"以前不爱出去，离婚以后我就经常出去散心，然后就喜欢上了。有时候一个人待久了也无聊，想出去走走。"

听到姚染说起离婚的事，姜念还是有点小意外，不过她不纠结这个，只道："一个人无聊，怎么不再找个对象？"

"偶尔无聊，但更多的是自在。"姚染解释，她看看姜念，又问，"你应该有男朋友吧？"

"没有，我没有。"姜念突然激动起来。

"你这么漂亮，还能单着？"

被夸漂亮了，姜念直笑，道："没遇到合适的。"

两个人你一句我一句，聊得投机，所以喝了不少酒，到午夜的时候，两人脸上都染上了红晕。

六月恰好是时光酒吧开业两周年的日子。

两周年活动那晚，店内酒水一律七折，情侣半价。还不到九点，酒吧内的氛围就已经火热起来，比平时热闹许多。

恰逢周六晚上，季希也在店里帮忙，客人太多，这晚所有的调酒师都来值班了，还是有些忙不过来。

季希无疑是酒吧里最受欢迎的调酒师，吧台旁坐了不少人。季希工作时，拍照、录视频的都有，她是允许的，有时还会看着镜头淡淡地笑一下，就当是给店里做广告了。

乔之逾走进时光时，店里已经有不少人。

人虽多，但也不算拥挤。

为了避免人太多，姚染特意搞了预约制，控制了客流量。她开酒吧不是为了赚钱,她不缺钱,开心舒服最重要。

季希正认真调着酒,吧台旁客人的注意力突然转移到了别处。

"那边,美女……"

"女王啊,是我喜欢的款。"

……

季希顺着那方向望去,手里的动作便慢了下来,她看到了乔之逾,平时在办公室总穿衬衫的上司,今晚穿了条露背长裙,裹着凹凸有致的身段。

精致的脸,加上成熟优雅的女人味,难怪吸引一大片目光。

不过几秒的时间,乔之逾也注意到了站在吧台旁的季希,她穿得很休闲,短款的背心,还露出了一小截精瘦的腰。

季希冲她笑了下,算是打过招呼,继续安静地忙自己的事。

她这会儿可以确定,乔之逾肯定知道了自己就是那晚搭讪的人。

"乔总,来了。"这时,姚染朝乔之逾走了过来,她看乔之逾在盯着季希看,便解释道,"小季一直在我这儿兼职调酒师,平时看着文文静静的,其实有个性得很,可是我们这儿的门面担当。"

是挺有个性,在酒吧调酒和教小孩时,完全是两副面孔。乔之逾不禁想,这姑娘到底打了几份工?在 ZY 上班就已经够累了。

"她家教当得怎么样,应该不错吧?"

乔之逾道:"挺会哄小孩的,小清现在跟她说话比跟我说得还多,天天盼着她来家里上课。"

"那就好,看来小清是真喜欢她。"在姚染的印象中,小清都不会搭理陌生人。

姚染给乔之逾安排了张桌子,靠近舞台的地方,视野好,今晚还有节目表演。

"你最近没出去旅游吗?"乔之逾纳闷,好像姚老板最近都安安分分地在北临待着,一反常态。

"是啊,没出去。"姚染开酒倒酒,笑得满面春风。

乔之逾看姚染如此模样,问:"有什么开心的事?"

"啊?"

"我看你状态挺好,气色也好。"

姚染勾唇笑道:"有吗?你这么夸我我都不好意思了。"

才喝了半杯酒,姚染扭头瞥见人群里有个熟悉的身影正朝她打招呼,

037

她放下酒杯，对乔之逾道："你先坐会儿，我有个朋友来了。今晚你的酒算我头上。"

说完，姚染匆匆朝姜念走了过去："姜老板，不是说今晚不能过来吗？"

姜念靠在墙角，也笑得春风满面，见姚染过来，她悄悄拉住姚染，道："今晚的客户取消预约了，所以提前收了工。"

姚染拉了拉姜念，道："今晚我请客，但姜老板别喝太多了。"

"嗯。"姜念点头。

姚染无奈地一笑，就在前段时间，她也没想到会跟姜念熟到这个程度。

乔之逾一个人坐着无聊，接连又有好几个人上前搭讪，她一一拒绝了，又看了看季希的方向，片刻后，她起身朝吧台的方向走去。

她找了个空位，坐下。

季希给吧台旁的客人送酒时，才后知后觉发现一旁多了位客人，一位漂亮得有点高调的客人。

两人沉默地对视了一眼。

乔之逾问："在这儿兼职？"

"嗯。"

就这么短短的两句对话，季希和乔之逾都没再说其他的，这恰好遂了季希的意。就当那晚和乔总的第一次见面，只是闹了个误会吧。

乔之逾就坐在这儿，不打算走了。

"乔总，喝点什么？"季希问。

乔之逾直接对季希说："你最拿手的。"

"好，您稍等。"

乔之逾望着季希的身影，比起其他的调酒师，她发现季希工作时的模样确实是最具欣赏性的。因此，季希这边总有不少人围着。

"一个人来喝酒？"季希给乔之逾送上酒时，顺口问了句。上次也是一个人，季希总觉得，乔之逾像有心事一样。

可谁没点自己的烦心事呢，季希也不多问。

"跟你们老板。"乔之逾低头抿了口酒，夏日清爽的青柠口味，清新甘甜，余味无穷。喝着舒服，就跟看季希调酒时一样舒服。

"噢，我看到染姐……"季希说着，又突然安静了下来。不远处的卡座上，她看到了姚染和姜念。

乔之逾抬头顺着季希望着的方向看去。

季希和乔之逾几乎同时收回了目光，然后又同时落在了彼此身上。两个人都装作一脸淡定。

乔之逾看着季希清秀又娇俏的脸，她凝神若有所思，不禁又想起那晚的误会。

沙发上，姜念靠着姚染，道："今天累了一天，颈椎疼。"

"那你今晚还过来？"

姜念盯着她道："来找你玩儿。"

姚染声音温柔地说道："累的话，我去给你找个包间休息。"

"嗯。"

安抚好姜念后，姚染折回去找乔之逾，发现乔之逾已经换了个位置，坐到了吧台旁。

"怎么坐这儿来了？"姚染在乔之逾旁边的座椅上坐下。

乔之逾慢悠悠地喝着酒，看了姚染好一阵子后，才慢悠悠地问："你俩关系这么好了？"

姚染眼睛一眨，当即就反应了过来："你看到了吗？"

乔之逾："嗯。"

姚染神情很坦然："下次介绍你们认识。"

"你怎么突然……"乔之逾还是不太理解，姚染不是一个喜欢交朋友的人。

"很奇怪吗？"姚染说出了乔之逾没说出口的话，她低头看了看酒杯里的冰块，也在思考这个问题，说道，"我倒觉得开心就好。"

乔之逾笑道："好久没看你笑成这样了。"

乔之逾是真的希望自己身边也能有这样一个人，陪自己分享喜乐。

姚染一笑，喊了季希，让她再上一杯酒。

季希应了，调酒时，她抬头恰好能看到乔之逾的脸，鼻子是最精致的，鼻梁很漂亮，像精雕细琢出来的。这事未免太巧了点，季希在想，记忆里的那个人比自己大五岁，今年应该也是二十九岁了，恰好和乔总一样大。

如果乔之逾不是有钱人家的千金大小姐，季希真的觉得乔之逾就是她想找的人。

"染姐，你的酒。"

姚染道："谢谢。"

季希转身时，漫不经心地看了乔之逾一眼。她每回看乔之逾，注意力准会停在对方鼻尖的那颗痣上，都已经习惯了。

姚染不小心捕捉到季希的眼神，她笑了笑。

手机振动起来，乔之逾对姚染道："我接个电话。"

姚染看到来电显示上写着"许盛"二字，这个名字她很熟悉。这人是她跟乔之逾在美国的老同学，当初暗恋乔之逾好几年，现在终于敢展开攻势了？

乔之逾接通了许盛的电话："喂？"

"之逾，"许盛听到电话里的声音嘈杂，便问，"你在哪儿呢，这么吵？"

乔之逾语气淡淡地答道："在姚染的酒吧。"

"喝酒了啊？别喝多了，要不待会儿我去接你。"

"不用，我已经安排了司机来接。"

许盛道："好歹给我点机会嘛。我们回国后才见了一面。"

乔之逾安静了一会儿，觉得许盛说得有道理。不过想了想，她还是说："今晚不用了。"

许盛不放弃，试着问："月底我要参加一个晚宴，你陪我一起？"

乔之逾握着酒杯，脸上平淡如水："嗯，好。"

"我记着了，乔总可别放我鸽子。"

简短的通话结束后，姚染好奇地问："许盛不是在美国吗？"

乔之逾道："他也回国了。"

"他为了追你，也回国了？"

乔之逾看看姚染，默认了这个说法。许盛回国确实是为了她，她过意不去，但许盛一心坚持。

"原来许公子这么深情？不过，你对他应该没什么感觉吧？"因为是好友，姚染没拐弯抹角，她眼尖，要是乔之逾对许盛有意思，那接到许盛的电话时，就不会是这种平淡的反应，甚至有些勉强。

乔之逾说："想接触看看。"

"可如果没感觉的话，再发展下去，很可能会把感动当爱情。"姚染知道自己这番话有点像劝分，可她还是提醒乔之逾，"我就是前车之鉴，你可要想清楚了。"

"要是碰不到心动的呢？"乔之逾反问。哪有那么多轰轰烈烈的心动，大部分人还是遇到个差不多合适的就先处一下，再细水长流吧。

"你怎么这么悲观？"姚染觉得碰不上心动的就单着也好。

乔之逾知道，姚染肯定理解不了自己，不懂自己为什么会想结婚。因为过惯了寄人篱下的日子，所以才向往有个属于自己的家。

可她偏偏一直一个人。

姚染开玩笑说："你要勇于尝试新的感情，没准儿就找到感觉了呢？"

乔之逾抬头看了姚染一眼，一句话岔开了话题："才喝两杯就醉了？"

"好啦，干杯。"姚染看乔之逾似乎没什么兴趣，便也不再继续这个话题。

乔之逾闷声喝酒时，心里还在回味姚染刚才说的那番话。

时光的周年庆闹得太晚，季希回到宿舍时已经是凌晨三点，第二天更是一觉睡到中午，她睁开眼时，房间里阳光刺眼。

季希皱着眉，懒洋洋地摸过手机。一看时间，她一个鲤鱼打挺从床上坐了起来。

差点睡过头。

下午两点半她还得去做家教，现在一点四十五分，还剩不到一个小时。

也顾不上吃饭了，季希动作很快，没打算化妆，换上略宽松的T恤和洗到有些泛白的浅色牛仔裤，穿了双白色运动鞋就匆匆出了门。

地铁转公交。

两点二十九分，季希额角带汗，微喘着气按响了乔家的门铃。

时值六月，北临的午后，天气很热。

来开门的是乔之逾，她右手还牵着乔清。

"抱歉，我来晚了。"季希笑着道歉。虽然刚好，不算迟到，但她平时习惯提前十分钟就过来。

乔之逾拉开门后，视线短暂停留几秒，阳光下的笑容清爽又明媚。

由于出来得急，季希完全是素颜，连口红都没涂，不过她唇色本身就很好看。

见乔之逾盯着自己，没说话，季希暗想，自己素颜和化妆时的区别有那么大吗？

乔清看到季希后，迫不及待地迎了上来，拉住季希的手开心地说道："老师，你怎么才来？"

乔之逾手牵了个空，季小姐还真有本事，才不到一个月的时间，乔清就跟季希熟了，平时季希不在的时候，乔清就总缠着她问"季老师什么时候来"。

"那老师下次来早一点。"季希蹲下身,抱着乔清哄道。

"可不可以多来几次?"乔清小声问,墨色的眸子里满是期待。

她又抬头看向乔之逾:"姨姨,你让季老师多来几次好不好?"

乔清平时不会说这么多话,只有说起季希,她的话才会稍微多些。

季希头一回碰到这么爱补课的小孩,不过她明白,小家伙是把自己当成她唯一的朋友了,所以嘴上、心里总念着。

"你想要老师来几次?"乔之逾半蹲下身,问乔清。她也希望季希多来几次,自从季希给乔清上课以后,乔清的性格改变了不少。

乔清有点小贪心,哼唧道:"每天都来。"

季希被小家伙的模样可爱到了,直笑。

乔之逾道:"乖,先跟老师去上课。"

乔清乖乖点头。

周六周日下午,季希通常要给乔清上两个半小时的课。

乔清是个小机灵鬼,明明学会了还要说没学会,想让季希再多教一会儿。季希就说,如果能把题目做出来,就画幅画给她看,结果乔清做题做得飞快。

所以每次上完课后,季希都会画一幅简单的画送给乔清。

五点多的时候,乔之逾走进房间。

此时季希已经上完课了,问:"今天想要老师画什么?"

乔清小眼睛一转,问:"老师什么都会画吗?"

季希问道:"你想让老师画什么呢?"

乔清拉过乔之逾,道:"老师画姨姨。"

季希还以为乔清又要画什么卡通人物,听乔清这样说,她先问乔之逾的意见:"乔总,可以吗?"

其实第一次在酒吧见面的时候,季希就有画乔之逾的念头。当时她就觉得这个女人美得很有辨识度,很有味道。

乔之逾道:"可以。"

说完,她就很配合地在书桌对面坐了下来,也想看看季希会把自己画成什么样子。

黄昏时分,天凉了起来。晚风吹得屋外梧桐树的枝叶摇晃,坐在窗边画画是一件很惬意的事。不过风有些大,吹得季希长发飘扬。

动笔前，季希先用手梳理着披散的长发，再拿起桌上的一支铅笔往后一绕一卷，动作熟练，不一会儿，蓬松浓密的头发便被盘在了脑后。

乔之逾还没看清，就见季希已经把一头长发扎了起来，露出一张清秀的瓜子脸。

季希画的速写。

她虽然不是姜念那样的颜控，但不得不说，画美女是一件很享受的事。从脸型到五官，细细打量，赏心悦目。

"什么时候学的画画？"

"大学以后，就是爱好。"季希边画边答。

季希画画时很安静，整个人都沉迷其中，像是完全进入了自己的世界，不受打扰。凝神注视，非常专注。

乔之逾眼神并不躲闪，很大方地让季希盯着自己画。

一阵风吹来，很突然。

季希盯着乔之逾，道："别动。"

"什么？"

"头发上有虫子。"刚刚从窗外的树上落下来的，绿化好的小区，一到夏天蚊虫也多。

乔之逾僵住了，果然一动不动，等着季希帮忙处理。

季希站了起来，隔着书桌，朝乔之逾俯过身，用纸巾轻轻包住虫子，动作小心翼翼的。

"好了吗？"乔之逾问。

"嗯，好了。"

季希说话声音很轻，乔之逾闻到对方身上有着淡淡的香味，不是香水味，比香水味闻着更舒服。

只是没一会儿，这香气便散了。

季希捏着小虫子扔出窗外，再将纸团扔进垃圾桶里，回头看乔总一动不动、乖巧听话的模样，莫名觉得有点可爱。她本是笑点挺高的一个人，可不知道为什么，现在嘴角不自觉就扬起了浅浅的笑意。她道："那个虫子不咬人。"

乔之逾不禁发出女王式反问："有什么好笑的？"

"没有笑啊。"季希摆出一副"哪敢笑您"的姿态。

乔之逾倒是被季希这句话给逗笑了，放松地笑，发自心底的笑。

季希正好抓住机会,将这个漂亮的笑容收入自己的画纸里。画画时,季希嘴角一直保持着微微上翘的弧度,也只有在画画时她才会这样放松、开心。

真是个愉快舒适的傍晚。

一人低头画画,一人安静地被画,画笔摩擦在画纸发出轻微的声音,沙沙,沙沙,让人心情平静,也让时间流得缓慢。

乔之逾垂眸看着画纸,问:"还没好?"

季希道:"马上就好了。"

习惯性写上名字和日期后,一幅速写彻底完成了。季希只画了脸部特写,而小小的签名"jx"和日期,恰好位于画像肩头的位置。

安静了许久的乔清探出一个脑袋,小手指着说道:"老师把姨姨画得好漂亮。"

"姨姨本来就漂亮。"季希摸摸乔清的脸蛋,顺口说道。

乔之逾听见了也没说什么,只是若有似无地笑了下。

既然画的是乔之逾,季希就和乔清商量:"今天的画,小清送给姨姨,好不好?"

"好,送给姨姨。"乔清把画递给乔之逾。

乔之逾接过画纸,细细地看着,竟觉得画纸上的人有点陌生,自己有笑得这么开心的时候吗?

或许刚刚正是这样吧。

"姨姨,你喜不喜欢?"

乔之逾点头道:"喜欢。"

这时,季希也笑着说了一句:"喜欢就好。"

乔之逾看了一眼季希,再低头看着画纸上自己的画像和对方的签名。

时间不早了,季希得回去了。

"乔总,那我先走了。"季希说完,又扭头跟乔清打着招呼,"小清,我们下周见呀。"

又要等下周,乔清听后微微噘起了小嘴,不吭声,以此表示不满。

"走,送老师下楼。"乔之逾拉着乔清的手说道。

"嗯。"乔清不情愿地低声回应,也主动拉住季希的手,一左一右地牵着。

她们下楼后,隐隐闻到食物的香味。

这时候季希才想起自己今天从早到晚都没吃东西，胃都空了快一天了，这会儿肚子都饿瘪了。

厨房里，李阿姨正在准备晚餐。

李阿姨是乔家的老保姆了，一直照顾乔清的饮食起居，所以乔之逾接乔清出来住时，让李阿姨也跟了过来。李阿姨厨艺没的说，煎炸烹煮样样精通，西餐也会做。

"小清，上完课啦。洗洗小手吃饭咯。"李阿姨将菜端到桌上，笑眯眯地对乔清说道。

闻着香味，季希这会儿肚子更饿了，她连吃什么都已经想好了，学校外面那家过桥米线，要点大份的。

"一起吃饭吧。"季希正想离开时，乔之逾叫住了她。

"不用了。"季希以前做家教时也遇到过这种情况，碰到饭点，雇主自然会客套一下。但她也不能真的厚着脸皮留下来。

乔清一听乔之逾留季希在家吃饭，立刻拉住季希T恤的一角，睁着圆溜溜的眼睛看着季希："李奶奶做的菜，很好吃。"

乔之逾笑了，这小家伙是有多喜欢季希，平时挑食挑得不行，现在竟然主动夸起阿姨做饭好吃。

不过乔之逾承认，在所有接触过的家教中，季希的确是最有耐心、最会哄孩子的一个。

乔清喜欢她不是没有道理。

季希实在抵抗不了小孩子用童真的眼神看着自己，充满期待。拒绝小孩，就像是把对方最心爱的玻璃球摔碎在地上。

乔之逾帮季希做决定，对着一大一小，她简单说了一句："洗手吃饭了。"

乔清抿嘴笑了起来，直接拖着季希去卫生间，道："老师，我们去洗手。"

季希被乔清拉着，这个小鬼头，还懂得先斩后奏了。

等菜差不多要上齐，乔之逾拉开椅子，在餐桌旁坐下，招呼道："吃吧。"

季希轻轻点了下头，拿起筷子。

漂亮的大理石餐桌上摆着一套精致的餐具，连汤勺都十分讲究。菜品丰盛，摆盘也用心，冒着热腾腾的香气。

季希不由得想起自己在家时，没有正儿八经的餐桌，直接支起一块旧木板代替，还有那带着豁口和裂缝的青花碗。就是因为想改变这样的窘境，她才这么拼命。有时也觉得苦，但她不会挂在嘴边。

乔之逾坐在季希对面，抬头看到季希缓缓地嚼着一小口米饭，问："不合胃口？"

季希也抬抬头，道："没有。"

乔之逾注意到季希身上T恤宽松袖口下的手臂，也太瘦了点。

"不用客气。"乔之逾慢条斯理地夹着菜，对季希轻声说。

季希："嗯。"

"小清，不可以挑食，青菜也要吃。"季希看乔清这也不吃那也不吃，蔬菜更是碰都不碰，难怪这么瘦小。

乔清看了看碗里的青菜，朝季希摇头道："不吃。"

还剩下大半碗饭，乔清就放下了筷子，不准备再吃了。

"听话。饭还有这么多。"每回哄乔清吃饭，乔之逾都觉得头疼，哄小孩这事可比上班辛苦多了。

"老师就觉得青菜很好吃。"季希吃着蔬菜，故意说道，"不挑食的小朋友更可爱。老师喜欢跟不挑食的人交朋友。"

季希是真的饿了，就着菜吃米饭，感觉格外香。

乔清一听，立刻变成学人精，伸着小手跟着季希夹菜，季希吃什么，她就夹什么吃，满满塞了一嘴。

季希一边夹菜一边道："这个好吃。"

乔清有样学样，说道："好吃。"

季希继续夹菜，道："这个也好吃。"

乔清继续学，道："也好吃。"

乔之逾瞧着餐桌对面坐着的季希和乔清，差点笑出声，简直是坐了一大一小两个幼稚鬼。

餐桌上氛围温馨起来。乔之逾看季希吃得香，自己食欲也好了些，说实话，比在乔家吃饭时舒服。

屋子里没这么热闹过，好像多了个人突然就变得不一样了。

乔之逾悄悄望着季希，不禁有些走神。

季希还在哄乔清吃饭，乔清特别听季希的话。

乔之逾发现季希只有在对待小孩时，才会温柔又热情。她平时性格有点冷淡，只专注于自己的事，比如工作，比如画画。

"以后上完课，就顺便留在这里吃晚饭吧。"乔之逾说道。多个人吃饭不过是多加一副碗筷，乔清这么喜欢季希，多跟季希接触，对心理治疗也有好处。"

季希安静地望了乔之逾一眼，感觉挺意外的，她以为今晚乔之逾留下自己吃饭，只是出于客套和礼貌。毕竟有外人在，一起吃饭多少会有些不自在。

"可以再请你吃一顿晚饭。"乔之逾解释，看季希没马上答应，她笑着反问，"李阿姨可是能做餐厅主厨的，这么好的待遇，季老师不愿意吗？"

这么一问，季希顿感受宠若惊。每回乔之逾叫她"季老师"，她都有些无所适从，乔总毕竟是她上司。

"愿意。"这话不是季希说的，而是乔清帮季希抢答了，说完她又看向季希，问道，"老师，你最爱吃什么？我让李奶奶天天给你做。"

乔之逾笑笑，说道："那就这么定了。"

嗯，自己还什么都没说，就这么定了？最后，季希就这么稀里糊涂地把周末的晚饭给安排好了。

"别只吃菜，米饭也要吃。你看你瘦的。"季希说着摸了摸乔清的小胳膊。

"你还好意思说她，看看你自己。"乔之逾对着季希笑了下，柔声道，"多吃点好的，别光吃青菜。"

听到这语气轻柔的话，季希心里猝不及防地被暖了下，她以为今晚这顿饭会吃得很别扭，结果恰恰相反。她感谢道："谢谢乔总。"

乔之逾道："现在不是在公司，不用像上班时候那样。"

乔清吃着白米饭，嘴角还沾了一颗饭粒儿，问道："老师和姨姨一起上班吗？"

"是啊。"季希摘下乔清脸上的饭粒，回答。

"姨姨。"乔清对乔之逾说得认真，"你要保护老师，不能让别人欺负她。"

小孩子的世界单纯，以为大人上班就和他们小孩上学一样。

乔之逾顿了一下，笑道："好，我保护她。"

明明是句随口的玩笑话，季希听了，心里莫名又暖了下。她低头送了一口热乎乎的米饭到嘴里，细嚼，回味甘甜。

乔清觉得这样还不行，伸出小指，认真道："姨姨拉钩。"

小家伙越来越开朗了，就连心理医生都说她这段时间变化很大。乔之逾心里很欣慰，也配合着伸出小拇指，说道："嗯，拉钩。"

周三，晴转多云。北临夏日的天气，像躁郁症患者的情绪，飘忽不定。

047

还没到傍晚，天空就已经是灰沉沉一片。

季希不讨厌晴天也不讨厌雨天，唯独讨厌阴天。阴天给人的感觉太压抑，再加上北临的霾又重，一到阴天，满世界都是灰蒙蒙的，让人感觉连呼吸都不顺畅。

写字楼的空调五月底就开了，冷气十足，所以在办公室里是感受不到夏季的酷热的，准备一件外套非常有必要。

一冷一热，办公室里总有人感冒，纸巾擦得鼻子通红。

听说转正结果快出来了，不少实习生已经不抱希望，能偷点懒就偷点懒。许多人已经开始寻找下家，准备新的面试。

没办法，ZY每年的转正名额可谓凤毛麟角，大部分人风风光光地进来，又失魂落魄地离开。

季希一如往常，她觉得就算最后不能留下来，起码能在这儿多学点东西。

夜渐深，公司里的人陆续散了。

投资机构的出勤管理相对没那么死板，平日办公室里人也少，员工经常要出外勤。

乔之逾走出办公室，将身上的西装外套脱下，搭在手臂上。

办公区还有稀稀拉拉几个人没走，乔之逾走过，瞟了季希的工位一眼，发现季希正趴在桌子上睡觉，估计是累的。

乔之逾想起自己刚入行那两年也是这样，有时整宿都待在公司里，趴着随便睡一会儿就当休息了。

乔之逾虽然顶着乔家大小姐的名头，但她现在所拥有的一切都是靠自己的实力争取过来的。她初入乔家时就明白一切都得靠自己，否则一旦被乔家踢开，她就什么都不是。

季希的工位恰好对着风口，冷气最强，乔之逾见她只穿了件单薄的雪纺衬衫，外套都没搭一件，也不怕冷。

过了一两秒，乔之逾还是走到季希工位旁，抬手在她的办公桌上轻轻敲了敲。

季希蒙眬睁眼，看到乔之逾的脸后，还以为自己在做梦，幸好清醒得快。

"乔总。"季希直起身，以为乔之逾有事要吩咐。

季希一开口，乔之逾就留意到她浓浓的鼻音，冷气这么凉，不感冒才怪。

周围几个同事朝乔之逾和季希投来目光，乔之逾想了想，对季希道："办公室不是睡觉的地方，低效率的加班没有用。"

季希有些委屈，刚刚趴了一会儿，就被领导抓个正着。

再开口时，乔之逾的语气柔和了些，声音也明显压低："不舒服就早点回去。"

季希听出了她话里的关心。

乔之逾说完后，下班先走了。

旁边的同事抽空八卦起来。

"乔总骂你了？"

"稍微休息一下都不行，乔总美是美，就是有点……"

"咳……"

项目部的人挺忌惮乔之逾的，自从乔总接手后，项目通过的难度直接上了一个层次，但凡稍微没做好，就会被乔总叫进办公室不留情面一顿批。

乔总有点凶，但没人敢说出口。

凶吗？季希有点走神，她觉得乔之逾最后说的那句话特别温柔。

明天该记得带件外套到公司，季希走到室外，吸了吸鼻子。有点感冒了，头也晕，不知道有没有发烧。

她隐约记得附近有家药店，正好买了感冒药再回去。她凭着记忆去找，结果找了两分钟没找到，最后只能掏出手机查电子地图。

这个世界就是这么奇怪，有些东西想找的时候找不到，不想找的时候，总能看见。

风呼呼地刮着，裹着湿润的雨水吹在脸上。

季希一抬头便看到了药房的招牌，她疾步走过去。

乔之逾开车出了地下车库，雨刷器刮过挡风玻璃上的水珠。她看向斜前方那个穿着衬衫和牛仔裤的熟悉背影，对方没撑伞，在雨中脚步匆忙。

乔之逾蹙眉，刚准备驱车离开，却发现有些不对劲。季希身后跟了个微胖的男子，他戴着黑色鸭舌帽，帽檐压得很低，鬼鬼祟祟的。

季希也察觉到有人在尾随自己。

黑漆漆的天空中划过几道闪电，转瞬即逝，紧接着便是轰隆隆的雷声，预示着一场暴雨即将到来。

各种糟糕的情形一股脑涌进季希的脑袋，她强装淡定往人多的地方走去，也顾不得越下越大的雨。

果然自己一加快脚步，身后的人也紧跟了上来。

一个黑影越来越近。

季希心里紧张,准备逃跑。

"是我。"微胖的青年男子匆匆摘下鸭舌帽,露出一张憔悴的脸,嘴周围一圈黑色的胡茬,雨水顺着脸颊往下流,显得邋遢。

季希稍稍缓了口气。

"你跟着我干吗?!"季希着实被这人吓得不轻,额前的刘海都被雨水打湿了,纠结成一小撮一小撮,同样狼狈。

"我想跟您再聊聊。"男子将帽子戴了回去,语气谦卑,他拍了拍牛皮公文包,"计划书我又修改了,您看看。"

"谭总,你的项目 ZY 不会投的,你跟我聊也没用。我只是个实习生,抱歉,我帮不了你的忙。"说完这些话后,季希继续往前走,此时此刻她只想找个能躲雨的地方,雨下得太大了。

谭古是季希之前跟上司接触过的一个创始人,正在做一个 OCR(光学字符识别)项目,但同领域内运营成熟的项目已经不少,所以 ZY 不愿意投资。

CBD 大厦楼下,时常能看到有人拿着创业计划书在那儿蹲守投资人,尽管希望渺茫,但他们还是坚持不懈,万一争取到机会了呢?谭古就是其中之一。

之前谭古就联系过季希,季希早就跟他说明了自己的情况,只是没想到他还会来找自己。

"季小姐,我求求你了,你就带我见见你们投资经理,这次我有信心,绝对能说服他们。你知道我是有实力的,要不是以前被人卖了,我也不至于这样。"

"谭总,我真无能为力,我就是一打工的。"

谭古死死地拉住季希的手臂,不让她走:"我也是走投无路了才来找你,再融不到资我们公司就完了。为了这个项目我连老婆孩子都顾不上,要是项目黄了,我就真的什么都没了。你就当可怜可怜我,帮我再推荐一下。你要是有其他的渠道也行,帮帮我吧,求你了。"

能找的人都找了,谭古现在唯一能想到的就是季希,真是走投无路才会这样。他也是抱着一点侥幸心理,想着女孩子的耳根子会软一些。

他想,或许自己多求一下,就还有机会。

成年男人的力气大得可怕,季希的手腕被掐得发疼。

"求你了,帮帮我。"谭古亢奋起来。

"你冷静一下。"季希看得出来他的情绪已经失控。要知道眼红了的人什么事都能干出来，季希有些害怕，她使劲挣扎着，"再这样，我报警了。"

雷雨中，一男一女两人在街上拉扯。

季希身上的衬衫已经湿透，开始变得透明，尴尬至极。

路上偶有人看见，但只是瞥一两眼，便又匆匆走了。

季希不再多说什么，也不再挣扎，而是拿起手机当着谭古的面准备报警。既然讲不了道理，就只有这一个办法。

"欺负女人算什么男人！"

随着熟悉的声音传来，季希感觉头上的雨也停了。她顶着一头湿发回过头，见乔之逾撑着一把大伞站在她身旁。乔之逾看季希被雨淋得像只落汤鸡一样，湿透了的、薄薄的衬衫紧紧贴着单薄的身躯，很是狼狈。

乔之逾将手里的外套披在季希身上，裹好。

季希看着乔之逾，对方依然镇定自若，身边多了她时，季希心中的不安和恐惧都消散了，变得踏实起来。

"强制猥亵，处五年以下有期徒刑。"乔之逾盯着谭古紧握着季希的右手，不怒自威，自带压迫性的气场。

"你误会了。"谭古松开了季希的手腕，说道，"我跟她认识，就是聊点事。"

"什么误会？我都看到了。如果你还想聊，我们不介意陪你去警局继续聊。"乔之逾说着便拿出手机，不紧不慢地调出拨号界面。

谭古一看这架势，左右为难，最后含糊地说了句"对不起"，仓皇地跑走了。

乔之逾瞧着季希被雨水打湿的脸颊，道："对这种人就要强势点。"

季希望着乔之逾没吭声，她怎么也想不到就这样解了围，她真的做好了叫警察过来的准备，她尴尬地看着正为自己撑伞的乔之逾。

片刻后，季希道："谢谢乔总。"

乔之逾估计季希都要吓傻了，一个刚毕业初入职场的小姑娘，肯定没经历过这种情形，她对季希说："先上车。"

季希心中犹豫，她不想再麻烦乔之逾，拒绝道："不用，我自己回去。"

都被雨淋成这样了，乔之逾想知道她打算怎么回去。乔之逾看了她一眼，道："我这件衣服是限量款。"

听到这没头没脑的话,季希不解地看着乔之逾。

"怕你穿走了不还给我。"乔之逾说得跟真的似的。

季希这才反应过来乔之逾话里的逻辑,没看出来,乔总还挺幽默。

"走了。"乔之逾催促,就像命令。

季希就这样跟着乔之逾的脚步,上了她的车。季希的衣服和裤子湿得都能挤出水来,她毫不客气地把乔总一尘不染的豪车给弄脏了。

而身上的外套更不用说。

系好安全带以后,季希叫了一声:"乔总。"

乔之逾回头:"嗯?"

"你的限量款外套被我弄脏了,等我洗干净以后,再还给你。"季希说道。

乔之逾忍笑道:"不用。"

季希抬杠似的立即说道:"用。"

不用洗还是不用还?

这件被自己穿过的衣服,就算洗得再干净,她都不会再穿了吧?可季希还是很固执地说"用":她说"不用"和自己坚持要还,是两码事。

季希不喜欢欠别人东西,而今晚她欠了乔之逾好大一个人情。

乔之逾瞥了季希一眼,腹诽道:这姑娘怎么有一股死脑筋的倔劲儿,不让她洗衣服她还不满意?

"一个人住?"

"嗯。"季希还在想其他事。

乔之逾本想问季希住哪儿,好送她回去,可听她一个人住,又想起季希刚刚在雨中的模样,估计季希今晚肯定会害怕。

于是乔之逾也没继续问,开车直接往自己家方向驶去。

今晚的事,季希的确有些被吓到了,她想谭古可能真的已经走投无路了吧,感觉他为了创业都要疯魔了。创业的人那么多,又有多少成功的?即便是再热爱的事,也不能孤注一掷。

三分钟后,季希坐在疾驰的汽车里,忽然想起自己好像还没跟乔之逾说自己住哪儿,看汽车行驶的方向,不像是去学校的。

"乔总。"

乔之逾认真地道:"开车时不要跟我说话。"

季希立马闭上了嘴。

过了一会儿,在等红灯的时候,季希还是小声对乔之逾说了一句:"我住在南隅路那边，在 Q 大。"

乔之逾这才回答："害怕的话，今晚暂时住我那边。"

领导都这么不爱跟人商量的吗？季希立马解释道："我不害怕。"

刚刚都快瑟瑟发抖了，这会儿说不怕，乔之逾盯着正前方的红灯，嘴里吐出两个字："嘴硬。"

"我……"季希承认自己有点嘴硬，可也不能因为碰上这么点事，就不敢一个人生活了吧。

季希心中酝酿片刻，跟乔之逾说明刚才的情况："那人我认识，是之前接触过的一个创始人，他的公司快破产了，这段时间因为情绪不稳定才会这样。"

乔之逾反问："情绪不稳定就可以骚扰别人吗？不该同情的时候别乱同情。"

季希语塞，感觉她们的关注点不在一个地方。她单纯想说明今晚这只是一个意外情况。可看到乔之逾关心自己，她又觉得自己挺走运的，初入职场就遇到这么有人情味的上司。

车厢里突然安静下来。

就在季希出神的时候，她听到耳边传来柔和好听的声音："小清天天跟我念叨你，你今晚去陪陪她。我给你算课时费。"

季希正想着该如何还乔之逾人情，现在看来，自己可以多花些心思在乔清身上。季希应道："不用算课时费。"

听季希答应得飞快，乔之逾从容一瞥，心想：这女人死要面子活受罪，还嘴硬说不怕。

做投资眼光要好，要会看人，乔之逾自认为看人挺准，更别提身边这个涉世未深的丫头片子。

红灯一过，乔之逾踩下油门，轮胎碾过湿漉漉的地面，车继续往前行驶。

季希靠着座椅，用西装外套把自己裹得紧紧的，以此来掩饰"湿身"后的尴尬。

够难受的，从头到脚没一处舒服。唯一让季希觉得好受些的，大概是这件外套，温暖干燥、散发着好闻的香气。

乔之逾开车时通常不说话，恰好季希也不是话多的那种人。

两个人一路上都保持着沉默，耳畔是哗哗不停的雨声，以及时不时传来的汽车鸣笛声。

雨像是下上了瘾，不肯停歇，不过明显小了许多。

雨中，北临的夜景一片水雾朦胧，远处的灯光像渲染在宣纸上的彩墨，一圈一圈地晕开。

天哪，今晚怎么就跟着领导回家了？季希冷静下来以后，被自己的想法逗笑了。就当自己是去陪乔清吧，她这样一想，内心坦然了许多。

季希时而看看窗外，时而看看导航，有些百无聊赖，目光悄然落在乔之逾握着方向盘的手上。那是一双白皙的手，不仅手指、手背，就连手腕处突出的骨节都很好看。

公司员工私下说乔总是个完美的女人，名门出身，有能力有涵养，不知多少男人想娶她回家。奇怪的是，乔总居然没有半点花边新闻，连擅长八卦的宋慢都打听不到。

季希也打心底敬佩乔之逾，毕竟乔总在业内就像神一样的存在，但季希倒不觉得这世界上有真正完美的人，只是不够了解罢了。

季希吸了吸鼻子。

一向主张开车不说话的乔之逾突然开口道："车里有纸巾。"

"好。"季希的鼻音越来越重。

应该是感冒了。季希鼻头红红的，头也晕得厉害，她现在处于昏昏欲睡的状态。她头靠着椅背，摇摇晃晃了一路。

快到小区时，想起附近有药店，乔之逾放慢了车速，然后靠边停下。扭头发现季希又在打瞌睡，湿发贴在脸颊上，她的脸色也有些苍白。

季希的皮肤本来就白，看起来弱不禁风的，会让人觉得营养不良。

不知道车是什么时候停下来的，季希睁开眼，发现还没到小区。

乔之逾问："发烧了吗？要不要去医院？"

季希病恹恹的，摸了摸自己的额头，声音微弱："应该没发烧。"

乔之逾素来严谨，道："有就是有，没有就是没有，什么叫应该没？"

季希有种上班汇报工作后被领导狠批一顿的感觉，扬起唇勉强笑了笑，道："没事，睡一觉醒来就好了。"

季希日子过得挺糙的，小病小痛都不去医院，发烧不是特别严重，有时吃点退烧药，有时直接睡一觉就好了。

乔之逾伸手覆在季希额上，摸了下。而当她的手心触摸到对方的额头时，乔之逾突然疑惑自己今晚做的事，是不是太越界了？

被乔之逾一探额头，季希忽然僵硬。她又情不自禁想起那个姐姐了，尤其是被乔之逾照顾的时候。

乔之逾很快收回了手，说道："没发烧。"

"嗯。"季希回答得心不在焉。

乔之逾留意到了季希的心不在焉，她看向十几米开外的药店，道："有药店，买点感冒药。"

季希忙叫住乔之逾："乔总，不用麻烦，我自己去。"

乔之逾说："落汤鸡一样。我去。"

季希还是更想自己去，但乔之逾已经下了车。

没多大一会儿，乔之逾拎了个白色小塑料袋回来，递给季希。

"谢谢。"季希手指钩着塑料袋，想了想，还是问，"药多少钱？"

乔之逾无奈地朝季希眨了眨眼，她有点了解这姑娘的性子了。她这回没说不用，而是瞅了瞅季希手里的塑料袋，道："里面有小票。"

季希认真地扒拉出小票，记住了一个两位数的价格。

乔之逾斜眼看过来，补充道："记得再加十块钱跑腿费。"

季希被噎住了，乔总还真是喜欢讲冷笑话。

乔之逾在笑。

季希转了账。

自然没加上那十块钱，加上十块钱就真成领导给自己跑腿了，不过欠她的人情肯定要还。季希觉得头大，怎么欠的人情越来越多了。

她们回到乔家时将近十点。

乔清还没睡，坐在客厅里看电视。她习惯等乔之逾下班回家以后再睡，否则怎么也不肯睡。

看到季希后，小家伙果然很开心，还说晚上想和季希一起睡，让季希讲故事给她听。季希怕把感冒传染给乔清，只好哄她说等下次。

乔清半信半疑，多少有点儿失望。

"去洗澡吧。"乔之逾看季希身上湿漉漉的，转身叫来李阿姨，"李姨，帮她准备一下衣服，客房也收拾一下。"

李阿姨爽快地应道："好，这就去。季老师，你跟我来。"

季希又说了声"谢谢"，跟着李阿姨去了一楼客房。

李阿姨给季希准备好了睡袍和洗漱用品，说："季老师，你洗完澡衣服就放到浴室的衣篓里，待会儿我帮你洗。"

"不用了，阿姨，我自己洗。"季希哪好意思麻烦人家。

055

李阿姨看她执意要自己洗,笑道:"那我不打扰你了,你早点休息。"

浴室里,季希脱了湿衣服,热水从发顶往下浇,她感觉浑身轻松了不少。

洗完澡后,季希把脏衣服洗了,夏天的衣服好洗。但乔之逾的外套她没洗,她想等明天找个专业的干洗店洗。

客房没有阳台,季希本想问李阿姨在哪儿晾衣服,却找不到李阿姨,可能是已经休息了。她只看见乔之逾坐在客厅里,喊道:"乔总。"

"什么?"乔之逾目光扫向季希,她身上换了一件睡袍,头发吹得蓬松干燥。大概是刚洗完澡不久,脸色显得红润。

看着大晚上还颇有情调、一个人在喝酒的乔之逾,季希问了个接地气的问题:"哪里可以晾衣服?"

她还真是怕麻烦别人。通常家里来客人过夜,衣服都是留给保姆洗。乔之逾抬手指了指,说:"那边有阳台。"

季希晾完衣服,又折回客厅,见乔之逾还在喝酒,问道:"还不睡吗?"

"不困。"乔之逾喜欢睡觉前喝两杯酒,这是她多年来的习惯,喝点酒比不喝酒时睡得舒服。

季希心里明白乔之逾是担心自己今晚被人跟踪,一个人睡觉会害怕,因此才让自己来这边过夜的。乔总看着冷冰冰的,没想到骨子里还是挺温暖的。

看她一个人喝酒,季希径直走到乔之逾跟前,自告奋勇地说:"乔总,我陪你喝一杯。"

乔之逾先是沉默,想起季希在车里打瞌睡的样子,问道:"不困?"

"不困。"季希说的是实话,洗完澡后,她整个人清醒了许多。

乔之逾又问:"酒量好吗?"

季希在这方面还是很有自信,说道:"还可以。"

乔之逾给季希递了个酒杯。

季希以为乔之逾是要给自己倒酒,哪知道乔之逾逗她道:"拿着酒杯,去接杯热水喝。"

季希愣住了。

"感冒了还不老实点。"乔之逾说完,继续喝着杯里的酒。

平时看着成熟又优雅的一个人,怎么私下里这么像个孩子,还时不时恶趣味一下。

乔之逾留意到了季希的目光,直接把季希逮了个现行,说道:"问你件事。"

"什么事？"

乔之逾做事不喜欢拐弯抹角，她放下空酒杯，盯着季希褐色的瞳仁，直接问道："你总盯着我看干吗？"

果然自己偷看的行为被人发现了。

季希有点心虚，索性如实道："对不起，你让我想起了我的一个朋友。她鼻尖这里也有颗痣。"

乔之逾心中疑惑："朋友？"

"嗯。"季希觉得这件事自己很有必要向乔之逾好好解释一下，她道，"乔总，那天在酒吧我是真的认错人了。因为我觉得你很像我小时候的一个邻居，所以才认错了。"

季希的表情很认真。

事实上那个人不是邻居，而是她在孤儿院认识的朋友，季希从不同别人提自己曾经在孤儿院待过这件事。

这回，轮到乔之逾沉默了。

"对不起，给你造成困扰了。不好意思。"季希一连用了两个道歉的词，表现得格外真挚。

乔之逾缓了一会儿，笑道："没事。"她拿起酒杯准备继续喝酒，送到唇边的时候，发现酒已经喝完了。

解释完以后，季希心里终于舒坦了一些。她拿起酒瓶给乔之逾倒酒，看着眼前的空酒杯，正准备给自己也倒一杯的时候，乔之逾拿走了她手里的酒瓶。

乔之逾扬扬头，说："厨房里有果汁和牛奶。"

季希说喝热水就行，然后拿着酒杯去厨房接了杯热水过来。

"乔总，今晚谢谢你。"季希捧着一杯水，很认真地向乔之逾敬了杯酒。但感谢的话是由衷的，如果不是乔之逾，她哪能这样轻松解围。

乔之逾浅笑，招牌式的笑容。

"下次来时光，我请你喝酒。"

"好啊。"乔之逾看向身边的季希，"不是说陪我喝酒吗？聊聊天吧。"

聊聊天，跟发任务似的，像极了没话找话。

季希觉得乔之逾的心思难以捉摸，但季希能感受到的一点就是，乔总应该有点孤单。她也不知道自己为什么会这么想，可潜意识里就这样觉得。

"今晚的那个谭总,是我之前接触过的一个创始人。"季希接受了陪聊业务,继续说,"他这是第二次创业了。第一次因为公司的另一个创始人把核心技术卖给了竞争对手,项目黄了。他现在想东山再起,可是手头的项目已经没有竞争力了。"

听到季希略带同情的口吻,乔之逾声音冷冷的:"他跟你说的?"

"嗯。"

"你相信他?"这样的事,乔之逾已经听到麻木了,几乎可以编出一本励志创业故事大全。

季希道:"信不信不重要。投资人又不只是听故事。"

乔之逾点评:"还不算傻白甜。"

季希笑笑,心想自己怎么可能那么拎不清。

"如果他说的是真的,你觉得他很倒霉?很可惜?"

季希想了想,说道:"有点吧。如果几年前他抓住了机遇,情况肯定不会像现在这样糟糕,没准儿公司早就做大了。他之前的理念很契合现在的市场,近些年 OCR(光学字符识别)项目挺热的。"

乔之逾笑而不语。

季希不明白乔之逾为什么笑,或许是自己说得不对?

"你觉得投一个项目,最重要的是看什么?"

跟乔之逾聊这个话题,季希感觉压力好大,她私下了解过乔之逾的履历,简直是封神之路,入行没几年就投中了一个"独角兽"。

"市场前景和核心竞争力。"季希回答得中规中矩。

"你能把握市场前景吗?你觉得你看好的核心竞争力,能始终在市场上占据优势吗?"

市场云谲波诡,最是让人捉摸不透。季希辩解:"可投资本身就有风险,不存在百分之百的确定性。"

"投资有风险,创投初期的风险更大,但作为一个优秀的创始人,应该有能力处理好很多问题,规避不少风险。"乔之逾娓娓说道,"初期融资是对投资人画饼。画饼容易做饼难。你觉得纸上漂亮的饼重要,还是负责做饼的人更重要?"

季希被反驳得说不上话,她只静静地听乔之逾说。

"一个企业的成长初期要面临各种各样的问题。就比如你说的谭总,他融不到资,还被人算计,听着挺惨的,可这都是常见的问题。失败了,就归咎于外在环境,而不是正视自己的弱点。这样的人,很难翻盘。"

"谢谢乔总。"季希听进心里。

以前季希没有明确的前进目标,现在看着乔之逾,她似乎有了,她想以后也可以像乔之逾这样,能独当一面,有自信的底气。

乔之逾问:"谢我什么?"

"给我补课。"

季希是实习生里最肯下功夫的一个,乔之逾在季希身上看到了自己刚入行时的影子,努力,不怕吃苦。

"为什么想做这行?"为了避免她说些假大空的话,乔之逾先给她打预防针,"不是面试,说实话。"

季希也不拐弯抹角,说了大实话:"当时填高考志愿,我选了个看起来最赚钱的专业。"

乔之逾顿了一两秒,然后笑了起来,笑得还很过分。

季希也无奈地跟着笑。

喝酒很能拉近人与人之间的距离,尽管季希喝的是水,她也问乔之逾:"乔总,你为什么会做投资人?"

"跟你一样,"乔之逾语气轻松,"为了赚钱。"

季希当乔之逾在逗自己玩,乔氏集团千金小姐会缺钱吗?对她而言,赚钱大概只是一个兴趣爱好吧。

时间已晚,酒也喝了几杯了。乔之逾起身,道:"不早了,赶紧休息吧。"

"乔总也早点休息。"

乔之逾回到二楼的卧室,和往常一样,泡了个澡后开始睡觉。

卧室的装修是冷色调,床很大,一个人躺着时显得有些浪费,乔之逾甚至有过换张小床的念头。

合上眼,乔之逾脑海里闪过季希清澈而内敛的笑容,她将手背搭在额头上,笑了一下。

手机振动了一下。

乔之逾又睁开眼,拿过一旁的手机,看到许盛发了一条微信过来:"之逾,这个周末你答应陪我去参加晚宴,别忘了。"

其实,可以试着多跟许盛来往。乔之逾想,她和许盛是同一个圈子里的人,有共同语言,而且许盛各方面都挺不错的。她及时给许盛回复道:"记着的,晚安。"

许盛看到乔之逾秒回，欣喜若狂。乔之逾太难追了，从国外到国内，他追了快一年，第一次看到对方回复得这么热情，还主动说了晚安。

乔之逾准备放下手机，这时恰好接到了一通电话，是许盛打来的。

乔之逾接通，但没说话。

"你还没睡呢？"

"嗯，怎么了？"

许盛笑道："没什么，就是想听听你的声音。"

这话很肉麻，乔之逾听完感觉像有什么东西卡在了嗓子眼里一样。她皱了皱眉，道："我有点困了。周末见。"

"周末见，晚安。"

许盛挂断电话后，差点兴奋到失眠，她是多少人都追不到的女人啊。

第三章
我会照顾她

季希最近比较忙,租房的事也没着落,她陆续去看过几套,有合租也有单间,但她都不太满意。她好不容易找到了一套相对比较合适的房子,却因为加班来不及赶过去,房子就被其他人租走了。

实在不行,她就委托中介,虽然要多花中介费,但省时省力。

下班回到宿舍后,季希在网上加了一个房产中介的联系方式,简单说了下自己的要求。那中介也是今年刚毕业参加工作的,她干劲十足,说一定会帮季希找到合适的房子,并约好周六上午去看房。

她刚和中介说完,姜念的电话打了进来:"学霸,你房子找好了吗?"

"没有,还在找。今天约了个中介,准备周六去看房。"

"找什么中介,找我啊。我一个朋友手里正好有套房空着,性价比挺高,你现在有空吗?来我店里,我带你去看看。就在我的店这边。"姜念还不忘补充一件重要的事,"顺便从北门那边给我带点烧烤过来,烤茄子和玉米粒,再来点掌中宝。"

"行,等着,我现在过去。"季希应道。她知道姜念是故意让她带烧烤的,每回姜念帮了她的忙之后,也会让她帮忙办点事。

姜念了解季希的性格,季希不喜欢欠别人人情,这样做,季希心里会舒服些。

十点以后,姜念的店已经打烊了,季希走进店里,两个小学徒已经打扫好了卫生,正准备下班。

"小季姐。"店里的人基本认识季希,"来找老板啊。"

"嗯。"季希提了提手里的打包袋,她特意多买了些,问道,"吃点烧烤吗？"

两个穿T恤的女孩子摇摇头，道："不了。我们下班了。"

"你们老板呢？"

"楼上。"

季希问："她还没收工？"

"收工了，在楼上休息。小季姐，那我们先走了。"两个女孩还有些青涩，叽叽喳喳，有说有笑地离开了。

工作室有两层，一楼是接待区，二楼才是工作间。季希轻车熟路地上了二楼姜念的办公室。

季希敲了敲门。

"进来。"

季希推门而入，只见姜老板悠闲地坐在电脑前，跷着个二郎腿，正在看电影。

她还挺有兴致。

"姜老板，外卖到了。"季希将一袋子的烧烤递到姜念手里，说道，"大晚上的不早点回去，待在这里看电影？"

是一部外国电影，画面上的女人金发碧眼。

"姚染去外地了，我回去也没意思，看部电影打发一下时间。"姜念一边说，一边在一旁拉了把椅子过来，拍了拍，"坐，一起看。"

季希瞄了眼电脑屏幕，对电影里的情节有些无语。

姜念吃着烧烤看得津津有味，她回头看了季希一眼。笑了，道："你不感兴趣啊？"

季希没有回答这个问题，转移话题道："不是说去看房子吗？"

"好歹让我吃完了再说。"姜念回头道。

季希真是服了姜念，她懒得理对方，只说了一句："你慢慢欣赏，我在外面等你。"

"别走啊，这么多我哪能吃得完。"姜念看着一堆烧烤，迅速关掉了电影。

房间里瞬间安静了下来。

"坐。我去拿啤酒。"姜念将手里的木签子扔在一旁，起身。

季希给她让了让道，环顾四周，姜念这办公室乱得跟个狗窝一样，四四方方的一张大办公桌上堆满了设计稿。除了工作，姜念其余时间基本上都待在这间屋子里画图，她从不让人帮忙收拾，说屋子收拾得太整洁会让人没有灵感。

"给。"没多久，姜念捧着两罐啤酒回来了，冰的，上面还沁着一层水珠。

季希正口渴，拉开啤酒罐，仰头喝了两口。

"烧烤还是我们学校这家最好吃，几天不吃就馋得很。"姜念忙了一晚上没吃饭，这会儿又喝酒又撸串，吃相豪迈，"要不你住我那儿，我那边还空着两个房间，房租水电全免，你看怎么样？"

"有你这样当房东的吗？"说是这样说，季希肯定不会上姜念那儿住。

姜念说："你住我那儿我又不吃亏。"

季希抬了抬眼皮，提醒姜念："收敛点。"

姜念正忙着吃，顾不上说话。

十几分钟，一份烧烤被吃得干干净净，季希吃过晚饭了，所以没吃多少，大部分都是姜念消灭的。

姜念说的那套单间就在附近，走路大概需要十分钟时间，正好消食。

这套房子的地段不错，虽然离公司有段距离，但离地铁站不远，还不用转线。房子面积不大，是一套单身公寓，布置得很温馨，干净整洁。

姜念带季希在房间里走了一圈，麻雀虽小，五脏俱全，该有的都有。

"小是小了点，但住着挺舒服的。之前白天我来看过，采光没的说，黄昏的时候景色特别漂亮。"姜念跟个房产中介似的，说起来头头是道，她站在小阳台上比画了一下，"我都给你想好了，这儿正好能支个画板。"

房子是很不错，但季希猜价格不会便宜，刚毕业工作就住这么一套房子，未免奢侈了点。

"去年装修好的，我朋友去国外进修了，她听说我在帮朋友找房子，就说可以租给你。友情价，只收你两千五一个月，我敢肯定你找不到比这性价比更高的房子了。"

季希用狐疑的目光打量姜念："这么便宜？"

"便宜你还不满意？我这朋友她本来也没打算出租，她不差这点钱，只是看在我的面子上才肯租给你的。她没别的要求，你爱惜点就行。"

"你不会给我垫房租了吧？"季希开玩笑道。

姜念一脸无奈，阴阳怪气地念叨："季小姐，我谢谢你啊，把我想得这么高尚伟大。我让你失望了，没帮你垫。"

这套公寓的确是姜念一个朋友闲置的房子，对方听说姜念的好友要租房，便说随便住，压根儿没提房租的事。但姜念了解季希的性格，还是让

063

对方意思一下，便宜点就好。

姜念知道季希家里条件不太好，上大学全靠自己，还要负担妹妹的学费。季希没跟她说过有个妹妹的事，是她偶然听到季希打电话才得知的。

姜念欣赏季希，也很想帮季希一把，可季希自尊心太强，不喜欢麻烦别人。不过季希也挺争气的，靠着自己的努力，生活一点一点好了起来。

"行就说句话，别磨磨蹭蹭的。"

确实找不到性价比更高的房子了，房租也在自己的预算之内，于是季希爽快答应："行。谢谢。"

"别说谢谢，来点实际的。"

季希还以为姜念想说什么。

只听姜念道："欠我一顿烧烤，我记到小本本上了。"

周五的下午依旧忙碌，晚上加班是少不了了。

下午六点。

"希希，先吃饭去吧。楼下新开了家寿司店，味道绝佳。"宋慢趴在季希的工位前，眨了眨眼。

宋慢是个活宝，有她在的地方空气都格外热闹。

季希笑道："我今晚不吃了。"

宋慢一脸震惊，问："就你这还减肥？再减没了。"

"没减肥。不饿。"

"小希希，你这是打算成为乔总第二啊，工作起来都不用进食的，牛！"宋慢看了看乔之逾的办公室，竖起大拇指，压低了声音说道。

"乔总吃没吃饭你都知道？"季希一边忙自己的事，一边敷衍地对宋慢说道。

"我跟陈助理是好姐妹，乔总的八卦我当然知道。"

陈助理是乔之逾的助理，宋慢人缘极好，公司有一半的人都是她的"好姐妹"。

季希目光回到电脑屏幕上，指尖敲着键盘，嘴里念叨着："看来乔总没什么八卦。"

"你怎么知道？！"宋慢圆睁了睁眼。

季希道："所以你只能八卦她吃饭。"

宋慢有点受挫。她见季希坐在工位前纹丝不动，只好跑去找其他人组队吃饭了。

过了十几分钟,季希看见乔之逾从办公室里走了出来。她手里什么也没拿,看模样是准备去天台上。

季希在天台上遇到过乔之逾两次,知道乔之逾也有上天台透气的习惯。

想了想,季希关了电脑屏幕,起身匆匆离开了工位。

天台上,乔之逾望着江景,出了会儿神。不知道过了多久,她正准备下楼。忽然听到身后传来脚步声,她转身回头,只见离她几米远的地方,季希站在夕阳下,眼眸微微眯着,刘海被风吹乱了。

季希猜乔之逾应该是上天台了,一猜一个准。

"乔总,吃点东西吧。"季希手里提了两个袋子,一个里面装了几个欧包,一个里面装了杯拿铁。

这是她刚刚下楼买的,季希其实对吃的不太上心,但以前听宋慢推荐过楼下的这家面包店。

季希走近,抬起胳膊将买好的晚餐送到乔之逾手边,等着对方接收。

乔之逾看了看,道:"不用。"

季希仍然固执地朝乔之逾伸着手,道:"乔总,谢谢你那天给我买药。"潜台词是这是为了表示感谢。

又是谢谢,那天晚上的事,乔之逾已经不知道听季希说过多少遍谢谢了。

乔之逾不接。

季希就望着乔之逾,继续等她接。

两人暗暗地较上了劲。

对视片刻,乔之逾没能拗过季希,她还是将季希递来的面包和饮料都接了过来。这下季希总该满意了。

季希这才轻松地笑了笑,然后道:"乔总,那我先下去了。"

给领导送吃的,季希怕被人看见,招来流言蜚语。

乔之逾看着季希的背影,她头一回见季希这样较真的人。乔之逾无奈地笑了笑,再看看手里的食物,倒是真的有些饿了。她喝了口拿铁,是温热的,入口甘醇丝滑,还挺好喝,袋子里的面包也香。

抬头望向季希即将离开的身影,乔之逾叫住了她:"季希。"

季希停下脚步,这好像是乔之逾第一次叫她的名字,有点奇怪的感觉。

季希闻声,回头看去。

乔之逾又抿了口手里的拿铁,问季希:"明天晚上有时间吗?"

乔之逾接着道："想让你给小清多上两节美术课。"

季希想了想，还是说道："我不是专业的。"

"没关系，只当是启蒙课。明晚我有事，要晚点儿才能回去。"

季希听懂了乔之逾的潜台词，比起上课，更想让她陪乔清吧。原本周六晚上，季希是准备去时光兼职的，但乔之逾给的费用比酒吧那边可观不少。

"好。"季希应下了。

给乔清做了一个多月的家教，季希的存款也多了不少。

周六晚上，季希留在乔家给乔清上美术课。小家伙乐此不疲，季希教了点最容易学的简笔画，边学边玩儿，时间过得也快。

"嘴巴这样画。"

"这样吗？"

"对，真棒。"

不知不觉已经是晚上九点了，乔清捏着彩笔在画纸上涂涂抹抹，玩得不亦乐乎。小孩聪明，学东西特别快，画得有模有样。

这时门口响起敲门声，季希抬头，以为是乔之逾回来了，结果是李阿姨拿了个果盘站在门口，微笑道："季老师，吃点水果吧。"

"谢谢。"季希又看了一眼墙上的卡通时钟，她问李阿姨，"阿姨，乔总大概什么时候回来？"

"她去参加晚宴了，估计得十点以后。一般没有固定时间。"李阿姨和蔼地笑道，"季老师，你这边的课已经上完了吧。没事的，你先回去。小清有我陪着。"

听到季希要回去，乔清觉得嘴里的草莓都不甜了，她绷着小脸，又开始沉默。

乔清的性格就是这样，开心的时候会多说两句话，不开心的时候不会闹，只是不肯出声，甚至可以沉默一整天。

季希想了个法子，道："小清，老师讲故事哄你睡觉，好不好？"

乔清精明得很，她睁大眼睛看着季希："要听老师讲故事。不睡觉。"

"已经到睡觉时间了，早睡早起才是乖宝宝。"季希继续哄道。

乔清摇头，她可不吃这一套。

一旁的李阿姨只好跟季希解释："乔总不回来，小家伙是不会睡觉的。"

反正现在回去也没什么事，季希便说："那等乔总回来我再走。"

"这哪好意思，季老师，这真不用。"李阿姨忙摇摇头，又和乔清商量，

"小清，季老师辛苦一天了，让老师早点回家休息，好吗？"

"老师，你想休息吗？"乔清问季希，"你晚上可不可以不回去，我的床让给老师睡。"

李阿姨又无奈又想笑："这孩子，鬼灵精。"

"老师不想休息，陪你。"

乔清抿着嘴笑笑，还用牙签戳了一小块西瓜喂给季希吃。

季希也拿乔清没办法，但看着乔清在自己面前一点一点打开心扉，变得肯说话，她很欣慰。小孩子太容易受到外界影响，太需要被温柔以待。

"姨姨给我新买了拼图，我们一起玩。"

"好呀。"

小孩子的精力真是不容小觑，两个人坐在客厅的地毯上拼图，拼到十点多。季希已经感觉眼皮沉重，而乔清还是精力充沛，乐在其中。

乔清看看漆黑的窗外，轻轻地拉了拉季希的手，道："老师，外面好黑。"

乔清突然的一句话让季希有些不解。

乔清眼睛水灵灵的，眨了眨眼，道："今天别回去了，明天姨姨送你。"

季希有些哭笑不得。

临近十一点，夏夜里蝉鸣阵阵。

"许总，到了。"司机停下车，说道。

乔之逾带着醉意，抬手揉了揉额头。

许盛先下了车，绕到另一侧帮乔之逾拉开车门。

乔之逾没打算让许盛扶，但下车后，许盛还是揽住了她的肩头，姿势亲密。许盛关心道："你今晚喝这么多干吗？是不是心情不好？"

"没有。"乔之逾用胳膊抵了抵许盛，说，"我能自己走。"

"别逞强，都扭到脚了。"许盛没有松开她。

许盛身高接近一米九，他身形挺拔，跟穿高跟鞋的乔之逾站在一起也没有压力。身边的朋友都说他俩看着般配，许盛也这么认为，可偏偏乔之逾慢热，两个人的关系好像总是没办法更进一步。

为了抱得美人归，许盛觉得自己这次真的是下足了功夫。他想乔之逾对自己应该也是有想法的，否则今晚也不会陪自己一起参加宴会，想到这里，心里就美滋滋的。

许盛一只手握着乔之逾的手臂，另一只手扶着她清瘦的肩头。他侧过头，目光落在乔之逾的后颈和雪白的背上，他不自觉地吞了吞口水。

走到门口,乔之逾没站稳,差点摔倒。

"小心。"许盛将乔之逾往自己怀里揽了揽,然后按响了门铃。

这个距离太亲密了,乔之逾内心有些抵触,尤其是当许盛的手搂上她的腰时,尽管只是轻轻碰上。

"怎么了?不舒服?"许盛低头轻声问,眼神贪婪地打量着,喝了酒以后的女人果然更有味道,太勾人了。

即便有意跟许盛尝试进一步发展关系,乔之逾仍适应不了现在这样。她也不知道自己到底是怎么想的,既然要发展关系,自然要接受这样的暧昧。

这时门开了,站在门口的是季希。

季希一开门,就看见乔之逾被一个男人亲密地揽着,她还愣了一下……应该……是男朋友吧?

看到屋子里有其他人,许盛稍稍收敛了些。

"还没回去?"乔之逾问。

季希望着眼前的两个人点了点头。

许盛朝乔清笑了笑,道:"都这么大了。"

乔清看到有陌生人,则躲在季希身后,一声不吭。

"你脚受伤了,我还是抱你上去吧。"许盛看乔之逾今晚应该是喝醉了,他变得比平时大胆了些,完全把自己当成了男朋友的角色,右手再度移到乔之逾腰间,准备将她打横抱起。

"不用,我能走。"乔之逾推开许盛,手撑着墙壁将高跟鞋换下。她并没有醉到头脑不清醒,只不过由于昨晚失眠,今天又喝了不少酒,有些累。

许盛道:"那我扶你。"

季希连忙道:"乔总,我先走了。"

乔之逾点了点头,道:"辛苦了。"

又喝这么多酒,季希腹诽,嘴上却说:"早点休息。"

"嗯。"乔之逾又对乔清说,"小清,洗澡了吗?"

乔清一言不发,点点头。

"该睡觉了。"

乔清又点点头。

乔之逾道:"乖。"

季希没走,因为乔清一直攥着她的手,她看乔之逾喝了这么多酒,索性蹲下身对乔清道:"现在姨姨回来了,老师讲故事哄你睡觉好吗?"

乔清这才开口道："好！"

乔之逾过意不去，神情慵懒地补充了一句："我给你加课时费。"

季希瞧了乔之逾一眼，这人都喝成这样了，还想着课时费的事。

许盛扶着乔之逾回到二楼房间，季希则是牵着乔清的手走在后面，乔之逾走得有些慢，看样子确实脚有点问题。

季希看着前面两人贴近的背影，也不知道是不是自己过于敏感了，刚才开门的时候，总觉得乔之逾在抵触对方的亲近。

等许盛扶乔之逾回房后，门轻轻带上了，咔嗒一声关紧了。

季希问乔清："小清，你认识那个叔叔吗？"

乔清咬了咬唇，摇摇头。

季希看了看乔之逾的卧室房门，是自己想太多了吧，既然这么晚能在一起喝酒，还送她回家，肯定是算得上亲密的关系。自己一个外人，不方便管那么多。

"你回去吧，谢谢你送我回来。"

许盛不太想离开，道："我不放心你。"

乔之逾道："我没喝醉，就是有点累。"

"心情不好你跟我说，我想陪着你。"许盛追了乔之逾很久，但从没像今晚这样露骨地表白过，他认真地凝视着乔之逾的脸，"我知道你回国以后过得很不开心，我也知道你在乔家待得很不开心。给我个机会，让我照顾你。我可以给你一个家。"

许盛稍微了解一些乔之逾的家庭情况，知道乔之逾在乔家并不受待见。

可以给你一个家。听到这句话后，乔之逾被戳中了软肋，她平静地望着眼前的男人，没有再说话。

"愿意给我机会吗？"

乔之逾不语，心里也在纠结。

她终于动摇了。许盛轻轻搂住乔之逾的腰肢，低头道："今晚让我留下来照顾你吧。"

对方在靠近，乔之逾紧了紧眉头，试着迎合。然而在许盛要吻过来的前一秒，她还是别过了头，做出一个明显的躲避动作。

许盛顿时像被浇了一盆凉水，但又不肯死心，他继续凑近乔之逾的脸，轻声问："怎么了？"

"对不起。"乔之逾恢复了一些理智，并没有被那句简单的话所感动。

"为什么？"许盛不明白，为什么总在他们之间要有点暧昧的时候，乔之逾就要躲开。

"我也不知道。"乔之逾这话像是在说给自己听。

她相信感情是细水长流的事，两个人之间的感情可以慢慢培养。她对许盛，不能说没有好感，可就是培养不出那样的感觉。

"我们都足够成熟了，很多事不用拐弯抹角。你跟我，难道只是想做普通朋友吗？"许盛说道。

乔之逾默然不语，她的确是带着成为恋人的目的在跟许盛接触。

"那为什么我们不能……"许盛将乔之逾抵在了墙边，渐渐地，他的气息紊乱了，说道，"做我女朋友，跟我在一起试试。"

对方又靠近，略带压迫性的气息袭来，让乔之逾感觉很不舒服。

乔之逾想要推开他，却被男人的手臂禁锢得死死的，她加重了语气："你别这样。我不舒服。"

"我就想留下来照顾你。"许盛也喝了点酒，再加上他一直对乔之逾保持克制，经历了一年多的陪伴却丝毫没有突破，现在心心念念的人就在自己怀里，只剩一步之遥，他的自制力大不如前。

乔之逾提高了音调，已经感觉到被冒犯，冷声道："你出去。"

季希在门外听到乔之逾的声音后，拧了拧门把手，发现门没锁，她径直推门而入。一进去，果然看到情况不太对。

季希丝毫没有犹豫，冲上前使尽全力拉开面前的男人，她虽然是细胳膊细腿，但力气大，紧要关头，甚至比她自己想象中还要大。

一推一拉，许盛终于被扯开了。

季希拉住没站稳的乔之逾，眼睛瞪向身旁的男人。她脸上没有任何表情，语气就像是冰块："我会照顾她。"

乔之逾往季希那边倾倒了一下，她瞥见季希侧身挡在自己身前。

"我没事。"乔之逾朝季希笑了笑。

季希松开她，望着她的眼睛说道："嗯。"

许盛瞧着，越发郁闷。乔总好像对身边的任何人都要比对自己温柔热情。见季希如同防狼一般防着自己，他道："你误会了，我们在交往。"

"交往"二字刚说完，乔之逾立马反驳："我什么时候答应了？"

一个人解释，一个人反驳，现场气氛十分尴尬。

许盛看向一旁白花花的墙壁，仰了仰头，把情绪压下去。他又看了一眼乔之逾，沉着嗓音道："对不起。你好好休息，我不打扰了。"

说完，他便走了。

房间里只剩下季希和乔之逾。

"我不是故意要偷听的，我是……"季希的话只说了一半，"不放心你"这样的话她不习惯说出口。她刚才的确是放心不下乔之逾，所以把乔清哄上床以后想着过来看看，没想到正好听到他们争执的声音。

乔之逾想起季希刚才冲到自己面前的模样，她盯着季希问："什么？"

看着乔之逾带着醉意的笑容，季希都害怕了，她连忙道："我是刚好经过。"

她只是路见不平拔刀相助。

从简单的对话中，季希明白了乔之逾和对方的关系。她不禁想，自己是不是多管闲事了？因为两个人看起来，像是在闹别扭。

她试探地问："你们在吵架？"

"不是。"乔之逾否认，而后道，"刚刚谢谢你了。"

季希看了看她的脚，道："我扶你去沙发上。"

以缓慢的速度移到沙发上，季希弯腰扶乔之逾坐下，她还没直起腰，就听到乔之逾轻轻地跟她说："今晚别回去了。"

声音轻飘飘的。

乔之逾也是才反应过来时间已经要到午夜了。

季希直起身，低着头，恰好看着乔之逾微扬的脸，道："没关系，你先休息，我哄完小清就走了。"

乔之逾倚在沙发上，叫住她："太晚了，你一个人回去我不放心。"

季希也不知道什么时候开始，她跟乔之逾之间的相处，变得不太像上司和下属。大概是周末的晚餐总在一起吃，关系比以前要熟稔吧。

乔之逾这时又补充了一句："你胆子又小。"

第一次被人说胆子小，季希下意识反驳："我胆子不小。"

乔之逾舔了舔干燥的嘴唇，点点头，笑道："好，你胆子不小。"

这句话的语气像极了："好，你说什么都对。"以至于季希一时都不知道该回答什么。

"明天又得过来给小清上课。别回去了。"

季希想着乔清还在等着她讲故事，再想想半夜的打车费，她妥协了。

乔之逾继续交代："衣服留着让阿姨洗，早点睡。"

071

季希看她逻辑清晰，狐疑道："你没喝醉？"

乔之逾疲惫地靠在沙发上，道："我酒量好得很。"

酒量好也不能这么喝，想让她少喝点酒，但话都要到嘴边了，季希又咽了回去，默默地离开了房间。

在楼道里，季希碰上了李阿姨。李阿姨此时穿着睡衣，看起来像是刚醒。

"乔总回来了？"李阿姨问。

"还喝了不少酒。"季希说。

"乔总喝了酒不喜欢有人打扰。让她一个人安静休息就好。"李阿姨又道，"季老师，你今晚不回去了吧，太晚了，你一个女孩子走夜路不安全。"

季希"嗯"了一声。

又过了一会儿，季希去厨房接了一杯温水，再走到乔之逾卧室的门口。她捧着玻璃杯，轻轻敲了敲门，里面没有回应，也可能是应得太轻，她没听见。

在原地站了几秒，季希还是轻手轻脚地推开了门。

只见乔之逾在沙发上躺下了，散着的卷发略显凌乱，头向里侧着身子，左手手背搭在额头上遮住眼睛，露出漂亮的下颌线，两片唇瓣微张，右手从沙发上滑了下来，垂着。此刻的她浑身上下透着疲倦的气息，和办公室里的乔总简直是两副面孔。

季希的脚步更轻了，她本想直接将水杯放在一旁的茶几上就离开，可还是惊醒了乔之逾。乔之逾将手背从眼睛上移开，眯了眯眼，看向季希。

"倒了杯水，放这儿了。"季希轻声说道。

"谢谢。"乔之逾常把礼貌性的谢谢挂在嘴边，对任何人都是如此。

看乔之逾翻身坐起，季希顺手将玻璃杯送到她手里，她肯定渴了，连嘴唇都是干的。

"小清睡了吗？"

"还没，我等下讲故事哄她睡。"

乔之逾将水杯放回茶几上，道："她今晚肯定高兴坏了。"

"洗个澡去床上睡吧。"季希看着乔之逾憔悴的状态，轻声说道。她很少这样去关心别人，大概是因为乔之逾曾替她解过围……其实更主要的是，乔之逾长得像她认识的那个姐姐，所以她总忍不住想要关心。

乔之逾看了季希一会儿，道："嗯。"

不叫乔总的时候，有人情味多了。

李阿姨本来帮季希安排了客房，但季希给乔清念完故事后，乔清就拉着她，怎么都不让她走，说要跟她一起睡。

"故事也讲完了，怎么还不睡？"季希躺在乔清旁边，问。

乔清道："我不困。"

季希无奈得很，道："老师都困了，你还不困？"

"姨姨喝酒了？"乔清问季希，眼神失落，"姨姨是不是不开心？每次喝了酒她都不开心。"

季希摸着乔清的头发，这才发现原来乔清一直在惦记着乔之逾。

乔清拉开被子，麻溜地下了床，还光着脚丫子。

"怎么了？"季希在床上支起身子，看乔清在翻零食，便说道，"这么晚了不能再吃糖了，都刷过牙了。"

乔清捧着一大盒零食到床边，对季希说："老师，我一半的零食都给你，你帮我管着姨姨别让她喝酒。"

在乔清看来，喝酒等于不开心，那不喝酒就等于开心。

季希被乔清的童真打败了，说道："老师不要你的零食。"

乔清抓住重点不动摇："你帮我管姨姨。"

她哪敢管乔总啊，季希这下被小家伙难住了，她只好哄着乔清："好，老师帮你。"

乔清满意了，她缠着季希说："晚上想陪姨姨睡。"

"好，陪姨姨睡。"乔清说一句季希应一句，小祖宗还不睡觉，她都快睁不开眼了。

就这样，快十二点的时候，季希牵着乔清又跑去了乔之逾卧室外敲门。

"姨姨。"乔清站在门口喊了一声。

没多久，乔之逾拉开了门。她刚洗完澡，头发吹到了七分干，蓬松凌乱，身上裹了件黑色睡袍，衬得皮肤越发白皙。

"怎么还不睡？"乔之逾看见一大一小两个人穿着睡衣站在门口，有些奇怪。

"她说晚上要跟你睡。"季希望着乔之逾说道。

乔清觉得自己不开心的时候就想有人陪有人哄，姨姨肯定也是这样。

乔之逾弯腰，轻轻拍了拍乔清的脸蛋，道："折腾人。"

"进来吧。"乔之逾牵过乔清的手。

结果乔清另一只手牵着季希，顺便把季希也拉进了房间。

073

"乖。老师要去睡觉了。"季希向乔清道。

乔清说："我想和你们一起睡。"

这……

乔之逾和季希不约而同地看了对方一眼。

"小清，让老师去睡觉。"乔之逾说道。

乔清将季希的手越拉越紧，就是不放，嘴嘟着，眼睛直勾勾地盯着床。这是乔清惯用的招数，不说话，反正就是一副小可怜的模样。

"你介意吗？"这句话是乔之逾问的季希，倒是有点出乎季希的意料。

季希认真地道："不介意。"

其实压根儿没什么，主要是乔之逾之前对她有误会，才导致两人之间相处得有些别扭。解释清了也就好了。

自从那天误会解开以后，乔之逾发现她跟季希单独接触时，季小姐就差把"我的目的很单纯，你别误会"这句话写在脸上。但她看季希这模样，偏想逗一逗对方，说道："你这么紧张干吗？我又不会吃了你。"

季希嘴角稍稍扬了下。

嗯，自己快习惯乔总的恶趣味言行了。

乔之逾低头，捏了捏乔清的鼻梁，问："这下可以睡觉了？"

乔清露出个笑脸，牵着季希和乔之逾的手往床边走。她先爬上床，然后把季希也拉了上去。

床够大，睡三个人绰绰有余。

季希坐在床边，看着已经钻进被窝的乔清，忍不住又笑着摸了摸她婴儿肥的小脸蛋，真是可爱极了。

乔清乖巧地道："老师，睡觉。"

"好，我们睡觉。"

乔之逾挤了点护手霜在手背上，慢慢揉开，她瞧见季希歪在床上，一边逗着乔清一边笑意盈盈，看起来很喜欢小孩子。

季希在乔清身旁躺下，枕头和被褥都软软的，带着很清淡的香味，舒服好闻。她不认床，也没特别的讲究，除了有些不习惯以外，倒没什么不自在的。

"我关灯了。"乔之逾擦好护手霜，对床上的人说。

季希柔声答："嗯。"

吊灯一关，床头小夜灯的暖黄光线洒在床上，房间里瞬间换了个色调，也换了个氛围。

乔之逾拉开被子,躺了下来,朝习惯性的方向侧卧睡着。她看见季希半张脸藏在枕头里,正同乔清说笑。季希大笑时,眼睛会变弯,笑容很明媚。但乔之逾很少看到季希这样笑。

"老师。"

"怎么了?"

乔清羞涩地道:"我可以抱着你吗?"

"可以。"

夜深了,她们的聊天声很轻,像微风悄悄拂过绿叶,发出沙沙声响那样轻。

乔清大胆地抱住了季希,害羞地说了一句:"老师,我喜欢你。"

说完,她小脸一红。

"老师也喜欢你。"季希悄声道。让一个内向的孩子主动说喜欢,是件很难得的事。

季希困得快支撑不住了,所以说话时声音懒懒的,今天又上了好几节课,声音还有点哑。

从来都是一个人睡的乔之逾,看到这一幕后笑了起来。

"乔清宝宝。"乔之逾朝乔清那边挪过身子,再拨了拨她的头发,耐心地哄道,"睡觉,别闹了。"

虽说她们睡在一张床上,但还是隔了一点距离,再加上中间还有个乔清。不过乔之逾这么一靠过来,季希便看到了一张放大版的脸,温柔动人。

乔清看着乔之逾,小眼珠子一转,她在被窝里拉住季希的手,道:"老师,讲故事。"

季希说:"刚刚不是讲过了吗?该睡觉了。"

乔清却说:"你讲给姨姨听。"

季希和乔之逾一时都不太明白乔清怎么突然来了这样一句话。

"姨姨,老师会讲故事哄我开心,我让老师也哄你开心。"乔清毫不含糊地解释。她平时很多话憋在心里不说出来,并不意味着她不懂事。她知道对她最好的就是姨姨,她也想让姨姨每天都开心。

乔之逾沉默着,她笑着亲了亲乔清的额头,其实有这么一个可爱的小棉袄,她也并非那么孤单。

"老师,你哄姨姨开心。"乔清开始对季希赶鸭子上架。

075

季希有些无奈,哄小孩她在行,哄大人,这回是她的盲区。这两件事能一样吗?

季希看向乔之逾,眼神里充满了求助的意味。

乔之逾今天的心情挺糟糕的,她望着季希,不客气地说:"来吧。"

来吧?乔之逾这是什么意思?

"不是很会哄人吗?"乔之逾想了想,说道,"把我哄笑了就算你赢,送你一个小礼物。"

季希总是能被乔之逾的话惊到,她永远猜不到乔总会说出什么话来。

夹在中间的乔清倒是开心了,一脸看戏的表情,道:"老师加油。"

乔之逾就这样看着季希,她觉得挺有意思的。

季希想了想,决定讲个笑话。讲笑话是姜念比较擅长的技能,有时聊着天,姜念会突然冒出一段冷笑话,但季希从来不会笑,因为她的笑点太高了。

想了一会儿,季希只能想到一个,是姜念之前给她讲过的,也是她唯一记得的一个。不是因为它有多好笑,而是她单纯觉得这个笑话很傻。季希看着乔之逾,道:"那我讲个笑话吧。"

"行。"乔之逾敛起笑容,很快就进入聆听的状态。

季希还未开口就被自己想说的笑话尴尬到说不出口,她瞧着乔之逾,还是硬着头皮问:"你知道,海水为什么是蓝色的吗?"

乔之逾没听过这个问题,一本正经地问:"为什么?"

"因为……"季希脸上强装镇定,一本正经地解释,"海里有鱼,鱼会吐泡泡,噗噜噗噜……然后海水就蓝了。"

这个笑话的笑点在于,"噗噜"的发音像英文"blue",翻译成中文就是蓝色。

笑话讲完后,房间里安静得几乎让人窒息。季希在心里发誓,再也不会把这个傻乎乎的笑话讲第二遍了。

乔之逾绷着脸,不过只坚持了不到两秒便"哈哈哈"笑了起来。

乔之逾笑出了声。她扭过头,笑得肩头直颤。

她也不知道为什么,反正越想越觉得好笑,尤其是想起季希讲这个笑话时的表情。

季希看乔之逾笑得花枝乱颤,她傻眼了,问:"真的有这么好笑吗?"

看到乔之逾笑成这样,季希也笑了起来,乔总的笑点这么低,还敢和别人打赌。

季希刚才还以为乔总的笑点有多高呢!

乔之逾扭过头看了一眼季希,又笑了,说:"我看着你就想笑。"

季希一脸蒙。

有时候人一笑起来,就能抛下心中许多的不愉快,就像今晚。

乔之逾感觉自己的心情的确好了不少。

乔清只顾着看乔之逾有没有被季希逗笑,见姨姨笑了,连忙喊道:"姨姨笑了!姨姨要送老师礼物。"

"嗯。"乔之逾问季希,"想要什么礼物?"

"不用,开玩笑的。"季希只当那是一句玩笑话,哪儿会当真。

乔之逾不再多说,但她答应了送那就会送。

"老师,这是什么?"乔清不小心瞥见季希肩上的一点点花纹,于是用小手拨开她的头发,一脸好奇地问。

除了在酒吧,季希很少露出文身,此时因为睡衣比较宽松,露出来一小截。该怎么跟小朋友解释?季希想了想,告诉乔清:"因为老师喜欢画画,就把花画在身上了。"

乔清说:"我也想画。"

季希说:"不行哦,要长大了才可以。"

"为什么?"乔清不解。

"你长大了就知道了。"

乔清听完喃喃道:"想快点长大。"

"这个图案有什么含义吗?"乔之逾盯着那若隐若现的文身问道。

季希沉默了一会儿,才笑着说:"没什么。"

应该是不想说吧。见季希不愿谈,乔之逾也不多问。

见时间也不早了,季希看向乔清,道:"小清,可以睡觉了吧。"她这一晚上被乔清折腾得够呛了。

乔清问乔之逾:"姨姨开心了吗?"

乔之逾笑道:"开心了。"

乔清这才心满意足地闭眼睡觉。

季希困到不行,搂着乔清,闭上眼没多久,思绪便模糊了起来。

小家伙的瞌睡也来得快。

乔之逾准备关掉夜灯,看季希被子也没拉好就睡着了,于是稍稍俯下身,

077

帮她拉被子。

感觉到动静后，季希迷迷糊糊睁开了眼。

半梦半醒，如梦似幻的感觉。

"被子盖好，别感冒了。"乔之逾低声道。

季希懒洋洋地哼唧："嗯。"说完又闭上了眼。

她着实困了。

乔之逾看着她，不禁又一笑。

乔之逾走了会儿神，心想自己和许盛还是算了吧，没感觉何必再勉强。

她摸了摸自己的额头，说来也怪，刚到家那会儿她明明困得靠着沙发就能睡着，这会儿躺到床上了，头脑倒是清醒得不行。她再看看身旁躺着的人，只见乔清贴在季希怀里，两人呼吸均匀，都睡着了。

熄灯后，乔之逾习惯性失眠。具体是几点入眠，她也不太清楚了。

翌日清晨，三人窝在被褥里，都睡得正熟。

一缕阳光从窗帘缝隙钻了进来，斜照在地毯上。乔之逾慵懒地睁开眼，看了看床头的时钟，刚好八点。

这一晚她睡得还算舒服。

乔之逾转头看向枕边，有些晃神。她一直都是一个人睡的，现在睁眼看到枕边多了两个人，自然有些不适应。

季希睡觉很安分，规规矩矩不乱动，昨晚睡时是什么样，现在还是什么样。乔清夜里翻了身，早上变成了面向乔之逾，背贴在季希怀里。

一大一小两张白净清秀的脸蛋落入眼帘，乔之逾静静地望着。季希安静地抱着乔清，两个人的睡相简直一模一样。

这真是挺有意思的一幕。

乔之逾扬起嘴角，她拿过手机，忍不住偷偷给两人拍了张合照。

乔之逾没有赖床的习惯，醒来了便会起床。怕吵醒床上的人，她下床的动作很轻，连洗漱都是在卧室外进行的。

李阿姨通常会在八点准备好早餐，看到乔之逾出来后，她边忙边打着招呼："乔总早呀。小清还没起来？"

"还没。"乔之逾顺便交代，"昨晚闹腾到太晚了，让她们再睡会儿。晚点儿再吃早餐。"

乔之逾对乔清管教算比较严，不会让她养成睡懒觉的习惯，不过昨晚是特殊情况,睡得太晚了。

李阿姨笑眯眯地应道:"好。"

一直快到九点,乔之逾再度回到卧室里,床上的两个人竟然还在睡。她坐在床边,有些无奈。这么能睡,她都有些羡慕了。

其实季希昨晚睡得不太好,夜里醒来了好几次,不是因为陌生的环境,而是因为生理期身体不适。她来例假挺折腾的,尤其是前两天,昨天第一天感觉还好,只是觉得疲惫乏力,今天的情况糟糕许多,有疼痛感。

季希虽然周末有晚起的习惯,但如果不是身体不舒服,也不会厚着脸皮在别人家睡到这么晚。

"吃早餐了。"说着,乔之逾微微俯下身子,她轻轻地摸着乔清的脸颊,"乔清宝贝,起床了。"

季希睡眼惺忪,是被轻柔的声音给叫醒的。

季希睁眼的一瞬间正好迎上乔之逾的目光,过了半秒后才反应过来是乔之逾在叫乔清起床。

乔之逾看季希睁开眼,低着头笑道:"你也是,起来吃早饭。"

这语气,像是把自己当成了大孩子一样。季希忍不住笑了下,道:"嗯。"

乔清揉了揉眼睛,不吵不闹地,乖乖地从床上起来。

乔之逾道:"乖,去刷牙洗脸。"

乔清点头。

"老师跟你一起去。"季希的声音很虚弱,她坐起身后,感觉小腹胀痛。

乔之逾这才发现她的脸色苍白得有些不正常,便问:"不舒服?"

"没有。"季希觉得没什么,忍忍就过去了。

"脸色这么难看还说没有。"乔之逾猜道,"生理期?"

"嗯。没事。"

乔之逾看透了季希是嘴硬,说:"要是难受就再休息会儿。"

"不用。"

"那就起来吃点东西。"

"嗯。"

早餐是三明治和牛奶,季希看到餐桌上还多了一杯红糖姜茶,正腾腾地冒着热气。没被人这么细致关心过,她心里有股说不上来的感觉,感动地道:"谢谢乔总。"

乔之逾小口吃着三明治,只是说:"阿姨特意煮的。快吃早餐吧。"

季希平时周末都不怎么吃早餐,通常是一觉醒来直接吃中饭。

"今天不舒服就别上课了。"乔之逾说道。

季希笑说:"没关系,不影响。"

"早点回去休息,明天还要上班。"乔之逾没让步。这人一周七天都不休息,不会觉得累吗?

她不知道季希为什么要这么拼,总觉得这个女孩身上藏着故事。

"老师,休息好了再上课。"乔清捧着牛奶杯,懂事地道,"姨姨,你送老师回家吧。"

乔之逾对乔清说:"你把牛奶都喝完了,姨姨就送老师回家。"

乔清听了,一杯牛奶喝得底朝天,还说可以再喝一杯,实属难得。

吃完早餐后,季希没让乔之逾送自己回去,她的性格倔得跟牛似的,乔之逾都拿她没辙。

季希还住在学校,搬家安排在了下周,姜念说她什么时候搬就什么时候签合同,反正房子给她留着,跑不了。

今天肚子疼得挺厉害的,季希庆幸是在周末,否则得耽误事。下午她又喝了两大杯红糖水,吃了颗布洛芬,早早上床躺着了,大夏天还压着个热水袋在小腹上。她闭眼休息,宿舍楼道里偶尔会响起拉行李箱的声音,轮子碾过地面,闹哄哄的,然后又渐行渐远,彻底消失。

这栋楼住的大部分是研三学生,大家已经陆续离校了。现在楼里空荡荡的,显得过分冷清。

季希不怕冷清,也不怕一个人待着,就是有时觉得挺麻木的,觉得生活索然无味的那种麻木。每天都在想着要努力赚钱,看似充实,其实也空虚。

因为睡得太早,晚上十点多的时候季希就醒了过来。

小腹不那么难受了,可这个点儿醒来着实尴尬,想要接着睡,却又睡不着。她盯着天花板看了片刻,突然想起一件事……

乔之逾收到季希发来的微信消息时,刚好把乔清给哄睡着,一个人准备回房间睡觉。

乔之逾拿起手机,看清楚发消息的人后,觉得稀奇。

认识这么久,两人从没在微信上闲聊过,聊天记录仅限于补课费转账和道谢,再也没有其他的。

季希的微信昵称很简单，就是 jx，一看就是懒得取网名。她的头像是一只卡通橘猫，举起一只爪子，学着招财猫那样的动作。

季希："乔总，你的外套我洗干净了，昨天你不在家，我放在小清房间的沙发上。今天忘了跟你说。"

字里行间，显示的是一如既往的认真态度。

乔之逾往沙发上望去，果然看见了一个大袋子。她低头打着字，回复："看到了。"

季希被乔之逾回消息的速度惊到了，对方简直是秒回。她看了看简短的聊天对话，似乎也没什么可说的了。

她刚准备放下手机，这时竟然看到乔之逾主动发来了一句："不舒服还不早点睡？"

就像是朋友间的问候，季希不是个爱闲聊的人，她也不知道为什么，现在特别想和乔之逾多聊几句。

季希："白天睡得太多了，晚上睡不着。"

过了几秒，乔之逾问："好点儿了吧？"

季希："没什么事，好多了。小清睡了吗？"

乔之逾："刚把小家伙哄睡着。"

紧接着，季希看到乔之逾发来了一张照片，照片上乔清缩在被子里露出张小脸，闭着眼，噘着嘴，睡得香甜。

季希边看边笑，手指飞快地敲过键盘："小家伙好可爱。"

乔之逾顺手就把早上偷拍的那张照片也发给了季希，然后看着已发出的照片。

季希看到第二张照片里除了乔清还有自己，一下子愣住了——是乔之逾趁她睡着，悄悄拍的，很逗很傻的一张照片，一大一小保持着神同步的睡姿。

季希打字问："什么时候拍的？"

乔之逾回："早上，觉得可爱。"

季希看着画面里自己乱糟糟的头发和毫无美感可言的睡相，不禁问道："乔总，这个哪里可爱了。"

乔之逾大概能脑补出季希此刻的反应，她盈盈一笑，给季希回了四个字："傻得可爱。"

夜仿佛没那么冷清了。她们躺在床上，盯着手机屏幕，不约而同地在

081

傻笑……

乔之逾再次收到许盛的消息是在几天后。

就在她以为许盛也放弃了时，对方又给她发了一连串的道歉消息。她用指尖划着屏幕，翻过一条条聊天记录，细细看着，大部分是许盛一个人在说，她短短附和几句。

乔之逾不得不承认，在国外时，许盛给了她很多贴心的陪伴。但是，越接触，她发现自己越抵触。感情这事终究勉强不来，她还是没办法把感动当喜欢。

半个小时后，乔之逾只给许盛回复了寥寥一句话："我们不合适。谢谢你的喜欢。"

这是乔之逾第一次彻底拒绝许盛，以往她都是抱着试试看的心态在被动接受。

那头没再回复，应该是会意了。大家都是成年人，体面地处理两人之间的关系是一项基本能力。

次日下午三点，项目部办公区一如往常风平浪静。员工来回于茶水间与工位之间，一杯接一杯地续咖啡。下午办公正是最困的时候，打不起精神。

直到行政部的一个姑娘抱了一大捧玫瑰花走进来，足够高调，沉闷的办公室里立刻掀起了波澜，员工们叽叽喳喳地小声议论。

八卦永远比咖啡更能让人提神。

"好家伙，谁的花啊？"

"今天不是情人节吧？"

……

行政部的同事用眼神指了指乔之逾的办公室，悄悄地比了一个嘴型："乔总。"

季希保持着两耳不闻窗外事的一贯作风，没抬头。这时上司邵宇从对面给她递来一沓文件："小季，这个拿去复印一份，再送去风控部。"

"好的。"季希站起身往打印室走去。看到有人抱着一捧花往乔之逾的办公室去了，她才明白刚刚发生了什么。

办公室的门被敲响，乔之逾的注意力从项目文件转移到那一捧玫瑰花上。很显然，这捧花有着特殊含义。

"乔总，您的花。"

乔之逾问："谁送的？"

082

"不太清楚，给您留了卡片。"

乔之逾将花放到一边，展开卡片一看，上面是许盛的字迹，内容无非是些道歉的话语。

乔之逾将卡片扔在桌上，手支着额头，揉了揉太阳穴。看来她低估了许盛的执着。

许盛又给她发了微信消息，说下班后想约她见一面，两人当面聊聊。

乔之逾应了下来，想着能当面正式地说清楚也好。

季希打完下班卡后，天黑了。她背着包，照旧往经常光顾的便利店走去，经过便利店旁边的咖啡店时，她的目光停在了靠窗的一张座椅上。

她遇见了熟人。

乔之逾正低头搅着咖啡，而她对面坐着的男人，季希也认识，是那晚送乔之逾回家的那个人。

下午给乔总送花到办公室的，也是他吧。看着这一幕，季希抿了抿嘴，自己那晚果然是多管闲事了吗？

说真的，目睹过那晚的事，她觉得这个男人配不上乔之逾。不过，别人的事自己想那么多干吗？她面无表情，继续往前走。

进入熟悉的便利店，找到熟悉的泡面，季希拿到收银台结账。

"今天又加班呀？"收银员边扫码边笑着问了句。

季希抬头看了对方一眼，是个二十岁左右的女生，扎着马尾，自己并不认识，但对方跟自己说话的口吻倒是熟稔。

"总看你来吃泡面，还吃一个口味的。"收银的女生开着玩笑，善意提醒，"姐姐，泡面吃多了不好。实在不行，换个口味也好啊。"

季希只礼貌地回了个微笑，有这么经常吃泡面吗？收银员都认识自己了，可能有吧。

泡好面，季希照旧坐在靠窗的吧台上吃，位置也是老位置了。一旁正巧坐了对热恋中的小情侣，有说有笑，两人吃着同一块小蛋糕，你一口我一口地互喂，好不甜蜜。

季希一个人吃着面条，余光扫了眼旁边，心想谈恋爱果然挺费时间的，几口就能吃完的小蛋糕好几分钟还没吃完。

隔壁的咖啡厅，氛围颇佳。

但乔之逾和许盛之间的氛围不太好。

许盛本来订了家西餐厅,乔之逾让他退了,说在公司楼下的咖啡店见面就行。她也没打算和许盛来场促膝长谈。

那晚的事,许盛感觉挺受伤的。他以为他跟乔之逾的关系在步入正轨,到头来却发现,不过是原地踏步。可思来想去,他还是放不下。如果不是真心喜欢乔之逾,他也不会千里迢迢从国外追到国内。都付出了这么大的代价,他不想轻言放弃。

"那晚是我太冲动,不够尊重你,让你感到不舒服了。对不起,我保证不会再有下次。"许盛说得十分真挚,"但那天,我对你说的每一句话都是真的,我想给你一个家,我愿意照顾你一辈子。"

"你给不了。"乔之逾这次正面回答了,但凡她对许盛有一点心动,也不至于这样,"我对你没感觉。"

许盛想说的话卡在嗓子眼儿里,以前乔之逾对他的追求充其量是被动应付,但没像现在这样坚定地拒绝。他依然抱着一丝希望,问:"你还在生我的气?"

他倒宁愿乔之逾的话语带着情绪,可乔之逾看起来冷静得可怕。

"不是。我考虑得很清楚,也不想再耽误你的时间。"

"怎么会是耽误时间?"许盛以笑掩饰内心的失落,他道,"你不用这么快给我答案,我们可以慢慢相处慢慢了解,其实能陪着你,我就很满足了,真的。"

单恋注定是卑微的。

"我们不合适,没必要继续。"乔之逾简明概要地总结了自己今晚跟他见面的目的,"我想说的就这些,希望你明白,也能尊重我的意思。"

许盛沉默了许久,才神情黯然地问了一句:"一点机会都没有了吗?"

"抱歉,耽误你这么久。我应该早点说出来。"乔之逾庆幸没有因为一时感动而答应许盛跟他在一起,即便答应了,她想她最终也会后悔。

许盛失了神,道:"不用抱歉,我自愿的。"

乔之逾心里也有些不是滋味。许盛对她的确很好,可她不喜欢他,尽力了还是不喜欢。

"你会找到比我更合适的。"乔之逾用很官方的一句话收尾。

许盛苦笑了一下。

说开以后,两人很平静地离开了,和乔之逾想象中一样平静。

这样挺好的。

只是折腾来折腾去，她还是孤家寡人一个。

走出咖啡店，乔之逾的头发被风吹散了，热风中带着汽车尾气的味道。

空气闷得慌，她心情也沉闷。

时间还早，乔清今天去她外公那儿了，她回去也是一个人。想了想，乔之逾拿出手机，给姚染打了个电话。

响铃十几秒，对方还是没接通，可能是没看见，可能是有事忙着。乔之逾正准备挂断时，姚染的声音忽然响起："之逾。"

"在北临吗？今晚想找你喝酒。"乔之逾一边悠闲地走着，一边说。

"我现在不在北临。你再挑个时间，我一定陪你。"

"行，下次再说吧。"

"心情不好？"姚染问。

"没有。"乔之逾故作轻松地笑笑，转移话题，"你又出去玩了？"

"是啊，过两天就回去。"

"一个人？"乔之逾又问。

姚染笑了一声，道："跟姜念。"

问得多余了，乔之逾想想也是，道："不打扰你了，玩得开心。"

"回去找你。"

"嗯，再见。"

第四章
你跟乔总挺熟啊

　　乔之逾朋友多，找个人一起喝酒不是难事，但大部分都牵扯着利益关系，像姚染这样单纯谈得来的朋友少。挂断电话，心情正郁闷的时候，她抬头望见了一个眼熟的身影。
　　街道旁的便利店里，隔着玻璃橱窗，乔之逾看到季希一个人坐在那儿，低头吸溜面条，满满一口，吃个泡面也吃出了一种专注的味道。
　　见她吃得很香，乔之逾不由得多看了两眼。
　　然后，神不知鬼不觉地，她推开了便利店的玻璃门。
　　便利店里冷气很足，比起外边，她感觉就像是走进了结了霜的冰柜。
　　季希在很认真地吃面，直到她吃完最后一根面条，拿纸巾擦嘴时，她才发现乔之逾站在她旁边，手里拿了两瓶水。
　　她感觉挺意外的。
　　"乔总。"季希打招呼。
　　"晚上就吃这个？"乔之逾把一瓶水放到桌上，又看了一眼泡面盒。
　　"随便吃点。"季希把水递回给乔之逾，"不用了，谢谢。"
　　乔之逾道："我买过单了。"
　　季希只好收下。
　　乔之逾拧开瓶盖，喝了一小口水，仍站在季希面前，没准备离开。
　　季希吃完面本来是想走的，这时有种被乔之逾堵住退路的感觉。她似乎看破了什么，主动问："乔总，有什么事吗？"
　　乔之逾主动提醒季希："上次你不是说要请我喝酒吗？"
　　那次乔之逾帮她解围，季希的确说过请客喝酒的事，只是她最近一直没见乔之逾去时光,也就没机会。

　　季希没想到乔之逾会主动提起这件事,听起来有点突兀。可人家既然提了这茬,季希便笑道:"嗯,什么时候有时间?"

　　乔之逾就在等季希说这句话,说道:"今晚,行吗?"

　　她是想找人一起喝酒吧,季希不解,她怎么不去找她的准男朋友,难道他俩上次吵架还没和好?

　　"没时间?"乔之逾看季希犹豫,问道。

　　"有。"季希又多问一句,"你不用早点回去陪小清吗?"

　　"她放暑假了,今天在她外公家。"乔清一个月会回乔家两次,其他人不说,乔胜添可是乔清的亲外公,总归是惦记着的。

　　"那我们去时光?"

　　乔之逾笑道:"可以。"

　　想到待会儿要喝酒,乔之逾就没有自己开车,觉得打个车更方便。

　　今天不是周末,时间又早,酒吧里的人并不多。时光每晚都有不同的主题,或清新或热烈。今晚大概走的是怀旧抒情路线,歌手都在翻唱经典老歌,旋律柔和,适合悠闲地喝酒聊天。

　　时光的平均消费并不高,来玩主要是图个氛围,季希在这儿兼职,酒水还能拿到员工价,很划算。卡座有最低消费的要求,点单时,季希让服务生先上两杯招牌鸡尾酒,她觉得味道不错,来此必点。

　　"生理期还喝酒?"

　　乔之逾居然还记得这件事,季希说:"快结束了,没关系。"

　　乔之逾道:"乖乖喝果汁。"

　　最后季希老老实实地点了杯橙汁,是常温的,夏天喝常温饮料能喝出温暖的味道。

　　乔之逾两杯酒下肚,没说话,季希忽然想起乔清说的话:"姨姨一喝酒就会不开心。"

　　小孩子觉得大人喝了酒会不开心,大人才知道是不开心才喝了酒。季希在这儿调酒,见过形形色色买醉的人,喝酒固然解决不了问题,但会让人上瘾。

　　"心情不好?"看着乔之逾,季希还是问了。

　　乔之逾很直白地承认:"嗯。"

　　季希沉默了。

乔之逾想起那晚的事，她嘴角含笑，不禁问："今天不讲个笑话吗？"

又是讲笑话。那晚憋出个吐泡泡的冷笑话已经是季希的极限，她皱了下眉，喊道："乔总。"

乔之逾看她模样认真，偏头道："嗯？"

季希憋了口气，无奈地道："饶了我吧。"

乔之逾扬着唇笑，讲笑话的人比笑话本身更好笑，既然都求饶了，她就没再说什么，而是拿起酒杯，抛给她一个眼神。

季希会意，拿起橙汁杯子和乔之逾默契地碰了下，再送到嘴边抿了一口。

服务生陆续上了些果盘和零食下酒，两人总不能一整晚都干喝酒。

"小清现在的情况好些了吗？"季希知道乔清一直在接受专业的心理疏导，她时不时也会向乔之逾了解一下情况，并非敷衍地问问，而是真的关心。对小孩子，她总是会多操一份心。

乔之逾道："期末我去开家长会，我看她敢和其他小朋友说话了，还一起玩游戏。比以前好多了。"

季希道："那就好。"

"这得感谢你。"乔之逾认真地道，"你来以后，她开朗了很多。"

"都是我应该做的。"季希指尖蹭着玻璃杯，思考了一下，跟乔之逾商量，"我觉得小清不需要再补习了，她很聪明，现在完全跟得上学校的课程。"

乔之逾问："不想做家教了？"

季希否认。

乔之逾没见过主动要求停课的家教老师，她笑问："有钱还不想赚？"

"乔总，我也有职业操守。"

"可以教点其他的。你想教什么都可以，画画也行。"乔之逾没打算放季希走，"你陪着她，她会好很多。这对她的心理治疗也有好处。"

季希懂乔之逾的意思，便问道："那周末换成美术课？"

"行，你自己决定。"

季希做过这么多年的家教，从没碰上这么好说话的雇主。说来也奇怪，她跟乔之逾压根就不是同一个阶层的，但她和乔之逾接触起来觉得很舒服，两人意外地谈得来，尽管乔总嘴里时不时会蹦出些让她语塞的话。其实语塞的同时，她又觉得有趣。

乔之逾喝酒时很优雅，笑容常挂在脸上，举手投足间都散发着成熟知性的美，在众人之间，气质似乎比长相更容易出挑。

季希和乔之逾喝酒聊天时，明显能感觉到回头率相当高。

酒吧里，低吟浅唱的歌声缭绕耳畔。

时光的驻唱歌手是经过精挑细选的，唱功过硬，各有特色。两个人来这儿喝酒，即便不聊天，单纯欣赏音乐，也不会觉得尴尬。今晚驻唱的是个瘦高的年轻女孩，嗓音温柔而清冽，唱起情歌来别有一番风味。

乔之逾听着歌，觉得驻唱女孩的声音跟季希的有点像。她问季希："你会唱歌吗？"

"不会。"季希属于不爱外显的类型，从不轻易说自己擅长什么。她唱歌还过得去，毕竟有个唱歌厉害的妹妹，她耳濡目染多少会学一些。

乔之逾垂下眼眸，觉得季希唱歌应该好听。

两人偶尔搭句话，又继续听歌。歌手现在唱的还是首老歌，季希听着旋律耳熟，但说不出歌名，只安静地听着：

"我喜欢这样跟你着你／随便你带我去哪里／你的脸／慢慢贴近／明天也慢慢地慢慢清晰……"

季希私下不常听歌，更不会去探究歌词的内涵。很多人学习工作时，喜欢戴上耳塞听点什么，季希不这样，她做什么都习惯一心一意，一门心思。

像今晚这样静下心来悠闲地听歌，季希从没有过。

不过，她感觉还不错。

喝酒听歌，是个放松的好法子。不经意间，乔之逾喝了好几杯酒。

乔之逾只说心情不好，却没说为什么不好，季希不会主动打听别人的私事，因此也没问。她只能看出来，对方情绪有些低沉压抑。或许是因为跟那个男人吵架了？

"别喝了。"季希拉住了乔之逾准备举杯的手。

"放心，我酒量好，不会醉。"

"那也不许喝了。"季希解释道，"我答应了小清，会帮她监督你少喝点酒。"

乔之逾挑眉道："什么？"

"她把她一半的零食分给我，让我管着你别喝酒。"

听到这个"交易"后，乔之逾笑得更厉害了："什么跟什么啊。你把她的零食给吃了？"

季希也觉得自己幼稚得可笑，她对着乔之逾霸气了一把，道："总之别喝了，今晚喝太多了。"

乔之逾看着她这为了完成"任务"较真的样子，不禁莞尔："好。知道了。"

这么容易就劝住了，季希有些惊讶。

在酒吧里待久了会觉得闷，乔之逾想出去透透气，想要有人陪着一起去。

"还有空吗？"乔之逾又把目标锁定在了季希身上，今晚没别人，就看准她了，"出去逛一逛？"

"以后我的零食都分一半给老师，老师，你帮我哄姨姨开心可以吗？"这是那天乔清跟季希说的原话。

季希根本就抵挡不住孩子那无辜的眼神，鬼使神差地便答应了。她说不要零食，小家伙却缠着要给。最后没办法，季希收了乔清一袋子大白兔奶糖。乔之逾说得没错，她确实吃了乔清的零食。

听乔之逾还想出去逛逛，季希说："好。"

乔之逾看了她一眼，道："不用勉强。"

"没勉强。"季希道。

这回算是知道拿人家手短，吃人家嘴软是种什么体验了。

结账时，乔之逾并没有打算真的让季希请客，但季希还是抢在前面付了钱。

七月，盛夏时节，北临的室外空气如热浪一般。

虽然热了点，好在风大，空气也新鲜，比长时间待在密闭的酒吧里舒服。

两人并肩走在街头。

乔之逾问季希："你来北临多久了？"

"七年了。"本科四年，研究生三年，今年刚好是季希在北临生活的第七年。

"我是今年才回国的，北临变化太大了，差不多一年一个样。"乔之逾勾起被风吹乱的一缕头发别在耳后，笑道，"你对这边熟，去哪儿逛，听你的。"

季希苦笑。她虽在北临待了这么久，但吃喝玩乐什么的，她一窍不通。她在北临的这七年，做得最多的事，就是努力读书、努力挣钱，让自己忙得像只停不下来的陀螺。

"要不去我学校那边,我们学校西广场挺热闹的。"季希在学校去得最多的地方是教学楼和图书馆,至于西广场有多热闹,她也是听别人说的。

去学校那边也好,过几天就要彻底离校了,说起来校园里的很多地方她都没有好好逛过。她不是多愁善感的人,但要离开生活七年的地方,多少会有点儿惆怅。

乔之逾对此没意见。

出了时光门口,二十米开外就是个公交车站。那儿有直达Q大的公交车,具体坐哪路车,季希也不用查地图,了然于心。

她们运气很好,刚经过公交车站,季希就看到了一辆熟悉的917路公交车驶过来,车身上印着花花绿绿的广告,车里边很空,看着没几个人。

人少的公交车坐着比打车更舒服。

季希没想那么多,直接对乔之逾道:"917路公交车可以直达,就几站路。"

没有过多思考的时间,公交车已经停在路边,门开了。没有其他人在等,只有乔之逾和季希一前一后上了车,季希付了两个人的车费。

车里冷气充足,乘客坐得稀稀拉拉的。司机是个急性子,人刚一上来就继续往前开。

"我们坐后边。"季希看向公交车后面的位置,那里只坐了一对情侣。

"嗯。"看着一排排色彩鲜亮的塑料座椅,乔之逾有些感慨,她都多少年没坐过公交车了。

稍稍站稳后,两人准备往后排座位走去。季希习惯了,摇摇晃晃的也能保持平衡,她担心乔之逾喝了酒站不稳,于是时刻盯着她。

司机正想踩下油门加速,瞥见后视镜里有人在招手,他嘴里嘟囔了一句,刚起步又猛地踩了脚刹车。

轮胎和地面剧烈摩擦,车子猛然停下让人措手不及,引来车内几声埋怨。

身体因为惯性猛烈前倾,还好季希眼疾手快,她一只手抓住一旁的扶手,另一只手赶紧去拉住没站稳的乔之逾。乔之逾第一反应也是去扶季希,原本她的头还有些眩晕,这一下给弄清醒了。

季希被乔之逾撞了下,身体往后倒。

乔之逾站稳后一把拉住她,把她往自己这边拉了拉。

季希冷静道:"917路公交的司机就这样,踩刹车特别猛。"

乔之逾笑了笑,没有马上松开手,先问季希:"站稳了没?"
"站稳了。谢谢。"
倒数第三排的双人座上,季希坐在里边靠窗的位置,乔之逾则坐在外边。

车辆终于匀速行驶起来,到Q大需要十五分钟左右的时间。
季希盯着窗外的夜景看,比起地铁,她其实更爱坐公交,能看到许多风景,就跟来了一趟短途旅行一样。她对北临大街小巷的了解,大部分是在坐公交车的途中。
乔之逾也转过头看着窗外,恰好还能看到季希的侧脸。季希五官精致,脸蛋也小,一双眼睛很漂亮,眼尾细长,并非单纯的文静柔弱,还带着一股傲气和倔强。
斜前方的座位上坐了一对小情侣,看年纪应该和季希差不多大。女孩似乎喝了不少酒,歪着头靠在男孩的肩上撒娇,男孩时不时蹭蹭女孩的头发,摸摸她的脸,满眼笑意。
乔之逾默默地看着,每次看到这样的画面,她心里就感到羡慕。
她现在挺后悔在年轻时没有考虑过感情的事,那时候她一心忙于工作,一心想向乔家证明自己的能力。追求她的人不少,她一个也没答应。
现在事业差不多稳定了,她不想再一个人,可身边已经找不到合适的人陪伴。三十岁的年纪,的确比二十岁时更难找到合适且心动的人。
一连经过好几个站,季希都没听到乔之逾说话,她扭头看了看乔之逾,喊了声:"乔总。"
乔之逾扯回纷乱的思绪,也扭头看着季希:"什么?"
"头不晕吧。"虽然乔之逾说自己酒量很好,但季希半信半疑。
乔之逾笑道:"不晕。"
"再过两站就到了。"
路上没堵车,比预计花费的时间还少。

Q大附近这个广场,是很热闹。
季希总是听别人谈起,自己从没来逛过。前段时间流行地摊经济,广场上多了不少摆摊的,很多都是学生在兼职挣钱,卖各种各样的小玩意。
乔之逾放眼望去,确实很热闹,问道:"是挺热闹的,你常来玩?"
季希说:"没有,我也是第一次来。"

乔之逾正欲说什么,这时身后传来一个声音:"同学。"

紧接着是靠近的脚步声。

季希和乔之逾侧身回头,只见面前站了个背着双肩包的男生,个头挺高,穿着白色的字母T恤和破洞牛仔裤。

"同学,你好,我们刚刚一起坐公交车来的。"

季希尴尬地笑了下,就算是刚刚一起坐了公交车,她一上车也是自动屏蔽了所有人的脸,哪会记得他。

"你也是Q大的吧。好巧。"

面对搭讪,季希反应很冷淡,没承认也没否认,就像姜念说的,她是没有感情的机器。

乔之逾站在一旁,默默地看着。

那男生继续跟季希说着:"我是建筑系的,我……可以加一下你的联系方式吗?"目的已经表现得很明显。

季希依然是冷冷淡淡的,一开口便是很不给面子的回答:"不可以。"

男孩愣住了。

乔之逾看到这情形,忽然笑出了声,很欢乐。

男孩缠着季希解释说:"同学,我不是第一次见到你了,一直想知道你是哪个系的,今天好不容易再遇到……"

乔之逾看季希的反应,就知道她肯定没那方面的意思。乔之逾朝那男孩笑道:"她不喜欢你这种类型的。"

男孩沉默了。

这时季希也顺着乔之逾的话说道:"抱歉,没兴趣。"

简简单单一句话,直接伤了男孩的心。

等男孩悻悻地走开后,乔之逾和季希对视了一眼,都忍不住笑了笑。

两人继续绕着广场散步,人不多不少,既不冷清也不拥挤。

"长得还不错,怎么不给人家一个机会?"乔之逾问。

季希用常回答姜念的话来回答乔之逾:"谈恋爱不如工作。"

这话听起来有点逗,怎么跟自己当初的想法一模一样?

乔之逾先是笑了笑,然后开玩笑说:"看来公司能把你招进来,是赚到了。"

季希扬了扬唇,没说话。

乔之逾想起自己的经历,过了片刻后,她低声来了句:"有喜欢的可以试试。"

乔之逾语气认真，对她而言却有些突兀。

季希淡淡地笑了一下。乔之逾也没打算深入聊这个话题，因此也没在意季希淡定的态度。

"去那边看看。"乔之逾看见不远处有个摆地摊的，地上摆满了大大小小的玩具，最大的那个是招财猫玩偶。

季希跟着乔之逾走上前，她没想到乔总会对套娃娃的游戏感兴趣。

"玩下这个。"乔之逾的目标就是那个招财猫玩偶。

摆摊的小伙很热情，嘴皮子也溜，只见他笑嘻嘻地道："小姐姐，二十块钱五个圈。买不了吃亏，买不了上当，只要套中就能带走。"

乔之逾望向那小伙，道："便宜点，五十块钱十五个圈。"

小伙摆摆手："那不行，我这是小本生意，混口饭吃不容易。"

乔之逾笑着瞧了瞧季希，对老板道："她眼神不好，扔不准，白给你赚的。"

季希莫名躺枪。

老板很快妥协了，还说："我是看两位小姐姐漂亮，才给便宜的。"

乔之逾红唇一扬，说出的话更过分了："那再多送五个吧。"

季希偷偷瞥了瞥乔之逾，惊了，乔总这美人计使得可真熟练。

难得看到这么一个大美女，老板乐得有点找不着北了。嘴里说什么亏本了不行的，到最后还是收了五十块给了二十个圈。

小伙无奈地摸了摸自己的寸头，笑道："姐姐，真看不出来您这么会砍价。"

季希在心底暗笑，乔总谈项目可是出了名的精明，砍几块钱的价实在是大材小用了。

"给。"乔之逾递了十个圈给季希，她们一人十个。

季希愣了下，这感觉有些陌生。她从来不会把钱花在这种游戏上。

不出乔之逾所料，季希的目标果然也是角落里最大的那只招财猫。她看着容易，套起来却并不轻松，一个接一个扔，都没扔准。

季希手里的十个圈扔完了，套了个空。

乔之逾笑抽了，边笑还边吐槽季希："我说你眼神不好，你还真扔不准。二十五块钱没了。"

季希辩解道："这个不好套。"

乔之逾神情嫌弃,说道:"我来。"

看乔之逾这么自信,季希马上给她让开地方。

乔之逾也是想套那只招财猫,她屏气凝神,一个,两个,三个,四个,五个……十个……

她跟季希一样,只套中了空气。

这下轮到季希乐了,但比乔之逾刚才笑得还算收敛点,说道:"你还好意思说我?二十五块钱没了。"

乔之逾朝老板扬了扬头,大气地道:"再来五十块钱的。"

季希觉得太浪费,想说别玩了,可乔之逾似乎兴致正浓,她不想扫兴。她现在笑得那么灿烂,完全看不出来心情不好。

老板看两个美女眼神都不太好的样子,自然开心,又给了她们折扣价。

两人拿着圈一个接一个往那只招财猫身上扔,花了一百块,总算是套中了。这可是摊上最可爱最大的一只招财猫。

"拿着。"乔之逾将招财猫递给了季希,瓷制的,有些沉。

"带回去送给小清。"季希道。

乔之逾却道:"你不是喜欢吗?拿回去帮你招财。再说了,我上次答应要送你一个小礼物。"

季希看着手里的招财猫,问:"你怎么知道我喜欢这个?"

乔之逾道:"看你头像是这个。"

就这么轻声一句,很微妙的,感动瞬间渗进心坎里。

乔之逾看她不吭声,确认道:"喜欢吧?"

季希抬起头,嘴角扬得高高的,道:"喜欢。"

乔之逾难得看到乔清不在时,季希也这样肆意灿烂地笑,让她心情更好了。

她望着季希的脸,口吻十分轻柔自然:"多笑笑,你笑起来好看。"

季希听后愣了一下,笑容短暂凝住,又明媚绽开。

两人在学校附近转了一圈,漫无目的,逛到哪儿算哪儿。Q大历史悠久,常常吸引不少人前来参观,俨然成了一个景点。

要不是今天陪乔之逾,季希还没这样的闲情逸致在学校里逛。

姜念说她是个无趣的人,季希也这样认为。

无趣到连吃泡面都只吃同一种口味。她以前不觉得无趣是个贬义词,但今晚,她发现因为自己的无趣,似乎错过了很多漂亮、有趣的风景。

季希抬了抬头,她心血来潮,道:"乔总。"

乔之逾应道:"嗯?"

"带你去个地方。"

"好。"

听闻学校东北角有个特别适合看星星的地方,以前季希仅仅是听闻,没去过,现在她突然很想去。

"今天的星星好多。"季希坐在草地上,屈起膝盖,双臂环抱,抬眸看向远处的夜空。

乔之逾回首,瞧着季希的侧脸,她的眼睛亮晶晶的,像是也有星星一样。

两人一起安静地眺望远方。

人一旦安静下来,脑子里就会有很多乱七八糟的想法。季希想着想着便想到乔之逾和那个男人的事……

那天晚上她挺身而出护在乔之逾面前,是不是自己多管闲事了?季希很在意这个问题,如果是,她把人家的准男友当成了流氓,是该同乔之逾道个歉。

"乔总。"季希突然叫了一声。

乔之逾这会儿心情不错,安静地听她说话。

"我那天晚上是不是多管闲事了?"季希开门见山地问。

"哪天?"

"我误会你男朋友欺负你,所以才……"季希下意识地把许盛当成了乔之逾的男朋友,"如果给你们造成了困扰,我想说声对不起。"

"他不是我男朋友,普通朋友而已。"乔之逾解释,看季希似乎是想多了,她笑着补充,"那晚谢谢你英雄救美。"

季希纠正道:"是拔刀相助。"

乔之逾反问:"有区别吗?你的意思是我不美?"

"不是这个意思。"季希总能被乔之逾反驳得哑口无言,她发现乔之逾脸皮挺厚的。姜念的脸皮也厚,但姜念的厚脸皮和乔之逾的有区别,姜念脸皮厚起来让人想抽她。乔之逾不一样,她似乎有着与生俱来的自信,她就算是厚脸皮,也厚得让人无从反驳。

不过听了乔之逾的解释,季希一时有点开心,她打心底里认为许盛配不上乔之逾。如果喜欢一个人,连最起码的尊重都不能给对方,那这样的喜欢就太多余了。而且像乔总这样优秀又有趣的人，完全值得更好的。

乔之逾看到季希在傻笑，她打量了季希一下，突然道："我是单身。"

季希跟着"嗯"了一声。

乔之逾看季希还在笑，她目光狡黠，笑道："你这么开心干吗？"

季希不迟钝，不禁低声吐槽："你好恶趣味啊。"

乔之逾笑得露出一排白白的牙齿，道："说，我哪里恶趣味了？"

季希笑道："现在就很恶趣味。"

盛夏的风浓烈热情，肆意吹拂，吹散两人的长发，也悄悄吹走了一种叫孤独的东西。

季希不拘小节，在草地上躺了下来，姿态很放松。平躺下来以后，落入眸底的夜空越发璀璨。

身旁传来窸窸窣窣的声音，季希偏头，原来是乔之逾也在草地上躺了下来。她扭头，又懒洋洋地朝着夜空笑，今天好开心，前所未有的开心。如果不是在便利店遇上了乔之逾，她肯定是一如既往下班、睡觉，第二天再上班，如此平淡地循环下去。

偶尔没心没肺地开心一下，其实也挺好的。季希想感谢身边的人，但说出来一定会很傻。也许今晚对乔之逾来说很普通，但对自己来说，很特别。

躺了一会儿，季希偏头向乔之逾看去，问："现在心情好点了吗？"

乔之逾也偏过头，道："好多了。回去我跟小乔总说一下，给你加零食。"

小乔总？季希笑了。

夜深了，吹着风，季希躺着有些困，不自觉地眯眼小憩。

不知过了多久，一阵细微的动静传来。季希一睁眼，是乔之逾靠了过来。季希问道："怎么了？"

乔之逾道："有虫子。"

季希一瞥，问："你怕虫子？"

乔之逾想起那天季希给自己画速写时也是这样笑的，她道："我怕虫子很奇怪吗？"

季希说："不奇怪。"

"那你笑什么？"

季希不承认："我没笑。"

"没笑吗？"乔之逾问着，细长的手指伸向季希腰间，轻轻挠着。季希马上有了反应，她扭着腰，吸着气咯咯笑。

097

乔之逾边逗她边问:"没笑吗?"

"哈哈哈……"季希笑得张扬,她怕痒,而且越笑越痒,越痒越笑。

"痒……"

乔之逾看季希笑红了脸,揶揄道:"求饶就放了你。"

季希躺在草地上躲着乔之逾,最后她拗不过,只得道:"我错了。"

"再说一遍。"

"我,错了。"

乔之逾没逗季希太久,她支着身子望着季希,感慨道:"看不出来。"

"什么?"季希才缓过来,没明白乔之逾话里的意思。

"听说怕痒的人都会疼人,看来你还挺会疼人的。"

"是吗?"季希表面上在听着,但趁乔之逾说话的工夫,立刻将同一招用在了乔之逾身上。

季希发现乔之逾比她还要怕痒。

"哈哈哈……"这下轮到乔之逾狼狈了。她去拉季希的手,反抗道,"哎,幼稚,别闹了……"

两个大人在草地上以挠痒痒的形式互相伤害,这种行为确实很幼稚,但两个人都笑意盎然。季希觉得现在的自己陌生,活泼得像是换了个人一样,可她真的好开心。

不过没几秒,季希就停下了手里的动作,仰视着乔之逾的脸。

"别动。"乔之逾就近帮季希摘下粘在发丝上的草屑。

夜安静得出奇。

"别在草地上躺太久。"乔之逾先起身,顺手拉了下季希,示意她起来。

"嗯。"季希也坐起身,低头掸了掸衣服。

"时间不早了,回去吧。"

"嗯。"

乔之逾晚上没让司机来接,她让季希直接回宿舍就行,不用送。季希还是陪她走到了最近的校门那里打车,等看到乔之逾上了车,她习惯性地记下车牌号后才回去。

回到宿舍,季希没去洗澡,而是盯着桌面上摆着的招财猫发呆,看着看着,她抿嘴笑了起来。

半个小时就这样过去了,季希拿起手机,盯着锁屏的时间,在心里默默地算了一下，此刻乔之逾应该到家了。她点开微信，打开和乔之逾的聊天对话框，最后一条消息停留在上次乔之逾给她发的照片。

其实，乔之逾收到消息时还没到小区。

她打开手机看了一眼，是季希发来的微信："乔总，到家了吗？"

她发现季希换头像了，换成了她们今晚套到的那只招财猫的照片。

乔之逾原本想等到家再给季希发条消息，这会儿季希先发来了，因为有些累，她就没打字，直接按下了语音，说："刚到，你早点休息。"

这条语音只有两秒的时长。季希点了下播放，听了。而后，她回复乔之逾："你也是，晚安。"

等了下，乔之逾没再给她回消息。

第二天，季希照旧到点起床，准时上班。她每天上班会留出至少十五分钟等电梯的时间，以防碰上人多的时候因耽误时间而迟到。

"乔总早。"

"乔总早啊。"

"早。"乔之逾微笑着打招呼，往电梯间走去，进电梯时，目光顿了一下。

楼层一一被按亮。

有人要按上关门键时，乔之逾开口道："再等等。"

"嗯。"

季希本没打算赶这趟电梯的，反正时间还充裕，不料等她走到电梯口时，电梯居然还没上去，跟乔之逾恰好打了个照面。

乔之逾穿了一身昂贵的职场套装，不说话时也自带气场。

季希心里感觉挺奇妙的，上班时她肯定是把乔之逾当领导，但私底下，她不知不觉间就把乔之逾当作了朋友，就像昨晚那样。她跟最熟的姜念都没那样共同相处过。

"乔总早，陈总早，邵经理早。"季希进入电梯时，面上带笑，向领导们一一礼貌问了好。

乔之逾往一旁让了让，季希顺其自然地站在了她旁边。

邵宇带季希两个多月了，从来没见过季希笑得这么阳光灿烂，觉得真是稀奇。公司里的氛围很好，开玩笑也是常有的事。邵宇随口打趣了一句："小季，谈恋爱啦？一大早笑得这么开心？"

经邵宇这么一提醒，季希也反应过来自己确实一反常态。

099

或许是因为乔总昨晚那句"多笑，笑起来好看"，所以刚一看见乔之逾，她的嘴角便扬得比平时高了点。

一走进办公室，季希又恢复了往常的状态。她先打开电脑，接着去接了杯咖啡，然后就坐在电脑前开始一天的忙碌。

离上班时间还有十几分钟，不少工位都还是空着的。

"唉，今天又要加班咯。"邵宇打开电脑，看着收件箱里一溜的未读邮件，觉得头大。他最近跟了好几个项目，活儿都堆到了一块儿，忙不过来。季希倒是有能力帮他的忙，可实习生这个身份很尴尬，不可能让她正式参与项目，顶多打打杂。

"小季，快转正了吧？"这个问题邵宇隔三岔五就会问季希一下。等季希转了正，能帮忙做事了，他的工作压力就会小很多。

根据他以往的经验，今年消费组估计只有一个转正名额，他希望是季希。季希是这批实习生里表现最突出的，虽然才刚毕业，经验少了点，但简历很漂亮，能吃苦，学习能力也强，应该有机会。

"这个月还有最后一次考核。"季希答道。

ZY 的转正审批很严格，自有一套体系，一般是阶段性考核加上最终考核，按得分高低决定人员去留，不是上司说可以就能留下来。即使是家里有矿的富二代，要想转正也必须老老实实走考核流程。一旦在 ZY 转正，就已经是对你能力的证明。

邵宇握了握拳，道："加油干啊，还等着你给我帮忙呢。"

季希很无奈地说道："我也想。"

"你可以的！邵经理相信你。"

"嗯，我努力。"

邵宇给人的感觉有点傻，但工作能力没的说，不少实习生都羡慕季希遇上一个这么好说话的上司。

这时一个拎着早餐袋的男人走了过来，将公文包往办公桌上一放，朝邵宇说道："想要人帮忙？马上就有了。"

"老贾，什么意思？我们家小季能提前转正了？"贾经理和邵宇是同期入职的，现在又是同组的同事，关系好到能穿一条裤子。

"我也希望啊。"贾经理喝了口豆浆，感叹，"这可是人事部的机密，我哪儿知道。"

季希话不多，踏实肯干，长得又漂亮，在组里很受欢迎。

"那你是什么意思?"

"明天我们组要来个实习生。"贾经理道。

空降实习生,多半是有背景的。邵宇直接问:"什么背景?"

"不太清楚。"贾经理压低声音道,"上头安排的,多半是个太子爷。"

邵宇一副生无可恋的模样,道:"希望靠谱点吧。"

贾经理话里有话道:"那还是做好心理准备。"

季希在一旁静静地听着,没说话。富二代空降来公司实习,她早已见惯不怪了。这些人大部分是来学投资管理的经验,待不了多久就会走。

北临气温又上升了。

八点多,日光高照,灼热刺眼。

从地铁口到写字楼,如果走得急,季希会出一点汗。她今天起得稍晚了几分钟,恰好碰上乘电梯的高峰期,需要排队,人还挺多,队伍像条长龙。

人一多,难免会有些磕磕碰碰。

季希感觉后背被人蹭了一下,她没回头,而是往前走了一步。没多久,感觉腰又被人摸了一下,她转身,只见身后站了个西装革履的男人,戴着一副眼镜,头发梳得一丝不苟。

"你碰我干吗?"季希冷着脸,声调很高,她一开口,周围人的目光都看了过来。她低调,不多说话,但这并不意味着她被人欺负了还会一声不吭。

穿西服的男人扶了扶眼镜框,有点心虚,道:"我哪有?"

季希没听他的辩解,只是高声道:"手放干净点。"

围观群众开始小声议论。

"看着人模人样的。"

"真恶心。"

"哪个公司的啊?"

"以后防着点吧。"

……

被众人指指点点后,男人急了,开始为自己辩解,气势不能弱。他反问季希:"如果是我不小心撞到你了,我道歉,但你别血口喷人好吗?别以为自己长得还行,就觉得全世界的男人都对你有兴趣。我什么时候碰你了?谁看见我碰你了?"

101

这人如此嚣张,还没完没了了。

季希刚想说要不去调监控,旁边响起一个又冷又跩的声音:"我看到了!以为人家女孩子好欺负?这么喜欢摸人,来,你摸我一下试试,老子打断你的手信不信?"

说话的是个穿衬衫的男孩,没系领带,把职场正装穿出了一种桀骜不驯的感觉,一副不好惹的模样。

穿西服的男人灰头土脸的,这会儿也没了气势,不吭声。他也没脸在这边坐电梯,于是在一片吐槽声中溜了,生怕这时候碰上个熟人。

季希朝穿衬衫的男孩礼貌一笑,说:"谢谢。"

陆风道:"不客气,小意思。"

这时电梯来了,一进电梯,陆风问季希:"你去哪一层?"

"二十二层,谢谢。"

陆风按下了"22F",问:"你也在ZY上班?"

听对方说"也",季希又看了他一眼,完全陌生,不认识。或许是自己没留意吧,季希点点头,没说什么。

到了二十二楼,陆风和季希一起下了电梯。他还紧跟着季希的脚步,边走边念叨:"我叫陆风,今天过来实习,在项目部的消费组,你也是项目部的吗?"

季希打完卡,听到"消费组"三个字以后,想起来了,这个陆风就是贾经理嘴里说的"太子爷"吧。季希习惯性淡笑,回了一句:"我也在消费组实习。"

陆风开心了,咧嘴笑道:"这么巧啊。"

"你应该先去人事部报到吧。我工作去了。"说完,季希转身离开。

陆风还没来得及问名字,对方就走了,心想这姑娘真有个性,喜欢。

公司一来帅哥美女,私聊群里的八卦肯定少不了。八卦传播速度之快,让季希佩服,她才刚在电梯里遇见,没几分钟群里就开始讨论起来,参与讨论的大多是女生。

"新来的实习生好帅啊!"

"总算是来帅哥了,还是我最喜欢的小狼狗类型!"

"哪个组的?"

"消费组吧。"

"听说后台挺硬的。"

"什么来头？"

"不太清楚。"

……

季希照旧不参与这些讨论。

忽然，群里冒出一条消息："女神，帮我们先打听一下小狼狗是不是单身。"

季希看了，不由得扶额。

陆风接受简单的入职培训后，就回到了项目部，工位昨天已经给他收拾妥当了，正好与季希的工位相邻。

邵宇看着并肩走来的季希和陆风，的确赏心悦目，他调侃道："金童玉女啊，以后我们消费组就是部门的颜值担当了。不错。"

贾经理隔空与邵经理碰了下咖啡杯，表示赞同。

"你叫什么名字？"陆风凑到季希身边问。

季希在忙，抽空答了句："季希。"

陆风递给她一张纸，道："怎么写？"

季希顿了一下，拿过旁边的中性笔，低着头，在纸上行云流水般写了下来。她的一手行楷写得非常漂亮，工整清秀，像是专门练过字一样。

陆风性格开朗，嘴也甜，虽然有点儿吊儿郎当的样子，但没有什么明显的恶习，所以仅半天时间，他就跟办公室里的同事们熟悉了起来，还颇受欢迎。到了下午茶时间，他还给办公室里的每个人都点了奶茶，又刷了一波好感。

等奶茶都分好后，陆风又拿了一杯，往乔之逾的办公室走去。

乔之逾看到陆风拿了杯奶茶走进自己的办公室，她皱了皱眉头。

陆风来 ZY 实习是乔胜添的意思，乔胜添以前也提过，说想让乔之逾带一带陆风。以后陆风要去乔氏帮忙，先在外面锻炼一下，提高能力。挺讽刺的，她姓乔，也有足够的能力，但没人想让她去乔氏帮忙，都像防贼一样防着她。

乔之逾最后答应了，但不想让公司里的人知道她跟陆风的关系。她不喜欢公私不分。她和陆风虽然是名义上的姐弟，但陆风从小是在国外长大的，两人既没有血缘关系，也没有多少相处和接触，压根说不上有什么亲情。

"来我办公室干什么？"

"请乔总喝杯奶茶。"陆风解释道,"其他人我都请了,怎么能忘了您?"

看他油嘴滑舌的,乔之逾接过奶茶放在桌上,随口一问:"第一天上班,感觉怎么样?"

陆风双眸发亮:"很好!很有收获!我一定会在这里好好工作、好好学习。"

"上班才不到一天,能有什么收获?"乔之逾看他是睁眼说瞎话,还说得跟真的一样。

"当然有收获。"陆风往外面望了望,发现乔之逾办公室的位置,透过玻璃窗恰好能看到季希,他边看边笑道,"比如,我发现这儿同事很漂亮。以后一起工作肯定特别有动力。"

乔之逾听了,很是无语。

"特别是我们组的那个女孩,季希,你应该知道她吧?"陆风立刻打开了话匣子,"我觉得那个姑娘很有个性,长得也很好看。不知道是不是单身……"

乔之逾打断他的话:"说什么呢?"

陆风立马扮了个鬼脸,又恢复正经表情,笑道"开玩笑的。乔总,您放心,我一定会努力工作的。"

乔之逾继续浏览着电脑上的文件,嘴里轻声说:"上班就上班,别浑水摸鱼。"

"小季,发现没,只有你的奶茶杯是粉色的。"邻组一个分析师凑过来,对季希小声八卦了一句。

季希这才留意到只有自己的奶茶杯上印着粉色樱花,而别人的都是单调的白色。

"就给你买的不一样,你说小陆这是什么意思?"

季希自然听得懂对方话里有话,不过她故意装傻,让了让桌上没喝的奶茶,笑道:"你要是喜欢这个口味,你拿去。我不喝。"

女同事识趣地摇了摇头,一脸在线吃瓜的神情。

季希看了看杯子上的图案,懒得去想那么多,继续埋头工作。

周末,季希开始给乔清上美术课,或许称之为绘画启蒙课更为合适。她并非美术专业出身,没办法教授专业系统的知识,但陪着小家伙涂涂画画,培养一下兴趣倒是可以。尽管乔之逾对她没有任何要求，但季希还是查阅了不少资料，专门备了课。

"老师，今天画什么？"

季希拿出一支支水彩颜料，调着颜色，说道："今天我们画水果，好不好？"

"好！"乔清双眼放光。小孩子只要一看到五颜六色的颜料，就特别开心。

没过多久，有人敲了敲门，是乔之逾走了进来。

"乔总。"季希抬头望去，笑着打招呼。她看乔之逾今天应该没打算出去，长卷发很随意地挽着，穿了一件黑色T恤，搭配宽松的长裤，衬得腰肢细细的，很显身材。

季希如果看一个人，会习惯性先看整体比例，再看五官。乔之逾真是她见过的各方面都恰到好处的女人，连手臂和肩颈的线条都很漂亮。

第一次看到乔之逾穿得这么休闲，季希才明白公司里的人为什么说乔总又飒又美了。

季希性格有点儿呆，她常常完全沉浸在自己的世界里，眼神总有种说不出的认真。

乔之逾走近季希身边，低着头，笑问："盯着我看干吗？"

季希只是文静地笑笑，再低头画自己的画。

好像变得爱笑了一点，是因为自己那晚的点拨吗？乔之逾也笑了。

在不熟的人面前，乔之逾是绝对不会这样打扮的。说起来，她跟季希算熟吗？她也不清楚，反正跟这姑娘相处的时候，整个人很放松很自在。

乔之逾看见两个支起的画板，问："今天画水彩？"

季希抬了抬头，道："嗯。"

桌面上摆着各种各样的水果，葡萄、芒果，还有块西瓜。

正画着，乔清忽然说："老师，我还想画橙子，我再去问李奶奶要个橙子吧！"

季希笑着说："好。"

乔清跑着下楼了。

季希又沉默下来。

乔之逾挺喜欢看季希画画时的模样，仿佛周遭浮躁的空气都安静下来了。她也赞同陆风说的，这是一个有个性、很特别的姑娘。

105

一缕头发滑落，季希下意识地抬手拨了一下，结果手指上的一点颜料蹭在了脸颊上，是一抹明亮的黄色。她丝毫没有注意，继续专注于自己的事情。

乔之逾盯着她的脸，轻轻笑了一声，指着季希的脸，小声提醒她："这儿，脸脏了。"

季希听了，便想用手去擦。

"傻不傻，手也是脏的。"乔之逾及时拉开季希的手，然后顺手在一旁拿了张湿巾，凑过去，细心帮她擦。

季希挺着腰杆，身子坐得很直。

乔之逾的手靠近时有一股香味，是护手霜的味道。季希一时无所适从，于是垂下了眸子。

"我自己来。"季希轻声道。

"好了。"乔之逾盯着季希说道，声音也轻。

这时乔清捧着两个橙子上来了，转移了两人的注意力。她看乔之逾还在房间里待着，于是天真地问："姨姨，你要一起上课吗？"

"好呀。"乔之逾转而问季希，"季老师，可以吗？"

季希回答："当然可以。"

对季希来说，生活中没有什么比闲下来画画更惬意的事，这大概是她唯一的娱乐活动。

"昨晚没休息好吗？"乔之逾看季希眼圈有点黑，显得憔悴。

"昨天晚上搬家，收拾到很晚才睡。"季希回答。她发现乔之逾像是特例，她们分明认识没多久，都不知道能不能算作朋友，可她并不介意跟乔之逾说一些自己的生活情况。

昨晚姜念恰好从外地旅游回来了，还给她帮了忙。严格来说，她那都算不上搬家，东西实在太少了，少到搬过去以后，四十平方米的房间都显得空荡荡的，和没搬之前差不多一个样。房间里唯一的装饰物，大概就是乔之逾送她的那只招财猫。

季希爱干净，昨晚她把房间打扫整理好后洗了澡才上床，弄到挺晚的。刚搬完家事儿多，还有大大小小的生活必需品要买，所以今天周末她也没睡懒觉，还是起了个大早。由于没睡饱，她今天的精神不太好。

"搬出学校了？"乔之逾记得前两天季希还住在宿舍里。

季希点头说："嗯，毕业了。"

乔之逾道："恭喜。"

季希不知道回答什么好，说了声"谢谢"。

毕业于季希而言，的确是件值得庆祝的事，她盼这一天盼了好多年了。

许多人不愿意长大、不想面对现实，季希不一样，她打小就想快些长大，长大了才有能力去改变什么，现实也的确如此。她犹记得七年前她刚来到这座繁华的都市，一切都那么陌生，让她感到迷茫。而如今，她也能在高楼大厦中找到属于自己的一隅，过上还算不错的生活。

"乔总，我看小清对画画挺感兴趣的，以后可以给她请个专业的老师。"

乔清听到季希的话后，不高兴了，她闷声闷气地道："我不要别的老师。"

乔之逾忙哄了一下，揉着乔清的头道："不换不换。"

乔清露出笑脸，拉着乔之逾问："姨姨，我画得像不像？"

乔之逾看小家伙涂涂抹抹画出的一个橙子，倒也像那么回事，她夸道："像，宝贝画得真好。"

说着，乔之逾从口袋里摸出了两颗奶糖，一颗递给了乔清当奖励，另一颗则是递给了季希。她身上偶尔会带几颗糖，哄不住乔清的时候，就喂上一颗，这个办法简单有效。

季希看着乔之逾递过来的奶糖，是她平时最常吃的大白兔。

"不是爱吃吗？"乔之逾道。乔清最近特别爱吃奶糖，也是学的季希。她觉得有意思，一个这么大的人还跟小孩子一样爱吃奶糖。

"老师吃了姨姨的糖，以后要哄姨姨开心。"乔清忽然对季希说道。

季希直想笑，她答应乔清："好！"

乔之逾不紧不慢地从口袋里摸出了一颗糖，她望着季希，解释说："那天晚上表现不错，再奖励一颗。"

季希嘴角的笑意越发明显。她也不客气，直接将乔之逾递来的两颗糖握在手心里，然后偏过头继续在画纸上画着。

她一周最轻松的时候就是现在，每次周末来乔家做家教，她不觉得是麻烦的工作，反而身心放松，甚至充满期待。

周一晚上，季希约了姜念和姚染来公寓吃火锅。找房子和搬家的事，姜念都帮了她不少忙。

原本季希是想约在周末晚上，可周末正是姜念最忙的时候，她工作室的单子多得接不过来。

吃火锅比炒菜做饭简单方便许多，熬好锅底，直接涮菜就行。食材都是季希昨天晚上提前准备好的。姜念和姚染过来的时候，还带了不少酒和零食。她们都想好了，准备吃完火锅，再一起看部电影。

大家都忙，难得有时间聚在一起热闹一下。季希大部分时间独来独往，但不得不说有一两个走心的朋友，在这座陌生的城市才不会那么孤单。

季希正在厨房里洗着菜，姜念和姚染走了过来。姜念说："来给你帮个忙，免得说我们白吃白喝。"

"不用，马上就好。"季希道。

姜念大大咧咧地说："跟我还客气什么。"

姚染看她们俩关系好得不行，就好奇地问："你俩是怎么认识的？"

"我跟她……"

季希还没说完，就听到姜念抢在她前面说道："哦，她以前是我店里的客人，一来二去就熟悉了。"

季希默然望向姜念，姜念这样说，很显然是想掩饰什么。

"姚老板，我留在这儿帮忙就好了，你去歇着。"姜念嬉皮笑脸。

厨房太小，三个人都在的确显得拥挤。等姚染走后，季希悄声问姜念："干吗撒谎？"

姜念为难地说："她还不知道我多大。"

季希先是一阵无语，压低声音道："那你也不能骗她啊。"

"我没想骗她，我开玩笑说我跟她差不多大。"姜念向季希倒着肚子里的苦水，提起这个问题就头大，对于年龄这个问题，她老早就想跟姚染解释了。

季希无语，差了快六岁，能叫差不多大？

"找个机会解释清楚吧。"

姜念咬咬唇，叹气道："嗯。"

这时，季希放在冰箱上的手机响了一下，她拿纸巾擦了下手，去看消息。看到锁屏上的通知显示是"乔总"后，她立刻点了进去。

乔之逾又给她发了张乔清呼呼大睡的照片。

季希单手打着字："小家伙今天怎么睡这么早？"

乔之逾正坐在阳台上，百无聊赖，看到季希的消息后，也立刻回道："乔清今天一下午都在学骑自行车，大概是骑得累了，今天没等我下班就先睡着了。"

无聊的时候,会想找人聊聊天,于是就把照片发给她了。

现在,两人的关系熟稔许多,会偶尔闲聊上几句。但她们聊的话题,大部分都是关于乔清的。

想着她应该也是刚到家不久,季希问:"你刚到家?"

乔之逾回答:"嗯。"

过了一会儿,季希又关心地问了一句:"吃晚饭了吗?"

乔之逾看到这句询问后,原本想敷衍说准备吃了,最后却如实回了一个字:"没。"

就一个人,又不太饿,也没多大食欲,吃不吃无所谓。

季希想了想,犹豫片刻后,在键盘上打下一行字:"来我这儿吃火锅吗?染姐也在。"

姜念一边洗着菜,一边看着季希道:"跟谁聊天啊?"

季希冲她笑了一下,没回答。

"哎,你这是……"姜念的手湿漉漉的,偏偏故意往季希脸上扬了扬,甩出许多水珠。

季希扭头躲开,眼神嫌弃。

她看看手机,乔之逾并没有给她回复,或许人家并不想过来吧。看来是她把她和乔总之间的关系想得太过密切了。

厨房里,水龙头哗哗流着水。

姜念一边忙一边絮叨:"我们只有三个人,你准备这么多菜我们也吃不完,还有好多零食。"

"那就少吃零食,多吃菜。"季希说着正想放下手机,手机忽然振动了一下,她低头看屏幕,是乔之逾给她回消息了,说好。

季希看到后,蓦地笑了一下,然后把自己的定位直接发了过去。季希还说位置不太好找,等到了给自己发消息,她下楼去接。

姚染歪在沙发上玩手机。

季希将洗好的水果放到茶几上,对姚染说:"染姐,吃水果。"

"谢谢。"

季希又道:"等会儿乔总也过来。"

姚染听了很意外,直了直身子,惊讶地道:"她也过来?"

季希说:"我说你也在这边,正好一起。"

"你现在跟乔总挺熟啊,都叫她来家里吃饭了?"姚染笑着道。

姜念听不懂她们的对话了。她在沙发边沿坐下，问："谁啊？"

姚染抬头，跟姜念解释："就是之前我想介绍给你认识的那个朋友。季希跟她熟，她待会儿也过来。"

过来正好，上次乔之逾约她，她在外地没时间，还想着回来找个机会跟乔之逾聚一下，顺便介绍姜念给乔之逾认识一下，今晚倒碰巧了。

姜念看看季希，不禁纳闷了，她从没听季希说过这号人。虽说季希的朋友她不一定都认识，但季希能带到这儿来吃饭的朋友，她怎么着也得耳熟吧。

乔之逾要过一会儿才能到，姜念便拉着姚染和季希先玩一局游戏。

季希平时不怎么玩游戏，有时候为了社交，不让自己跟这个社会脱节，会稍微了解一点。这个游戏是姜念教她的，她学东西很快，连玩游戏也是。姜念技术比较菜，但不妨碍她爱玩，她喜欢和季希组队，基本可以躺赢。

就这样，房间里充满了游戏里的枪击声和姜念聒噪的叫骂声。

姜念玩起游戏来很暴躁，话也多，姚染踢踢她的腿，吐槽说她都三十岁的人了，能不能稍微淡定点。一听到三十岁，姜念立马变得很深沉，安静下来了。三十岁，对她来说简直是魔咒。

进入决赛圈以后，姜念和姚染陆续败下阵来，只剩下季希安静地盯着手机，就剩最后一个人了。

季希喜欢赢的感觉，包括玩游戏，要么不玩，一玩就特别较真，总想拿第一。

正关键的时候，屏幕里跳出一条微信消息提醒。

是乔之逾发来的。

季希将游戏界面切换到聊天界面，看到乔之逾说自己到了，她立马回了一句："我这就下来，你等我一下。"

就这两秒的时间，季希玩的角色被对面狙了。

姜念气鼓鼓地将手机甩到一旁，一个劲地埋怨季希："差点儿就赢了，你回什么消息啊。"

季希不理会，准备出门接人。

五分钟后，季希带着乔之逾上了楼。乔之逾随意地往屋子里看了两眼，地方不大，但看着挺温馨的。

"之逾，来了。"

乔之逾一走进屋里，就看到姚染她们走了过来。

姜念直勾勾地望着乔之逾，有一种强烈的似曾相识的感觉，她想了想，再看看季希，一下子便恍然大悟了。

这位乔总……不就是季希两个月前在酒吧遇到的那个漂亮女人吗？

瞧见姜念看到乔之逾后的反应，姚染不禁问："你们认识？"

"好像在酒吧里见过。也可能是我记错了。"姜念说这句话时，还朝季希挤了挤眼睛。

季希有种不好的预感。她没想到姜念居然还记得乔之逾，还以为姜念早就忘了，毕竟那晚只是见过一次而已。

姜念也是因为对乔之逾鼻尖的那颗痣印象深刻，所以过了这么久，还能一眼认出人来。

"你好，我叫姜念。"姜念的目光在乔之逾身上停留了片刻，从五官到身材，忍不住想夸一句，这个女人的气质长相真是绝了！

"你好，乔之逾。"乔之逾笑了笑，也自我介绍道，"我和姚染是老同学了。"

季希说："我和姜念也认识好多年了。"

姚染在一旁笑道："都是朋友，不用客气来客气去的。"

"那开吃吧。"季希说道，"姜老板，不是嚷嚷着饿了吗？"

姜念点点头，道："是饿了。"

各种蔬菜丸子，加上牛肉卷、羊肉卷，看着还挺丰盛。夏天吹空调吃火锅，和冬天吃火锅是两种滋味，季希都喜欢，热乎乎的，还方便。

只不过今晚这顿饭，季希吃得不太自在。刚一坐下，就看到对面的姜念不断给她使眼色。紧接着，她的手机收到了几条消息，都是姜念发来的：

"怎么回事？"

"你们什么时候认识的？"

季希悄悄给姜念回复："改天跟你解释。"

她就怕姜念口无遮拦，什么都说，容易让人误会。

姜念："放心，不乱说。"

火锅里的红油咕噜咕噜地冒着泡，散发着诱人的香气。季希这才想起问乔之逾："你能吃辣吧？"

乔之逾道:"能吃。"

"酒倒上,都倒上。"姜念和姚染都是无酒不欢的人,今晚自然少不了要喝酒。

季希对乔之逾道:"你开车来的,就别喝酒了。"

乔之逾笑道:"今晚不喝。"

季希轻声问:"那我给你拿果汁?"

"好。"

姜念默默地看在眼中,她给姚染发了条微信:"喝一杯我们就撤吧。"

姚染看后,问:"怎么了?"

姜念只朝她眨了眨眼。

乔之逾本来没什么胃口,但现在大家围在一块儿,热热闹闹地喝酒聊天,食欲倒被勾起了些。

"你们旅游什么时候回来的?"乔之逾问姚染和姜念。

姚染边涮菜边说着:"就前两天,本来还想找个时间约你喝酒。你什么时候有空?去我那儿玩。"

乔之逾说:"到时候联系你。"

姚染说:"行。"

季希拿了一瓶椰汁过来,给乔之逾倒上。她自己则是陪着姜念和姚染喝酒,都是些度数不高的水果酒,多喝几杯也无妨。

"干杯。"

四只玻璃杯凑在一起,碰出了清脆的声响。

一杯酒喝完后,餐桌下,姜念轻轻碰了碰姚染的腿,暗示她们可以撤了。

姚染这边放下了酒杯。

姜念装模作样地掏出手机看了一眼,然后满怀歉意地说道:"店里来了个客人,现在要我过去一趟。"

姚染将筷子一放,配合姜念演了起来:"什么客人啊,现在就要过去?正吃着呢,让他改个时间。"

姜念眉头一皱,道:"没办法。老客户了,他一直没时间,今晚刚好有时间。"

姚染想了想,说:"那我陪你过去吧。"

姜念又说:"行了,你在这儿吃吧,我一个人过去就行了。"

姚染说："我还是陪你一起去吧。"

两人你一句我一句说得跟真的似的。

姚染跟乔之逾解释："她开了个工作室，平时挺忙的。真不好意思，晚上说好聚一下的。"

"下次再聚吧，"姜念迫不及待地拿起包，说道，"下次我请客。"

说完，姜念和姚染已经匆匆起身。

"没关系，赶时间的话就过去吧。我们下次再聚。"说话的是乔之逾。

姚染和姜念脸上同时浮起一抹笑容："你们慢慢吃，我们先走了。改天见。"

姜念和姚染走后，屋子里安静了不少，菜也没怎么动，只喝了杯酒而已。

季希将碗筷稍微收拾了一下。这房子小，其实四个人一起吃饭显得挤了，两个人倒是刚刚好。

她们继续吃饭。

"豆腐多煮一会儿，比较入味。"季希站起身，拿起一小盘豆腐准备往锅里下。尽管动作足够小心翼翼，但豆腐跳进锅里时还是溅起了汤汁。

滚烫的汤汁溅在手背上，季希的手只是稍微缩了一下，依旧跟没事人一样。

"烫到了？"乔之逾问。

"没事。"季希笑道，拿纸巾随意擦了两下。

乔之逾看她喜欢嘴硬，于是拉过她的手，低头看了看，说道："烫红了。"

季希的手瘦得好看，但皮肤不够细腻，尤其是对比乔之逾的手后，显得她的手更粗糙了。

"擦点药吧。家里有药吗？"

"不用。"季希心想，要是乔之逾看到她肩上那一大片烫伤，就会觉得，这点小伤对她来说压根不算什么。

乔之逾对上季希专注的眸子，她问季希："又想起你的朋友了？"

季希承认："嗯。"

乔之逾第二次问："什么朋友？"

季希想了想，回答："一个以前对我很好的姐姐。"

乔之逾又看了看季希烫红的手，忽然间也沉默了，若有所思。

片刻后，季希喊道："乔总。"

113

乔之逾抬头。

季希轻声说:"多吃点。"

乔之逾扬扬唇,道:"不跟你客气。"

季希觉得她们两个人相处的时候,要自在很多。而乔之逾也有同样的感觉,虽说不如刚才热闹了,但现在更舒服自然。

吃了一会儿,季希的嘴唇已经变得红嘟嘟的,比涂了口红还要鲜亮。

乔之逾瞥见了,问道:"辣不辣?"

季希灌了口酒,说道:"还好。"

酒是从冰箱里拿出来的,再配上滚烫的火锅,一口下去冰火两重天。

"去照照镜子,嘴巴都辣肿了还说还好。"乔之逾盯着季希的嘴唇笑,再把常温的椰汁递到季希面前,说道,"陪我喝这个。又吃烫的又吃冷的,小心闹肚子。"

"我挺能吃辣的。"季希乖乖接过,陪着乔之逾喝椰汁。

吃火锅费时间,慢慢涮、慢慢吃,一个小时很难结束。两个人吃东西就是比一个人有滋味,有说有笑的,不知不觉就把胃给吃撑了。季希和乔之逾都极少这样,今晚着实是很饱足的一顿。

"还有个鸡翅。"

"你吃。"

"我吃饱了。"

"我也吃不下了。"

……

厨房这片的灯光是暖色系,锅里升腾着热气,室内的空调温度低,一时有种分不清冬夏的错觉。

两人吃得脸颊微微泛红。

季希就觉得此刻很温暖。

大夏天也用温暖来形容,大概会被人说脑子进水了吧,她想。

第五章
被误会了

晚饭过后,简单收拾了一下,季希开了窗户通风。吃饱喝足,两人站在阳台上吹风,顺便消消食。

三十二楼的高层,晚风习习吹来,除了热了点,要比吹空调惬意多了。但北临一到夏季,不开空调是无法生活的,宛如蒸笼。

时间其实还早,才九点,但好像又没什么事可做了。季希看了看房间里的投影仪,犹豫了一下,才转头问乔之逾:"看电影吗?"

"好啊。"乔之逾答得几乎不假思索。说实话,她还不想回去,回去也是一个人。

公寓里装的投影设备,季希搬来以后还没用过。三两下弄好,再将房间里的灯一关,有点小型影院的氛围。

乔之逾在沙发上坐下后,仰着头问季希:"想看什么电影?"

"我什么都可以。"季希把遥控器递给了乔之逾。季希对这些没要求,她除了陪姜念看过几次电影,自己私底下几乎不看。毕竟她是个没有娱乐生活的人。

乔之逾倒是常看电影,用来消遣时间,她听季希这样说,便自己挑选了起来。可供选择的影片单一堆,五花八门,她直接从类型开始选。

季希也在沙发上坐了下来,沙发很小,坐两个人正合适。望向投影屏幕,她看见乔之逾选出来一堆……恐怖片。

她的眼皮突然跳了跳。

乔之逾转过头,问:"恐怖片可以吗?"

"你喜欢看这种?"季希看向身旁的乔之逾。屋子里漆黑一片,幽蓝的光打在她五官精致的脸上,这还没开始看,氛围就出来了。

"你想看其他的?"

"没,我什么都行。"季希硬着头皮回答。

乔之逾笑着问她:"怕不怕?怕就不看了。"

季希的倔强体现在方方面面,她十分淡定且自信地回答:"不怕。"

乔之逾说:"那就看这个吧。"

一部丧尸灾难片,看海报就觉得又恶心又恐怖。季希偷偷瞥了乔之逾一眼,看不出来乔总口味原来这么重,和姜念有得一拼。

片头是一片黑漆漆的,背景音乐透着一股阴森气息,画面里有什么东西在动,但又看不清,好像随时都会冒出个什么玩意,气氛压抑。

幸好身边还坐了个人,季希绝对不会一个人在家看这种片子,还拉起窗帘熄了灯,这简直是沉浸式体验。季希怕黑,大概是小时候留下的后遗症,周遭环境特别暗时,她会觉得难受。

比如现在,她就感觉有点儿不适。

好在电影以人性为主题,恐怖镜头并不多,季希还能接受,渐渐地,也勉强看了进去。

电影放了半个小时,迎来了第一个高潮。画面突然一转,伴随着同样突兀的骇人音效,一张糜烂流脓的脸直接填满了整个屏幕,称得上震撼。

季希毫无防备,着实被吓了一跳。她没出声,而是向乔之逾那边靠了靠,她侧过脸,没敢去看屏幕。

一连串的动作,只是一瞬间的事。

乔之逾没被电影吓到,倒是被季希的反应惊了一下。她朝季希扭过了头,低声问:"吓到了?"

连害怕都是一本正经的。乔之逾无奈,怕就是怕,刚才还死要面子说不怕。

听到乔之逾的声音后,季希觉得莫名有安全感,就连黑暗似乎都没那么讨厌了。

就在季希想说"还好"的时候,她听到一句:"好了,不看了。"

声音里带着点笑。

"没关系,刚才有点突然。"季希没承认自己在害怕。

电影看一半不看,多扫兴。再说了,这部片子的恐怖程度在她的承受范围之内。

乔之逾低头看季希还靠着自己手臂,道:"怕成这样了还看?还说胆子不小。"

季希反应过来,与她拉开一点距离。

"不看了。"乔之逾说着按了按遥控器,切换掉画面,幽幽地来了句,"大晚上看这个,我怕。"

刚刚看得津津有味的模样,可不像是怕。季希都懂,她看着乔之逾,默然笑了。她已经不是第一次见识乔总的贴心。

退出播放后,环境也沉寂下来。

房间里没什么灯光,仍旧昏暗,可季希觉得踏实。

"看不出来你喜欢看这类片子。"季希表示意外。

"那你觉得我应该喜欢看什么?"乔之逾好奇地问。

季希一时答不上来。

乔之逾身子微微往前探了探,继续摁着遥控器,过了一会儿,她按下播放键,朝季希笑道:"看这个吧。"

耳畔传来欢快闹腾的配乐,听起来很熟悉,是《猫和老鼠》。

季希心底惊了,乔总的喜好还真是让人捉摸不透。

季希拿起茶几上的水果盘,朝乔之逾递了递。

乔之逾拿牙签戳了一小块西瓜送进嘴里,季希也跟着吃了一块。

都说夏天最享受的事,是吹着空调吃着冰西瓜看电视。

现在,这三样都占全了。

是挺享受。

西瓜是冰镇过的,脆沙瓤,甜到心坎儿里。吃完火锅吃点水果特别清爽解腻,看着电视,季希和乔之逾你一块我一块地往嘴里送。不一会儿,一盘西瓜就见底了。

季希运气好,戳到了最后一块。她看看乔之逾,抬手道:"最后一块,给你吃。"

乔之逾看了看西瓜,又看了看季希,也不客气,就接了过来。

乔之逾接过西瓜后,发现季希也正看着自己。西瓜含在嘴里,双唇轻轻一抿,果汁四溢,甘甜在舌尖化开。

季希问道:"甜不甜?"

乔之逾低声笑道:"甜。"

季希扭过头，继续看电视。

乔之逾看了一眼季希，随后也将目光转向了屏幕。

汤姆和杰瑞在满屏幕地奔跑，汤姆跌跌撞撞满身是伤，却依然执着，画面十分搞笑。房间里的氛围渐渐变得欢快起来。

季希猜乔之逾是担心她害怕，才特意给她放了部动画片。这样一想，心里又觉得好暖。

夜逐渐深了，电视里还在上演着欢闹的场景。

季希听见乔之逾在笑。本来没笑的她也不禁笑了起来，还笑出了声音。仔细一看，这动画片每一帧都挺逗的。

"你多大了，看个动画片笑成这样？"乔之逾打趣季希。

季希不给面子道："乔总，你好像比我笑得更大声吧。"

乔之逾听到季希正儿八经的吐槽后，更是笑个不停。

季希突然想起两个月前，她跟乔之逾在酒吧第一次见面时的情形。她那时觉得，乔之逾像是高岭之花，给人疏离感。可谁能想到，现在这朵高岭之花居然会在深夜里陪自己看动画片。

可能深夜适合聊天，正笑着，季希突然对乔之逾轻声来了句："以前我还以为你特别高冷。"接近不了的那种高冷。

乔之逾看向季希，来了兴趣，问她："现在呢？"

"现在觉得，"季希想了好一会儿，脑子里只冒出三个字，她大胆说了出来，"恶趣味。"

乔之逾听后，不由得蹙眉，不轻不重地说了声："给我过来。"

有过一次经验，季希都知道她要干什么。果然，乔之逾又探过手，捏住了她的脸。

轻轻揪住她的脸，欺负一下，解压。乔之逾笑着，她也不解，为什么跟这个女孩在一起的时候，总是能这么惬意放松。

季希乖乖让她捏，竟也呵呵地笑着。过了一会儿，她对乔之逾说："疼。"

乔之逾压根没用力，但听到季希说疼后，她立马松开了手。

季希一脸正经道："骗你的。"

乔之逾无语。

季希笑得有些调皮。如果说她早已习惯了麻木无趣的生活，那乔之逾的出现，对她来说好像是个意外之喜，让她的生活变得有趣了一些。

因为这份有趣，季希很想跟她再多待一会儿。就算什么话都不说，就这样坐着，也不会觉得无聊。

季希看着屏幕上猫和老鼠的滑稽追逐，笑得越发厉害。或许不是因为动画片情节多好笑，而是她现在挺想笑的。

"季希。"乔之逾喊了一声。

季希回过头，与乔之逾近距离对望，她看见乔之逾眨了眨眼，一双很漂亮的桃花眼，眸光明亮，仿佛能看穿一切。

"我好歹是你领导，你这么说，不怕我公报私仇？"乔之逾以戏谑的口吻对季希说道。

"不怕。"季希回答，忽然想起自己的实习期快要结束了，或许马上就要离开ZY，她下意识道，"再过段时间实习结束，我不一定能留得下来……"

乔之逾听完，也没说什么。

季希意识到哪里不对，正如乔之逾所说，她们在职场上是上下级关系，此时谈论转正这个问题显得有点儿敏感。

"乔总，我没有其他意思。"季希解释，可她发现这事解释不解释都挺敏感的。

一声乔总，一下将两人拉回职场关系，忽然间又拉远了她们的距离。

"放心，我也没有其他意思。"乔之逾平静地说道，"私底下熟，不代表工作上我会给你放水。"

这也是她坚守的原则，公私分明。

季希的关注点放在了乔之逾说她们熟上，可她们真的熟吗？

是挺熟的了。

"嗯。"季希松了口气，笑得很开心，说道，"那我更不怕你公报私仇了。"

这逻辑可以，乔之逾笑了笑，她问："最后一轮考核还没开始，就说丧气话？不到最后一刻都不要放弃。"

她觉得季希不像是会轻易气馁的人，毕竟性子这么倔。

季希不卑不亢地道："我没放弃，就是先做好最坏的打算。"

"加油，也别把事情想得太难。"

"好。"

"还有。"乔之逾又说，"私下可以不用叫我乔总。"

季希问："那叫什么？"

乔之逾把决定权交给了她，挑眉笑道："你想叫什么？"

不叫乔总，难道叫名字？季希想不到其他的，她说："还是叫乔总吧。"

乔之逾一阵无语，又无奈地道："随便你。"

两人窝在沙发里，一直到十点多，零食没怎么吃，但水果吃了不少。

"我该回去了。"乔之逾看看时间，说道。

"嗯。"

热闹终将散场，又要剩下孤寂。

季希准备送乔之逾下楼。

乔之逾不让她送，站在门口，她问季希："一个人怕不怕？"

季希说："不怕。"

乔之逾有点怀疑，她索性说："今晚去我那边吧，让小乔总陪你睡。"

再次听到"小乔总"这个可爱的称呼后，季希不由得一笑，道："没这么夸张，我真的不怕。"

乔之逾听她这样说，便道："进去吧。"

季希扶着门框，道："下次带小乔总来玩。"

乔之逾顿了一下，追问："什么时候？"

季希一下被乔之逾问住了。这句话她是随口说的，就好比送客人时客套一句"下次再来玩"。不过听乔之逾这样问，她并没有表现出不情愿的样子，商量道："这个周日？"

乔之逾当即笑着答应了："那周日我带她过来上课。"

"好。"季希也答应得飞快。

乔之逾又催了一声："进去了。"

"嗯。"

楼道里的脚步声渐远。

季希轻轻关上门，再转身看去，房间一如既往的整洁、明亮。

乔之逾走后，她突然间觉得有点儿冷清。她明明习惯独处，从不觉得一个人有多冷清。看完恐怖片还是有些后遗症的，比如她今晚洗澡就洗得比平时快，匆匆吹干头发后，爬上了床。

平时即使关了房间大灯，她也会留一盏夜灯，不会让自己身处完全黑暗的环境。

她在床上躺了一会儿，没什么睡意。正当她拿起手机，在想要不要给乔之逾发消息问到家没有时，她收到了乔之逾发来的微信消息："我到家了，你睡了没？"

季希回："刚洗完澡，还没睡。"

乔总："睡不着？"

季希："不是。"

过了半分钟，季希以为乔之逾不会再给自己回消息了，却看到乔总又发了句："怕就看看招财猫，多可爱。"

乔之逾今晚去季希那儿，发现她把那只招财猫摆在床头最显眼的位置。

盯着这句话好几秒，季希又扭头看看床头那只咧嘴笑的招财猫，颇有喜感。看了之后，果然好多了。她懒洋洋地躺在床上，翻了个身，笑着给乔之逾回复一句："好，晚安。"

放下手机，季希入睡很快。

她没有梦到丧尸，却做了一个梦，一个熟悉，而且比任何噩梦都要让她讨厌的梦。

天寒地冻的冬日，风雪肆虐。从白昼到黑夜，她乖巧地蜷缩在户外的角落里，冷得瑟瑟发抖，看着陌生的人来来往往，一双黑亮的眸子里装满困惑和惊恐。

雪就那么一直下，一直下……一点一点将她掩埋，直至不留痕迹。

这个梦就像惊悚片一样。

丁零零——一阵聒噪的闹铃声将季希从梦魇中拽了出来。她睁开眼，房间里一片明亮。空调温度太低，被子又没盖好，所以她感到有些凉。

这个梦她已经记不清是第几次做了。梦本身并不可怕，经历过的事才可怕。

过去的事，不再多想。

季希摸了摸自己冰凉的手臂，缓了缓神后，她走下床，光脚踩过地板，站在落地窗前，哗啦一声拉开了深灰色的窗帘。

灼热的阳光刺了过来，季希眯了眯眼，眺望远方。

此刻没有风雪，只有烈日。

新的一天，她起床，洗漱，换衣服，再去楼下的三号线挤地铁上班。她每天的生活都是程式化的，是早已习惯了的平淡无味。

一个人走在外面，季希的脸上没有表情，到了公司之后，她的脸上才会时不时露出些许淡淡的笑意。

这栋写字楼里几乎都是金融行业从业人员，所以上班时，大家都穿着一丝不苟的正装。

季希很适合穿衬衫，清清冷冷，还有种内敛禁欲的味道。其实她不穿衬衫时也让人觉得清冷，气质是性格的外显，好像与打扮没有必然联系。

"季希。"身后有人喊了一声。

季希回头，只见陆风朝她小跑着过来。

"早呀。"陆风穿了件浅蓝色的衬衫，西装外套搭在臂弯里，一只手拎着公文包，另一只手拿着袋早餐。

"早。"季希也冲他打了个招呼。

"记得吃早餐。"陆风将手里的早餐递给季希。

季希看着，没准备接，只道："不用，谢谢。"

"这几天你教了我不少东西。这个给你表示感谢，你收下吧。"陆风并没有收回手。

组里来新人需要人带，现在是组里正忙的时候，所以一些基础的事情，都是由季希跟陆风交接。他们最近打交道比较多。如果单纯因为这个，她愿意收下，可如果还夹杂着些其他意思，她不愿意收。

"你不收下我过意不去。"陆风说，"以后我还有不懂的，肯定要经常来烦你。"

季希想了想，道："谢谢。这次我收了，以后不要送了。"

"嗯。"陆风又贴心地唠叨了一句，"你别老是空腹喝咖啡。"

季希笑笑，没回答，而是转身去坐电梯。

陆风紧跟了上去。

季希电脑上贴着的便笺，又多了几张。她有个习惯，喜欢把手头要做的事写在便笺上，再按照轻重缓急从左至右排列，完成一件就撕下一张。眼前便笺贴得越多，就意味着她越忙。

最后一轮考核的题目下来了，老规矩，独立完成一份项目分析报告。项目是随机指定的，所有实习生都做同一个。这样孰优孰劣，对比明显。这次成绩会占整体考核成绩的百分之五十，相当于有决定性意义的一次考核。这种形式的考核是ZY的老传统了，基本年年如此。

今年的题目对季希来说很不友好，是医疗技术领域的一个项目。季希对这个领域的了解完全属于门外汉级别，需要下的功夫着实不少。如果对项目本身都是似懂非懂，肯定是没办法做出一份有竞争力的深度分析的。

好在她之前认识几个了解这方面的朋友，他们应该能给她不少帮助。

季希真正体会到忙不过来的滋味了，恨不得长出三头六臂。现在她不仅要完成日常工作，还要挤出额外时间做考核的报告，让她头疼的还有……陆风会时不时来向她"虚心请教"一些问题。

加班成了季希这周的常态。

她并不讨厌忙碌的感觉，至少没那么无聊。

晚间八点，季希出了外勤回到公司，开机，抱着厚厚的笔记，继续与报告死磕。她会拼尽全力争取留在ZY，至于最后能不能留下，到时候再说。

她忙了一阵，有点疲倦。

季希走去茶水间接咖啡的时候，才走了几步路，就觉得脚后跟疼得厉害。

鞋子磨脚，下午路走得多了，脚后跟蹭掉了一块皮。磨脚这种事，一直走不留意倒还好，一旦休息之后再继续走，痛感往往就更加明显。

陆风也在加班，准确地说，他在陪着季希加班。

追女孩子嘛，肯定得下点功夫，更别提像季希这么慢热型的。陆风一边发呆，一边暗中观察季希的一举一动。等回过神来，看到季希的脚似乎磨破了，他立马跑去了楼下的便利店买创可贴。

晚间有个投决会，各位高层意见分歧挺大，讨论了很久。一直到九点多，乔之逾才从会议室出来，回办公室时，她恰好碰见迎面走来的季希，手里还拿着一杯咖啡。

"脚怎么了？"乔之逾看季希走路姿势不自然，又低头看了看她的脚，脚后跟似乎磨破了。

季希小声说："没事。"

乔之逾又看了看她手里的杯子，关心道："晚上少喝点。"

季希点点头，"嗯"了一声。

这简短的对话匆匆结束。季希和乔之逾公私分明，在公司，两人习惯保持距离，形同陌路一般。

季希回到工位，刚坐下，身边就投射过来一片阴影，遮住了光线。

"用这个贴一下脚后跟吧，都磨破了。"陆风给季希递了一张创可贴，连包装都已经细心地撕开了一个口子。

季希越发肯定陆风对自己有那方面的意思——作为普通同事，绝对不可能对另一个人这么上心。

陆风给季希递创可贴，心底自我感动了一把，他想他这么贴心，要是自己是个女孩，都有点想嫁。

季希看了一眼，果断拒绝："不用。谢谢。"

她觉得牵扯不清就相当于在给对方机会。

陆风看季希不接，于是默不作声地把一整盒创可贴都放在她的电脑旁。

季希把这盒创可贴又还给了陆风，她盯着电脑屏幕，像个机器人一样说道："别打扰我。"

陆风感觉自己有点儿受伤。他第一次为了一个女孩走暖男路线，谁知道对方丝毫不买账。

陆风还是陪着季希加班，只是坐在一旁不打扰，默默关注。直到看季希准备关机下班，他小心翼翼地问："你的脚还好吧？要不坐我的车，我送你。"

季希这回都没说话，只是朝陆风摇了摇头。她希望他看到她这态度，能明白她的意思。

乔之逾走出办公室，看见陆风在围着季希转，但季希一脸冷淡，爱答不理的。乔之逾面色一冷，这小子是来学东西的还是来找女朋友的？

"你们还不下班？"乔之逾走近，朝季希和陆风问了一句。

季希道："准备下班了。"

陆风朝乔之逾笑得阳光灿烂："乔总慢走啊，明天见。"

乔之逾白了他一眼，走了。

季希也猜到陆风的背景很硬，因为在公司，还没人敢和乔之逾这样嬉皮笑脸。

看季希不愿意坐自己的车，陆风也没再缠着问，追人这种事一旦过火，就会适得其反。既然季希慢热，他也慢热一点好了。反正在同一个办公室，机会还很多。

追季希是陆风慢慢才开始产生的念头，越接触，就越喜欢。就算季希冷淡地瞥他一眼，他都喜欢。陆风觉得自己脑子进水了，对他热情的女孩那么多，他怎么就偏偏看上了对自己不冷不热的呢？

季希还没走出办公室，便收到了一条微信消息，她打开一看。

乔总："来B3层，我送你回去。"

季希秉承不麻烦人的原则，回道："不用麻烦了。"

过了一会儿，季希看到乔之逾给她回了四个字："我在等你。"

她说"我在等你"，就像在说"给我马上下来"，季希盯着这一行字，在想象乔之逾说这句话时的语气。

乔之逾在B3层的电梯间等着。看着电梯楼层从二十二楼开始，一层层匀速降低。

到达B3层，电梯停稳后，门开了。

季希抬头，一张精致熟悉的脸随着电梯门的缓缓打开一点一点映入她的眼帘：长鬈发，红唇，从容好看的浅笑。她不禁想，难怪公司里的男同事讨论起乔总来会那么激动。应该有不少男同事把乔之逾当成自己的理想型吧。

季希突然发现，她好像从没考虑过自己的理想型是怎样的，或者，将来会和什么样的人在一起？忙着念书、忙着赚钱，季希压根没考虑过谈恋爱这件事。追求她的每一个人，她都机械地拒绝了，因为她不想让自己分心。其实，她也没遇上过喜欢的人，更不知道喜欢一个人是怎样的感觉。感情对她来说，的确是个很不熟悉的领域。

走出电梯，看到乔之逾后，季希嘴角扬起。

乔之逾穿着高跟鞋，要比季希高出几厘米。她微笑，对季希说："走吧。"

季希跟在乔之逾身后，走向地下车库。

乔之逾平时在公司基本都是穿高跟鞋，为了方便开车，她会在车里备一双平底鞋。季希一般不在上班时穿高跟鞋，像他们这样的底层员工，时常要像今天这样跑来跑去出外勤，穿高跟鞋太累脚，吃不消。

上车后，乔之逾下意识地看了看季希的脚，她说："难受的话，可以把鞋脱了。"

在别人车里脱鞋多不礼貌，季希打死都不肯，她连忙道："没关系，不难受。"

乔之逾忍不住吐槽："都磨破了还不难受？"

"不难受。"季希重复一遍，抿了下唇，一副我说不难受就不难受的表情。

乔之逾无奈地看了季希两眼，没辙。沉默了一下，她又问："你穿多大的鞋？"

"问这个干吗？"季希心中疑惑。

乔之逾轻轻松松说了一句："好奇。"

好奇这个？季希说："37。"

"嗯，跟我一样。"乔之逾随口说了一句，就没再说其他的。

125

季希疑惑地看了乔之逾一眼，这莫名其妙的对话。

车一开起来，很安静，两个人都不再说话。

季希拉过安全带系上，静静地靠在椅背上，眼睛望着前方，怎么今天又蹭人家的车了？刚刚看乔之逾给她发微信说在等她时，她也没多想，就直接下来了。不走路以后，脚好多了，但一动就会疼。她低头看了看新鞋子，脚后跟被磨得确实挺严重的，下午完全没注意到，现在才知道痛。

驶出车库没多久，乔之逾往车窗外瞧了瞧，将车停在路边。

季希正纳闷的时候，她看见乔之逾扭过头，说道："等我一下，我去买点东西。"

季希"嗯"了一声，没多问。

乔之逾下车后，季希看到她走进了街边的一家店铺，进去了好一会儿，也没看见出来。

季希无聊，目光在车里打量了一下，很干净，还有清爽的香气。

又等了一会儿，季希终于又瞥见乔之逾的身影，她走在晚风中，身姿绰约，长发飘扬。她手里提着的白色购物袋，和她周身的气场显得有几分不搭。

车门被拉开，灌进一些风，是盛夏闷热的气息。紧接着只听砰的一声，车门又被关上了。

乔之逾坐进驾驶座，随手理了下微乱的头发，然后将手里的购物袋递给季希，说道："买了双拖鞋。"

拖鞋？刚刚乔之逾问她鞋码的时候，其实季希就联想到了乔之逾要给她买鞋，可细想又觉得不太可能。

现在看着乔之逾递来的购物袋，季希挺懵的。乔总对她未免太好了点。或许她和乔之逾的关系，比她想象中要更亲近。就像，姐姐一样。

此时季希心头的感动，远远超过了欠人情的窘迫。她接过拖鞋，看着乔之逾道："你特意去给我买的？"

乔之逾只是说："这个不磨脚。"

不提前跟季希说是正确的，否则依她这脾气，肯定又嘴硬说不用。

看季希提着袋子没说话，乔之逾轻声问："怎么？"

"你对我太好了。"季希将这句话说出口后，干笑了一下，觉得说这话好傻。果然有的话只适合在心里想想，不适合嘴上说，一说太别扭。

乔之逾听着，先笑了一阵。她承认她对季希是挺上心的，或许是因为难得遇到能相处得这么舒服的人吧,也算是缘分了。她以打趣的口吻说:"对你好你还不满意?"

季希朝她笑,笑得温和。

乔之逾说:"笑起来好看。"

季希低了低头,又是笑,心底还在想,真的很开心,很幸运能够认识她。

乔之逾看了看她手里的购物袋,道:"换上,舒服点。"

"嗯。"季希拿出里面的拖鞋一看,是一双粉色的小猫拖鞋,上面还竖着可爱的猫耳朵,有点像儿童拖鞋的放大版。她买东西清一色都是性冷淡的黑白灰色调,要是她自己穿肯定不会选择这样颜色和这样款式的拖鞋。

当着乔之逾的面,季希也不再拘谨,她将磨脚的平底鞋脱了下来。一双脚纤瘦白净,脚背上能看到一条条淡青色的血管。

光脚钻进卡通凉拖鞋里,舒服是真舒服,就是看着滑稽了点。一身正装,再踩上这么一双粉色拖鞋,满满的违和感。季希看着自己的脚,都笑了。

乔之逾淡然一瞥,认真点评说:"挺可爱。"

又是可爱。季希腹诽,貌似乔总对幼稚可爱的东西,真的是很钟爱。

季希踏着拖鞋,觉得很舒服,问道:"多少钱?"

乔之逾答:"三十九块九。"

季希道:"我给你转账。"

"不用了。"乔之逾偏过头,半开玩笑地对季希说,"周末让我跟小乔总在你那儿蹭顿饭吧。"

季希手里握着手机,听乔之逾这样说,她十分乐意:"行。"

"你会做菜?"乔之逾刚刚只是随口说了一句。

"家常菜会。你想吃什么?"季希这点自信还是有的。她刚上初中时,就能做出一桌子像模像样的饭菜。

乔之逾道:"我不挑食,都可以。"

季希又说:"那你帮我问问小乔总想吃什么。"

乔之逾笑道:"回去我问问她。"

最开心的应该是乔清了,乔之逾这会儿都能想象到小家伙听到之后会有多激动。周日去季希那儿的事,她暂时没跟乔清说。

周日,季希醒得很早。她躺在床上,习惯性地先摸过手机,看看有没有工作上的重要消息或邮件,如果没有,周末就能好好放松一下。

她打开微信和邮箱,很幸运,没有工作上的事情,倒是有几条未读消息。陆风昨晚发来了一个音乐分享链接,说这首歌好听,分享给她。

她扫了一眼,懒得理会。

她起床后的第一件事是把笔记本打开。

等洗漱完,季希提着一袋吐司,坐在书桌旁,边吃早餐边忙工作。吐司是昨天晚上在楼下面包店买的,一大袋十片,饱腹感很强,她吃了两三片就吃不下了。

她最近在忙着写考核用的项目分析报告,大到整体逻辑,小到数据格式,虽然她已经检查了好几遍,但今天还是想要完善一下,毕竟能不能转正,这个很关键。

文档修改了一遍又一遍,季希都忘了时间,一上午很快就过去了。她刚保存好文档,突然响起了一通来电提醒。她看了看来电显示,是一串陌生的号码,但号码归属地是容城。

容城与北临相隔不远,她老家就在容城的一个小镇上。

手机铃声响了十几声后,季希才按了接听。接通后她没有马上说话,而是等对方先开口。

"小希,是我……"是一个中年妇女的声音,话里带着浓浓的乡音。

季希刚才就猜到了这一点,听到这个声音后,更是百分之百确定了是谁。她就是杨萍,一个现在在法律上跟她没有任何关系的女人,但在血缘上,是她生母。

"你回来跟我们一起生活,好吗?"杨萍说道。

"我跟你们早就没关系了,我说过别再联系我。"季希的声音冷冰冰的,没有丝毫温度。

季希一直觉得,早在她三岁时被抛弃的那一刻,她就和那个家没有了任何瓜葛。她不知道杨萍是怎么找到她的,或许是在她十八岁那年,一个小镇姑娘摘得容城理科状元的新闻轰动一时。

那年暑假,她看到一对面容憔悴的中年夫妻,突然跑来她面前,说是她父母,还挥泪说当年是多么迫不得已,现在想求她原谅,想带她回去一起生活。

季希没认,不管旁人怎么劝说,死活都不肯认他们,还恶狠狠地把他们赶走了。因为这件事,她没少被人指指点点,说什么这个小姑娘心太硬了,毕竟血浓于水,生父生母都一把鼻涕一把泪地那样哀求了,她也丝毫不松口。

什么血浓于水，季希觉得是屁话，这根本不是求得原谅的理由。

她想直接挂断电话，电话那头又传来杨萍的一阵哭腔："要不是实在没办法，我也不会来找你，你弟弟病了，家里现在又缺钱，就数你有本事些……就当我们借你的。你恨我们没关系，但他好歹是你亲弟弟，你心疼他一下，帮帮他……"

她还有两个"姐姐"，一个"弟弟"，这是杨萍告诉她的。

"那你们当年心疼我了吗？"季希平时从不哭，但这句话一说出口，鼻子顿时有点酸，又觉得哭不值当，硬生生把眼泪逼了回去。她实在不想重提这件事，一个字都不想说。

"当年也是因为家里太穷，所以……"

"所以就可以不管我的死活，所以你们还能继续生一个。"季希冷笑一声，语气很平静，这是心灰意冷才会有的平静，她继续说下去，"我告诉你，我就是没心没肺，你们是死是活我都不关心，也不用通知我。"

说完后，季希挂了电话，顺手将这个号码拉入了黑名单。低头的瞬间，还是有一滴泪顺着脸颊滑了下来，她随手擦了擦，跟无事发生一样。就是心里恶心难受，跟吞了死苍蝇一样恶心难受。

此时，门铃声忽然响起。季希抬头看了看时间，才发现已经一点多了，应该是乔之逾带着乔清过来上课了。

她们好巧不巧，这时候过来了。

季希深吸了一口气，又擦了擦眼睛，磨蹭了好一会儿才去开门。她不想被她们看出她刚刚哭过。

结果一开门，乔之逾一眼就注意到季希略微泛红的眼眶，关心道："怎么了？"

被生父生母遗弃，季希也没觉得自己特别倒霉。至少她没在那个雪天被冻死；至少她没被人贩子拐走，而是送去了孤儿院；至少后来她被收养，遇上了一个还不错的奶奶；至少现在，她过得不好不坏。

连最亲的人都能抛弃自己，因为经历过这些，季希不想再依赖任何人，所以她比一般人都更努力，想让自己变得强大。只有自己永远不会抛弃自己，她在很小的时候就明白了这一点。也正是由于经历了这一切，她觉得再也没有迈不过去的坎儿了。就是凭着这一股韧劲，她才走到了现在。

季希再也没有见过比那年更大的风雪，一切都在她的努力下好了起来。

可今天接到杨萍的电话时，她还是哭了。这件事始终是她心里愈合不了的伤痕，被人用手去撕时，还是会疼。她咬着牙想，不会再有下一次了。

乔之逾一眼便察觉季希有哭过的痕迹，眸子红红的。

"没什么，眼睛有点不舒服。"季希揉了揉眼，制造假象，她笑着转移话题，去牵乔清的手，"进来吧，今天外面好热。"

门口站着的一大一小都穿着裙子，乔清穿着米色的小连衣裙，乖巧可爱。乔之逾则是穿了条无袖的束腰长裙，长发清爽地挽了起来，成熟优雅。

"老师，这个送给你。"乔清把一大袋零食塞给季希。

季希接过，摸摸乔清的头："老师说了，不用再送零食了。"

乔清对季希说："这是姨姨给老师买的。"

季希看着乔之逾，不知道该说什么好，笑了笑。

乔清抿着小嘴笑，一只手牵住季希，另一只手牵住乔之逾，将乔之逾拉进屋子里。

"小清，吃饭了吗？"季希蹲下身问道。

乔清点点头："吃了。"

"你吃了没？"乔之逾问季希。

季希敷衍说："吃了。"

乔之逾看到书桌上吃了一半的吐司，问："就吃面包？"

"不饿。"季希笑着说。

季希恬静，身上有股淡淡的文艺气息。她的居家打扮显得随意，穿的是热裤，外面套了一件宽松的浅色格子衬衫，袖口卷起，薄薄的长长的，显得小身板有些弱不禁风。

乔之逾瞥见她光着的一双细腿，心想都这么瘦了还不好好吃饭，最终却没说出口。

就像喜欢季希一样，乔清很喜欢季希的住处，她第一次在别人家的屋子里溜达起来。

季希倒了两杯水拿过来，她说："今天不算上课，就当我陪小清画画玩。"

"算上课。"乔之逾却说。一个上班之余还做两份兼职的人，必然有着不小的经济压力，就算季希不说，她也能想到。

季希坚持道："不算。"

乔之逾语气坚决："我说算就算。"

"不算。"

两人较上劲儿了。

两人这一来一去的争执，听着有点儿幼稚。最后乔之逾望着季希皱眉的模样，无可奈何地道："犟不过你。"

这下季希满意了。

季希觉得，一旦接受了别人的好意，必然要有所回报才安心。就像她那晚说的，乔之逾对她太好了，她也想为对方多做些事。

比如陪着乔清，帮助乔清走出孤独症的阴影。

公寓太小，跟乔之逾那里比不了，全部面积加起来可能还没有乔之逾住的主卧大。

下午，在一张不大的书桌前，季希陪着乔清画漫画，乔之逾则坐在一边观看。她肯定是哭了，乔之逾漫不经心地打量了一下季希的眉眼，能感觉到季希的情绪比平时要低落压抑。

"姨姨，我要去洗手间。"乔清饮料喝多了，都去了好几趟了。

"需要姨姨陪你去吗？"乔之逾问。

"不用，我自己去。"

"她在你这儿胆子大多了。"乔之逾看着低头画画的季希，"要是在别人家，她连想上洗手间都不敢说。"

季希抬头道："是吗？"

"嗯。"

季希又低下头，不再说话，握着铅笔在纸上描绘。

"今天怎么了？"乔之逾觉得季希不对劲，又问了一遍，"看你心情不太好。"

季希不承认："没有。"

"因为工作上的事？"

季希回答："不是。"

乔之逾道："果然是心情不好。"

季希愣愣地盯着乔之逾，觉得自己被乔总滴水不漏的神逻辑打败了。

过了一会儿，乔之逾低声道："可以跟我说说。"

因为这句话，季希握笔的手指僵了一下。如果今天接到的那通电话等于撕开了她内心的旧伤痕，那乔之逾的关心就像在这伤痕上温柔地吹了吹气。忽然间，她觉得好像没那么难受了。

乔之逾知道眼前的人是个闷葫芦，一个藏满心事的闷葫芦。乔之逾没有打探别人隐私的爱好，但因为是季希，她还是没忍住主动问了出来。

"我只要一画画，心情就会很好。"季希握着笔在纸上描绘，嘴角终于浮现出一丝稍显自然的笑。

"那怎么不念美术系？"乔之逾看得出来季希在这方面很有天赋，觉得有点可惜。

这个问题姜念也问过。季希没答，一笑而过。她们都是富家千金，问出这种"何不食肉糜"的问题很正常，她们肯定想象不了贫穷到底有多可怕。

季希老家闭塞落后，村里女孩通常是早早就嫁了人，当初要不是她自己靠着奖学金和打零工的钱交学费，她可能早就嫁人生子了。她能在名牌大学读到研究生，在当地实属一个奇迹。好在现在小村镇也越来越注重教育，虽然重男轻女的风气还存在，但没以前那么严重了。社会总归是在进步。

到了五六点的时候，室外温度渐渐降了下来。季希看看时间，差不多可以准备晚餐了，说道："我们去超市买菜吧，可以做饭了。"

乔清表现得很积极："好！"

"小清想吃什么菜？"

乔清道："我不挑食，什么都吃。"

乔之逾笑了，两个多月前这也不吃那也不吃的小家伙，这会儿说自己不挑食。

附近五百米内就有家大超市，季希原本是想提前准备食材，但不知道乔之逾和乔清爱吃什么不吃什么，于是打算现买现做。在家里窝了一天，出门透透气很舒服。

傍晚的街道金灿灿的，让北临难得增添了一丝温馨的人情味。

乔清左手牵着季希，右手牵着乔之逾，心情非常好。只不过小家伙开心起来也不是活蹦乱跳的那种，只是脸上挂着害羞乖巧的笑。

周末，超市里人很多，尤其是禽肉蔬菜区。

逛超市买菜，对乔之逾来说还是头一回，她感觉挺新鲜的。环境很嘈杂，但乔之逾不反感，反而觉得特别有生活气息。

乔清说吃什么都可以，季希就问乔之逾："乔总，你想吃什么？"

"你什么都会做？"

"差不多吧。"季希说。

口气不小，乔之逾心想。她看着琳琅满目的食材，压根不知道选什么，大声对季希说："就想吃家常菜，做你拿手的就可以。"

季希就看着挑了，什么新鲜就买什么。

等三人买完菜回到公寓，满目落日余晖，天际黄澄澄的鸭蛋黄西沉，正准备谢幕。姜念没骗人，置身这套公寓在日落时观景，绝美。

季希先开了投影仪，给乔清放动画片看，还嘱咐乔清不许偷吃零食。然后季希又对乔之逾说："你先休息一下，我去做饭。"

乔之逾跟着起身道："我帮你。"

"不用，我一个人就行。"季希怕乔之逾受不了厨房里的油烟。

"没关系。"乔之逾弯腰捏捏乔清的脸蛋，"乖，姨姨和老师去做饭，你在这儿看动画片。"

乔清素来懂事，说："好。"

乔之逾下厨的次数一只手可以数过来，她一个人在国外生活时，不是在外面餐厅吃就是点外卖，回国后，家里一直有家政阿姨操心，用不着她亲自下厨。

季希不一样，她上小学时就知道给自己炒蛋炒饭。虽说来到北临的这几年，她没多少做饭的机会，但毕竟是从小干到大的活儿，已经是一项基本技能。

拧开水龙头，季希细细洗着食材。

乔之逾拿过洗干净的西红柿，放在砧板上，说道："我来切。"

"嗯。"季希口里应着，继续洗菜。结果她刚应完，就看见乔之逾手滑了一下，西红柿滚到了地上。果然不出她所料，乔总不会做饭。

"没切到手吧？"季希比乔之逾还紧张，生怕乔之逾切到手，忙停下手里的活儿，凑上前看。

乔之逾朝她伸了伸手，笑道："哪儿那么容易切到手。"

"你别切了。"

感觉切菜也没什么技术含量，乔之逾道："我小心点。"

"你别碰。待会儿切到手就坏了。"季希不由分说地从乔之逾手里拿过菜刀，不让她继续切。

乔之逾在别人面前向来是说一不二，大概只有季希会像这样倔强地跟她顶牛，而且她每回还顶不过这姑娘。乔之逾觉得好笑，质问："我有那么笨吗？"

季希看着乔之逾，用一本正经的语气说道："有吧。"

有吧？乔之逾不禁语塞。

"我来。"季希浅浅地笑起来，交给乔之逾一个安全的活儿，"你洗菜。"

乔之逾同意了。

"西红柿先烤一下，就能直接剥皮。"季希戳着西红柿在燃气上烤着，嘴里说道。

"挺神奇的。"乔之逾扭头看着她道，"小心点，别烫着。"

看季希低头切菜的样子，乔之逾就知道她常做饭，切得又快刀工又好，一截截的莴笋，在她的手下很快就成了一堆均匀的细丝，像是变魔术一样。

季希的头发披散着，时不时垂下来，她往后甩了几下，仍然碍事。

乔之逾瞧见了，拿纸巾擦干手，走到她身后，捞起她的一头长发。

季希一下子愣住了。

乔之逾在她身后问："有皮筋吗？我帮你扎一下。"

"在我裤兜里。"季希轻声道，她手湿漉漉的，腾不出空。

乔之逾笑了笑，将手探进季希的口袋里。摸出一个小皮筋后，乔之逾抬手轻轻给季希梳理头发。季希发量多，蓬松浓密，虽然她不怎么打理头发，但由于从来没烫染过，发质很好。

她贴过来时，香气变浓了些，季希很欣赏乔之逾挑选香水的品位，怎么每次都能这么好闻。季希僵着身子，忘了切菜，就由着乔之逾帮她扎头发，对方的手轻柔地蹭过她的头皮，有些痒。她以前没发现自己这么怕痒，那晚乔之逾在草地上挠她时，她才知道的。

"好了。"乔之逾声音温柔。

"嗯。"

季希先做了个莴笋炒肉，凭感觉放了点盐，毕竟是请人家吃饭，她想让乔之逾尝尝咸淡。看到乔之逾在洗小青菜后，她夹了一筷子给乔之逾："你尝尝咸淡。"

季希没觉得这个动作有什么不妥，她也喂过姜念。

乔之逾凑过来，微微张开唇接过季希喂来的菜，慢慢尝着。一个人洗菜，一个人烧菜，有人一起准备晚饭，一起吃晚饭，感觉真好。她想要的理想生活，大抵跟现在差不多。

"很难吃吗？"季希看乔之逾不说话，便问道。

乔之逾回神，盯着季希说："好吃，刚刚好。"

"那就行。"季希将筷子搁在一旁，准备装盘。

乔之逾突然问："你不尝尝？"

"你尝过就行。"季希说。

乔之逾拿起筷子也夹了一块,她凑近季希,低声命令:"张嘴。"

季希手里拿着盘子,怔了一下,只是尝个咸淡而已,可乔之逾递过来的时候,季希还是乖乖张开了嘴。

乔之逾笑了笑,她不知怎么了,就是喜欢两人之间这样熟悉的感觉。

"好吃吗?"乔之逾望着季希的眸子问道。

"好吃。"季希下意识回答。

乔之逾嫣然一笑,极轻地说了一句:"厚脸皮。"

晚餐季希一共做了四个菜:清蒸排骨,莴笋炒肉,西红柿炒蛋,外加一个青菜。

都是些没什么难度的家常菜,做起来简单,花不了多少时间。等菜被端上餐桌,灯光一照,显得菜色更加诱人。

乔之逾看着都觉得饿了。

此时天还没完全暗下来,天边晚霞绚烂,明暗交替着,像色彩斑斓的插画。

季希盛着米饭,说道:"可以叫小乔总吃饭了。"

乔之逾接过一碗,道:"在那儿画画,正起劲儿呢。"

季希扭过头朝客厅看去,还真是,小家伙趴在茶几上涂涂画画,专注得很,连动画片也不看了。

"宝贝,洗手吃饭了。"

"姨姨,你看我画的画。"乔清迫不及待地给乔之逾看。

乔之逾看着画纸上的两个小人,先是愣了一下,然后便笑了,夸赞道:"画得很棒。"

季希也走了过来,好奇地问道:"画的什么?"

"自己看。"乔之逾将画纸递给季希。

季希接过一看,也笑了,小家伙画的是她和乔之逾在厨房做饭时的背影,笔触稚嫩。

"老师。"乔清软糯地喊了声,水汪汪的眼睛望着季希,藏着小心思呢,嘴上不说,其实心里在等着季希的夸奖。

"小清真厉害。"季希会意,立刻夸了一句。

得到季希的肯定,乔清加倍开心:"老师喜欢吗?"

季希说:"喜欢。"

乔清羞涩地说:"送给老师。"

"谢谢小宝贝。"季希拉拉乔清的小手,"走,吃饭去。"

餐桌上,乔清坐在了季希旁边。

乔之逾一抬头,就看到两人都埋头吃得津津有味,画面有点搞笑。乔清啃一口排骨,再吃一口米饭,吃得小嘴油亮亮、红嘟嘟的。季希吃东西就很随性,不扭捏,吃相不会让人觉得粗鲁,只是让人觉得吃得香。

"不合胃口?"季希抬头,看到乔之逾没怎么吃。

"没有。"乔之逾也吃了起来,细细嚼着。季希的厨艺自然是不及李阿姨,调味都是最基本的,可偏偏这样做出来的菜吃起来特别有在家吃饭的感觉,普通平淡,但别有风味。

季希也想起在家吃饭的时候了。她虽然会做饭,但一个人时压根不会这样用心给自己准备一顿,通常是随便吃点就算完事。

"老师做的菜好好吃。"乔清还知道拍马屁了。

严格说也不算拍马屁,季希厨艺是还可以,拿得出手。

季希:"喜欢吃就多吃点。"

"嗯!我把饭都吃完。"乔清捧着饭碗,郑重地点点头,她又问乔之逾,"姨姨,你喜欢吃吗?"

乔之逾也说:"喜欢,好吃。"

"那以后我们每天都来老师家吃饭,可不可以?"乔清安静了一下,才不太好意思地小声说了这些。她喜欢姨姨,喜欢老师,想每天都可以和她们在一起,开开心心。

季希听了,说可以也不是,说不可以更不忍心。

乔之逾只好耐心解释:"老师也有自己的事情要忙,小清不能这么不懂事,要乖。"

乔清听后沉默不语,撇着嘴点头。

季希对小孩子不忍心,想了想道:"这样好不好,以后周末你来老师这里上课,就在老师家吃饭。"

乔清稍稍高兴了些,小女孩的眼眸明亮,像汪清泉。乔清细声细语地说:"我喜欢和老师、姨姨在一起,很开心。"

乔清今天的话似乎格外多。季希和乔之逾都很高兴看到她这样,愿意对别人表达，说出心里话，是走出小小封闭世界的开始。

季希听着，告诉乔清："老师也喜欢跟小清和姨姨在一起，很开心。"

这话不假，她喜欢小孩子，也喜欢跟乔之逾相处，否则她不会这样频繁地和乔之逾接触。

乔清难得绽开灿烂的笑容。

小孩子的笑容太干净了，花儿一样，季希喜欢看。不过她万万没想到，小家伙这时候冷不防蹦出了一句："老师跟我们住一起吧，这样我们就是一家人，能每天在一起了。"乔清满怀期待地说着，童言无忌，想问题总是很单纯。

餐桌上的空气瞬间凝固。

季希和乔之逾笑而不语。

就在季希以为这件事翻篇以后，她送了一口米饭到嘴里，这时听到对面的乔之逾慢悠悠地说："跟我们住一起很吃亏吗？你这么不乐意。"

"咳——"季希吃着饭突然呛了一下，她扭过头，咳了两声，脸都憋红了。

乔之逾见了直笑，不再打趣，而是将水杯推到了季希面前，道："吃慢点。这么大个人，吃饭还能呛着。"

季希喝着水心里想，还不是怪你。

七月底，正是北临最热的时候。

季希喜欢光，喜欢热，这样的天气让她觉得安心踏实。

今年夏天，和七年前的夏天一样，是季希人生中的又一转折点。

十八岁那年，Q大的录取通知书让她有了在北临生活的机会；而如今拿到ZY资本的入职通知，让她有了在北临立足的底气。

ZY最新一批的转正员工中，应届生只有一个，女生只有两个。季希还是挺意外自己能留下来，但她不觉得这是走运，她为之付出了足够多的努力。

季希仍然留在项目部的消费组。消费组又新加入了一名成员，孟静。

孟静也是才转正的分析师，之前做过两年投行。她比季希大两岁，长相气质不算出众，但工作能力很强。人如其名，孟静性子安静，和季希一样，话不多但做事专注。

不过孟静的安静和季希又有所不同。季希是个带刺儿的人，只不过平时收敛了起来，不必要时不会亮出。而孟静骨子里是个文静的人，说话也总是轻轻柔柔的。

孟静和季希都是容城人,这是她在季希的档案资料里看到的。异地遇上老乡,总归比其他人熟稔些,再加上两人又是同期进入公司的。

午间,项目部办公区。

孟静问:"季希,吃饭去吗?"

季希看看时间,确实是到吃饭的时候了,她整理好资料,说:"走吧。"

写字楼下有家小餐厅,饭菜味道不错性价比也高,中午下班后,很多上班族都会去那边解决午饭问题。

走进电梯后,季希看见一个高挑的身影,她忙按住了开门键。

孟静正纳闷的时候,就看到乔之逾走了过来,她往一边让了让,道:"乔总好。"

季希也笑了笑,说道:"乔总好。"

乔之逾看着季希,问:"去吃饭?"

"嗯。"季希又问,"乔总去哪层?"

乔之逾道:"B3层。"

季希帮忙按了电梯按键,她猜乔之逾中午应该是有应酬。

电梯门合上了。

乔之逾没再说话,拿出手机,发了一条微信信息出去。

电梯里季希的手机响了,她拿出手机一看,居然是身旁的乔之逾发来的:"恭喜,转正了。"

季希低头抿嘴笑,飞快地回复。

这边刚发完,乔之逾的手机也响了,她点开一看:"嗯,开心。"

这条信息还附带了一个表情图。

此刻电梯里最难熬的大概是孟静,跟领导一起坐电梯怪不自然的,她看乔之逾和季希都在看手机,于是也拿出手机滑动,装装样子。

到了一楼,季希和孟静跟乔之逾又打了一声招呼才离开。

出了电梯后,孟静问季希:"你和乔总很熟吗?"

季希只是摇摇头,不知道孟静为什么会这么问。

孟静觉得季希这人挺冷的,但对乔之逾似乎比对其他人热情很多。

走了几步,孟静又说:"第一次这么近距离看乔总,她好漂亮啊,气质也特别好。"

孟静对相熟的人话稍微多些,她心思很单纯,她和季希是老乡,就觉得她们应该算是很熟。

季希笑笑:"嗯。"

"你也很漂亮。听说你之前还是校花呢。"孟静语气里带着点羡慕。她长相不出众,就特别羡慕长得好看的,脸蛋漂亮的人好像总能有许多便利。

季希一笑:"他们胡说的,别信。"

两人正一边聊着一边往餐厅的方向走去,身旁传来一阵急促的脚步声。

"你们去吃饭吗?带我一起吧,我不知道吃什么。"陆风刚出完外勤,额头上还有汗水。

"好啊,一起。"孟静是个好说话的。再说,空降的富二代实习生,她可不敢得罪,谁知道有什么背景。

季希也不好说什么,陆风应该已经明白她的意思,所以没再有逾越同事关系的举动。既然是普通同事,刻意回避反而让人感觉奇怪,于是三人就一起去吃饭。

陆风想追求季希这件事,部门里的人多少能看出一些端倪。吃饭的时候,孟静觉得自己像个多余的电灯泡,处处都不自在,好在季希不时跟她聊几句工作上的事情。

"季希,你的PPT做好了吗?"孟静喝了口汤,说道,"后天上午就要交了。"

"还没,准备明天晚上加班做。"季希想到手头的工作着实不少,比做实习生那会儿忙多了。

"你忘了,明天晚上部门有聚餐。"孟静提醒道。

陆风也跟着说:"是啊,乔总请客。"

"那只好今晚熬夜做了。"季希差点忘了明天晚上的团建活动。

按理说,实习生是没机会去的,但陆风不一样,情况特殊。

对此,季希和孟静心知肚明。

因为消费组和科技组这个月业绩表现突出,乔之逾打算自掏腰包请大家聚餐,一来是作为奖励,鼓舞士气;二来也能让她更熟悉团队,拉近彼此之间的距离。

聚餐地点定在一家消费水平颇高的餐厅,一共两桌,季希坐在乔之逾那一桌。

一圈围坐下来,表面上看着挺热闹。但像这种职场上的聚餐,并不比坐在办公室里加班轻松,需要注意的事情很多。可能稍不注意就会说错话,惹得哪位领导不开心。

乔之逾不喜欢敬酒这一套,但在座还有两个老派的,走流程肯定少不了。

酒桌上闹哄哄的,觥筹交错。

季希的目光时不时会落在乔之逾身上,显然那几个人有意在给乔之逾灌酒,她正担心乔之逾喝多时,就看见乔之逾拉过助理帮忙挡酒,她也跟着松了口气。

乔之逾自有分寸,在外顶多喝五分醉。

因为漂亮,这边季希也成为领导和同事们的劝酒目标。

季希的酒量不错,第一次见到这场面也不害怕,先说自己不太能喝,等真的要喝时,一点也不拘谨,很大方。她的言谈举止让人觉得舒服,越发招人喜欢。

才喝了几杯酒,季希就收到了微信消息。

乔总:"再喝就醉了。"

还有一条被屏蔽的消息,是陆风发过来的:"别逞强,待会儿我帮你喝。"

季希没回陆风信息,只回复了乔之逾:"我酒量还不错。"

马上,乔之逾又发来新的消息:"酒量好也要少喝。"

季希:"嗯。"

一晚上,季希还是喝了不少酒。应该说大家都喝了不少,等走出餐厅时,一个个双颊都染了点红晕。

时间尚早,自然还有第二轮。

季希想着PPT还没完全改好,就皱眉说自己肚子不太舒服,想早点回去。其实她并没有不舒服,借口而已。

劝季希少喝点不听,还说自己能喝,乔之逾问:"没事吧,能自己回去吗?"

"没关系,我能自己回去。就是胃里有点不舒服,休息下就好了。"季希神情轻松地笑着说,"乔总,你们玩得开心。"

乔之逾看季希脸色似乎不太好,可她被两个高层缠着,说一定要好好聚聚,脱不开身。

等人散后,世界安静下来。这一带不在市区,街上人少,季希独自站在街头,先吹吹风。

她看到乔之逾给她留了言:"到家以后给我打个电话。"

季希感觉心头暖暖的,立刻答应:"好。"

或许是转正了心情好,季希今晚确实多喝了一点,头有些晕,吹了几分钟风才感觉好受了些。

街边有连锁便利店,季希望了望,准备进去买瓶柠檬水喝。正这么想着,一杯柠檬水就递了过来,未免太及时了。

"喝点这个,醒酒。"

季希抬头看清眼前瘦高的男孩是谁,问道:"你怎么没一起去?"

陆风说:"我不放心你,还是想送你回去。你胃还难受吗?用不用陪你去医院?"

季希承认陆风很体贴,也很会考虑自己的感受,一直把握着分寸。或许换作其他女孩,早就被他感动了。可季希是个很明白自己要什么的人。

就这样,两人站在热风中,场面有些尴尬,季希始终没接陆风递来的水。

"季希,你应该知道吧,我很喜欢你。"陆风笑着,固执地将手臂伸着,固执地说,"可以给我一个追求你的机会吗?"

季希果断地摇了摇头,拒绝了。

"你不稍微考虑一下,再回答我吗?"陆风仍是抱着一点小希望。

"我们不合适。"季希说。

不合适简直是万金油一样的拒绝理由。

陆风想了想,还是追问道:"那可以给我一个更具体的理由吗?我想知道,我到底是哪里不好……"

季希不想再聊下去,她对陆风直言:"我有喜欢的人了。"

"是吗?"陆风表示怀疑。

"真的——"可能是喝得有些晕乎了,季希脱口而出,把不应该拉来当挡箭牌的人拉过来当了挡箭牌。她说完就后悔了,但既然已经说了,以后陆风总不会再继续纠缠了。

这一刻,空气简直可以说是死寂。

"你……说真的?"陆风再开口,声调高了好几度,下巴都要惊掉了,他极力保持镇定。

季希硬着头皮,干脆演了起来:"我知道,我们不可能在一起的,只要每天能见面就好。"

这番话说得,季希差点都被自己感动了。然后,她又对陆风说:"这件事你千万别说出去。"

看季希说得认真的模样,良久之后,陆风也认真道:"你放心,我不会说出去的。"

"谢谢。"季希松了口气，终于解决了一件令人头疼的事情。

人生中的第一次一见钟情啊，陆风还是有点接受不了这个打击，可还能怎么样呢？也只能看开点。陆风努力保持着绅士风度，说道："我送你回去。"

季希说："不用了。"

"嗯，这个水你拿着喝。只是同事间的关心，没有其他意思。"陆风埋着头，离开时心情很凌乱。

季希看了看手里的冰柠檬水，笑了笑。

然而当她转身准备离开时，脸上的表情瞬间僵住了，她再也笑不出来了。

她也不知道乔之逾是从什么时候开始，站在不远处的角落里……

她们的对话，季希不知道乔之逾听到了多少，也许全都听到了。反正转身看到乔之逾的脸后，她一时间有些懵。

两人站在街头，就隔着那么一小段距离，沉默地看着对方有两三秒钟。

也正是靠着这几秒钟的时间，季希的大脑反应了过来，乔之逾肯定都听到了，否则她们之间不会是现在这样的尴尬气氛。

乔之逾本来已经走向停车场那边，想想有些不太放心季希，还是折回来了。

然后，她就看到了陆风向季希表白。当然，她更没想到的是，季希后面说出的话。

季希握紧了手里的水瓶，她向前走了几步，脸上挂着苦笑，直接向乔之逾解释："我刚才是想拒绝他才胡说的。"

她的语气很轻松，说得颇有底气，这毕竟是实话。

乔之逾没有马上说话，只是望着季希，脸上没有丝毫波澜，连平时常见的笑意也没有。

季希完全察觉不出乔之逾的情绪，更不知道乔之逾现在在想什么。

"公司对员工这方面没有规定。"乔之逾盯着季希良久，才淡淡地说了这样一句话。

这下，季希真有种自己跳进黄河也洗不清的感觉，刚才那番话说得那么认真，她自己都差点信了，一时半会儿很难解释清楚。

"我刚才真的只是找个借口。"季希一心只想向乔之逾说清楚这件事。尽管现在所有的解释，都像是带着欲盖弥彰的味道，但她还是想说清楚。

乔之逾不知道哪句话真哪句话假。

对于季希的解释，乔之逾听后只是冷静地说道："知道了。"

一句"知道了"过后，便是尴尬的沉默。

季希问："不是走了吗？"

乔之逾想了想，实话实说："不太放心你，过来看看。"

两个人都有点心不在焉，对话间，也像夹杂着一种道不明的味道。

"我没事，没喝醉。"

乔之逾又问她："胃疼吗？"

季希道："我故意说不舒服的，还有工作没做完，想早点回去。"

乔之逾被风吹得眯了眯眼，话里有话道："挺会撒谎的。"

一辆黑色汽车在路边停稳，乔之逾瞥了一眼季希，道："走吧，一起回去。"

"你不去玩吗？"季希说。

"正好早点回去陪小清。"乔之逾催她，"上车。"

"不用了，我已经叫了车。"季希不想再麻烦乔之逾，她看到沿街正好来了辆空出租车，便招了招手，还对乔之逾说，"车来了。我先走了，再见。"

她就这么走了。

乔之逾看着季希匆匆离开的背影，直至对方上了出租车。她弯腰坐进汽车后座，懒懒地将头靠在座椅上，因为喝了酒觉得闷，便让司机将车窗全打开了。

乔之逾闭上了眼，心还是没能静下来，脑子里想的全是季希说这些话时的模样。

乔清照例是等乔之逾回家后才肯睡。

乔之逾知道乔清不喜欢自己身上有酒味，先洗了澡，才去哄小家伙睡觉。

乔清大概是等得困了，乔之逾给她念了半页的童话，她就合上了眼。

乔之逾头有些晕，但是没有睡意。

她走进了书房，信手拿了本书翻看，还没在椅子上坐下，就瞥见书桌上的一沓资料里夹了张画纸，露出一小半，上面有一个流畅的签名：jx。

她将画纸抽了出来，发现是季希那天给她画的那张速写。

乔之逾安静地盯着，走了片刻的神，直至书房的门被人推开，她才回神，抬头朝门口望去。

乔清的一颗小脑袋探了进来，喊道："姨姨。"

乔之逾放下画纸，问："怎么又起来了？"

乔清走到乔之逾身边，道："睡不着。"

乔之逾拉过乔清，将这个小不点抱到自己腿上坐着，揉了揉她的脑袋，柔声笑道："那你陪陪姨姨。"

"嗯。"乔清点头，她小声问，"姨姨不开心吗？"

乔之逾道："没有呀。"

乔清扭头看到桌上的画纸，道："老师画的姨姨。"

"嗯，老师画的。"乔之逾应道。

乔清看着乔之逾问："姨姨，你是不是想老师了？"

乔之逾没有回答，而是看着乔清，哄道："姨姨继续给你讲故事，好不好？"

乔清乖乖地说："好。"

哄乔清睡下后，乔之逾回到自己的房间躺在床上，半个小时过去了还是睡不着。

夜深人静。

被褥和床单摩擦发出声响，乔之逾在床上翻来覆去，现在脑子里就像放电影一样，反复想着今晚的事。

乔之逾眯着眼，用手背抚了抚额头。

一点多了，季希在床上也翻来覆去的。

回到公寓后，季希就搬出笔记本电脑修改 PPT。今晚的效率极低，集中不了精神，所以一直忙到零点，她才完成任务。

累了一天，又加班到半夜，今晚居然睡不着。以前她都是沾着枕头三分钟之内就能睡着，从不失眠。

季希睁开眼便看到了床头的招财猫，看到招财猫就想到乔之逾，想到乔之逾脑子里就回放起今晚的事。不过是闹了个笑话，她也不明白，为什么心里这么浮躁。

季希拿过手机看了好几次时间，越来越晚，却依然清醒。

她百无聊赖地点开微信，季希看到陆风又给她发了消息，是一条道歉的消息："对不起，这段时间打扰你了。"

她看了看上面的时间，这条消息是晚上十一点多发来的。

季希想着明天再给他回一句"没关系",正在这时,她看到对方的备注"陆风"一下变成了"对方正在输入"的状态。

　　夜深了,还有一个没睡的。发完道歉消息后,陆风思来想去,到了半夜,他又给季希发了好几条消息。

　　随着"对方正在输入"几个字的消失,季希这边跳出了新的对话框。她扫了两眼,看到写的是:"喜欢是占有,爱是成全。"

　　季希眉心皱了皱,紧接着,她又看到陆风发来一条消息:"你放心,我会帮你的。你一定要幸福,就算不是我给的。"

第六章
生日快乐

　　季希和乔之逾私下再见面，是在第二天晚上。几个人约好去姚染家吃饭。姚染说上回没聚成，一定要再约个时间一起吃饭，都念叨好几次了。

　　"怎么小季没跟你一起来？"姚染打开门只看到乔之逾和乔清，问道。

　　乔之逾干笑，想起下班时她给季希发微信消息，让她坐自己的车一起过来。结果季希溜得飞快，也不知道在躲什么。

　　"小清，还记得姚阿姨吗？"姚染笑眯眯地看着乔清。

　　乔清立马躲到乔之逾身后。

　　姚染有些无奈。

　　乔之逾说："还是害羞。"

　　"胆子已经大很多了。"姚染以前见过乔清一次，那时她是真的胆小，躲在自己房间里不肯出门的那种。

　　乔清是因为听乔之逾说季希也会过来，小家伙今晚才来的，否则肯定不愿意过来。

　　这套房子是姚染和姜念一起租的，选了中间地段，离两人的店都不远。这是个大三居，一百来平方米。

　　厨房是开放式的，姜念在厨房里忙，看到乔之逾后，笑着打了声招呼。烹饪也算是姜念的爱好之一，闲下来时，她也会亲自下厨。今晚她为大家准备的是西餐。

　　"姨姨，老师呢？"乔清悄悄问乔之逾，小嘴撇着。

　　"老师晚点儿会来。"乔之逾说。

　　乔清又不说话了。

"她跟小季感情还真好。"姚染说。

乔之逾："嗯，特别黏她。"

姜念在厨房里喊："姚老板，黑胡椒放哪儿了？"

"不是跟盐在一块儿吗？昨天才买的。你别慌，我来找。"姚染看姜念翻箱倒柜的，怕她又把厨房弄得乱糟糟的，于是走了过去。

乔之逾望着厨房里吵吵闹闹的两个人，嘴角翘起笑了笑。

这时，忽然响起叮咚的门铃声。

乔之逾起身去开门。

门一拉开，季希就看见了乔之逾的脸，一见面，对视上，空气中短暂沉默了一会儿，两人的表情不像之前那样自然。

季希面上带着解释不清的尴尬；而乔之逾看着季希，心情有些复杂。

"进来吧。"乔之逾说。

"嗯。"

"老师。"乔清看到季希后，起身迎了上去，一下子活泼了许多，像是换了个人一样。

还好有乔清在，可以缓和气氛。季希将注意力转移到乔清身上，她蹲下身抱住乔清，问道："乖呀，想老师了？"

"嗯。"乔清声音里带着点儿撒娇的意味。

季希温柔地笑着说："我也想小清。"

她说完，摸着乔清的小脑袋笑。

电视里播放着动画片，是乔清爱看的《海绵宝宝》。乔清乖巧地坐在沙发上，抱着抱枕，睁着双大眼睛看得认真。而一旁坐着的乔之逾和季希都安安静静的。

两人几乎没有对话。

姚染走了过来，说道："晚点儿才开饭，你们要不要先吃点水果？不是我吹，我们姜老板做西餐的水平还真不错。"

季希见状，从沙发上起身，道："我去帮帮姜念吧，她一个人忙不过来。"

"哪儿能让你帮忙。"姚染想叫住季希。

"没关系。"季希已经向厨房走去。

季希走后，姚染在乔之逾身边坐下，感觉对方好像不在状态一样，问道："你怎么了？"

乔之逾反问："什么怎么了？"

147

真要说什么,姚染又说不上来,只道:"没什么。"

看看电视,又看看厨房,乔之逾捧着水喝。过了一会儿,她问姚染:"你和季希怎么认识的?"

她挑起了有关季希的话题。

"前两年酒吧招兼职,她过来面试,她算是我的学妹,肯定得照顾点,就熟了。"聊起这些事,姚染不由得感叹一句,"这姑娘不容易,也很厉害。"

乔之逾看着厨房里季希的侧影,问:"怎么说?"

姚染对季希的了解不算多,但有一回季希找她预支工资,她才知道季希还有个妹妹,季希还要供她妹妹念书,估计家里条件不好。自然,这些话姚染没跟乔之逾细说,毕竟涉及他人隐私,说出来不合适。

"来北临打拼的人都不容易,更别提她这么一个小姑娘。小季比一般人都能吃苦,能力也不错,以后说不定能坐到你这个位置。"姚染一句话含糊带过。

她们从姜念那儿离开时,已经九点多了。

周五的夜晚很热闹,下楼坐电梯时乔清看到有小孩在吃冰激凌,也有点馋,季希想起楼下就有家 KFC 甜品店,正好带她去。

KFC 又出了新品,许多人顶着高温,在窗口外排了一条不短的队伍。

"我去买。"乔之逾让季希和乔清等着。

大概等了十分钟,季希看见乔之逾手里拿了两个甜筒过来。

乔之逾将其中一个递给乔清,另一个递给季希。

季希说:"我不吃,你吃吧。"

乔之逾道:"我不吃。"

季希说:"那你还买两个。"

"第二个半价,省钱。"

季希下意识道:"不买不是更省钱?"

乔之逾这时笑了下:"有两个小孩就买了两个。"

两个小孩……季希没忍住笑了。

看乔之逾冲着自己轻松地笑了起来,她也觉得心情轻快。她接过冰激凌,送到嘴里吃了一小口,很甜。

乔之逾望着季希闷声吃东西的模样,目光始终盯着她的脸庞,许久,忍不住质问:"今天躲着我干吗?"

听到这轻轻的一句质问,季希抬起头,嘴硬道:"没有。"

没有?乔之逾跟她算起账来:"那让你等我下班,怎么不等?"

季希听后语塞,过了片刻才如实说:"我觉得保持距离比较好。"

"为什么?"乔之逾再抛出一个问题。

"我怕你……"

季希一句"怕你误会"还没说完,她听到乔之逾又说了一句:"我有让你跟我保持距离吗?"

乔之逾是笑着说出这句话的,她挑了挑眉,以开玩笑的语气继续问道:"还是说你做了什么事,心虚?"

"没有。"季希回答得飞快,她的态度和乔之逾截然相反,严肃认真。

乔之逾一下被噎得不知道说什么,短暂安静后,她又笑问:"没有,你怕我误会什么?"

是啊,怕误会什么?这个逻辑确实没问题,本来没有什么,今天这样一躲反倒显得有什么。还不如就像以前一样,显得自然。

热风拂过,两人的对话戛然而止,乔清听不懂大人的对话,依然开心地吃着冰激凌。

过了一会儿,季希舒了口气,很平静地说:"没有误会就好。"

乔之逾凝视着她,若有所思,轻声说了一句:"说了没放在心上。"

有这句话就好了。

"嗯。"季希浅笑,想再说些什么,但又想解释到这里就可以了。她低头吃了口冰激凌,天热,冰激凌化得快,都流到了手指上,弄得黏乎乎的。

"赶紧擦一下,"乔之逾看见,朝季希递过手里的纸巾,低声说她,"这么大个人了跟小孩子一样,弄得到处都是。"

"嗯。"季希又是轻哼一声,从乔之逾手里接过纸巾后,傻傻地笑了起来。她自认为是挺成熟的一个人,但每回听到乔之逾说她像小孩,就有种说不上的开心。

好莫名其妙啊。

Q大校外有家小餐馆,店面看起来有些简陋,门外孤零零地挂了盏白炽灯,风一吹在夜色中摇晃。店内也是古朴破旧,但因为北临菜做得正宗,口味又好,是Q大附近人气最高的餐馆。

季希的毕业聚餐就定在这儿,说起来这还是她工作以后第一次回来。

先前大家就说要来个小聚，请导师吃一顿。可毕业了，各有各的事情忙，张罗个聚会不容易。

今天能过来的，大部分都是留在北临工作。来的人并不多，几个人围坐一桌，一个留着小胡子的老教授，剩下的几个都是研究生。

在座只有季希一个女孩儿，万绿丛中一点红，国宝级般的存在。

他们碰杯喝酒，很随意，不走形式，只是随意地聊天，气氛很好。

"我明年就要退休了，不打算带学生了，你们就是我的关门弟子。年轻人，要努力啊，可别砸了我的招牌。"老教授说话带着北临本地口音，今晚兴致颇高，脸色喝得红红的，没了往日的严肃，显得有点可爱。他咂着酒，继续说道，"你们干这行，一定要能吃苦，要能沉得住气，知道吧。你们这几个男娃，性子太浮躁了，得跟人家小季好好学学……"

想着也许是最后一次听了，老教授再怎么絮叨，大家也不觉得烦，都认真听着。

平时谁对她好，季希都会默默记在心底，老教授这三年很照顾她，所以今晚看老教授高兴，季希也陪他喝了不少酒。

季希看起来是柔柔弱弱的一个小姑娘，但酒量不比在座的任何人差，这回着实让大家开了眼界。

一直陪教授闲聊到九点多，饭菜吃得差不多，酒也喝得差不多，季希看手机里进来一条未读短信，她随手拿起一看，是陆风发来的："在忙吗？看看我微信。"

季希眉头皱了一下，之前说好的不打扰，怎么说话不算话了。她放下手机，没理会。

过了两三分钟的样子，陆风直接打了电话过来，手机在桌子上"嗡嗡嗡"地响，引起了大家的注意。

季希不太想接，但她还是拿起手机，起身对其他人说了句抱歉，然后走出了嘈杂的餐馆，站在马路边通接了电话。

"你在忙吗？"陆风问。

"在忙。什么事？"季希耐着性子问，料想陆风找她也没什么事。

喝了酒之后，季希的脸颊发烫，微红。现在室外很热，像蒸桑拿一样，让人待不了太久。

"就是……"陆风说道，"乔总她今天心情不好，你要是有时间，可以安慰她一下。"

季希心中疑惑，陆风怎么会知道乔之逾心情不好？他打电话来说这些是什么意思？

"你跟我说这些干吗？"

"你俩比较熟啊。"说完后，陆风抓了抓头发，觉得自己真是个奇葩。

季希无言。

挂断电话后，季希低头看着地上斜长的影子，晕乎乎的头脑里想的是："她今天心情怎么又不好了？"

时光里，灯红酒绿。

乔之逾坐在吧台位置，手肘撑着桌面，一个人喝酒打发时间，心情挺糟的。

今晚她陪乔清回乔家，本来说好要在乔家吃晚饭，但一家人坐上餐桌了，乔之逾却突然放下碗筷，说有事还是先走了。

乔之逾不喜欢在乔家吃饭，甚至可以说是讨厌。乔家越是其乐融融，她就越是感觉自己尴尬又多余。

她的确是个多余人。

乔之逾低头苦笑了一下，酒又喝了好几杯，醉意渐浓。

打开手机，她看到了几条生日祝福信息。在外地旅游的姚染给她发了一条，还有很久没联系的许盛也发了一条："之逾，生日快乐，如果想要我陪陪你，给我打电话。"

今天是她三十岁生日，但乔家没人记得她的生日，连句最简单的生日快乐都没有，更别提为她庆祝。

今晚乔家的聚餐很温馨很热闹，不过一切都与她无关。

乔之逾并不知道自己的真实生日是哪一天，所谓生日是按她被领进乔家的那一天算的。以前乔之迎还在时，会为她过一下。其实不过生日也没什么，但被家里完全忽视的滋味，挺难受的。

她想错了，乔家压根不是她的家。

她没有家。

乔之逾一只手支着脑袋，盯着许盛发来的消息，自然没有给许盛回复。

今晚似乎是英文歌专场，驻唱歌手抱着话筒，一连唱了好几首。

乔之逾抬头，看到一旁的调酒师正熟练地摇着雪克壶，这也是个年纪轻轻的女孩，瘦瘦高高的，但没有季希好看。

乔之逾微微一怔，想起上次她们坐在这里安静地听歌的时候，还有那晚去逛广场，一起躺在草坡上看星星。她抿着唇笑了笑，望着酒杯思索片刻后，拿起手机，忍不住给季希发了一条微信消息，等着对方回复。

季希收到乔之逾的微信消息时，老教授还在酒桌上口若悬河地说着，说他当年那些年少轻狂的事，兴致正浓。

乔总："现在有空吗？请你喝酒。"

刚刚陆风告诉她，乔之逾今晚心情不好。季希也想过要不要发消息问一下，大概是她实在不擅长主动关心别人，即便心里惦记着，可还是没主动问。

现在看到乔之逾主动给她发来的微信消息，季希几乎没有犹豫，回复："有空。"

请喝酒是借口，心情不好想找个人说话才是真的吧。

乔之逾醉醺醺地看着季希回复的"有空"，扬了扬唇，懒洋洋地笑了。她在对话框中写下："我在时光，你过来。"

季希提前离开了。她酒没少喝，脚底有些轻飘飘的，她走出小餐馆后，打了个车。学校离时光不远，很快就能到。

大约二十分钟之后，季希来到喧闹的酒吧，她本想给乔之逾发消息说自己到了，却已经在熟悉的角落里看到一个熟悉的背影。

那是她平时调酒的位置，乔之逾就一个人坐在那儿。

季希走近，发现乔之逾已经喝了不少酒，应该是来了挺长时间了。

"来了。"乔之逾朝季希笑了笑，"想喝什么？我请客。"

季希在乔之逾身边坐下，看她这样，问："你是不是喝醉了？"

乔之逾扭头望着季希的脸，直勾勾地望着，道："没喝醉。"

季希也盯着她，道："少喝点。"

"打扰一下。"这时一个自认为很帅的男人走上前，目标主要是乔之逾，露出相当自信的笑容，再抛出烂俗的搭讪话语，"你好漂亮，我可以请你喝杯酒吗？"

气质出众，身材又好，乔之逾喝了酒后脸上增添了几分妩媚的模样，的确是很多男人的心头好。容易让人心动，心痒痒的那种心动。

"请我吗？"乔之逾微微侧过身，目光落在眼前的男人身上，同时露出一丝不屑的笑容。她挺反感这样的搭讪，太轻浮。

乔之逾这么一笑，那男人感觉浑身的骨头都要酥了，越发热情："是啊，可以给个面子吗？"

季希在一旁看着乔之逾竟然笑着回应那个陌生男人的搭讪，心里琢磨着，她今晚一定是喝多了。

歌手唱了一首十分暧昧的英文歌，像是极度适合调情的背景音乐。

乔之逾又笑着看了看季希，顿了两秒，季希没明白乔之逾这眼神是什么意思，但紧接着，乔之逾便拉住了季希。

"你打扰到我们喝酒了，懂吗？"乔之逾拉着季希的手，气场全开地询问那个男人。

男人神情茫然地望着眼前的人。

季希遇到任何事都不会过分惊讶，但此刻，她眼睛睁大了些，看着乔之逾轮廓分明的侧脸，心想，乔总今晚一定是喝醉了，而且醉得不轻。

男人说了句抱歉便匆匆离开了。

乔之逾看着那男人的反应觉得好笑，红唇扬起，笑得开心，当她再回过头看季希时，眼神明显柔和了起来。

平日里乔之逾的情绪不会轻易外显，看不出喜怒，可今天季希能明显感觉到她的心情不是很好。

季希让服务生上两杯酸梅汁，像那晚一样，两个冷冷清清的人，又坐在一起喝东西，听歌。

夏天很适合喝酸梅汁，酸酸甜甜的，入口冰爽。季希用吸管搅了搅杯子里的冰块，扭头看见乔之逾在一边喝，一边幼稚地轻咬着吸管。

季希突然笑了。乔之逾时不时说她像孩子，其实乔总喝醉酒后，也挺像孩子的。

乔之逾发现季希在看自己，眼神回看了过去。

两个人干坐着也挺尴尬，总得聊点什么。乔之逾先找到了话题，她偏着头，假装漫不经心地问："你不喜欢陆风那样的，那你喜欢什么样的？"

季希如实回答："没想过。"

乔之逾笑着说道："再问你个问题。"

季希："什么？"

乔之逾好奇地问："你谈过几个？"

季希摇摇头，有什么说什么："我没谈过。"

乔之逾觉得挺意外，道："追你的人不少吧。"

按理说，以季希这样的性格、长相，应该很受欢迎。

季希看看乔之逾，又淡然笑着回答："不想谈恋爱。"

乔之逾想到自己那些年的生活，也是这样。但现在她跟季希的想法截然相反，上回她就听季希说过不想谈恋爱的事，于是问道："谈恋爱不好吗？可以有人陪着。"

季希笑笑，不回答。她觉得自己不孤单，也不需要人陪，她只想多赚钱，有自己的事业，让自己成为自己的依靠，成为奶奶和妹妹的依靠。

一个人挺好的，可以心无旁骛。

她见过身边不少谈恋爱的，一开始爱得轰轰烈烈，到头来也还是一个人。所以她现在不想考虑感情的事，觉得这不重要。

乔之逾忽然问道："有没有人说你像个闷葫芦？"

季希顿了一下，道："你是第一个。"

"闷葫芦。"乔之逾莞尔，轻声重复一句，觉得头晕又疲倦，于是她趴在了吧台上，闭眼小憩。

季希也在吧台上趴了会儿，加上晚上喝的那些酒，这会儿她觉得有点难受，像是有什么东西堵在心口一样，大概是环境太憋闷，人太多了。

两分钟过去了，季希还以为乔之逾睡着了，她轻轻地摇了摇乔之逾的胳膊。

乔之逾缓缓睁开眼。

"回去吧，我送你。"季希说。她看乔之逾今晚比她醉得厉害，有些不放心。

"不想回去。"乔之逾眨了眨眼，仍枕着手臂，说道，"小乔总不在家，回去又是一个人。"

原来乔总喝醉了还会耍赖皮。

两人就这样沉默了一会儿。

季希没法子，说："不介意的话，可以去我那儿休息。"

乔之逾重复："去你那儿？"

季希："嗯。"

五分钟后，乔之逾跟着季希上了回家的出租车。两个醉鬼，弄得人家车里一股酒气。

上车没多久，乔之逾问季希："肩膀可以靠一下吗？"

季希缓了一下,才应道:"嗯。"

乔之逾轻轻将头枕在季希的肩膀上,这个动作于她而言很生疏,她从来没对谁这样做过。她的肩膀瘦瘦的,不过枕着很舒服,乔之逾嘴角浅浅地扬了一下。

季希偏过头一瞥,心想着今晚她的心情一定很糟糕吧。季希早有这种直觉。乔之逾平时看着成熟冷静,但内心应该挺敏感脆弱的。她总觉得,乔之逾跟她一样,同样是藏着心事的人。

她像是睡着了,一缕长发垂了下来。

季希犹豫了一会儿,还是抬起手,轻轻地帮乔之逾理了一下。

乔之逾睁开眸子,不禁笑了笑。今天生日,至少有人陪了。她没醉到不省人事的地步,但现在,她故意装出醉得厉害的样子。

车又行驶了一段距离,穿过夜色。

"今天怎么了?"季希破天荒问起了别人的心事。她问得有些别扭,因为这不是她擅长的事,可眼下瞧着乔之逾,她没忍住就问了。

乔之逾声音低哑:"心情不好。"

季希知道她心情不好,想起陆风的那通电话,追问:"怎么心情不好?"

乔之逾没直接回答,而是抬了抬头,说道:"跟你说,你会安慰我吗?"

季希的目光落在她的脸庞上,下一秒,没想到自己会说:"会。"

季希望着乔之逾,下意识地脱口而出。

乔之逾目不转睛地盯着季希,悄声告诉她:"今天是我的生日。"

说完,她安静地等后续。

生日没人陪,一个人喝闷酒,听着是挺凄凉的一件事。

"生日快乐。"季希第一反应是说这几个字。

"只有生日快乐啊?"乔之逾尾音扬了扬。

季希被难住了,还有,为什么刚才自己那么自信?这明明不是她擅长的。

乔之逾鼻间传出轻声哼笑,就知道她不会哄人,给她指明方向:"给我讲个笑话吧,想听你讲笑话了。"心情糟糕的时候,她总能想起那晚季希给她讲的笑话。那个笑话很冷,但讲笑话的人很好笑。想到这个,会让人心情变好。

季希心想,乔总是对听笑话有什么执念吗?

乔之逾一个劲地盯着季希看,像在无声催促,季希没办法,只好敷衍地说:"你知道海水为什么……"

又是这个老掉牙的。乔之逾皱了皱眉,直接打断季希的话:"因为鱼吐泡泡,噗噜噗噜……"

季希一个没忍住,笑了起来。

乔之逾望着季希,笑得合不拢嘴,还问:"有什么好笑的?"

季希抿唇,依然含着笑意。

"别耍赖,这个说过了。"乔之逾不满意,缠着季希,"换一个。"

季希为难地说:"我只会这一个。"

乔之逾听了,笑个不停。

季希腹诽,这又有什么好笑的?可笑是会传染的,尤其是傻笑。她被乔之逾给影响了,笑得真傻,就是止不住。

司机看后座上两个姑娘突然笑成这样,也不知道她们在笑些什么,瞥了一眼,倒跟着傻乐呵了一把。

乔之逾将头继续靠回季希肩头。果然,身边有人陪着的感觉好舒服。

季希发现乔之逾还是没说心情不好的原因。跟家里有矛盾吗?否则生日为什么不是在家过?或许是不想说吧,自己家的那些事,季希也不喜欢跟任何人说起。

乔之逾懒懒地偏过头,她眯着眼,忽然小声问:"你今晚也在喝酒?"

她居然才察觉到自己喝了酒,是不是太迟钝了。

季希说:"晚上有个毕业聚餐。"

"那怎么还过来?"乔之逾又问。

季希自己都说不清。大概是把她当作很特别的朋友了吧,但季希换了个说法:"我答应了小清,要管着你少喝酒。"

"那你要管我一辈子吗?"乔之逾问道。

这句话让季希不知道怎么回答,但乔之逾也没继续说下去。

又过了没多久,乔之逾再度开启了闲聊模式。她喝多酒后话也会跟着变多,是骨子里害怕孤独的一个人。

"身上好像有火锅的味道。吃的什么?"

这人鼻子真灵。季希说:"干锅鸡,那家店很好吃。"

"什么店?"

"学校附近的一家店。"

乔之逾眯着眼睛,顺口又说:"什么时候带我去吃?"

季希没有马上回答,转念一想,她们关系已经算是很熟了,又觉得没什么可别扭的,于是问道:"你什么时候有时间?"

乔之逾:"都可以。"

"嗯。"季希发出一声柔和的笑声。

两个人靠在一起,你一句我一句地聊着天,语调懒散而舒缓。车子微晃,让人有了困意,喝了酒的更是如此。季希看乔之逾说话时都闭着眼,大概是在说糊里糊涂的醉话吧。

玻璃窗外倒退的街景繁华,这条街的夜景季希太熟悉了,她很多次深夜独自打车,经过这条街。

那时,她不觉得孤独。

可现在,她突然觉得,以前可能还是有一点孤独吧。

十几分钟后,车速放慢了。

"姑娘,是这里吧?"司机问。

季希看看窗外,说道:"嗯。"

司机停了车,提醒她:"下车慢走,记得带好随身物品。"

"谢谢。"

"不客气。"

"到了,该下车了。"季希扶了扶乔之逾的肩膀,说道。

乔之逾缓缓地睁开了眼睛。

司机大叔瞅见这情形,好心提醒了两句:"看来喝得不少啊,大晚上的,你们小姑娘家,长得又漂亮,还是少喝点好。要注意安全。"

季希淡然地笑着应了一声。

夜深了,路上行人稀少。橙黄的路灯静静地照耀着,将人影拉得长长的。

两人下了车,离公寓门口还有一小段距离。

"能走路吗?"季希看了看乔之逾的鞋跟,起码有六七厘米高。喝醉了还穿高跟鞋走路,难度不小,她怕乔之逾走不稳。而且刚刚在车上,她看乔之逾一直昏昏欲睡,状态也不太好。

"不能走的话,你背我?"乔之逾半开玩笑地说了一句。她还不至于喝到不能走。

没想到季希回答:"可以。"

乔之逾:"真的?"

157

季希："嗯。"

乔之逾就是那么一问，季希就是这么一答，两人站在风中对望片刻，谁也没再说话。可接着，便是一人攀上了另一人的背。

大街上，季希竟然真的把乔之逾背了起来。

刚背上身时，季希有点站不稳。

"背不动？"乔之逾忙问。

"没有。"季希背乔之逾还挺轻松的。不过因为喝了酒，她走得并不快。

"背不动就放我下来。"

季希干什么都较真："我力气不小。"

"好，你力气不小。"乔之逾顺着她的话说道，但又补了一句，"别逞强。"

乔之逾其实没那么醉，但很享受这样平淡的温暖。怀着心事，她帮季希拨了拨头发，柔声问："累不累？"

"不累。"

"就爱嘴硬。"乔之逾说。

季希边走边道："真的不累。"

乔之逾的目光仍锁定在季希的额头上，道："出汗了。"

季希解释说："热的。"

风一直在吹，乔之逾又帮季希理理头发，道："我刚才是逗你的，我自己能走。"

就剩一小段距离了，季希没让她下来。周遭偶尔经过三两个人，向她们投来目光。乔之逾低头。

"怎么了？"季希感觉到她的动作，问道。

"都在看我们。"

季希觉得稀奇，忽然笑了，说："你还会不好意思？"

"说得我好像没脸没皮一样。"

"没有。"季希发现自己在乔之逾面前服软特别快。

乔之逾疲惫地喃喃道："你就是这个意思。"

季希笑笑，不说话。

到了公寓楼下的一家小便利店，季希才放下乔之逾。她家里没有备洗漱用品，需要买新的。

"我去买点东西。"

乔之逾跟着，道："我跟你一起。"

季希马上扶住她:"你走慢点。"

乔之逾想说自己走没问题,但看季希这么小心翼翼地扶住她的手臂,也就没再说什么。

季希在货架上挑挑选选,等到收银台结账的时候,身后乔之逾突然拿出一大包大白兔奶糖,递给了收银员。季希也不知道她什么时候拿的,真神奇。

"不是爱吃吗?给你拿一袋。"乔之逾说。

季希看着喝醉后有点孩子气的乔之逾,笑着"噢"了一声,道:"你还想吃什么,多拿点。"

乔之逾一双醉眼看着季希,道:"小孩才喜欢吃零食。"

季希无言以对,寻思着,你不觉得你现在比较像小孩吗?原来喝醉酒后,人真的可以有两副面孔。

买好东西后,两人慢吞吞地上楼。

进屋后打开灯,季希给乔之逾拿出一双粉色的拖鞋。

乔之逾看着上面的卡通图案,蹙眉道:"能换一双吗?"

季希理直气壮地说:"这个是那天你自己买的。"

"是吗?"乔之逾瞅了一眼,还是有些嫌弃,"我穿你的,你穿这个。"

有这么嫌弃她自己买的东西的吗?季希只好拿出自己的拖鞋给她穿,自己穿上这双粉粉嫩嫩的小猫拖鞋。

乔之逾看季希穿上后,满意地笑了笑:"适合你,挺可爱的。"

"从来没人说过我可爱。"季希有些纳闷,自觉完全跟这两个字不搭边。

乔之逾调侃说:"我不是人吗?"

季希无语了。

乔之逾固执地说:"就是觉得你可爱。"

季希随她说,漫不经心地笑笑,不跟喝醉的人纠缠。

因为这样三两句没营养的对话,公寓里没了平时的冷冷清清。

季希不喜欢留人过夜,但乔之逾似乎是个例外,她丝毫不介意,也不会觉得不自在。

季希先扶乔之逾到沙发上休息,再去给乔之逾冲蜂蜜水,顺便给自己也倒了一杯。她喝得没乔之逾多,这会儿酒醒了不少。

"喝点蜂蜜水。"

乔之逾接过季希递来的玻璃杯，喝了一口，甜丝丝的。

"头晕不晕？"

乔之逾看看季希，很不客气地对她说："很晕。"

这又是一个季希没想到的回答。

乔之逾有装晕的嫌疑，演技颇佳。不为别的，就是还想感受一下有人关心照顾是什么滋味。尽管只是假象，但短暂的享受也是享受，就当是一个特别的生日惊喜。

季希抬起手，指尖在乔之逾太阳穴的位置轻揉，问道："这样，舒服点吗？"她的皮肤很白很细腻，几乎没什么瑕疵，一看就是平时精心护理，没少花心思。

季希看着看着，走了神。

"发呆想什么呢？"乔之逾注意到她在走神，问道。

"没什么。"季希说道。

季希回过神后，专注地帮乔之逾揉额角，不再胡思乱想。

"好多了，别按了。"乔之逾不想一直让季希帮她按摩，说道，"肩膀再借我靠一下。"

季希还没来得及应一声，感觉右肩微微一沉。

这是足够信任自己吧？她平时那么强势，现在在自己面前却毫不掩饰脆弱的一面。季希悄悄垂下手，腰杆挺得笔直，纹丝不动地让乔之逾靠着。不会变着花样安慰人，只能让她静静地靠着，就这样陪着她。

乔之逾觉得这样就已经足够了。

房间里静悄悄的，还是季希的轻声细语打破了这份安静："以后还是少喝点酒吧，小家伙又该担心你了。"

"不喝酒也行，那心情不好的时候你陪我？"乔之逾晕乎乎地问季希。她喝酒，无非是想解闷，要是有人能陪她解闷，还喝酒干什么。

"可以。"

乔之逾反倒犹豫了一下，她直起身，问季希："为什么对我这么好？"

季希的确没有这样细心地照顾过谁。起初她注意到乔之逾，是觉得乔之逾似曾相识，现在她在意乔之逾……

"因为你对我很好。"季希给出一个坦率的回答。一旦接受了别人的好意，就要加倍回报，她向来如此。所以她不轻易接受别人的好意，习惯独来独往。

160

"还有吗？"乔之逾也不知道自己在期待什么。

"我收了小乔总的糖。"季希想想，觉得有些好笑。

乔之逾想起来，也笑了。

季希看看沙发旁的床，对乔之逾说道："今晚你睡床上，我打地铺。"沙发太小，睡不了人，而公寓里又是单人床。

乔之逾看了看一旁不算大的铁艺床，道："能睡两个人吧。"

睡两个人没问题，但肯定不会太舒服，季希说："没事，打地铺方便。你休息，我先去换一下床单。"

"不用换，麻烦。"乔之逾叫住她。

"换一下吧，有干净的。"季希说。

"没关系。"

看乔之逾不介意，季希也没再坚持，她的床单被套确实才换没几天。

喝了酒不适合马上洗澡，季希打开投影，随便点开了一个直播频道。两人坐在沙发上，看电视吃水果，醒酒。

等酒劲儿缓过去，乔之逾才去洗澡。

浴室很小，只有最简单的沐浴头，洗浴用品摆放得很整齐，像是患有强迫症一样。因为季希刚洗过澡，镜子上还蒙着一层水雾，空气里残留着沐浴露的香气，很淡很清新，像某种花香夹杂着牛奶的味道。

乔之逾将身上的衣服都脱掉了，热水从发顶往下浇，冲掉泡沫，也冲掉了一身酒气。

洗完澡后，她感觉头脑清醒了不少。乔之逾换上了季希的睡衣，T恤加运动款式的短裤，宽宽松松的。她们身高体型都相仿，穿对方的衣服很合身。

从浴室里出来后，乔之逾看到季希站在厨房里忙活着什么，锅里咕噜咕噜冒着热气，像是在煮东西。

"在弄什么？"乔之逾慢悠悠地走到厨房。

季希闻声回头，看向乔之逾。乔之逾的头发还是湿漉漉的，不过没滴水。由于刚洗完澡，之前的大红唇不见了，美得没那么明艳了，她看起来就像个温柔亲切又气质出众的邻家姐姐。

还有，她的腿好长，比例恰到好处，这是季希不经意间留意到的一件事。她爱画画，平时喜欢观察人的五官比例。

看季希在煮面，乔之逾笑道："晚上没吃饱吗？这么晚还煮夜宵。"

季希顿了一下才说:"给你煮的。"

乔之逾疑惑地道:"给我?"

"在我们那儿,过生日要吃面的。长寿面。"季希笑着解释完,低下头继续煮面条。

季希嘴上没说什么,其实心里一直惦记着今天是乔之逾的生日,刚刚思来想去,只说了一句"生日快乐",好像有点敷衍。现在才十一点,生日这天还没过去,她就想着给乔之逾煮碗面条。

一个人的时候,季希从不过生日,因为她觉得没什么好庆祝的。在家时也简简单单的,不会准备生日礼物,奶奶会给她下碗面条,煎个荷包蛋,这样就足够了。

季希又觉得自己冒失了,也没先问问乔之逾要不要吃,万一人家不想吃,岂不是很尴尬?

"吃多少算多少,不用全吃完,就是这个意思。"

"那我就不客气了。"乔之逾说。

"嗯。"听乔之逾这样说,季希微笑。

乔之逾留意到季希身上的睡衣,和自己穿的是同一款式,除了颜色略有差异。季希白T恤上的字母是蓝色的,她衣服上的字母是红色的。

"怎么买两套一样的睡衣?"

季希说:"第二套半价。"省钱又省事。

乔之逾抿着唇笑。

季希看了看乔之逾还湿着的长发,担心她吹空调会着凉,说道:"你先去把头发吹干,面条等下就能吃了。吹风机在床头。"

"好。"

面条煮多了,季希本着不浪费的原则,给自己也盛了一小碗。

乔之逾吹干头发后回到餐桌边,发现自己的这碗特别大,面上还卧了个荷包蛋,煎得焦香诱人,说道:"对我这么好?"

季希:"你是寿星。"

乔之逾看着碗里热腾腾的汤面,好像这股热气直蒸腾到心底。她以前在国外的时候,也会有朋友帮她过生日,几个人凑在一起,聚会喝酒。

其实,也没多大意思。

现在看着这碗面,她觉得这样反倒更有过生日的感觉。

"太多了,你再帮我吃点。"乔之逾晚上虽然没吃饭,但看着这么一大碗面，着实有压力。

大半夜的，两人有滋有味地吸溜起面条来，都吃得很香，晚上聚餐人多，季希也没怎么吃饱。

乔之逾看季希捧着碗在喝汤，以为她没吃够，问："我还有，你要不要？"

季希只是喜欢喝热的而已，道："不要了。"

乔之逾的关注点却是："你嫌弃我？"

"没有。"季希莫名委屈。

乔之逾莫名开心。

"谢谢。"

听到这突然的一句谢谢，季希觉得很奇怪："嗯？"

"谢谢你陪我过生日。今天很开心。"乔之逾由衷地说道。

听到她说开心就行，季希正准备起身收拾碗筷，她听到乔之逾问："你生日是哪一天？"

"我不过生日。"季希这样说。姜念以前说过帮她过生日，她也是这样说的。

乔之逾："为什么？"

季希反问："不过生日需要理由吗？"

"怎么不需要？"

"没必要。小孩子才过。"季希说。

"你的意思是，我幼稚？"

"不是。"

饭都吃不好，书都没得念，哪会那么讲究生日，能有个荷包蛋就不错了。要说羡慕，季希肯定羡慕过其他小孩，能从小就生活在蜜罐里。而她，只能被最亲的人抛弃。

但时间一长，也就那样吧。她现在过得很好，没什么可伤春悲秋的。

乔之逾不知道季希藏了什么心事，但感觉得到她藏着心事。连自己生日都会忽视的人，一定是孤单的。

"告诉我，我陪你过。"

季希望着乔之逾，过了好半天，还是开口说了："一月一日。"

这是到北临以后，季希第一次告诉别人自己的真实生日。身份证上的出生年月是她被领养登记的日期。每年的第一天是她的生日，还是十八岁那年，她的生父生母告诉她的。

她出生在一个很冷的雪天,被抛弃,也是在一个很冷的雪天。

季希又做了那个梦。

寒风凛冽,暴雪肆虐。

当她以为又会在天寒地冻中被大雪掩埋时,阳光渐渐明亮起来,周围忽然变得明媚,驱散了阴寒。风也变得温暖,带着阳光的气息。

刺眼的冰白色消失了,世界变得柔和而斑斓。

破天荒地,她做了一个宛如童话的梦,季希一整晚睡得都很香。

又是一个美好的清晨。

地板上铺着被褥,薄薄的毯子半掀着,显得有些凌乱。单人床上,两个人蜷缩在被窝里。

季希原本是睡在地上的,但被子垫得很薄,和直接睡地板区别不大,再加上房间里冷气很足,她在半夜被乔之逾硬拉到了床上。等她上了床,已经有些鼻塞。

或许是因为喝了酒,再加上昨夜睡得晚,季希这一觉睡得比平时都要沉。

乔之逾不比季希,她睡眠浅,房间里微微亮时,她就醒来了一次。

季希还睡得正熟,半边脸陷在枕头里,长发像海藻一样散开着。

真是似梦非梦的一幕。

乔之逾看着季希,莞尔,如果说平时季希身上文静中带着一股子倔劲,那么睡着时的季希,就只剩安静了。

醉酒后有点后遗症,就是头晕,也不知道什么时候她又闭上了眼,睡了过去。

她做了个很短又很暖的梦。

七点半,闹钟还没响,但生物钟催醒了季希。

季希懒懒地睁开眼,她终于明白为什么昨晚睡得这么温暖了,温暖到连噩梦都变成了美梦。

这时,乔之逾也醒了过来,她笑了笑,哑着嗓子说:"早。"

"早……"季希开口带着点鼻音。

"都感冒了,让你昨晚不上床睡。"乔之逾从被窝里探出手,摸摸季希的额头,看是否发烧。

还好没有发烧,她问道:"难受不难受?难受的话,今天就请一天假。"

"感冒而已,不用请假。"

"别硬撑。"乔之逾说。

"我没硬撑。"

乔之逾轻声笑了。

"该起床了。"季希找了个借口，拉开与乔之逾的距离，准备溜下床。

季希走到洗手间后，赶紧用冷水洗了把脸，好让自己清醒一点。

北临的夏天很漫长，炎热似乎无边无际。

八月了，再过几天就是七夕了。

什么情人节，什么七夕节，季希都不放在心上。但往往这些节日一到，各大商场都是浓郁的活动氛围，满目红色粉色，很难让人不留意。

公司里有几个人张罗着七夕要不要搞个单身派对，指不定就脱单了呢？做金融这行，没那么多时间谈恋爱，多半是同一个圈子里的人内部消化。

"两位美女，这周五晚上有空吗？我们有个聚会，要不要一起过来热闹一下？"

午休时间，邻组的一个男生凑了过来，问季希和孟静。他们记得，消费组的两个女生应该都还是单身。

季希虽不喜欢凑热闹，但有空的时候还是会参加一下聚会，否则就太不合群了。这样做真的挺无趣的，出去玩的时候，想的也不是好玩，而是能不能多积攒些人脉。所以对这类聚会，她没什么兴趣，也不抗拒。

孟静立刻想到了周五是七夕，面露难色，但她又不擅长拒绝别人，犹豫了好久，才柔声说："不好意思，我没时间。"

说没时间的时候，孟静的脸还稍微红了一下。

季希听孟静说没时间，以为她要忙工作。她跟孟静谈得来，是因为她跟孟静挺像的，没有好的出身，没有过硬的背景，都是单枪匹马在这座城市打拼。

孟静也是组里出了名的工作狂。

"小季，你可以去呀。"孟静将注意力转移到季希身上，想了想，她又不好意思地笑笑，"不过，你情人节肯定有约会。"

孟静觉得季希这么漂亮，身边肯定不乏男人追求，想陪她的人自然多的是。

这点孟静倒是想错了，季希身边从来都没有什么暧昧对象，她拒绝人从不会拖泥带水，吊人胃口。

经孟静这么一提醒,季希才想起周五是七夕。

"哎,大家都没时间,搞不起来了。合着就我一个人没人约?"男生眉毛皱成八字,一脸苦相,"得了,我只有和工作约会的命。"

晚上,季希和孟静加班到很晚。

"我先下班了。"季希关了机,对还在敲键盘的孟静说道。

孟静笑着点点头,说道:"回家注意安全。明天见。"

季希拿起包,冲她摆摆手:"嗯,明天见。"

离开时,季希看了看乔之逾办公室的方向,里面黑漆漆的。今晚公司高层好像有应酬,都出去了,她今晚该不会又喝了很多酒吧?

喝酒是难免的,自己瞎操心什么啊。季希心里想着事情,往电梯间走去。等进了电梯后,她突然想起U盘还放在打印室,忘了拿。

季希又走出电梯,折回了公司。

打印室就在茶水间旁边。经过茶水间区域时,季希也没想到自己会撞见这么尴尬的一幕:一个男人将一个女人压在墙上,两个人抱在一起,正在接吻。

眼前的女人她认识,不是别人,正是孟静。而这个男人是能源组的一个投资总监。

三人中间,最淡定的还算是季希,对于自己"不合时宜"的出现,她轻声说了一句:"抱歉。"

孟静的脸霎时红得像是熟透了,她理了理头发,站在那儿,好半天才道:"其实,我们正在交往,你帮我保密。"

"嗯。"季希神情淡然地笑笑,也难怪下午说七夕聚会时,孟静会红着脸说没空,原来是脱单了。

公司虽然不提倡办公室恋爱,但私底下还是有不少人在交往的。季希也听到过一些传言。

"谢谢。"孟静脸上的红晕还没散去,恨不得找个地洞藏起来,她问道,"你怎么又回来了?"

"回来拿点东西。"季希不想把气氛弄得太尴尬,跑去打印室拿了U盘,便匆匆离开了。

晚上九点多,乔之逾坐进了汽车后座。

"乔总,现在回去?"司机问。

乔之逾点点头。公司风控部来了个新的副总,是她引荐的,今晚接风宴,自然少不了要喝点酒。

她身上沾染着酒气，但喝得不多，就是感觉挺累的。

汽车缓缓开动，音响里播放着舒缓的纯音乐。

一个人坐在后座，乔之逾看着车窗外，光影匆匆闪过。恍然间，她又想起生日那晚，身边有某人陪着的时候。

熟悉的三号地铁口，人不多不少。

季希面无表情，正准备像往常一样进站时，包里的手机有规律地振动起来。她拿出一看，脸上的神情顿时柔和起来。

季希和乔之逾几乎没有电话联系过，大多数时候是在微信上聊几句。

两人的手机号码是当初季希面试家教时交换的。乔之逾给季希的备注还是"季老师"。

看到乔之逾的来电，季希感到挺意外的。职场上，她跟乔之逾隔了好几级，肯定不是工作上的事。她想，多半是关于乔清补课的事。电话接通后，季希喊道："乔总。"

听到季希的声音，乔之逾短暂也没有说话。她打这通电话本来也没有什么特别的事。刚刚心血来潮就拨通了，而季希接电话的速度比她想象的要快。

季希站在台阶上，低头看着自己的鞋尖。乔之逾安静无声，她只好主动问："有什么事吗？"

"没事就不能给你打电话？"乔之逾语气里带着笑意。

轮到季希安静了。光听声音，听不出来她有没有喝酒，但季希猜她应该喝了不少，否则怎么会用这种语气跟她说话。

季希一个人站在入站口。旁边还站着一对小情侣，有说有笑，搂搂抱抱，身上像是涂了胶水一样粘在一起分不开。这样一对比，显得她孤零零的。

季希的心思只在电话那头，问道："你今晚又喝多了？你在哪儿？回去了吗？"

一连三句询问，即便季希说话的语气再平静，也能让人听出其中的关心。

时间仿佛回到那天晚上，乔之逾一边听着电话，一边想着她陪在自己身边的情景。乔之逾回答："喝了一点，没喝多。现在在车上，准备回去。"

"嗯。"

"你在哪儿，在家？"乔之逾听到电话那头的声音嘈杂，有聊天声有

167

脚步声，不像是在家，像是在户外。

"我刚下班，准备坐地铁回去。"

乔之逾的问题一个接一个："吃药了没？感冒好些了吗？"

"吃了。好多了。"季希笑着说，不禁又想，她是因为那晚自己睡地铺感冒了，过意不去，今天才主动打电话关心吗？除了这一点，季希想不到其他原因。

"晚上盖好被子再睡，空调别对着头吹。"乔之逾又说。

"嗯。"耳畔传来温柔的关心，季希嘴角不自觉地扬起。她习惯性地回答"嗯"，因为这个字，收敛了许多情绪。尽管心里很暖，但嘴上还是不太热情地应着。

闷葫芦，就不能多说几句话吗？乔之逾将手机紧贴着耳廓，奇怪的是，只是听对方闷声闷气地应了一声，也觉得有意思。

季希慢吞吞地说："那你回去早点休息。"

"好——"

两边都没再说话，就在双方以为通话就此结束的时候，乔之逾说："周末我带小乔总去你家上课。"

"好。"

季希挂断电话后，像往常一样坐地铁回去。时间晚了，人不如下班高峰期多，上地铁还能捡个位置。

往常季希坐地铁的时候会想工作上的事，而现在，她在想着乔之逾刚刚的叮咛。等她回过神，不觉地铁已经过了两三站。

乔清坐在客厅沙发上看《海绵宝宝》，听到门咔嗒开了以后，她立马溜下沙发，第一时间跑了过去，喊道："姨姨。"

"小清，晚上有没有好好吃饭？"乔之逾问。

"有。"小家伙鼻子灵，闻到乔之逾身上有酒味，一脸严肃认真地说，"姨姨又喝酒了！"

乔之逾"扑哧"一笑，这语气，怎么觉得这小不点越来越像季希了？一本正经得如出一辙。

"我要告诉老师。"乔清撇撇嘴。

乔之逾又笑，边逗着乔清的小脸蛋，边问："为什么要告诉老师？"

乔清说得有理有据："因为姨姨听老师的话。"

乔之逾倒被乔清说住了，有这么明显吗？连小屁孩都能看出来。

乔清很乖，等乔之逾回家后，就老老实实上床睡觉了。她还说不用乔之逾讲故事哄，让姨姨也早点休息。

乔之逾洗完澡后，也到了睡觉的时间。护完肤后，她拉开被子刚躺下，手机屏幕便亮了起来。

乔之逾伸手拿过床头的手机，脸上浮起一抹略显失落的笑容。印象中，季希除了家教上的一些事情，从来没有主动联系过她。

发微信消息的是姚染："睡了吗？"

姚染是不会在微信上找人闲聊的，肯定是有事情。乔之逾回："还没。"

不出两秒，乔之逾收到了姚染的电话，她滑动接听，道："姚老板，什么事？"

"也没什么，就是问问你情人节怎么过。"姚染开门见山道。

乔之逾："情人节？"

"这周五是七夕，你不会是在国外待得连传统佳节都忘了吧？"

乔之逾跟季希一样，不记得这些节日，这会儿姚染一说，她也就认同了。

姚染继续说道："姜念之前说想去游乐场玩夜场，我准备订票，要不我给你和小季也订一张？"

"干吗要给我们订？"

"一起热闹。"姚染和姜念都是喜欢热闹的人。

乔之逾想了想，道："我问一下她有没有时间。"

"嗯。"

收到乔之逾的信息时，季希正躺在被窝里平复心情。她拿过亮着屏幕的手机，看到发消息的人后，心情又复杂了起来。

季希点开乔之逾发来的微信消息："周五晚上有空吗？带你去玩。"

周五是情人节，季希马上想到了这个。

下一秒，季希看到乔之逾又发来一条消息："姚染和姜念要去游乐场玩夜场，问我们要不要一起去。"

季希盯着聊天对话，觉得朋友之间一起过七夕也挺热闹，她敲着键盘回复："有空。"

然后，乔之逾发来稍长的一句："周五下班后，我在地下车库等你。"

第二天，一家美式复古咖啡厅里。

"乔总，我今天帮你谈了个这么大的项目，你就请我喝咖啡？怎么着也得来顿大餐吧。"

乔之逾不紧不慢道："这才刚开始，放心，以后少不了你的大餐。"

"以后我在 ZY 还得靠您罩着。"

乔之逾顺着他的玩笑话道："这个好说。"

和乔之逾说话的男人叫萧彻，正是乔之逾先前推荐的风控副总。今天下午乔之逾谈的项目，萧彻就是中间人，帮了不少忙。

邻桌三个女孩围坐着，边吃甜点边小声讨论着什么，眼睛还时不时往靠窗的座位偷瞥。其中有一个女孩直接拿出手机，做出自拍的样子，悄悄地将后置摄像头对准窗边男子的侧脸，聚焦后按下拍摄键。

哪知她忘了关相机音效，高调的咔嚓声在安静的环境里分外惹人注意。

萧彻转头看了看，女孩霎时脸通红。

乔之逾喝了口冰美式，看到有人在偷拍，她对萧彻笑道："萧总还是这么受小姑娘欢迎。"

萧彻颜值高，教养也好，身上有股翩翩贵公子的气质，举手投足间很是吸引女人的注意。

"哎，你就别打趣我了。"萧彻偏过头，表示很无奈，岔开话题道，"对了，你怎么没跟老许在一起？"

萧彻和许盛是认识的。金融这个圈子说小不小、说大不大，人脉关系网错综复杂，不是朋友，多扯上两个朋友也认识了。

乔之逾说："没感觉。"

"是这样啊。"萧彻点点头，"其实我觉得他跟你还真有点合适，要不，我给你介绍个帅哥？"

乔之逾拒绝道："不用了。"

萧彻笑道："拒绝得这么快？"

要是放在以前，有朋友说给乔之逾介绍一个合适的对象，乔之逾就算是不愿意也会说先考虑一下。但是今天，她直接拒绝了萧彻。

看了看时间后，乔之逾说："我还要回趟公司，就不陪你了。"

"你晚上有空吗？"萧彻正想找个人一起看话剧。

乔之逾道："晚上约了人。"

和萧彻分开后，乔之逾开车往公司的方向行驶。

没开多远，她看到街旁正好有家花店，蓝白色调的地中海风格。因为今天日子特殊，所以弄得颇有氛围。

乔之逾靠边停了车，走进了一家花店。

今天大部分人都买红玫瑰，玫瑰花都要脱销了。店员也是第一时间向乔之逾推荐玫瑰，乔之逾却说："我自己来挑吧。"

"您这么有心，您男朋友可真幸福。"店员夸道。这也不全是吹捧的话，能有这么漂亮的女朋友，能不幸福吗？

"不是男朋友。"乔之逾浏览着形形色色标着各种花语的花束，轻声解释说，"是送女孩子的。"

看乔之逾挑得认真，店员不再多嘴。

乔之逾花了点心思，挑了白色百合搭配淡蓝色满天星，一如季希给她的感觉，气质清冷干净，慢慢接触以后，才会发现那份带着温暖的可爱。

很适合她的一束花。

夕阳西斜。

临近下班的时候，办公室里不少人已经蠢蠢欲动。

季希果然收到了乔之逾发来的短信："我在车库等你。"

游乐场晚场是八点半开始入园，季希手头没有紧急的工作，难得早早下了班。坐电梯直达B3层，她很容易就找到了乔之逾的车，没少蹭过，都记得车牌尾号了。

季希拉开副驾驶位的门，第一眼便留意到那束花，不大不小的一捧，清新又浪漫，很漂亮。

"现在还早，和姚染她们约了八点在游乐场碰面。我们先吃了东西再过去。"

时间不好统一，四人就没有约一起吃晚饭，到时候直接在游乐场碰面。

"嗯。"季希很随意，又看了看车里的那束花，今天是情人节，应该是别人送给她的吧。

"怎么不带小乔总一起出来玩？"季希问道。

"小乔总交新朋友了。"

"是吗？"季希表情惊讶。

"李姨的小孙女也放暑假了，两个小不点儿天天在一起玩，小乔总还会教人家画画了。"说起这些，乔之逾轻松地笑着。

"这么厉害？"季希同样笑得开心，孤独症的孩子肯主动交朋友，是个很好的开始。

"嗯，小乔总算是能耐了。"瞧着季希的笑颜，乔之逾忍不住盯着看，自己嘴角也不禁溢出笑意。遇上她以后，似乎很多事都变好了起来。

"今天没有人给你送花吗？"乔之逾看季希两手空空。

"没有。"季希并不在乎这束。

这时，乔之逾拿起手边的那束花，递给季希。

季希看着乔之逾，不禁愣住了。

乔之逾眉眼间带着温柔的神情，说："现在有人送了。"

"这是送给我的？"季希捧着花，一时还没转过弯来，毕竟她满心以为这是别人送给乔之逾的。

"好歹过节，应个景。"乔之逾也觉得自己这束花送得突然，但经过花店的时候，她忍不住就去买了。

季希第一反应是过意不去，她对乔之逾说："我都没给你准备。"

"没事。"乔之逾望着她，脱口而出，"下次记得给我送。"

这话一说，季希立马反应过来，觉得不过是玩笑话罢了。她应得很快："好啊。"

乔之逾听后，道："我记住了。"

"嗯。"

乔之逾又问季希晚上想吃什么，季希说由她决定，自己随便都行。

车一开动起来，车厢里悄无声息，不说话也不觉得不自在，因为季希知道乔之逾有开车保持安静的习惯。

季希闻到了幽幽的花香，这不是她第一次收到花，但这是最特别的一次。

拿眼角余光偷偷看了看身旁的人，季希垂垂眸，想得有些远。想她将来的男朋友一定很幸福，她这么温柔有趣……

想到这里，季希恍然记起什么，她拿出手机，在浏览器的搜索栏里输入"笑话合集"——补补课。

由于时间紧，她们就去了离游乐场最近的一家商场。要下车时，季希摸了摸安全带，道："乔总。"

乔之逾偏过头。

"太贵的餐厅我消费不起。"季希想了想，还是决定先跟乔之逾说明。

虽然有点扫兴,但她清楚自己的经济状况,绝不会打肿脸充胖子。

乔之逾在这句话里听不出半点自卑,相反觉得有种不卑不亢的从容。

"带你去吃好吃的。"乔之逾巧妙地转移了话题,"没有特别想吃的吗?"

"热乎的就行。"

"今天我请客。"乔之逾说,"下次吃干锅鸡你请客,别忘了。"

"你还记得吗?"季希还以为乔之逾那天喝醉了,什么都不记得了。

"我当然记得,你是想耍赖?"

"没有。"季希眼睛都快笑弯了,是真的开心,"下次我带你去吃。"

商场是清一色的粉红色调,还放着甜腻的情歌,节日氛围浓厚。

三楼是美食区,电梯难等,两人走的扶梯。季希看着眼前一对又一对牵着手的情侣,心里琢磨着,不是情侣今天都不出来玩吗?

"我大学时出的国。"乔之逾主动同季希聊起自己的事,"一直到工作都留在国外。"

"是因为小清才回国的吗?"季希听姚染提过这个事情。

"嗯。我在国外念书的时候,都是自己打工赚生活费的。"

"是吗?"季希一脸淡定地听着,内心十分佩服。

"你不相信?"乔之逾说,"我在麦当劳当过服务生,薯条炸得还可以。"

乔之逾没说谎,她刚成年时就急于独立,不想花家里的钱,于是出国第一年就自己做兼职赚生活费。她把乔家给的钱投进股市,第一年她年轻气盛,眼高手低栽了跟头,到第二年就赚了不少钱。后来,她不仅经济独立了,事业上也小有成就。

"好厉害。"季希听了乔之逾说的亲身经历后,更佩服了,对于努力奋斗的人,她总是怀有敬意。

"没你厉害,上班了还做两份兼职。"乔之逾其实也慢热,不轻易与人说这些事,但她很愿意让季希多了解她一些,而她也想多了解季希一些。

"酒吧的兼职我不做了。"季希说。工作转正以后她的经济压力小了很多,也更忙了,所以前段时间就辞掉了姚染那儿的兼职。

乔之逾看她并没有打算跟自己解释为什么做两份兼职,也没再问,只是说:"也好,不然太累了。"

"嗯。"

第七章
乔总的绯闻

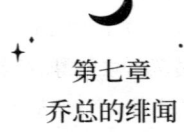

三楼的一家焖锅店不用排队等,恰好有双人桌。几乎每家店都做了七夕活动,吸引客流,这家店也不例外。

门口竖了一个卡通爱心形状的大背景板,用于拍照。旁边支了一个活动介绍的易拉宝海报,上面写着:合影留念,菜品五折。

弄得还挺热闹。

乔之逾也注意到了这个活动,突发奇想问季希:"要不要帮我省点钱?"

季希看有两个女孩子在那儿拍,没想那么多就说"好"。

工作人员刚送走一对客人,看乔之逾和季希走过来后,嘴里兀自感叹着什么。

季希不常拍照,走到拍照区时整个人都略显僵硬,倒是乔之逾笑得自然。

"小姐姐,要戴上这个猫耳朵哦。"工作人员递来一只带有餐厅 logo 的猫耳发箍。

乔之逾接了过来。

季希看着这双粉嘟嘟的猫耳朵,心里有种不祥的预感。

果然,乔之逾女王一样地向她发号施令:"你戴上。"

"为什么不是你戴?"季希不服。

"我戴?"乔之逾挑了挑眉,"你戴,你合适。"

季希无语,她怎么就合适了?

就在季希硬着头皮妥协了的时候,工作人员很贴心地又递来一只小猫耳朵,道:"再送小姐姐一个。"

季希接过,一下忍不住,看着乔之逾没心没肺地笑了起来,别说,她还挺想看乔总戴这个的。

"笑什么笑？"乔之逾自己也在笑。

"我们一人一个，"季希说，"我总不能戴两个吧。"

最后，两人都把猫耳发箍戴在了头上，季希感觉跟傻子似的，为了享受五折优惠也是拼了。

"两位站近点。"工作人员拿着拍立得，挥着手提醒，"可以挽着手吗？"

乔之逾扭头看了看季希，自然而然地将手臂挽住了季希的胳膊。季希任由乔之逾挽着，嘴角弯着浅浅的弧度。

"可以对视一下吗？"工作人员看到这么养眼的一对美女，恨不得拍一组写真出来。

听对方这样说，季希和乔之逾都回过头，还回得很默契。乔之逾一看到季希头上的猫耳朵，扬唇笑了，季希看到乔之逾的笑容后，也立刻破了功。两人互相看着，笑得没完没了。

"这儿有点乱。"乔之逾帮季希理了理头发，"好了。"

季希瞥见乔之逾的发箍同样没戴好，也顺手帮她调整了一下。

工作人员将两人友好的瞬间记录在镜头中。

"小姐，这是你们的优惠卡，结账时可以享受半价。"工作人员又递来两张照片，说道，"这两张照片送给你们留作纪念。"

"谢谢。"乔之逾一声道谢说得飞快。

两张照片拍得很有感觉，一张是季希帮乔之逾理头发，另一张是乔之逾帮季希理头发。因为是抓拍的，看起来极其自然。

"一人一张，这张给你。"乔之逾拿了季希帮她理头发的那张，将另一张给了季希。

季希接过，小心翼翼地收了起来。

"两位请跟我来。"服务生热情的一句话帮季希解了围。

焖锅的味道中规中矩，但季希要求不高，只要是暖和的东西就能吃得很香。

乔之逾说道："小心点，别烫着。"

"不烫了。"季希爱吃冒热气的食物，因为小时候差点以为自己会被冻死，那时候就好想吃点热的，哪怕是一口热水也好。

等长大了，她对烫的食物就像存在着某种执念一样，不仅仅是食物，暖和的感觉会让她感到踏实。

去游乐场的路上有些堵车，原本她们约定好八点在正门集合，等到乔之逾找好停车位，和季希走到检票口时，已经八点十分了。

姚染和姜念也晚到了一些，八点十五分的时候才到达。

"季同学，难得啊，今晚您舍得出来玩了。"姜念一见到季希就开始调侃。

姚染看了看乔之逾，说道："今天特殊情况嘛，热闹一下。"

乔之逾说："好了，我们入场吧。"

检票还要排队，她们便过去了。

七夕的夜场人潮汹涌，热闹非凡。

她们入场算早的，还没到人流量高峰期。姜念兴致勃勃地提议："我们先去玩密室逃脱吧，我看那边人不多。"

密室项目是星际主题，姜念一直惦记着要来玩。

"那就先过去吧。"姚染自然是什么都依着姜老板。

乔之逾心思细腻，想起季希似乎怕黑，问道："想不想去？"

姜念性子急，说道："当然去，我还等着学霸带飞，票都买好了。"

季希没来过游乐场，也没玩过密室逃脱，她是怕黑，但只要不是一个人就没问题。而且，乔之逾喜欢看恐怖片，应该也喜欢玩这类游戏吧。季希对她说："没事，去玩吧。"

虽说是星际主题的密室，但环境难免布置得有些压抑，略微带点恐怖元素，这样才刺激有吸引力。六人一组，和她们组队的还有一对年轻情侣，看着胆儿都挺大。

经过一条狭窄的通道才能进入第一个房间，光线很暗，要慢慢摸索着走。

通道里的灯突然闪了一下。

"啊……"黑暗中，有人小声惊呼，一阵慌乱。

季希还以为自己会是最怕的，直到昏暗的灯亮了起来，她看见姜念就差跳到姚染身上抱住了。

这画面，十分滑稽。

刚刚一个劲儿地催，季希还想着姜念胆子有多大。

"不是，你胆子就这么点大？这都还没开始呢。"姚染一边疯狂吐槽，一边轻抚她的背。

姜念小声道："我怕。"

"怕你还来玩，要不出去？"

姜念委屈地道："又怕又想玩。"

姚染原本也挺怕的，可看姜念这样愣是给逗乐了，无奈地道："我服了你了。"

这样一闹，显得季希和乔之逾两个人淡定得令人吃惊。

乔之逾是真的淡定。

季希是怕的，只不过嘴上肯定不会说出来，或者发出什么声音，她能忍。

乔之逾能看出来季希在逞强。刚刚明明就被吓了一跳，她还一声不吭。

"欢迎来到××星球……"背景介绍音机械地响起，与此同时，过道里的灯光忽明忽暗，气氛马上就上来了。

就要进入第一个房间，季希心里惴惴不安。下一刻，有人拉住了她的手。

季希回头看了看乔之逾。乔之逾没说话。

继续往前走，季希变得安心了许多。

四四方方的小屋子，六个人都进去后，略微有些拥挤。

乔之逾始终站在季希身旁，季希紧绷的神经慢慢放松，好像没什么可紧张的。季希自然知道乔之逾并不害怕，她拉住自己的手，是担心自己会害怕。

第一个房间，是个遭受侵略的破败实验室，布景和道具都十分逼真。

狭小的空间里光线幽蓝，墙上溅着暗红的血迹，完美还原了一场杀戮后的现场。再加上密室里充足的冷气，配上阴森的背景音乐，氛围营造得十分到位，真有点让人起鸡皮疙瘩。

"说好的星际主题，怎么弄得跟凶杀现场一样。"姜念一进密室就彻底蔫了，抱着姚染的胳膊瑟瑟发抖。

"姜老板，你就这点出息。快找线索啦。"

姜念："你找吧，我害怕。"

姚染有些无奈。

"我给你加油。"姜念在姚染耳边念叨，"姚老板加油。"

姚染没好气地吐槽说："我看有危险你第一个把我卖了。"

环境的确沉闷，乔之逾还是不太放心季希，怕她逞强最后让自己难受，她便拉了拉季希的手。

季希看了看乔之逾。

乔之逾凑到季希耳边说道："如果觉得不舒服要立马跟我说，我陪你出去。"

"没有,感觉挺有意思的。"季希适应了一下,觉得还好,主要是有乔之逾在,她有安全感。

乔之逾:"真的?"

季希:"真的,我不怕。"

乔之逾了解季希的脾气,不跟她争论,只道:"跟着我,我们去找线索。"

"嗯。"季希的手下意识地用了点力。

乔之逾笑了笑。

"这电脑应该有线索吧。"姜念像发现新大陆一样,试了试后,说道,"假的,开不了机。"

季希虽然没玩过,但进入状态很快,说道:"插上电源试试。"

插上电源后是锁屏界面,需要密码。大家又在屋子里寻找有关密码的线索。

游乐场的密室项目不像专业密室,难度一般不会太高,线索也很明显。

季希、乔之逾和姚染的逻辑推理能力都很强,压根没用求助机会,就轻松过了三个房间。

一直吵吵嚷嚷的姜念完全成了背景板,就在一旁看神仙打架,有些环节怎么过的都不知道。

最后一个环节,得开密码锁,需要解数独。

虽然是最后一关,但解题难度不大。季希记忆力好,对数字又敏感,凭心算很快解开了,再结合之前找到的线索一推理,她看了看乔之逾,道:"6335?"

"挺厉害,算得这么快。"乔之逾也推算出了答案,不过比季希慢了两秒。

季希笑笑,明明是玩游戏,但她一解题就跟走火入魔了一样投入。应该说,她是个做什么都很投入的人。

这时姚染也说:"没错,我算的也是这个。"

听到这三个人的对话,一旁还在看题的姜念一脸茫然。

她仿佛玩了个寂寞。

"你们经常玩吗?"姜念弱弱地问。

结果三个人都说是第一次玩,姜小姐更无语了。

姜念在电子屏上输入密码后,只听哐的一声,不是通关大门打开了,而是从墙壁后的暗间里掉出一具怪物尸体,腐烂狰狞,做得惟妙惟肖。

本来以为安全了,突然来了这么个"彩蛋",把所有人都吓了一跳。

接着，姜念高分贝的尖叫声在密室里回荡，堪称惊悚。

季希还没看清怪物的模样，眼前忽然一暗，是乔之逾贴心地挡在了她前面。

"别看。"乔之逾说。

季希惊魂未定，直到耳边响起一阵诡异的笑声，灯光暗了下来，不知道还会出现什么，她低着头，往乔之逾身边贴了贴。

见季希吓着了，乔之逾安慰道："没事。"

最终的通关密码印在怪物尸体的脑门上，也是够恶趣味的。

玩了密室逃脱之后，姜念说了好几个项目，都是哪个惊险刺激就去玩哪个。这方面姚染和姜念有共同话题，姚染也是喜欢惊险刺激的。

"季希，高空项目能玩吗？"姚染看季希在密室的时候胆子不大。她没问乔之逾，因为她以前跟乔之逾一起去玩过蹦极。

季希没尝试过，她看了看远处的过山车，在高空中画圈呼啸而过，还伴随着一片尖叫声，心里确实犯怵。

"我今天不太舒服，就不玩刺激的了。"没等季希开口，乔之逾先跟姚染说，"你们去玩吧。"

季希立马说："我陪你出去。"

"嗯。"

四个人分开了，约好十点的时候去摩天轮那儿会面。

绕着喷泉广场，季希和乔之逾散步似的慢慢走。

"哪里不舒服？"季希问。

乔之逾找了个借口说："有点累。"

季希不傻，脸上带着歉意道："你是怕我害怕？"像是在说绕口令。

乔之逾问："所以你怕不怕？"

季希道："我没玩过，不知道。"

乔之逾说道："胆子这么小，肯定怕。"

"我就是有点怕黑，胆子不小。"季希辩解。

以前没人说她胆子小，她也不知道乔之逾是怎么看出来的。季希歪了下嘴角，笑了。

不远处的双层旋转木马，有不少孩子坐在上边玩。

"下次带小乔总来玩，她应该会很开心。"

179

乔之逾却说："你陪她来她才会来，不然人太多，她会害怕。"

"以后胆子就会大起来了，"季希用宽慰的口吻说道，"她现在都敢交朋友了，很棒。"

"嗯，会好起来的。"乔之逾也这样说。

今晚有喷泉表演，广场上围了不少人。从地面喷涌而出的水流，搭配着斑斓的光束，交错、变幻成各种形状，时而喧嚣，时而安静，透着热烈的浪漫气息。

"要给你拍照吗？"季希突然主动问。以前跟姜念一起出去玩的时候，姜念总会缠着她，求她帮忙拍一堆照片，然后再从十几张照片中精挑出那么一两张。

乔之逾抬手捋了下耳畔被风吹乱的头发，道："好啊。"

季希拿出手机，将镜头对准乔之逾。

她就站在喷泉前，背景很美，人也是。

季希发现压根不用刻意去找角度，好像每个角度都有不同的风情。

微风扬起她的头发，她笑得优雅又温柔，一幕一幕，季希滤去了耳畔的嘈杂，拍得专注认真。

季希自己都没有意识到，她拍乔之逾时，一直是笑着的。

季希拍好后，道："回去我再发给你。"

"我帮你也拍几张。"乔之逾拿出手机，打开后置摄像头。

季希不习惯拍照，摇头道："我不用拍。"

"拍几张。"看她这样，乔之逾更想拍了。

季希用手挡了挡脸，说道："不用。"

乔之逾边拍边走到季希跟前，她低头看着手机屏幕，笑个不停，越看越觉得好玩。她没拍照，刚刚直接给季希录了段小视频，视频里的季希一股别扭劲，实在是可爱。

"拍好了。"乔之逾说。

"拍的什么？我看看。"季希都不知道乔之逾什么时候拍的，她好奇地凑过去看。

乔之逾拿着手机的手躲了躲，逗她："求我就给你看。"

季希猜多半是丑照，她装出一副不看就不看的模样，等乔之逾不注意时，便伸手去抢。

乔之逾反应快，侧身又往后躲了躲，季希抢了个空。

季希再去抢，乔之逾再躲。

广场上，两个大人像在玩老鹰抓小鸡一样，一个追，一个躲。

乔之逾笑得声音都带上了颤音："你耍赖皮啊。"

季希只好认输，也不住地笑，认识乔之逾后的这几个月，她的笑容要比之前一年还多。当然，是指发自内心的笑。

十点，四个人排队去坐摩天轮。

这属于游乐场里必玩的项目，人多难等是必然的。

季希站在长长的队伍中，仰头看了看头顶的摩天轮，它在夜空中缓慢地转动，如童话般充满梦幻色彩。她不禁开始期待，坐在高处看到的风景应该很美吧。

过了一会儿，乔之逾喊道："到我们了。"

季希跟在乔之逾身后，望着她的身影，有些走神。

今夜星星繁多，看起来非常美丽，摩天轮缓缓上升。

乔之逾问季希："恐高吗？可以挽着我。"

季希本想说不用，可话都到嘴边了，她迟疑了。为了方便观景，车厢是全玻璃设计，看起来让人没什么安全感。

乔之逾见状，不多说，朝季希伸了伸手。季希这回没逞强，乖乖地挽住了。

摩天轮继续上升，至高空中，北临的夜景尽收眼底。

此时，一声脆响炸开，璀璨的烟花在星空中绽放，五光十色，又添一道风景。

她们运气很好，刚好碰上烟花秀。坐在摩天轮上，拥有了最佳观赏视角。

季希眺望着夜空，轻声感叹："好漂亮。"

"嗯，好漂亮——"乔之逾笑着望着季希说道。

季希扭头看着窗外。

烟花在继续绽放，一次又一次炸开，噼里啪啦地响。

她无心观景，似乎有心事。

夜空里烟花绚烂，她们坐在摩天轮里观赏，风景绝美。

"闷葫芦。"

听到这个别致的外号，季希看着乔之逾。

"看下面。"乔之逾小声提醒季希。

季希低头往下看，在摩天轮顶端俯瞰夜景，比想象中还美，整个人像

181

是悬在空中。季希想起看星星那晚的情景了,印象中看过的美的风景,都有她陪着。

"怕不怕?"乔之逾问。

季希浅笑:"不怕。"

"想玩高空项目吗?"

"你想玩吗?"季希想着乔之逾为了陪自己才没去玩,有些过意不去,说,"我陪你。"

乔之逾发现季希极少说自己的事,问道:"就没你自己想玩的?"

玩?季希听了苦笑了一下,这个字眼对她来说,从小就陌生。她从不想这件事,每天被生活压得喘不过气,哪有闲工夫想这个。她小时候会羡慕别的小孩有得玩,长大了就无所谓了。

"平时喜欢玩什么?"乔之逾又问,还想听季希多说说她自己的事。

"我不玩。"季希说罢,又觉得这个回答很奇怪,她问乔之逾,"画画算吗?我偶尔画画。"

乔之逾默然片刻,说道:"当然算。"

"是不是觉得我很无趣?"季希垂下头,闷声说道。

姜念就总说她没意思,其实她也这样觉得,她的生活没意思,她这个人很麻木,没什么可以让她特别难过,也没什么可以让她特别开心。

季希的内敛中隐隐带着股忧郁,乔之逾看季希这样沉闷地说话时,很想逗她笑。

"没有,"乔之逾否认了,含笑道,"觉得这个小姑娘挺有意思。"

季希不给面子,说道:"那你还叫我闷葫芦?"

乔之逾:"夸你,可爱的闷葫芦。"

不算好笑的一句话,听到乔之逾说出来后,季希笑了。

逗笑了她,乔之逾也开心。

其实遇上乔之逾以后,季希已经开朗了许多,至少跟乔之逾在一块儿的时候,她感到生活多了些乐趣。所以她喜欢跟乔之逾一块儿待着,譬如,像现在这样。

从游乐场回到家里,大概十一点。

季希手里还捧着一束花,看到花便想到乔之逾……她怔了怔,拖着疲惫的步子去浴室洗澡。

冲完热水澡，季希拿起手机看看时间，恰好看到了两分钟前乔之逾给她发来的微信消息："我到家了。"

季希盘腿坐在床上，正想给乔之逾回复，乔之逾又发来一条："给我拍的照片呢？发给我看看。"

季希点开相册，最近的六张照片，都是乔之逾的。

她平时不拍人，不拍风景，也不拍食物，相册里的照片少得可怜，大多是些跟工作相关的。这六张人物照，像是乱入其中一样。

将照片发过去后，季希也点开，一张一张仔细看着。喷泉广场的暖色光影映衬出她高挑的身段，不用修图，不用滤镜，就已经很好看，像杂志封面照。

又来了一条新的微信消息，还是乔之逾发来的："给你看个有意思的视频。"

不出两秒，一个小视频发了过来。

季希一点开，画面里是她自己，她拿手挡着脸。而背景是她跟乔之逾的说笑声，听着很傻很欢乐。

"我帮你也拍几张。"

"我不用拍。"

"拍几张。"

"不用……"

季希看着这个视频，听着乔之逾的声音，呆愣地想着什么。

乔之逾靠在沙发上，也在看着季希的这个视频，边看边忍不住笑，脑海中同时闪过季希总是嘴硬的模样。

她就这样看着，心里若有所思。

"睡觉时，空调温度不要开得太低，晚安。"

季希盯着乔之逾最后发来的这句话，也回了句晚安后，她便放下了手机，钻进被窝。

黑漆漆的屋子里，留下一盏小夜灯驱散部分黑暗，床头的招财猫总保持着开怀大笑的表情。季希侧卧着看着那只举着爪子的小猫，脑子里胡思乱想。

她直接拉过被子，将头完全蒙住，想着自己睡着了就不会瞎想了。

第二天，季希从梦中惊醒，她醒来时心口还突突地跳着。

183

时间才六点，不过天已经亮了。她想要继续睡，却怎么也睡不着，索性起床换了一套运动服，打算出去晨跑，清醒一下。

周末下午。

乔之逾在衣帽间挑了许久，最后换了一条裙子，上身后显得身材很好，腰细腿长。

乔之逾给人的感觉温婉但不乏干练，她穿衬衫时，有种不食人间烟火的禁欲气息；但换上裙子，又是另一种味道，带着淡淡的妩媚。

说出来很少有人相信，她的感情世界还是一片空白。以前总是忙于事业，没空考虑感情的事。后来又一直没遇到过心动的对象。她曾经以为她对许盛的好感就是心动，如今想想，那种感觉远远谈不上是心动。

看着镜子里的自己，她又笑了笑。

"姨姨好了吗？"乔清在门口探了探头，都已经等了好久，说好了下午要去老师家里上课。

"等姨姨化好妆就出发。"

"嗯。"乔清抿了抿小嘴。

又过了半个小时，乔清走到乔之逾卧室前，先礼貌地敲了敲门，等了一会儿，才用小手推开，喊道："姨姨。"

乔之逾正在抹口红，看到乔清走过来，问："又怎么了？"

"姨姨还没好吗？"乔清实在是忍不住了，"还要多久才能去老师家？"

"好了，准备出发。"乔之逾无奈，这小家伙就这么着急，都已经催了两次了。

"嗯。"乔清很开心，还害羞地夸了句，"姨姨今天好漂亮。"

乔清是挺急的，想到下午要去季希那儿，中午吃饭都比平时快些。乔清现在最期待的事就是周末去季希家补课。之前去过一次，她心里老惦记着。

现在周末季希不用上门补课了，乔之逾会带着乔清去她那儿玩。上完课后，一大一小还会在她那儿蹭饭。

季希很乐意，周末的晚餐她已经习惯了和乔之逾、乔清一起吃，如果她们不来蹭饭，她反倒觉得少了什么。

中午季希午休了一会儿，用冷水洗了把脸后，门铃声响了起来。这个点儿，肯定是乔清来上课了。

周末没出去，季希也没化妆，一身休闲的T恤热裤，丸子头是随手扎的。当她拉开门看到妆容精致的乔之逾后，一下觉得自己太邋遢了。

"进来吧。"季希不禁多看了乔之逾两眼。

下午两点半上课，说是上课，其实轻松得很，季希没什么娱乐活动，每周末给乔清上两个小时的绘画课，对她来说是一种很好的消遣。

季希教乔清画画的时候，乔之逾会坐在一旁看，偶尔也跟着画一画。

"老师，我画得好不好？"乔清每每画完，第一件事就是先向季希求夸奖。

"画得很棒。"季希笑着摸摸乔清的脑袋，"学得这么快，厉害。"

乔清乐得合不拢小嘴。

季希低头，继续教乔清画其他的。

乔之逾坐在一旁，扭头看着季希，嘴边的笑意从未消失。明明是这么闷的一个人，对待小孩子却很有耐心。和乔清待在一块儿的时候，季希像个大孩子。

乔清在认真地画画，季希眼角余光瞥见乔之逾纤细的手握着笔，似乎也在画。她不动声色地扭头看过去。

乔之逾眉眼低垂，一副认真的模样，整个人显得特别温柔，几缕长发夹在耳后，露出了半边侧脸，巴掌大小。她下颌的线条很美，唇形也漂亮，上唇薄薄的，下唇恰到好处。

她本人要比照片拍出来的更好看。

看了两眼，季希立刻移开了目光，继续看乔清画画。

"季老师，看我画得怎么样？"乔之逾画好后，将手中的画纸递给季希，还故意调皮地叫了声季老师。

季希接过，看到乔之逾画的一只严重变形的卡通猫后，她强忍住笑，说道："挺可爱的，要不……"

"什么？"乔之逾歪了歪头。

季希措辞委婉："回去让小乔总给你补补课吧。"

乔之逾看季希这么一本正经地说笑，忍不住轻笑出声。季希见乔之逾笑了，也被传染了。

傍晚时分，一切如常。

季希和乔之逾在厨房忙碌，乔清则坐在沙发上看动画片。看到卡通人物卖萌的画面,小家伙看得津津有味,还"咯咯咯"地笑了起来。

听到乔清的笑声,厨房里的乔之逾和季希同时回过头。

"小乔总开朗了好多。"季希不由得想起刚开始接触乔清的时候,小家伙就不怎么笑,总是畏畏缩缩地躲在乔之逾身后叫姨姨。

"脸皮也变厚了,都把这儿当自己家了。"来到季希这儿,乔清一点也不怕生。

季希毫不犹豫地说:"当自己家也没关系。"

乔之逾一顿,问:"你很喜欢小孩?还是对所有学生都这么上心?"

"不是。"季希低头择菜,说道,"就是觉得,我跟她挺有缘的。"

乔之逾问:"有缘?"

季希手上的动作停了下来,再抬头看着乔之逾,道:"我小时候也自闭。"

淡然的口吻,把一件痛苦的经历说得云淡风轻。这件事她都没跟姜念说过,却跟乔之逾说了。

对此,乔之逾并不感到意外,或许是她在季希身上能看出些曾经的痕迹。听季希笑着这样说起,她有些心疼。

"后来怎么好起来的?"

季希没细说,只是笑道:"总不能自闭一辈子啊。大了就好了。"

乔之逾似乎找到了季希寡言的源头,能感觉到她身上有很多故事,却从不愿与人多说。

季希是不愿多说自己那些事,她不想让别人觉得她身世很惨。她靠自己过得很好,不需要别人的同情。季希不想多聊这个话题,对乔之逾道:"你洗菜,我切菜。"

"教我做菜吧。"乔之逾望着季希,似乎是心血来潮,但并没有开玩笑,"从切菜开始。"

"为什么想学做菜?"季希不理解。她家里有家政阿姨,不用亲自下厨。

乔之逾说:"就是想学。"

"那你切菜小心点儿。"季希把刀递给乔之逾时,不太放心。

乔之逾拿了根洗净的胡萝卜,问季希:"切丝还是切片?"

季希本来是想炒胡萝卜丝,看了看乔之逾后,她说:"切片吧。"

乔之逾握着菜刀,切得有模有样。季希在水槽旁洗菜,时不时看乔之逾一眼,关心道:"你慢点切——"

"哒……"她话才刚说完,就见乔之逾将刀放下了。

季希瞥见，连水龙头都没关，匆匆走上前，她拉过乔之逾的手，关心道："切到哪儿了？伤口深不深？我去拿创可贴。"

看季希上当了，乔之逾脸上的偷笑变成了明目张胆的笑，蹦出三个字："骗你的。"

季希无语了，乔总演技可真好。

乔之逾嗓音温柔，笑道："别担心了。"

季希松开乔之逾的手，轻飘飘地说道："没切到就好。"

水龙头的水还在哗哗流着，季希伸手关了，再拿起菜刀，抢了乔之逾的活儿，安静地切起了胡萝卜片。

两人不说话，厨房里便只剩刀和砧板碰出有节奏的声音。季希刀功很好，熟练利索，只一会儿的工夫，一根胡萝卜就切好了。

乔之逾洗好青椒，给季希送了过去。

"姚染和姜念又出去玩了？"乔之逾打破沉默。

"嗯。"季希切着青椒，想起姜念上午还发了朋友圈。两人好像去徒步游了，发了好几张露营的照片。

乔之逾道："她俩关系真好。"

季希表示赞同。

"两个人的感情能好到这样，我以前觉得挺不可思议的。"乔之逾的眼睛始终看着季希，缓缓说道，"现在觉得，她们相处得开心就好。"

听到这句话，低头切菜的季希分了神，锋利的刀刃划破指尖。刀刚切了辣椒，以至于伤口又辣又疼。季希忍着疼，愣是一声没吭。要不是乔之逾看她手缩了缩，都不知道她切到了手。

"我看看，"乔之逾检查着季希的指尖，只是流了点血，好在切得不深，她关心地问，"疼不疼？"

"不疼。"季希的忍耐力超出常人。

乔之逾说她："你是不是不会说疼？"

被说破了，季希不再说话。

坐在沙发上，乔之逾用棉签小心翼翼地擦着季希指尖上的血，时不时轻轻地吹气。

季希头也低着，安静地看乔之逾帮她处理伤口。被刀切过的地方传来火辣辣的疼。

"老师好厉害。"一旁的乔清突然说。

187

季希的注意力转到乔清身上,不理解小家伙的羡慕语气,笑问:"怎么厉害了?"

乔清说:"老师不怕疼。"

季希张口还未来得及说话,她看到乔之逾抬起头,幽幽地来了句:"她这是嘴硬,不是不怕疼。"

"我也帮老师吹吹。"乔清赶紧凑过小嘴,嘟起嘴吹着气。

不过是割破手指而已,被两个人这样一左一右,"大动干戈"地照顾着,季希还真不知道说什么好。她的确有嘴硬的毛病,再疼也只会逞强地说句还好。

季希不认为逞强是件坏事。就是因为一路逞强,她才能扭转糟糕的命运。如果靠努力就能改变困境,吃苦受累也是件很幸福的事。

伤口被创可贴严严实实包好后,季希感觉没那么疼了。

乔之逾说:"伤员就别做饭了,我来做。"

"这就叫伤员了?"季希抬了抬手指。

乔之逾道:"我说算就算。"

季希无语。

乔之逾先起身,回头看着季希道:"过来教我炒菜。"

季希跟着起身:"嗯。"

乔之逾虽然不怎么进厨房,但也不是十指不沾阳春水的人,她学东西快,刚开始切菜时还有些生疏,没一会儿就上手了。

家常小炒没什么难度,就是油滋啦起来有些吓人。看乔之逾在厨房里手忙脚乱炒菜的样子,季希不厚道地笑了,毕竟见惯了乔总的淡定从容。

"火关小点,要煳了。"季希边笑边提醒。

"笑什么?"乔之逾拿着铲子翻炒锅里的青菜,上面有些煳,她又慌乱地把火关小了点,嘴里念叨着,"第一次能炒成这样就不错了。"

"嗯。"季希哪敢反驳。

乔之逾道:"拿个盘子过来。"

季希立马弯腰去碗柜里找盘子,顺便拿出三个小碗来盛饭。

菜香味弥漫,厨房里烟火气十足,乔之逾忙里偷闲瞥了瞥季希,偷偷笑了笑,内心很享受这样的琐碎平淡生活。

手忙脚乱地做出了三菜一汤,摆上桌后,倒也像那么回事。

"好不好吃?"

季希和乔清异口同声道："好吃。"
"好吃就都要吃完。"
季希道："好。"

乔之逾第一次下厨，季希和乔清都很给面子，吃得津津有味，除了火候没掌握好，其实口味不差。三人围坐一桌，余晖洒进屋内，更添了几分温馨。

看季希埋头吃得特别香，乔之逾说："刚刚是开玩笑的，如果不好吃不用勉强。"

"真的好吃，比我第一次做的好吃多了。"

乔之逾看着她的脸，道："下次再做给你吃。"

季希笑了笑，低头吃饭。

办公室里又掀起了波澜。

季希去茶水间接咖啡时，听到前面人事部的两个女生在讨论新入职的风控副总，一脸花痴，仿佛到了无可救药的地步。

新上任的风控副总叫萧彻，季希见过两次，他们这行，帅哥美女算多，如果都能让人事部的人花痴，颜值肯定是过硬的。

季希对帅哥美女都不感兴趣，所以不在意。

"小孟，你怎么回事，犯这么低级的错误？"邵宇拿着份文件走到孟静面前，说了她两句，"最近怎么了，看你心不在焉的。"

孟静满怀歉意地起身道："对不起，邵经理，我重新打印一份。"

"上班的时候心思就放在工作上，看你发呆不是一两次了。"邵宇是个发不起脾气的人，即便生气，训诫的语气也很温和。

"对不起。"孟静再次道歉。

季希也发现孟静状态有点不对，上午她问孟静要资料，孟静找了半天都没找到。

中午季希通常是跟孟静一起吃饭，但今天孟静有事出去了，恰好手头的事又有些多，她就点了外卖，在茶水间吃。

她点了一份煲仔饭，米饭有点硬，难嚼，以至于她吃饭都比平时慢。

吃到一半的时候，季希听到旁边的人叫了声："乔总，萧总。"

季希嘴里含了半口饭，抬抬头，便看到乔之逾风姿绰约的身影，而站在乔之逾旁边的男人就是新上任的风控副总萧彻。

乔之逾看到季希脸微微鼓着，朝她笑了笑。

季希嘴里嚼着米饭，也安静地一笑。
萧彻说："乔总，中午我请你吃饭，你想吃什么？"
乔之逾问："吃什么都可以吗？"
萧彻道："那当然，都可以。"
乔之逾笑道："那我不客气了。"
……
乔之逾和萧彻并肩离开后，季希同桌的两个姑娘开始议论起来。
"萧总是真帅，还不油腻。"
"是啊，太帅了。你有没有觉得，萧总想追乔总？"
"绝对有！你留意一下，萧总经常去乔总办公室。"
听到她们谈论乔之逾，季希的关注点下意识就被勾了过去。她不爱参与这些话题的讨论，经常默默听着，再笑笑。
"其实我觉得……乔总应该也喜欢萧总。"
"怎么说？"
"乔总平时多高冷，可是对萧总好热情，肯定是有那方面的意思。"
……
季希听着，埋头一言不发，用筷子夹着米饭也不往嘴里送，饭太硬了，有点吃不下。又勉强吃了两小口后，她笑道："我吃好了，你们慢慢吃。"
"你就吃这么点？"
"吃饱了，我还有事情没做完。"

季希回到工位，没休息，继续做上午没做完的演示文稿，她腰杆挺得直直的，工作起来时仍像个没感情的机器。然而只有她自己知道，她正在分神，心里乱七八糟的。
她盯着电脑屏幕，一页PPT很久都没做完。
季希在办公桌上趴了趴，心想还是午休一下，否则下午要犯困。
"邵经理，PPT发到你邮箱里了，你看看。"
"好，收到。"邵宇打开邮箱，笑着调侃，"小季，今天速度有点慢啊，不是你平时的水平。"
季希沉默了。
邵宇马上又说："没事，已经很棒了，继续加油。"
季希点点头："嗯。"

快下班时，就像人事部的人说的，季希又看到萧彻往乔之逾的办公室去了。没一会儿，两人并肩走了出来，有说有笑的。

季希收回目光，脸上没有任何表情，噼里啪啦地敲着键盘。

今天活儿多，要加班。

一直到下班，季希独自走出写字楼，心里都像被一根线牵着。中午没怎么吃饭还是会觉得饿，她走进便利店，老样子，还是泡泡面吃。

她边吃泡面，边刷手机。

季希看到乔之逾给她发的微信消息："加班记得吃晚饭。"

消息记录再往上滑，是她们昨晚的聊天记录。

季希："明天晚上有空吗？我请你吃晚饭，干锅鸡。"

乔之逾："明晚有饭局。"

季希："那什么时候有时间？"

乔之逾："再过两天。"

季希："嗯。"

泡面的水是滚烫的水，季希吃第一口时舌头被烫了一下，刚才觉得饿，现在面泡好了反倒没什么食欲了。季希用叉子拨弄着碗里的方便面，索然无味地吃了起来。

今天听到同事八卦乔之逾和别人，她听着心里不舒服。

泡面只吃了几口，季希接到了电话，是老家那边奶奶打过来的。

"奶奶。"

话筒那头传来一个沧桑但和蔼的声音："希希，下班了吗？"

"下班了。"奶奶耳朵不太好使，季希需要说得稍微大些声。

"那你，吃饭了吗？"

"在吃，您呢？"

"我吃过了，希希……"

季希听出她有话要说，又犹犹豫豫地不好意思说，问道："怎么了？是不是腿又不舒服了？"

季奶奶说："不是，我……"

季希不由得担心起来，连忙道："奶奶您别着急，您慢慢说。"

"你亲……"季奶奶刚说出口又改了口，"周家那边的人昨天又来找了我。他们要死要活的，我就让楠楠把你的地址告诉他们了。希希，我也是没办法。"

191

季希听了，觉得头大。

周家的人就是她生父生母那边的人。老人家耳根子软，被人那么一哭一闹，哪里藏得住话。

季希故作轻松地笑了笑，反过来安慰她："奶奶没事的，他们要是来找我，我就跟他们说清楚。您别急，别担心。"

整整一周，季希的晚饭都是在公司解决——手头分到的项目多了，加班便是常态，再加上她看乔之逾每天也挺忙的，因此一起吃饭的事一直没能实现。

乔之逾和萧彻关系亲密，办公室里的人都能看出来。大家总喜欢把俊男美女拉郎配，关于两人的流言蜚语也渐渐多了起来。

公司的闲言碎语真假参半，季希一向没兴趣关注，但每当她听到关于乔总的八卦消息时，她的注意力总是不自觉地被勾走，很难不留意。

"小季，准备一下，待会儿跟我去做尽职调查。"周五一大早，邵宇就提醒季希。

邵宇看好季希，季希又是他带的徒弟，自然会多上点心，如果有锻炼机会，他通常会带上季希一起。

季希："嗯，好。"

八月午后的阳光灼热，外出一趟就像是在火锅里打滚儿，大家都想坐在办公室里舒舒服服吹冷气，但出外勤是免不了的。

季希很乐意参与尽职调查工作，这意味着短时间内可以接触形形色色的人，也能直观地了解到各行业的运营模式，比起坐在办公室里写报告，学到的东西要多很多。

合作方安排了午餐，又是开会又是谈话，一直忙到下午四点多。季希先带着资料回公司，要尽快把今天的尽调报告整理出来。

站在一楼，季希疲惫地等着电梯，两头赶来赶去，还出了点汗。刘海有些长了，挡住了眼睛，她抬手往一旁拨了拨。

不知道是因为熬夜了还是因为什么，她感觉今天嗓子不太舒服，有点疼，像是发炎了。

显示屏上的楼层从三十五楼开始一点点下降。

大概等了一分多钟，电梯才降到一楼。

电梯门缓缓打开，有人走了出来。季希一抬头，看到里面的人后，愣了愣。

是乔之逾和萧彻站在电梯里。

"乔总，萧总。"季希招呼打得慢了半拍。

乔之逾一眼看出季希似乎气色不好。

季希也没注意电梯是上行还是下行，径直就要走进去。

乔之逾轻声提醒她："这是下行。"

季希恍然回神，又往电梯外退了半步，电梯门又合上了。

这时，旁边的电梯门开了，里面的人见季希站在原地发呆，也不进去，便帮忙按住了电梯，好心问了一句："要上去吗？"

"谢谢。"季希捧着资料快步走进去。

电梯里，萧彻笑问乔之逾："你跟刚才那个女孩子很熟？"

乔之逾："怎么看出来的？"

"我看你好像特别关注她，不止一次了。"萧彻歪歪头，开着玩笑说。

乔之逾不置可否道："观察得挺仔细。"

萧彻："我火眼金睛。"

乔之逾损他："把嘴皮子留到饭桌上再耍。"

回到工位后，季希着手整理报告。

公司里的一个私聊群又活跃起来，季希本是屏蔽了的，要不是收到客户消息点开了微信，她也不会看到。

瞥见她们在讨论乔之逾，季希忍不住点开了群聊。

这是一个除领导外都是女性的群聊，美其名曰"吃瓜群"。这样的群也是有用的，谁是什么来头，谁是什么背景，从这儿能了解到不少。

翻阅一行行的聊天记录，季希看了她们的对话后，愣住了。

"乔总和萧总是真的！"

"你怎么知道？"

"刚刚在地下车库，我看到乔总上了萧总的车。"

"这不是很正常吗，最近公司的一个项目是他们在负责。"

"那接吻呢？我看到萧总亲了乔总……"

"真在一起了？"

"好甜！"

……

季希保持着一副面瘫的神情看完所有对话。

默默关掉聊天界面，季希一脸冷淡地走向洗手间。她将手移到感应水龙头下,水哗哗地流了出来,冲过她的手背,留下一个个气泡,又转瞬即逝。

偏偏就在这时候,她收到乔之逾发来的短信:"今天不舒服?刚刚看你气色好差。"

季希回复:"没有,可能有点累。"

乔之逾紧接着又发来一条:"这几天天天加班,明天要记得好好休息。"

季希握着手机,盯着屏幕上的一字一句,低头咬咬唇。乔之逾跟别人约会这再正常不过,况且萧彻看起来比许盛强多了,的确很适合她。

望着镜子里的自己,季希想了很多,就像失去唯一玩伴的小女孩一样,她深呼吸了一口气,想让自己平静,可这时她才发现,原来自欺欺人是件高难度的事。

这种感觉太糟糕了。

身后隔间的门开了,季希通过镜子看到孟静走了出来。

孟静看到季希后马上低了头,躲闪着,不想让熟人看到她的狼狈。

可季希还是看到了,因为孟静眼睛红红的,哭过的痕迹太明显。

两个低气压的人相对而立,使得洗手间里的气氛也特别低气压。

孟静走到洗手台前,开始洗手。

季希看她眼睛哭得红肿,没有问她为什么哭,而是从一旁扯了两张纸巾递了过去。

"谢谢。"哭过之后,孟静的嗓音比平时还要轻柔。

"不客气。"季希猜她应该还需要在洗手间缓缓,自己不便打扰,就说,"我先回办公室了。"

孟静笑了笑:"嗯。"

季希今天加班到特别晚,工作效率一降低,就只能增加时长。她回到公寓的时候,已经是十一点,一进屋还没开空调,闷得要命。

她走到阳台上,推开窗。

夜风吹进屋子之后,空气清新多了。

晚间,季希在床上躺了很久都没睡着。她理解不了自己的情绪,为什么反应这么大?

后半夜,季希咳得有些厉害,还咳醒了一次,感觉喉咙特别难受。第二天起来,喉咙不但没好转,反而更加严重,整个肿了起来,吞咽都觉得疼。

仰卧在床上,季希静静地看了会儿天花板,脑袋昏昏沉沉的。她摸了摸自己的额头，很烫，可能是发烧了。

由于营养不良，季希抵抗力不太好，时常有些小发烧、小感冒，她也不会特别在意，喝点水，睡一觉就差不多好了。

这次有点严重，昨晚应该买点药吃。

想着下午乔清还要过来上课，季希便摸过手机，给乔之逾发了条微信消息，说自己今天身体不舒服，下午的课想请假。

微信消息发过去没多久，季希的手机便响了起来，来电显示：乔总。

看到乔之逾的电话，季希好一会儿都没接，她今天请假，其实也有避开和乔之逾见面的意思。

"乔总，我想请假。"

"哪里不舒服？"乔之逾直接问，昨天她就发现季希状态不太好。

听到这声温柔的关心，季希只是道："没什么。"

"没什么怎么会不舒服？"乔之逾觉得季希还是嘴硬，于是道，"你等着，我现在就过去。"

"不用。"季希忙阻止，"就是嗓子发炎了，我买点药吃就行。"

"我不放心你。"乔之逾担心，还是说，"等我，我马上过去。"

她从没被人这么在乎过，季希听着内心五味杂陈，很想让乔之逾别再对她这么好了。

季希在电话里让乔之逾别过来。这么多年来，她早就习惯了什么都靠自己，就算是在生病的时候，她也不需要人陪，不需要人照顾。

乔之逾问："早上吃了吗？"

"准备吃。"季希还躺在床上，正难受，其实她没准备吃。

"先躺着休息，我带早餐过去。"乔之逾就猜她没吃。

季希皱皱眉："我……"

"还犟，"乔之逾打断季希的话，"等着我。"

她说"等着我"时，声音很轻。通话结束后，季希还把手机贴在耳边，想不通她为什么要这么关心自己。

今天的天气跟季希的状态一样，阴沉沉的。即便拉开窗帘，房间里也不明亮，季希开了灯，屋子里亮一些，自己会感觉舒服一些。

觉得嗓子干痛，季希爬下床，想倒杯水喝，玻璃杯不知道怎么就从手里滑了下去，没抓稳，在地板上摔了个粉碎。

看着四分五裂的玻璃碎片，季希摸摸额头，蹲下身来一点一点地收拾。

蹲久了起身,眼前黑了一阵,她立即扶住墙壁,让自己站稳。

人生病了就是哪哪都不自在。

没过多久,敲门声响起。季希打开门,见乔之逾站在门口,手里拎着一袋早餐。或许是出来得急,乔之逾今天没有像以往那样妆容精致,一身很居家的打扮。

"脸色这么难看,还说没事。"乔之逾瞧见季希嘴唇都苍白了,一副无精打采的模样,她就站在门口,抬手摸上季希的额头,果然很烫。

季希让乔之逾摸着,看乔之逾的脸又朝她贴近,一时不知道说什么好,整个人都很安静。

"量体温了吗?"乔之逾问。

"低烧,吃点药就行了。"季希觉得自己麻烦乔之逾了,"都说了没关系,你干吗还过来。"

"不放心你。"乔之逾道。

当面听她说这句话,季希不由得顿住了。

乔之逾关上门,说道:"吃了早餐我陪你去医院。"

"不用去医院了。"季希说。

乔之逾笑道:"怕打针啊?"

季希:"不是。没必要去。"

"生病了还不老实听话,小乔总都比你乖。"乔之逾随口道。

乔之逾就在楼下一家早餐店买的早餐,白粥、煮鸡蛋,还有小笼包,都是些清淡的饮食。

"粥有些烫,小心点喝。"乔之逾拿出鸡蛋在桌子上磕了磕,不算熟练地剥着,剥了一半后,她递到季希手边。

季希没接,说道:"你吃。"

"我吃过了。"乔之逾看季希既不接鸡蛋,又不喝粥,她朝季希倾了倾身子,盯着季希笑问,"要我喂你吃?"

"谢谢。"季希这才接过乔之逾递来的鸡蛋,还是温热的,并且已经贴心地剥好了。她低头咬了一小口,没什么胃口,白水煮蛋本身也没味道,她此时病着就更吃不出什么味道了。

"多吃点。"乔之逾看着季希吃。

"太多了,我吃不完,你也吃点。"季希指着那一大份小笼包说道。

乔之逾听她这么说，也拿起筷子，帮忙消灭一些。

季希拿小勺喝着粥，偶尔看乔之逾两眼，心想着，把她当姐姐就好，一个对自己很好的姐姐，就像小时候的那个姐姐一样。

一公里外就有家医院，乔之逾开了车来，就更方便了。

到医院，医生给季希一量体温，居然烧到了三十九摄氏度。

"三十九度还叫低烧？"乔之逾对季希说自己量体温的事表示怀疑。

家里没有温度计，季希的确没量。

乔之逾看季希迷迷糊糊的样子，道："难怪今天傻乎乎的，烧傻了。"

季希："……"

医生开了单子，要打点滴。到了输液室，输液室里坐了好几个人，无一例外，旁边都有人陪着。

季希想起上次来医院看病，已经是很遥远的事了。大概是三年前，研一的时候，也是因为发烧。当时她是一个人看门诊，一个人去拿药，一个人打点滴。

有人说一个人来医院看病属于十级孤独，但季希觉得还好，也没什么。

护士将酒精抹在季希手背上，她感觉凉丝丝的。季希的手清瘦、白皙，血管很好找。当看到护士拿出针头时，她稍稍转过了脸，没去看。

乔之逾坐在季希身旁，见她这样，于是拉住她的右手，握在自己手心里。

感受到这个细微的小动作，季希看了一眼乔之逾。

"一下就好了。"乔之逾安慰道。

我不怕疼。这四个字，季希没对乔之逾说出口，她垂下眸，眼神黯淡。

三大瓶药水，一滴一滴地往下滴，要打到什么时候。

季希看乔之逾一直守在自己身边，便说："你回去吧，我一个人在这儿没事。"

乔之逾："我陪你。"

"你回去陪小清，她一个人在家吧。"

乔之逾半开玩笑说："小乔总听到你生病,特意交代了,让我照顾好你。"

季希莞尔。因为自己对乔清上心，她才对自己这么关心吧。

打点滴时是一件很容易犯困的事，再加上季希昨晚没睡好，这会儿坐着，倦意袭来，她有点扛不住了。正昏昏欲睡时，她听到一个温和的低音："困了就靠在我肩膀上睡一会儿。"

季希习惯性地回答:"不困。"

"季老师,"乔之逾说道,"眼皮都在打架了。"

输液室里很安静,所以两人的对话也很轻柔。

就在下一刻,猝不及防地,季希的头被轻轻地托了一下,接着,她便枕在了乔之逾的肩畔。

乔之逾扶着季希的头后,凝视着她说:"睡一会儿,别硬撑。"

季希没在乔之逾肩上靠太久,就移开了。

"怎么了?"乔之逾看季希又抬起头,问道。

"还好,不困。"

乔之逾以为季希是脸皮薄。

季希觉得两人之间还是保持距离更合适。

打完点滴,恰好是中午,她们就近找了家餐厅吃饭。季希今天比平时都要沉闷,几乎没话说,乔之逾以为是不舒服引起的,也没多想。

回到公寓,吃完药后,季希越发犯困。

"去床上睡一会儿,睡一觉醒来就好了。"乔之逾瞧见季希黑眼圈都出来了,一看就是没休息好。

"嗯,你不用一直陪着我……今天谢谢了。"季希实在过意不去,乔之逾又是陪她去医院,又是陪她吃饭。

乔之逾在,季希不好去睡觉。

"你先去睡,不用管我。"乔之逾看穿了她的想法,说,"我休息一下,晚点儿还要去见个客户。"

季希是被乔之逾催着上床躺下的,她着实困了,又吃了药,头一挨着枕头没多久就沉沉睡了过去。

乔之逾坐在床边,默默地看着季希熟睡时的模样,不禁笑了起来。

季希不知道自己睡了多久,她睁开眼后,房间里还是一片昏暗。

她看看时间,四点多。

她一觉睡了三个小时,睡得天昏地暗。

季希从床上坐起身。

"醒了。"乔之逾从厨房走了出来。

"还没走,不是有事吗?"季希有些意外,以为乔之逾早就离开了。

"正准备走。"乔之逾坐在床边,伸手摸了摸季希的额头,已经退烧了,她问道,"好些了吗?"

"好多了。"

"我刚刚在电饭煲里煮了粥,晚上记得喝了粥再吃药。"乔之逾又柔声道。

季希语塞,乔之逾现在对她越好,她心里越不是滋味。

乔之逾也看出季希情绪不对,一整天都是闷闷不乐的,她想了想,起身去拿了什么,再折回床边,说道:"嘴张开。"

季希不解:"嗯?"

"张开。"

季希不明所以地张了张嘴。

乔之逾笑着将一颗奶糖塞进季希嘴里,才问:"甜不甜?心情是不是好点了?"

她留意到季希心情不好时,爱吃奶糖。

季希口里含着一颗大白兔,她凝神望着乔之逾,此刻,没有甜掉牙的感觉,只尝到了一丝酸涩。

门被轻轻带上,乔之逾离开了。

季希望着门口的方向,嘴里的奶糖在慢慢融化,她屈起腿,双臂环抱着,再闷闷地把脸埋到膝盖间,在床上缩成了一团,刚睡醒头还是昏沉沉的。

她闭上眼,脑子里不禁又闪过些画面。

一直以来,她都是在按计划过着自己的生活,平静如水,没有波澜。对此,她早已习惯。

但现在,生活状态被打破了。有人闯进了她的世界,牵扯她的情绪。

季希将下巴搁在膝盖上,迷茫的时候她喜欢像这样蜷缩在角落里,紧抿着唇,一言不发。想想,好像很容易想通,她经历过那么多糟糕的事,这又算什么?

反正时间一冲,什么都淡了。

生活该怎么继续,还是怎么继续。

第八章
不速之客

　　乔之逾又连续忙了几天，上市方案基本敲定了，稍稍得闲。夜晚躺在床上，她拿过手机，季希还是没给她发消息，连句"晚安"都没有。
　　乔之逾发现只要自己不联系，季希几乎不会找她。
　　她这两天刻意没主动联系季希，果然如此。
　　乔之逾走到沙发旁坐下，心间有些烦闷。
　　看了两眼手机，乔之逾想给季希发消息，又忍住了。恰如这时，沙发上的手机振动了一下，她脸上浮起笑意，当即拿起手机看了看。瞬间，这笑意又淡了下去。
　　消息不是"闷葫芦"发来的。
　　乔之逾把季希的备注改成了"闷葫芦"，觉得这样最合适。
　　季希也还没睡，睡不着的时候也不勉强自己，画画或看书，给自己找点事做。季希对微信消息的提示同样敏感，一来通知，总忍不住拿起手机看。
　　乔之逾变了，不怎么联系她了。
　　她想，乔之逾有人陪了，也不需要找人闲聊了吧。她感觉得出来，乔之逾是个很怕孤独的人。
　　季希继续画着自己没画完的素描，重复排线的动作，会让心静下来。没画一会儿，手机又有动静了，这次是来电提醒，她一看到来电人的备注，握笔的手垂了下来。
　　"闷葫芦。"乔之逾还是没忍住给她打来了电话。
　　季希将电话移到耳边，她抬头眺望着窗外无际的夜景，开口有些冷淡："乔总。"

乔之逾私下里不爱听季希叫她乔总,觉得显得生疏。

"在干吗?"乔之逾问,一个闲聊式的开头。

季希看看画纸,说:"画画。"

乔之逾又问:"画什么?"

"随便画的。"

乔之逾话题一转,直接问:"你是不是忘了一件事?"

"什么事?"

乔之逾提醒道:"说好要请我吃干锅鸡,想赖账?"

"没有。"这件事季希记得,一直没忘。

"那你怎么不联系我?"乔之逾一语双关。

"我……"季希撇撇头,低声对电话那头道,"怕你没时间。"

听到这个回答,乔之逾稍微舒服了点:"有时间,明晚就有时间。"

"那明天晚上,我们一起吃饭。"季希说。

乔之逾柔声笑了笑,道:"下班以后老地方等我。"

季希:"嗯。"

第二天,季希并没有能准点下班,一直忙到了天黑。她瞥了一眼乔之逾的办公室,灯还亮着,乔之逾是在等着她一起下班。

季希有些疑惑,她难道那么想吃干锅鸡吗?这件事她已经提醒自己好几次了。

忙完之后,季希给乔之逾发了条短信。没过多久,她看到乔之逾从办公室里走了出来。

在老地方,季希上了乔之逾的车。

从公司到学校那边,不堵车的情况下大概需要四十几分钟的车程。那家店位置不好找,下了车,还要往巷子里走两百米。

小饭馆外面看起来破破烂烂,季希觉得,好像比上次来时更破了,她对乔之逾道:"看着破了点,味道还可以。"

乔之逾笑笑,表示不介意,问道:"你常来这儿吃?"

"以前念书时聚餐都会来这里。"季希边走边说。

馆子里人不算多,还没坐满,因为现在还是暑假。要是在平时,肯定得先打电话预约才有座位。

她们找了张靠窗的桌子坐下。桌椅都很旧,上边漆都掉了,这儿秃一

201

块,那儿缺一块。桌上放着一张简单的菜单,这儿点单很随意,没有服务员,想好吃什么就把老板娘叫过来。

"你想吃什么随便点。"季希说着拿过乔之逾面前的餐具用茶水烫了一遍,然后给她倒了杯茶。

乔之逾看着季希,又想起季希那晚给她煮的面条,闷葫芦虽然话不多,但很会照顾人。

"想好吃什么了吗?"季希抬头问。

"你熟,你点。"乔之逾对吃的没有特别要求,说道,"我什么都可以。"

看到老板娘经过,季希说道:"老板,点单。"

老板娘是个身材矮胖有点可爱的阿姨,她一见季希,眼睛便笑成了一条缝,十分热情地道:"校花,有日子没来了。"

听到"校花"这个称呼,季希一阵尴尬,以前来这儿吃饭,同学们都喜欢这么叫她,这老板娘听了,也有样学样。不得不说这老板娘记性好,都这么久了还记得。

"毕业了,不常来这边了。"季希点了一份乔之逾心心念念的干锅鸡,还点了两个店里的招牌菜。

"别点多了,吃不完浪费。"乔之逾叫住季希说。

老板娘边记菜单边抽空看着乔之逾笑,嘴和手一样没闲着,很健谈:"你朋友也真是漂亮,以后要常来呀,两个大美女往这儿一坐,我家店的生意都比平时好。"

小饭馆主要做回头客生意,老板通常都挺能聊的。

点好菜后,季希扬着头,不忘跟老板补充一句:"别放香菜。谢谢。"

"好嘞。"

乔之逾听了偷偷笑着,喝了口茶,因为她不吃香菜。

上菜还要等会儿,和乔之逾这样面对面坐着,季希觉得有点不自在,尤其是被乔之逾直勾勾地盯着看时,她好几次躲开了与乔之逾的对视,低头喝茶。这是最普通的大麦茶,不好喝也不难喝。

好在菜上得还算快,鸡肉焦黄酥脆,在小铁锅里烧着,滋啦作响,香气四溢。

"这家店的鸡肉是先炸再炒的,很香。"季希找点儿话说,好转移自己的注意力。

乔之逾说她是闷葫芦,那是乔之逾不知道——她在别人面前其实更闷。

乔之逾已经是她的例外了。

"多吃一点。"乔之逾夹了块鸡肉，送到季希碗里。

"你也是。"季希笑得勉强，等乔之逾尝了口鸡肉，她问，"还可以吧？"

"好吃。"

季希心想，她吃得惯就好。

很快，三个菜都上齐了。老板娘说自家酿的青梅酒好了，问她们要不要尝点，季希和乔之逾婉拒了，要了两罐凉茶。

两个人边吃边聊。

"他们叫你校花？"乔之逾觉得有意思，问对面的季希，"你之前是校花？"

"同学间叫着好玩的。"学校贴吧里有人无聊评的，季希也不知道自己的照片什么时候上了榜，还是一张在图书馆的偷拍照。

"最近加班很累吗？"季希最近状态不好，乔之逾看在眼里。

"还好。"

"一看就知道没好好睡觉，黑眼圈都出来了。"

忽然，一通手机来电打断了她们的谈话。

季希没特意关注是谁给乔之逾打来的电话，只不过乔之逾的手机刚好放在桌子上，六寸大的屏幕一亮，上面的来电显示十分醒目。

萧彻。

看到这两个字，季希一直在努力克制的某种情绪再一次席卷心头。

乔之逾没起身去外面，她当着季希的面就接通了电话。

"喂……你看着办吧……不用什么事都问我……我相信你……今晚没空……明天再说……"

季希保持着低头的姿势，她没想偷听乔之逾和萧彻之间的谈话内容，可偏偏乔之逾对电话那头说的每一个字，每一声笑，她都听得真切。

乔之逾说了声"拜拜"，挂断电话，看季希埋着头也不吃饭，问道："怎么不吃？"

季希听到乔之逾的声音没马上抬头，缓了缓神，才看着乔之逾道："你有事可以先去，我下次再请你。"

"我没事，"乔之逾说，"继续吃。"

"嗯。"季希尽管擅长管理情绪，但这时难免还是流露出了一丝不自然，跟平时不大一样。

"怎么了，今天是被人欺负了？"乔之逾看季希有点儿委屈的样子，她以前话少，但没这么少。

"没有。"季希琢磨着，自己是不是应该说点什么，反正就这么脑子一热，她突然笑着对乔之逾说了一句，"恭喜。"

乔之逾没明白，问道："恭喜我什么？"

是恭喜得没头没脑，毕竟乔之逾还没跟她说过和萧彻的事。季希攥着手里的易拉罐，捏了捏，她尽量自然地直视乔之逾的眼睛，再以尽量自然的语气说道："脱单了。"

"脱单？"乔之逾打量了季希两秒，尾音微微上扬着，紧接着问，"跟谁脱单？我怎么不知道？"

季希看到乔之逾的反应，也蒙了，好像完全不知情一样，问道："你跟萧总不是在交往吗？"

饭桌上陷入了沉默。

季希顿了一下，然后低头咬住吸管喝饮料，伪装轻松，而乔之逾的目光则锁在了季希脸上。

"不是。"乔之逾给了一个确切的回答，季希问出问题的这一刻，她似乎明白了什么，说道，"你是不是误会我和他的关系了？"

季希满心以为乔之逾和萧彻之间是有暧昧的，听乔之逾解释后，她还自以为云淡风轻地问了句："他在追你？"

她从不打听人家的私生活，但在乔之逾面前，她忍不住就问了出来。

季希有些后悔问出这句不该问的话。

看到季希这副模样，乔之逾忽然笑了起来。她很擅长一针见血地解决问题："没有，单纯朋友兼同事的关系。"

季希感觉意外，那为什么公司里传得跟真的一样？

"你听谁说的？"乔之逾又问，这些天她和萧彻虽然亲密了点，也不至于亲密到让人误会关系的地步。

季希好一会儿没缓过来，而后她声音极轻地道："公司传的。"

乔之逾就猜她听到了风言风语，觉得好笑，问道："这你也信？"

季希无话可说，公司的一些绯闻八卦很多，其实可信度不高，只是她看乔之逾和萧彻最近走得这么亲近，她确实脑补了很多画面。

听乔之逾说清楚后，季希忽然间有松了口气的感觉。

乔之逾静静地望着季希，她摆出随意的口吻，笑着问："你这么关心我和别人在一起的事？"

这句话一说，桌上再度安静下来。

季希心里一沉，她不知道怎么回答，目光一转，转移话题道："火关小点吧，下面要煳了。"

乔之逾看着季希，腹诽，还装傻充愣。

铁锅里冒着热气，鸡肉越烧越入味。馆子里人不多，还走了两桌顾客。季希和乔之逾又是坐在靠窗的角落里，很适合聊天。

季希闷声吃东西。

乔之逾也吃。

面对面坐着，两人各怀心事。

一阵不长不短的沉默后，乔之逾先开了口："我和萧彻是在国外做项目时认识的，接触过几次。公司最近接手的那个大项目，你应该知道吧？"

季希吃了一小块土豆，回答："嗯。"

"主要是我和萧彻在对接，所以这段时间，我跟他走得比较近，都是在忙工作上的事。"乔之逾一一解释。最后，她特意再一次强调，"我跟他就是普通朋友。"

季希手里还握着的易拉罐，都被暖热了，她也听得出来，乔之逾有意在强调跟萧彻只是普通朋友。

正想着，季希恰好听到乔之逾又说："你知道我为什么要跟你解释这么多吗？"

季希抬头时，眸光与乔之逾撞在一起。

乔之逾正好借着这个机会，她对季希坦白："别人就算了，我怕你也误会我和他的关系，明白了吗？"

四目相对，季希今天晚上的心情，犹如坐过山车，忽上忽下，混乱一片。

乔之逾笑了，她看着季希就想笑，平时挺聪明一个姑娘，怎么就不明白呢？

季希整个人看上去挺蒙的。

"鸡翅给你。"

季希的思绪被乔之逾拉回。

乔之逾夹了个鸡翅送到季希碗里，知道她爱吃。

季希默默啃鸡翅，没尝出味儿，心思全在对面的乔之逾身上。

季希咬了几口鸡翅，瞥见一只纤白好看的手递了张纸巾过来。她伸手接了。

乔之逾嫣然一笑，又给季希夹菜，道："再多吃点。"

季希看见乔之逾的笑脸，也跟着笑了起来。

晚餐两人吃得很饱，正好绕着学校散步消食。虽然是暑假，学校还是开放的，仍有不少人来图书馆学习。

晚上，学校里的人少得可怜。

Q大是仿园林式设计，有种古典美，夜景也很漂亮。

季希和乔之逾在草地上并肩坐下，就像那晚一样。今晚的星星不少，但由于云也多，时而看得见，时而看不见，像捉迷藏一样。

周围一片静谧，耳畔是断断续续的蝉鸣。风吹得恰到好处，不会嘈杂得让人心烦，刚好吹散炎热的空气。

季希看着山坡下道路两旁排列有序的路灯，柔和的光照亮了小径。

乔之逾转过头，看着季希。想着今晚的事，她低声笑问季希："最近不开心，就是因为这件事？"

季希还在保持最后的倔强："没有。"

乔之逾笑了，这是狡黠的笑，是看穿一切的笑。她不给季希面子，直接说道："我都看到了。"

季希："……"

"嗯，是我不好，让你误会了。我认错。"乔之逾又道，"上周太忙没跟你一起吃饭，这周补回来。"

她的声音比月色还温柔。

季希毫无防备。

乔之逾问："你不乐意跟我一起吃饭？"

季希这才答："没有。"

乔之逾勾唇，满意地笑了。

乔之逾突然喊了一声："闷葫芦。"

"不开心的时候记得跟我说。"乔之逾慢慢靠近。

夜静悄悄的，听乔之逾这么说，季希感觉一股暖意涌上心头。

晚风徐来，让人感觉非常舒服。

乔之逾将头靠在季希的肩上，慵懒地说道："靠一下。"

季希感觉自己的肩膀一沉，腰也僵了一下。见季希没有躲开，乔之逾脸上的笑意更深了。

两人像现在这样,并肩坐在一起看夜景,就刚刚好。时间流淌得缓慢。

在外面没待太久,乔之逾送季希回去。她从季希的黑眼圈看得出来,季希比她更需要好好休息。

回去的路上,车里一如既往地保持着安静。乔之逾放了首纯音乐,舒缓优美的钢琴曲,听着很舒服。

"困了就先睡一会儿。"乔之逾把季希的发呆当作犯困了。

"嗯。"

季希应了之后还是没睡。

乔之逾握着方向盘,又笑了笑。

回到公寓之后,季希先去洗了把冷水脸。她看着镜子里脸上挂着水珠的自己,有些愣住。

季希走回卧室,看到乔之逾送她的招财猫依旧摆在床头。

招财猫旁边还放着一张照片,是七夕那天她们的合照。她戴着猫耳朵,乔之逾在帮她理头发。

季希又想了很多,包括今晚乔之逾跟她说的那些话。

九点多,乔清还坐在客厅地毯上玩积木,等乔之逾回家。乔清生性安静,平时也喜欢玩些安静的游戏。

"姨姨!"

乔之逾走到沙发旁,抱起乔清,笑容满面道:"还在玩,不困吗?"

乔清道:"等姨姨一起睡。"

"好乖,不过以后困的时候可以自己先睡,知道吗?"乔之逾亲亲乔清的额头,"早睡的小朋友才是乖宝宝。"

"姨姨今天好开心。"小家伙也能察觉到一些不一样的地方。

"嗯,开心。"乔之逾继续笑着,她拿出手机说道,"想不想老师?姨姨给老师打电话。"

乔清别提多高兴,应道:"想!"

接到乔之逾的电话时,季希正躺在床上,手里还捏着她们的合照。

季希看了看手机屏幕,按下接听键。

"我到家了。"乔之逾先说。

207

"嗯，"季希盯着天花板，说道，"你早点休息。"

简直是聊天杀手。

乔之逾又说："刚给你打电话你就让我去休息？"

听到这熟悉的语气，季希咬唇笑了。

"姨姨，老师为什么叫闷葫芦？"方才看到备注，乔清充满好奇地问乔之逾。

季希从话筒里隐约听到了乔清的声音，问："小乔总还没睡？"

"她习惯等我回来睡。你帮我说说她，告诉她以后九点之前睡觉，她最听你的话。"乔之逾说罢，把手机免提打开了。

"老师！"乔清兴高采烈地喊着。

"明天晚上有空吗？"乔之逾说，"来我这儿吃饭，上次你不是夸我做菜好吃吗？我亲自下厨。"

"老师过来吃饭，"乔清催得比乔之逾还积极，"好不好？"

"好呀。"季希答，她表面上是答应了，心里想的却是别的事，她有点纠结。

乔之逾再度把手机贴到耳边，道："明天一起下班。"

"嗯。"

"还有，"乔之逾叮嘱，"今天早点睡，别熬夜。"

"你也是。"

电话那边"嗯"了一声。

第二天，季希破天荒地化了个妆，以此来掩饰憔悴的面容。或许是妆容一改平时的低调文静，多了几分轻熟女人味，她反倒比平时更引人注目。

公司男多女少，是单身人士集中区。

刚入职那会儿，公司有不少同事想追求季希，甚至在迎新宴上就有人开玩笑问她是不是单身。

季希说是，然后像机器人一样补充了一句："我只想努力工作。"

众人听了，都愣住了。

后来时间一长，大家都知道她很难追，也就逐渐打消了追求的念头。

季希和乔之逾的生物钟或许差不多，因为好几次上班，她都在乘电梯的时候碰到了乔之逾。

"早。"季希走进电梯。

乔之逾笑容满面，也望向季希，打招呼道："早。"

"再往里让让,谢谢。"

这个时间点,电梯里人不是特别多,只是有两个人搬了点东西,导致空间变得拥挤起来。

"东西这么多,怎么不走货梯?"有人小声埋怨。

"货梯那边也都是人。"

早高峰是这样,客梯人多,为了不迟到,很多人也会去挤货梯。

后面的人催着,季希只好继续往里走。就这么一点一点挤着,季希离乔之逾越来越近。两个人还是面对面站着。

季希想转身,后背却被人抵住,让她转不了身。

乔之逾看了看站在季希身后的男人,她小声对季希道:"过来一点。"

"嗯。"季希感觉自己几乎贴在乔之逾身上了,她习惯性说:"不好意思。"

乔之逾紧盯着季希的脸,柔声笑道:"没事。"

电梯里没其他同事,看季希刘海有些乱,乔之逾伸手帮她理了理,是很自然的小动作。

和别人的距离太近了,季希有些不自在。

乔之逾继续看着她,笑着问道:"早餐吃了吗?"

"吃了。你呢?"

"我也吃了。"

两个人说话时的声音极轻,像在说悄悄话一样。

"下班记得等我。"乔之逾又道。

"嗯。"

公司前台,一片互道早安的声音。季希恰好跟孟静碰上了。她打招呼的风格还是不瘟不火的一声"早。"

孟静无精打采地笑了笑,整个人像泄了气的皮球,回应:"早。"

季希也淡然笑着,即使是她这种不怎么关心别人的人都能发现孟静最近的状态很差。孟静以前是很有元气的人,早上打招呼时总会带着温和的微笑。

打完卡后,季希和孟静并肩往办公区走去。

九点开始,办公室里的节奏快了起来,开会的开会,接待客户的接待客户,跑外勤的跑外勤。

底层分析师最多的时间是花在做 PPT 上,季希有时也会觉得乏味,但打好基础不是件坏事。只要是手头上的事，不管大小，她都会做到最好。

"孟静，跟我去小会议室一趟。"邵宇看了封邮件后，突然起身，他一只手叉着腰，脸上的表情很难看。

"这是什么情况？"陆风小声问季希，保持在吃瓜前线的位置。

"不知道。"季希依旧不闻不问，接着忙自己的事情。

孟静最近好像被邵经理训话好几次了，有时候是喊她去会议室训，有时候直接就在工位上训起来了，季希很难不注意到。

十几分钟后，孟静从小会议室里出来，双眸泛红。

季希没打算因为好奇去问孟静，没想到中午一起吃饭的时候，孟静主动对季希提起。

午间人多，餐厅略显嘈杂。

孟静吃了两口米饭，索然无味地嚼着，对季希说："我打算辞职了，可能以后就不能一起吃饭了。"

听到孟静说"辞职"，季希有些惊讶，她知道孟静为了进入 ZY，比她付出了更多的努力。现在她竟然说要辞职？要知道 ZY 是大部分金融人梦寐以求的公司。

"为什么辞职？"季希问，她此时很不能理解孟静的想法。

孟静咬咬唇，像是有难言之隐，缓了片刻才告诉季希："我前段时间，跟吴远分手了。"

吴远正是孟静先前交往的男友，也是 ZY 的一名投资总监。就在前不久，季希还撞见过他们在茶水间亲热。

孟静想找个人倾诉，她性格内向，没什么交好的朋友，在公司里，她也就跟季希的关系稍微亲近些。

"他是富二代，家境好，我知道我配不上他。可这也不是他劈腿的理由吧？我当初就不应该答应跟他在一起，现在分手了，我也不想在 ZY 待下去了。"孟静性格温顺，就连控诉对方劈腿时，也看不出半点火气。

办公室恋情就是这样，一旦分手，通常会以其中一个人的离职收场。季希不擅长安慰人，眼下听孟静黯然说起自己分手的事，她一时也不知道该说点什么好。

"一定要辞职吗？"季希想想还是觉得太可惜了，孟静为了这份工作付出了多少努力她都看在眼里，如果因为失恋而放弃，那就太得不偿失了。

"我自己待不下去了，我只要一看见他，心里就很乱。"孟静苦笑，"你可能不太理解我的这种心情。"

"可是你好不容易才进入 ZY，就这么辞职太可惜了。你再考虑一下，别冲动。"季希难得劝人。从某方面说，她跟孟静是一类人，没钱没背景，靠着信念单枪匹马地在城市里争取自己的一席之地。她再淡漠，内心也希望看到她们这类人有好的结果。

"我今天给邵经理发了辞职邮件，他扣下了，说让我考虑三天，三天后再做决定。"孟静也挺纠结的，可这段时间她的状态差得不行，完全没办法集中精神工作。

"我现在心里好乱。"孟静低头感叹。

如果放在以前，季希肯定理解不了孟静，但现在，她似乎有点能理解孟静的心乱了。

"你先上去吧，我再坐会儿。"吃过饭后，孟静想等情绪稳定些再回公司。

季希看她想一个人待着，就说："你冷静一下。"

孟静勉强笑道："嗯。"

季希一个人往回走，心事重重的。孟静和吴远的事，让她产生了很多想法。

电梯里只有两三个人，季希按亮了楼层键。直到看见电梯经过二十二楼却没有停时，季希才发觉自己按错了楼层。

晚上，季希和乔之逾一起下班。

上车后，季希看到乔之逾给自己递来一个黑色包装盒，她问："这是什么？"

乔之逾说："巧克力，今天客户送的。你拆了吃，晚饭还要等一会儿。"

季希道："带回去给小乔总吃吧。"

"小乔总不爱吃巧克力。"乔之逾一边倒车一边说道。

季希没拆。

离晚饭还有一个多小时，乔之逾怕她饿，就说："我有点想吃。"

听乔之逾这么说，季希立马拆开了，里边的巧克力都是独立包装，每一块都很精致。

乔之逾见状，笑了一下。

"给。"季希还将包装拆开了，她嘴上不说，但行动很贴心。

乔之逾见了，侧了侧身，咬住了她递过来的巧克力。

季希看乔之逾吃着巧克力,不禁在想,她是真心想跟我做朋友吗?她从小到大,不信任任何人,或者说害怕信任任何人。那种把信任和希望交到别人手里,再被丢弃的感觉,太糟糕了。

她只想靠自己。

当她发现自己对乔之逾有依赖时,她有些不安,觉得这样很不好。但同时,她又控制不住……

季希特别讨厌现在的自己,她从未这样优柔寡断过。她明明很清楚地知道,纠结和犹豫解决不了任何问题。

"你也吃点,我吃不了这么多。"乔之逾说。

季希看了看手里的黑巧克力,心不在焉地应着:"嗯。"

"怎么了?"乔之逾看出季希情绪低落,似有心事。

季希看着她道:"没什么。"

不知道为什么,乔之逾感觉她跟季希之间有着明显的隔阂。

两人沉默了一阵。

乔之逾轻声说:"笑一下吧,我喜欢看你笑。"

季希浅笑了一下,但很快又恢复了情绪低迷的样子。

晚餐是乔之逾亲自准备的。

李阿姨着实大开眼界了。昨晚乔之逾跟她请教煲汤技巧时,她还以为今天家里要来重要客人,结果来的是季希。

乔之逾驾驭不了大餐,但简单的家常菜还是没问题的。

季希在一旁帮厨。这边厨房大,两个人忙起来完全能施展开。一个人洗菜,一个人切菜,两人配合默契。

乔之逾的刀工还很生疏,不过比上次进步了许多。季希总怕她切到手,一直留心看着。

"你什么时候学会做菜的?"乔之逾好奇地问季希。

季希想了想,说:"初中的时候。"

说罢,季希愣住了,她又对乔之逾说自己的事了。

"初中就会了?"乔之逾有些惊讶。

季希以笑回应,对方是养尊处优的大小姐,怎么会知道,在乡下大家都是这样。

自己还算好的,至少还有书念,还有机会改写命运。

季希从没提起过，但乔之逾能猜到季希应该吃过不少苦，她有着同龄人没有的成熟与坚韧。想到这些，乔之逾就隐隐有些心疼。

　　"汤好了，你尝尝。"乔之逾小心翼翼地将汤匙里的汤吹凉了才递给季希。

　　季希本想自己用手接，但乔之逾已经喂到了她嘴里，她就着汤匙喝了下去，鲜甜的汤瞬间滋润了舌尖。

　　"好不好喝？"乔之逾一脸期待地问着，又说，"我第一次煲汤。"

　　"好喝。"季希说。

　　乔之逾像个大孩子一样，不满地道："你都不夸夸我？昨晚特意跟阿姨学的。"

　　季希忍不住跟乔之逾一起笑了。

　　"喜欢喝的话，我以后还煲给你喝。"

　　嘴里回味甘甜，季希又想起先前和乔之逾相处的点点滴滴。

　　晚餐过后，乔之逾开车送季希回了公寓。

　　汽车停在熟悉的楼下，乔之逾扶着方向盘，看了看身旁的人。季希手捏着安全带，心里在想要不要对乔之逾说点什么。

　　这时，乔之逾先开口喊了一声："季希。"

　　季希听到乔之逾叫了她的名字，她扭头看着乔之逾。

　　乔之逾意识到了，季希不如以前放得开了，简直比之前还要沉闷。

　　"跟我相处的时候，开心吗？"乔之逾问，还特意强调，"要说实话，不许嘴硬。"

　　"开心。"季希如实说了。

　　乔之逾松了口气，她看着季希的眸子道："我也是。跟你在一起很开心。"

　　季希抿唇笑了笑。

　　车外的街道很嘈杂，行人来来往往走着，车内的两人平静地对话，全然是两个世界。

　　乔之逾也笑了，以冷静的口吻说道："如果你有压力或者烦心事，可以跟我说。我会陪着你，知道吗？"

　　听了乔之逾的这番话，季希点点头："嗯。"

　　乔之逾给她的感觉，真的太特别了。

　　乔之逾不知道这个闷葫芦是不是真的听进去了，她命令道："把手伸出来。"

"什么？"季希听话地伸出了手。

"摊开。"

季希乖乖摊开。

乔之逾握拳的手，放在季希掌心，又悄悄地塞了个东西到她手心里。

季希一看，又是颗大白兔。

乔之逾道："听话奖励一颗糖。"

"你老把我当小孩。"季希感觉不可思议，她随身都带糖的吗？

"你本来就是个小孩。别扭鬼。"乔之逾抓住了重点。

季希这回很认同乔之逾的说法，自己的确别扭，她收了奶糖，对乔之逾说："我先上去了。"

"嗯。"

下了车，又闷又热，季希往公寓入口的方向走去。乔之逾则是坐在车里看着季希的背影，迟迟没有移开视线。

季希剥开了手里的奶糖，含进嘴里。她从来没对乔之逾说过心情不好喜欢吃糖这样的话，但乔之逾好像知道这一点一样，总能很及时地拿一颗糖。

奶糖很甜，季希爱吃并不是因为有多好吃，而是小时候羡慕别人有的吃，自己却吃不到。现在她长大了，就报复性一样买来吃，听着很幼稚，可她喜欢这种自己能做主的感觉。

周五晚上到周六，消费组有集体活动，因为最近一个度假酒店的项目合作得很顺利，合作方大手笔地邀请他们部门全体员工去体验，并一起商议下一轮的融资合作。

第一天聚会，大家通常不谈工作，吃完饭后，一群人开了个大包间，一起唱歌。

季希坐在靠近门口的位置，而乔之逾则是坐在长沙发的正中央，妥妥的C位。

包间里闹哄哄的，桌上摆满了各种各样的酒。

季希拿了一瓶冰啤酒喝，眼角余光会不自觉地转向乔之逾的方向。

"乔总，来一首吧。你声音这么好听，唱歌一定很好听。"不知道谁大胆地喊了乔之逾一声。

和同事一起去KTV，会发现总有一两个麦霸，连唱好几首，恨不得开个人演唱会，也总有一旁待着，一首歌都不唱的。

季希属于两者之间的类型，偶尔会唱一下，但不爱出风头。她听歌少，只会唱些经典的歌曲。不过在KTV这种场合，有几首擅长的就足够了。听到有人让乔之逾唱歌，她也有些期待。

乔之逾并没有打算唱一首，只是淡然地笑着推辞："我不会唱，你们唱吧。"

领导都这么说了，大家也不好意思一个劲地起哄，于是又各自乐自己的去了。

"你不唱吗？我觉得你唱歌很好听。"孟静问坐在一旁闷声喝酒的季希。

季希笑着摇摇头，再借着接电话的借口，出去透气儿。包间里人多，她又不是管理层，没人会在意。

乔之逾也在暗暗注意着季希，她发现季希一晚上都是闷坐着喝酒。看到季希起身离开包间后，乔之逾也跟着起了身，找了个理由出去了。

在长廊里，乔之逾瞥见了季希下楼的身影。

这家度假酒店位于北临郊区，主打温泉特色，走高端消费路线，人不会特别多。

季希一个人在楼下闲逛，发现一座标志性的雕塑喷泉，艺术感十足。她找了张长椅坐下，静静地望着喷泉。

乔之逾站在十几米开外，看着身形瘦削的季希孤零零地坐在那儿出神。

季希皱着眉，盯着不断往上喷涌的水柱。

高跟鞋清脆地敲击着地面，脚步很慢，一道斜长的黑影映在她面前。季希转头，看到乔之逾在她身边安静地坐了下来。

"在这儿不热吗？"乔之逾坐定后，问身上沾满酒气的季希。

季希缓过神来，道："不热。想透透气。"

乔之逾说："我也想透透气。"

季希回过头，继续看着无聊的喷泉。

郊区的空气比市区好太多，加上这边绿化率高，依山傍水，呼吸的空气都比平时湿润。

两人静坐了快三分钟，乔之逾才偏过头，关心道："有什么心事，跟我说说。"

季希手心里攥着手机，过了良久，她才道："心里有点乱。"

乔之逾有种直觉，季希最近的情绪低迷跟自己有关。于是，她问道："和我有关吗？"

季希不想逃避自己的真实想法，点头道："嗯。"

"我教你一个办法，特别好用。"乔之逾卖了个关子。

"什么办法？"季希问。

"心乱拿不定主意的时候，不要着急做决定，也不要刻意逃避，顺其自然，慢慢就会有答案。这才是最理智的。"不等季希回答，乔之逾又对她笑道，"不骗你，我有经验。"

季希望着乔之逾，若有所思。她的手撑在长椅上，轻轻掐着，心间就好似有什么在一直颤动，没办法平复。

乔之逾静静地看着季希，这是她第一次对另一个人说这么多交心的话。说完以后，感觉有点矫情，但她不后悔说出来。

喷泉的喧闹衬得夜更寂静。

两人沉静的外表下，心底都是波澜起伏。

静坐了一会儿，乔之逾朝季希一笑，说道："有压力可以告诉我，我们一起解决。"

季希抿抿唇。

"我去那边走走。"乔之逾起身，悠然向喷泉的另一端走去。

隔着半透明的水帘，季希望着乔之逾朦朦胧胧的背影。她的生活从来都是一片灰蒙蒙，从未被一个人如此点亮过。她以为自己不需要光，但碰到了，原来还是会想抓住。

在喷泉旁发呆十来分钟，季希又回到包间里。刚推开包间的门，她第一时间注意到乔之逾还没回来。

包厢里有人在唱经典情歌，唱得并不好听。但大家闹哄哄都在夸，很真实，领导唱歌跑调再厉害，也是悦耳的。

季希的安静走神，与周遭氛围格格不入。她又从冰桶里拿了一瓶啤酒，一瓶啤酒喝了三分之二，门突然又被推开，季希下意识看了看，正好与乔之逾投来的目光撞上。

季希旁边还有空位，乔之逾没打算绕到中间去。

孟静看到乔之逾要往这边坐，忙向左边挤了挤，顺带还拉了拉季希，提醒季希看领导眼色行事。

季希只好跟着让了让。

乔之逾在季希一旁的空位上坐了下来。

两人没说话，没对视，默默地喝着啤酒。

歌还在继续唱，甚是聒噪。大家一边聊，一边期待着这一曲赶紧结束。

终于切歌了，耳畔传来熟悉的旋律，是某首歌的前奏。

"这首歌是谁的？"

"谁会唱？"有人扯着嗓子在问。

季希知道这是什么歌。

之前她陪乔之逾喝酒时听过，可能是由于那天心情太好，便觉得那首歌也格外好听。后来她悄悄搜了一下，又听了几次，旋律都熟了。

"我会唱。"说话的不是别人，正是乔之逾。

乔之逾不属于有亲和力的那种领导，又美得冷艳，更是给人距离感。听到乔之逾说要唱，点歌的人不敢唱了，安静地坐着。

乔之逾刚说完，话筒就被飞快地递到了她手里，并且还是两个。

比乔之逾主动唱歌更让季希意外的是，乔之逾递了一个话筒给她。

"要一起吗？"乔之逾问季希。

众人只知道季希是被乔总点名了。季希心情要复杂得多，踌躇之后，她还是接过了乔之逾递来的话筒。

两人刚唱一句，包间里迅速安静了下来。

好听，尤其是比起前一首的魔音贯耳，好听得犹如仙乐。

季希和乔之逾配合默契，声线又搭，两人的声音都不属于甜美的类型，季希偏清冷，乔之逾偏柔和。

她们唱完后，大家一个劲地鼓掌，让她们再来一首。

季希和乔之逾都没打算再唱。

"这叫不会唱歌？"

乔之逾被季希的歌声惊到了，以前问她还说不会唱，果然是骗人的。

一群人闹到十一点多，最后各自回房间休息。

季希和孟静被分配在同一间房。

"你没喝醉吧？"回到房间后，孟静担心季希，她看季希今晚喝了不少酒。

"没有。"季希喝的都是低度数啤酒，不醉人。但孟静还是贴心地给季希拧开了一瓶矿泉水。

"谢谢。"季希喝了一口，问道，"辞职的事，你想清楚了吗？"

孟静说："想清楚了。"

"还走吗？"季希挺希望孟静能留下来。

提起这件事，孟静觉得自己前两天太冲动了，怪不好意思的，好在邵经理扣住了她的辞职信，要是直接送到人事部那儿，她肯定得后悔。

"不走。"孟静坚定地说。

季希也猜到了这个结果。

虽说没完全走出来，但孟静想开了，她笑道："好不容易才挤进 ZY，走了多可惜。反正都吃了这么多苦，不差这一点。没有爱情，还有事业。"

能想通就好，季希由衷地为她高兴。

"谢谢你。"

"干吗谢我，我什么都没做。"

"就是很想谢谢你。"孟静觉得季希这人虽然看起来冷冷的，但骨子里应该是特别有人情味的人。

季希淡淡地笑了。

"对了，你唱歌也太好听了，还有乔总。是不是长得漂亮的唱歌都好听？"孟静说着，心里有些羡慕。

季希还是笑着不说话。

"你私下里跟乔总的关系很好吧。"孟静依照直觉推测。

季希手里的塑料瓶被捏得变形，她转移话题说："你先洗澡吧。"

孟静点点头，道："也好，你先休息一下。"

晚间季希躺在床上迟迟未能入睡，在想一些事情。

接下来的一周，乔之逾都没有联系季希，她知道季希需要一个人冷静冷静。

季希再次接到乔之逾的电话是在周五的晚上。

夜色正浓，她坐在小阳台上，支起画架，调好水彩，正在画窗外的夜景。画笔掠过画纸，留下斑斓的色彩。

"明天你到我这边来吧，我工作上有点事，没时间送小乔总过去上课。"

季希握着画笔说道："嗯，好的。"

"最近没有联系，是想多给你一点私人时间。别胡思乱想。"短暂的沉默之后，乔之逾说。

"嗯。"季希猜到了，不过听乔之逾如此小心翼翼地解释，让人感到很动容。

八月底公司很忙,季希和乔之逾仍然像往常一样加班,表面上看似被工作填满,无暇顾及其他。然而,稍有空闲时,她们各自心里都有各自的烦恼。

九月,学校开学。

乔清数学不太好,为了小家伙能跟上学校的学习节奏,季希顺便帮她补起了数学。

窗外风和日丽,晚夏,天气渐渐舒适起来。

"每一题都对了,真厉害。"

乔清咯咯笑,得意地道:"我考试要拿一百分!"

"肯定可以!"季希教小孩很有耐心,加上乔清又喜欢她,恨不得天天留在季希这儿补课。

季希给乔清上课时,乔之逾仍习惯在一旁陪着。

"姨姨上课不认真。"乔清像小大人般说着乔之逾,"总是在看老师,不做题。"

乔之逾有些无语。

季希起身说:"我去趟洗手间。"

敲门声响起,乔之逾看向门口,起身走了过去。

她拉开门,见门口站着一男一女,两人干干瘦瘦的,面容憔悴,衣衫褴褛,头发黑白相间,看得出年纪不是很大,但显得老态。

看清开门的人后,门口的两人面面相觑,同时愣了愣。

乔之逾以为他们是敲错了门,结果听到中年女人用带着浓浓口音的普通话,慢吞吞地问她:"季希是住在这儿吗?"

季希从洗手间里走了出来,甩了甩手上的水珠,见到门口的一幕时,脸色霎时就变了。

时隔七年,这是第二次同他们见面,季希还是一眼就认了出来。有些事,有些人不用刻意去记,也会记一辈子。如果可以,她倒希望能把这些人忘得一干二净。

杨萍和周强找上门这件事,其实在季希的意料之中,只是乔之逾也在,让她觉得尴尬。

季希反应很快,她立马对乔之逾笑道:"你先带小清回去吧。不好意思,我有点事。"

乔之逾隐约察觉到季希细微的情绪变化,不太放心。

季希又笑道:"来客人了,我明天再给小清多上一小时的课。"

如果不是为了支走乔之逾,季希绝不会用"客人"两个字字来称呼他们。

"嗯,有事联系我。"

季希佯装轻松地道:"好。"

乔之逾叫上乔清,离开时,她打量了一下眼前这对面容沧桑的中年男女,礼貌地笑了一下。她刚才还猜他们是不是季希的父母,但看季希的反应,不像是。

屋子里只剩下三个人,都站在狭窄的玄关处,显得有些拥挤。杨萍和周强你看看我,我看看你,磨磨蹭蹭,都在让对方先开口。

季希别过头下去看他们,不想看,也懒得看。

杨萍想往前走一步,还没跨出,季希便拦住他们,道:"别进来。脏。"杨萍的脚跟灌了铅似的,顿住了。

"希……希希。"杨萍声音微颤,朝季希喊着她的小名,不过听起来只有别扭,没有亲昵。她挤出一抹布满皱纹的笑容,同季希寒暄,"都好久没见了,你在北临,过得挺好的吧。"

一旁周强四下打量了一番公寓的环境,也憨笑着问:"这房子真漂亮,是你买的吗?"

"租的,我哪有钱。"季希神情淡漠,冷到骨子里,她直言,"说好了不见面,你们来找我是什么意思?"

杨萍攥了攥衣角,道:"我们陪你弟弟来这边治病,就想着正好来看看你。看到你过得好,我们就放心了。"

季希冷笑,觉得很好笑,全然不为所动。他们要是真这么放不下自己,当初就不会狠心抛下她。

"你弟弟马上就要做开颅手术了,他那病位不好,风险很大,万一有个三长两短,可就没了。你就去看看他吧,以后还不知道有没有机会……"杨萍说着,一把鼻涕一把泪,立马哭得稀里哗啦。

季希面不改色,冷漠地吐出四个字:"我没有弟弟。"

"对不起,以前是我们欠你的,对不住你,我们今天给你赔罪。"杨萍说着,拉着周强扑通一下跪在地板上,"跪下来给你赔罪了……你恨我们没关系,可那是你亲弟弟,你就真的忍心不管他?你哪怕去看看他也好!"

季希脸上还是没有表情,但她心里是难受的,不过不是因为眼前跪在自己面前的生父生母,也不是因为那个素未谋面的病入膏肓的弟弟。她就

220

是感到说不出的烦心，烦心自己所经历的一切，烦心自己的生活好不容易平静下来，又卷进这些事情。

"你们觉得这样我就会心软了？"季希盯着跪在地上泪流满面的两个人，她俯视他们，勾勾唇，似笑非笑道，"我没钱，也不会给他花钱，也不想去见他。那天我在电话里已经说得很清楚，你们一家人是死是活，都不关我的事，不用来通知我。"

她就是打算跟他们老死不相往来，季希当时在电话里说的不是气话。她可以接受他们的道歉，但不会选择原谅，她没办法说服自己原谅他们。

互不打扰才是最好的处理方式。

看着季希若无其事地笑，杨萍和周强的心瞬间凉了。他们原以为见了面，一哭二闹，小姑娘总会念点亲情，心软一下。

"你这孩子心怎么这么硬？"杨萍急了，红着眼，嘴里不住地念叨，"都说血浓于水，你念了这么多书，心肠怎么这么硬？"

"没你们硬吧？"季希简单一句话打断对方。她看似悠闲地靠在墙边，可拳头攥着，指甲都要掐进掌心的肉里，"我心还能更硬。下次要是再来，就别怪我对你们不客气。"

季希装腔作势这么说时，挺像那么回事的。

她读研究生时被一个男生追得心烦，便从姜念店里找了几个学徒帮忙。一个个人高马大，文着花臂，看着就不好惹。那男生一看，立马犯怵了，以后再也没敢对她死缠烂打。

很多人都是欺软怕硬的，季希很小的时候就懂得这个道理，越不反抗，就越会被欺负。

没有跟他们纠缠太久，季希冷漠地把人赶走了。

重重地关上门后，她才敢暴露自己绷了许久的情绪。

季希走去厨房倒了杯水喝，再坐回沙发上，蜷起腿缩在沙发角落里，默默地抱着自己。谁愿意冷血，谁愿意心狠，谁愿意生父生母给自己下跪……

感觉心里异常难受，但季希没有哭，她说过不会因为这件事再哭，就一定不会再哭。

季希摊开手看看，掌心里都是指甲印，皮肤都被掐破了。

太阳缓缓西沉，斜阳映在客厅，留下温暖的昏黄。渐渐地，这昏黄消散，屋子里的光线被抽离，只剩一片黯淡。房间里都快看不清了。

季希抬头望了望阳台，夜景在烟灰色的天空下点亮，天已经黑了。

手摸索一下，她打开了客厅的灯。

随着啪的一声，灯亮了，显得屋子里格外冷清。季希想找点事情做，好让自己忘了下午发生的事。她拿起放在腿边的手机，看到有一条未读的微信消息。

是乔之逾发来的一段不长的语音消息，季希点开听："小乔总下午在跟阿姨学烤面包，烤了很多。"

这条语音消息下面还配了两张图片：一张是乔清在认真揉面，肉嘟嘟的脸上还沾了点面粉；一张是烤好的面包，上面还用巧克力装饰出一个笑脸。

看到笑脸面包的图片后，季希不由得跟着笑了笑。她打字夸道："可爱。"

很快，乔之逾回复她："晚上有空吗，送点过来给你尝尝？"

季希依旧蜷缩在沙发里，孤立无援一般，她看着手机屏幕上的这句话，想着乔之逾，终于忍不住回复："有空。"

乔之逾看到这两个字自然很高兴，她给季希打了电话，问："吃晚饭了吗？"

听到这个声音后，心情莫名好了许多，季希望着空荡荡的房间，这回很诚实地说："还没，你呢？"

隔着手机屏幕，乔之逾仿佛都能觉察到她状态不好，下午她就挺不放心季希的。

"准备吃。客人走了？"

季希咬了咬下唇，道："走了。"

"我待会儿就过去。"乔之逾说。

"嗯。"

放下手机，季希懒洋洋地靠在沙发上，她发现自己变了，以前一个人的时候从不怕孤单，现在一个人待着会怕。

晚餐季希没打算吃，她歪在沙发上眯了一会儿，没一会儿的工夫，便被门铃声吵醒了。她睁开眼，神经瞬间紧绷起来，第一反应又是杨萍他们。

季希起身，走到门口，透过猫眼看了看，竟是乔之逾。她没想到会是乔之逾，她以为乔之逾至少要等吃完晚饭才会过来。

"你怎么就过来了？"这是季希开门后说的第一句话。

乔之逾笑了，她举起手里的纸袋，道："小乔总给你做的面包。"

一通电话就立马赶了过来，季希的心被戳了一下。

只是多一个人，屋子里的气氛立即不一样了，变得热闹、温情。

乔之逾坐在沙发上，低垂着头，认真地拆着包装。

季希给乔之逾倒了杯水，她站在沙发前，手里还拿着玻璃杯，盯着乔之逾的侧脸有些走神。

乔之逾抬头道："愣着干吗，来尝尝。"

季希放下水杯，也在沙发边坐下。看着盒子里的卡通面包，她的心都要被萌化了。每一个小面包上都有笑脸，比照片里更可爱。

"特意给你做的。"乔之逾扭头看季希，又问，"你猜哪些是小乔总做的，哪些是我做的？"

季希在茶几上扫了一圈，指着右半边卖相没那么好的，说："这边是你做的？"

乔之逾无奈地笑了，问道："你是觉得我做的不如小孩子做的，是吧？"

季希望着乔之逾，没说话，却忽然笑了起来，没来由地想笑。

"左边。"乔之逾认真地跟季希解释，"好看的是我做的。"

季希听着更想笑了。

乔之逾问："笑什么？"

季希说："你好像小孩子。"

两人不约而同地笑。

而季希瞧着乔之逾，笑的同时，又觉得鼻酸，想哭。她自己也觉得莫名其妙。

"尝一个。"乔之逾毫无预兆地凑了过来。

季希一点点放松下来。

乔之逾察觉到季希的状态明显不对，她忽然间像是换了个人一样。是不是发生了什么？

季希穿了件薄薄的T恤，乔之逾的手轻抚她的后背，季希很瘦，可以碰到她凸起的肩胛骨和脊椎。

屋子里静悄悄的。过了好一会儿，乔之逾轻声问："怎么了，心情不好？"

怎么了？该怎么说？

乔之逾又问："下午是什么客人？"

"老家的人。"

"有什么事吗？"乔之逾有些担心，觉得是因为下午发生了一点不太愉快的事，季希才会这样。

"没事。"

"真的没事？"

"嗯，现在没事了。"季希怕自己后悔，怎么想就怎么做吧，只想珍惜当下。

季希依旧没说具体的事，乔之逾也不追问，她比任何人都理解，有时候心情不好不是想要倾诉，而是有个人陪伴就足够了。

乔之逾回过头，垂眸瞧着季希的脸，笑了起来，问："怎么委屈巴巴的？"

季希反问："哪有？"

嘴硬的毛病还是没变，乔之逾笑着问："饿不饿？"

季希忽然想起什么，道："你也还没吃吧。"

"嗯。"

乔之逾拈起个小面包塞进季希嘴里，问："好不好吃？"

季希细细嚼着，称赞道："好吃。"

她还一口气吃了两个。

"哪边的更好吃？"乔之逾指指左边的，又指指右边的，让季希评价。

"不都一样吗？"季希皱眉，笑她幼稚，"你有必要跟小孩子比吗？"

"你不是说我像小孩吗？"乔之逾挑眉道。

两人望着对方，都笑了起来。

季希把剩下的半个小面包都吃了，很满足。

乔之逾也说过她像小孩，大概是和喜欢的人待在一块儿，那种单纯的放松愉悦，会让人变得像小孩吧。

晚餐时候，季希带乔之逾去了楼下一家面馆，牛肉面的味道还不错。点单时季希特意说了一碗不要加香菜，后厨给忘了，结果上菜时还是送来两碗点缀着香菜的牛肉面。

季希只好拿起筷子，一点点往外挑，从一只碗挑到另一只碗，给的香菜太多了，她挑了好半天也没挑干净。

季希认真时唇瓣会轻抿在一起，工作时是这样，画画时是这样，连挑菜时也是这样。乔之逾看着看着，忽然笑了一下。

季希抬头便发现乔之逾正紧盯着自己。

"你怎么知道我不吃香菜？"乔之逾问。

季希手顿了一下，乔之逾确实没说过。她将一碗牛肉面挪到乔之逾面前，答非所问道："你吃这碗。"

香菜末挑得很干净，一点儿不剩，很符合季希一丝不苟的办事风格。

季希吸溜着面条，暖乎乎的东西下肚，无论口味如何，总是舒服的。这家面馆的汤底好喝，咸鲜，又回味甘甜，面条分量足。季希和乔之逾的饭量都不算大，一碗面条下肚，不小心就给吃撑了。

"散散步消消食吧，太撑了。"

"我也是。"季希摸了摸肚子，笑了。吃了暖和的东西心情会变好。

走一公里左右，那边有个公园。季希去夜跑过几次，她打算带乔之逾去那边散步。

九月以后，北临的天气终于不再是让人窒息的炎热。季希和乔之逾并肩，慢悠悠地在街头溜达。

"给。"乔之逾递了颗薄荷糖给季希。这是一种圆环状的白色糖片，不少餐饮店都会给顾客免费准备，放在门口或收银台的位置。

"什么时候拿的？"季希接过，问道。

"出来的时候。"乔之逾也剥开一颗糖放进嘴里，是清清凉凉的甜味。途经一家便利店时，她问季希，"要买奶糖吗？"

"不用。"季希嘴里含着糖，说话时声音不太清晰，"小乔总已经给我送了一堆。"

她们又走过几家商铺。

"为什么爱吃奶糖？"乔之逾偏头问，总觉得有特别的原因，她看季希心情不好时会吃。

"因为——"季希想了想，她大方地告诉乔之逾，"小时候吃不到，长大了就想多吃一点。"

乔之逾隐约猜出吃不到的含义。她听季希落寞地笑道："家里穷，没钱买。"

季希今晚的话突然变得很多，她没等乔之逾接话，迎风眯了眯眼，看向远方，自顾自地接着说："你肯定想象不到有多穷。穷到都读不起书，我从中学起就是靠奖学金和助学金念的书。我们那儿很少有女孩子上大学的，一般都是出去打几年工就嫁人的那种。"

说这些时，季希始终没有看乔之逾，她从不觉得自卑，但面对乔之逾时，还是有一点。乔之逾太优秀了，方方面面都是，而她也清楚，乔之逾的优

225

秀是自己再努力也无法追赶上的。

季希身上有股傲气，要她说出这番话，并不是件容易的事。因此，她从不曾对人倾诉过。尽管她知道这些经历对她来说是种骄傲，但她不想暴露曾经的狼狈。

乔之逾默默听着，她能猜到季希应该过得不容易，但听到季希以若无其事的口吻亲口说出，心里还是像被什么刺到了。

季希鼓起勇气，转头看乔之逾的反应。她想：乔之逾会惊讶，抑或是表示同情？一定会觉得不可思议吧。

乔之逾认真地看着她，笑着告诉她："那你很厉害，很棒！"

这是实话，一个人能对抗大环境，改变自己的命运，要吃多少苦，要拥有多少勇气啊。

她没有惊讶，没有同情，没有其他的表情，只是以最平常的口吻表示赞赏，只关注了她的努力。季希听完感觉心底暖了起来，也没有了先前的局促不安。

乔之逾再一次感受到季希内心的敏感脆弱。今天季希愿意跟她说这些，她很感动。

"都过去了。"乔之逾看着季希，笑着柔声说，"现在好起来了。"

"嗯。"季希跟着重复，"都好起来了。"

要是别人这么说，她肯定无动于衷，但乔之逾这样对她说，就不一样了。

两人相视而笑。

周六晚上，正值公园人流最大的时候，十分热闹。季希带着乔之逾闲逛，这会儿胃里还是涨的。

两人没逛多久，便听到一阵小孩的抽泣声。

季希往不远处的草地看去，一个小女孩在漫无目的地走着，她揉着眼睛哭，身边也没有大人。

有路人经过，只是好奇地看了一眼，但没上前询问。

"是不是走丢了？"乔之逾问道。

季希也觉得像。

两人快步走上前。

小女孩扎着马尾，穿着一条白色小裙子，年纪看起来比乔清还小。

"小朋友，你爸爸妈妈呢？"季希蹲下身，关切地问。

小女孩停下脚步，眼神惊恐，她没说话，只是张着嘴哭，哭得小脸蛋儿上满是泪痕。

季希越发确定她是跟家里人走散了，连忙问："是不是找不到他们了？"

小女孩仍不回答。

季希忙安抚她说："别害怕，阿姨帮你找他们。"

小女孩终于肯多看季希和乔之逾一眼，一个劲儿地抽泣着。

乔之逾也问："乖，是和爸爸妈妈一起的吗？"

小女孩撇着嘴，用哭腔说："妈妈……找不到……"

"没事，阿姨帮你去找，很快就找到了。"季希说，"找不到妈妈多久了？"

小女孩摇头。

"是和妈妈在公园里走散的吗？"乔之逾只好换个方式问，"是在哪里找不到妈妈的？"

小女孩先是委屈地点点头，又马上摇摇头，一脸茫然。

小孩子方向感差，绕来绕去，记不清路很正常，好在是在公园里走散的，容易找到。乔之逾对季希道："我们陪她在这儿等一会儿，应该很快就会有人找过来。"

季希很焦急，她想了想，对乔之逾说："你在这儿陪她，我四处看看。"

乔之逾还没来得及说什么，季希就急匆匆地跑开了。

季希平时对别人的事从不关心，但某些时候是例外。就比如现在，一想到小女孩害怕哭泣的样子，她就揪心。

季希对这一带还算熟悉，她在四周绕了一圈，最后在中央广场的西南角碰到两个好心帮忙找人的人，最终一起找到了女孩的妈妈。

乔之逾是在二十几分钟后接到季希的电话的，一接通，电话那头传来季希气喘吁吁的声音："找到了。"

季希很快带着女孩的妈妈跑了回来。

女孩的妈妈很年轻，看着才二十几岁的样子，她一看到自家女儿，立马冲上前抱住。她声音颤抖着一直念叨："吓死妈妈了，吓死妈妈了……"

女孩也一把鼻涕一把泪，一直奶声奶气地叫着"妈妈"。

好在有惊无险。

看到眼前这一幕，季希心里刺痛，她就没有这么好运。曾经她也天真地以为自己只是走丢了，乖巧地在原地等着，等有人来找她。直到她被陌

227

生人送去派出所，再辗转送去孤儿院，也没人来找她，她才接受了被弃养的事实。

年轻女人再三对季希和乔之逾表示感谢，又觉得只说几句谢谢不够有诚意，想从钱包里拿钱。

乔之逾立刻拦住她："不用了。"

"真的是太感谢了。我刚刚都准备报警了。"

季希的表情并不和善，她额角淌着汗，气势汹汹地冲着年轻女人说："你既然带她出来，就要看好她，这么小的孩子，真的走丢了怎么办？遇上坏人怎么办？你知道她有多害怕吗？"

女孩妈妈被季希说得愣住了，但知道季希是好心，又连连认错，表示以后一定会注意。

季希也意识到自己语气过激，她很快冷静下来，喘着粗气。

乔之逾看季希额上的汗珠顺着脸颊往下滴，发丝也被汗浸湿了，季希在她印象中总是平静的，她从没见过季希这样急躁地发脾气。

母女俩走了。

"坐着休息一下。"乔之逾拉着季希坐到路灯旁的木椅上，她从口袋里拿出一包湿巾，说道。

乔之逾说："都是汗，跑这么急干什么？"

季希一脸认真地对乔之逾说："我怕她害怕。"很温柔的一句话。

季希看起来淡漠，乔之逾却知道，这姑娘骨子里温柔，内心藏了一团火。

季希差点儿就对乔之逾说出自己曾被遗弃的事，但话到嘴边还是咽回了肚子里。她不想提这些事，她希望这些事被时间掩埋。

乔之逾道："还好没事。"

"嗯。"季希笑笑，可此时偏偏胃开始抽疼了，她皱了下眉，觉得应该是刚吃完饭就跑步引起的。

"是不是胃不舒服？"乔之逾一猜一个准，"刚才跑那么急。"

季希嘴硬道："没有。"

乔之逾心疼道："不用什么事都忍着。"

不用什么事都忍着，这句话，季希也很喜欢。她忽然觉得胃没那么疼了。

"疼不疼？"乔之逾又问。

季希道："有一点点。"

"就知道，还嘴硬。"乔之逾笑她，又道，"不走了，先坐着休息一下。"

两人就坐在长椅上，看人来人往。

"这边早上空气还不错，我偶尔来跑步。"季希说。

"你喜欢跑步？"

"只是偶尔。"

乔之逾回忆着往事，说道："我大学时参加过马拉松。"

"马拉松？"

"看我不像吗？"乔之逾骄傲地说，"我肺活量很好，游泳还拿过冠军。"

"这么厉害？"季希见惯了乔之逾坐办公室的职场女王风格，很难想象乔之逾挥汗如雨运动起来的模样。

"你会游泳吗？"

季希道："不会。"

乔之逾偏头道："有空我教你，也算多学一项求生技能。"

季希听乔之逾这么说，其实还挺想看她游泳的。

乔之逾见季希没有马上回答，不满了，气场十足地问她："免费的美女教练，包教包会，不划算吗？"

一听到乔总如此自恋的话，季希就很想笑，她跟着说："划算。"

乔之逾认真地道："下次教你。"

"好！"季希应道。

季希爱听乔之逾说自己的事，再琐碎都想听。

晚风徐徐吹来，舒服得很，吹慢了节奏，吹得人也慵懒散漫。

季希抬起头，又看见了星星。

乔之逾先看了看季希，然后也跟着抬头望天。

"闷葫芦。"

"嗯。"季希已经习惯了这个外号，答得很自然。

"实在难受，可以跟我多说一些。"乔之逾怕季希自己闷着。

"已经不难受了。"季希说的是实话，乔之逾过来以后，那些糟心事都被抛开了。不像一个人待着时，会想很多。

乔之逾莞尔。良久，她问了季希一个很想问的问题："那心里还乱吗？"

季希是个一旦有方向就很坚定的人，既然决定了，就不会再犹犹豫豫，她冷静又释然地告诉乔之逾："不乱了。"

简单三个字,是深思熟虑后的结果。

虽然是意料之中的回答,但乔之逾还是开心得无法自拔,笑了笑,她说道:"不乱了就好。"

第九章
乔总住院了

夜深了。

画板上颜料未干，画纸上的女人，五官精致，身段优雅，笑起来时，眼眸弯起的弧度恰到好处。

盯着眼前这幅快完成的人物水彩画，季希执笔，在鼻尖旁的位置上，轻轻点了一颗小痣。

看看墙上的时钟，又看看放在一旁的手机，一直没收到乔之逾的消息，她知道乔之逾今晚参加聚会去了，但是都十一点了，她怎么还没回去？不会又喝醉了吧？

季希有些担心。她擦了擦手上花花绿绿的颜料，拿起手机，迟疑了一阵，还是给乔之逾发了条微信消息："还在忙吗？"

乔之逾收到季希的微信消息时，聚会已经结束，她坐在汽车后座上。看到置顶联系人发来一条消息后，她开始笑，她按住麦克风标志，说："聚会刚结束，准备回家。"

季希点开语音外放，听到乔之逾的声音不像喝醉了，她才放心。她正想打字回复，画面突然切换，切成了一个视频通话。

季希愣了一会儿，点了接听。本来大屏幕上是自己，小屏幕上是乔之逾，她切换了一下，把乔之逾切换到了大屏幕上。

乔之逾坐在车里，光线不是特别好，能看到车窗外的风吹动着她的长发，画质不够清晰，但屏幕里的人看着很养眼。

"这么晚才回去？"季希问。

"碰上个很多年没见的朋友，就多聊了一会儿。"乔之逾手指勾起时不时挡住脸庞的发丝，绕到耳后，问道，"你怎么还不睡？在干吗？"

季希基本上不跟人打视频电话，一时半会儿有点不适应，说道："在画画。"

"画什么？"乔之逾朝镜头笑了笑，"我看看。"

"还没画好。"季希的第一反应是肯定不能给乔之逾看到，偷偷画人家，挺不好意思的。

"给我看看。"乔之逾又说。

季希只好说："没开始画。"

乔之逾说："今天别画了，都十一点了，别当夜猫子。明天还要上班。"

温柔的声线加上同样温柔的笑，季希心情不自觉地跟着变好，她说道："你也一样，回去后早点休息。"

"嗯。"乔之逾乖乖答应，忽然又想起什么，告诉季希，"对了，姚染马上要过生日了，周末准备办个生日宴会，你有时间吗？一起过去为她庆祝一下，就是几个关系好的朋友聚聚。"

姚染的生日季希大概记得，去年姚染就是在时光办的生日派对。

"好呀。"季希说，姚染一直很照顾她，生日宴会如果有时间应该去，就算乔之逾不说，估计姜念也会打电话来邀请。

"是在海边。"乔之逾又说。

"海边？"季希还以为就是在北临，去海边那得去邻市。不过也近，自驾两三个小时就能到。

"可以准备一件泳衣，正好有空教你游泳。"乔之逾说。

真要教游泳？季希还以为乔之逾那晚只是随便说说而已。

过后，乔之逾又交代了一遍："别画画了，去睡觉。"

季希："嗯。"

"晚安。"

"晚安。"季希反应过来，自己说晚安说早了，她都还没到家。

季希猜得没错，没两天，姜念果然打电话跟她说了去海市为姚染庆祝生日这件事。

海市离北临不远，有好几个AAAAA级景区，是颇有名气的旅游城市。但周末时间有限，想要玩遍是不可能的。

姚染和姜念提前一天就去了海市准备。本来姚染是周一过生日，但为了大家能聚起来,就提前到周末办生日宴。

乔之逾是周六下午出发,自驾。

季希提了个小行李箱,她东西不多,主要还带了个笔记本电脑,虽说是休息时间,可工作通常是说来就来。

因为去海边,季希应景地穿了一条吊带长裙,浅色的,清新淡雅的风格。相比之下,今天乔之逾穿得很休闲,很飒,紧身的短款上衣,搭配浅蓝色的宽松牛仔裤。她这样穿主要是为了方便开车。

季希和乔之逾一碰面,都有眼前一亮的感觉。

"穿裙子很好看。"乔之逾夸道。

季希笑了。当她瞥见乔之逾精瘦白皙的腰身时,才相信乔之逾经常运动,因为线条很棒,还有清晰可见的马甲线。

"小乔总去外公家了吗?"季希系好安全带,问道。

乔之逾道:"嗯,本来想带她一起,又担心她怕陌生人。"

季希说:"我之前听她说过想去海边玩。"

"要不下次我们带她去?就我们俩,她应该不会那么害怕。"

季希点点头:"好。"

"回去告诉她,小家伙肯定要高兴坏了。"

三个小时后,乔之逾开车抵达姚染订的酒店。日子挑得很好,天朗气清,万里无云,天空湛蓝湛蓝的,就像倒悬在空中的一片海。

姚染和姜念就在酒店大堂等着。

"姚老板,提前祝你生日快乐。"

"哦哟,乔总打扮得这么青春无敌啊,美美美!"姚染笑嘻嘻地看看乔之逾又看看季希。

和季希、乔之逾差不多时间到的,还有另外四个人,其中三个是姚染的朋友,另一个是姜念的朋友,叫苏琪。

苏琪跟姜念、姚染打过招呼后,也热情地跟季希打起招呼:"学霸也来了?好久没见,真是越来越漂亮了。"

"好久不见。"季希不冷不热地笑了笑,她认识苏琪,在姜念店里见过两次,人挺风趣幽默的,一般说三句话就有两句话在撒娇。

"学霸还是这么高冷!"苏琪一口一个"学霸"叫着,都是从姜念那儿学来的,听着好像很熟,其实不然。

苏琪瞥见季希身旁的乔之逾后,侧过身,眼睛死死地盯着。

"姐姐,你好。"苏琪对乔之逾明显热情了不少,"我叫苏琪。"

乔之逾浅笑,也说了自己的名字,仅此而已。

苏琪还要跟乔之逾握手,乔之逾出于礼貌伸了伸手。

"你的手也太好看了吧,手指好长。"苏琪咋咋呼呼地说着,还用自己的手去跟乔之逾比。

乔之逾不喜欢跟陌生人有太亲密的接触,她笑着收回了自己的手。

季希默默地站在一旁,却都看在眼里。

"人都到了,先回房休息吧,晚点儿去海边烧烤。"姚染说。

两个人住一间房,要分房时,一个娇软的声音突兀地传来:"那我跟乔姐姐一间好了。"

季希眉头一皱。

姚染笑着看了看乔之逾,意思是让乔之逾自己看着办。乔之逾仿佛没听见苏琪的话,只是看向季希:"我们住一间吧?"

季希顿了一下,才答:"嗯。"

"不好意思。"乔之逾转过头,对苏琪说。

"没关系……"苏琪摸了摸头发,面上显得挺尴尬的,毕竟她都这么热情了,结果换来冷水浇头。

乔之逾和季希给人的感觉都挺冷的,季希是因为话少、性子冷淡,乔之逾爱笑,但不妨碍她给人一种距离感。

"走吧。"乔之逾侧身时,肩头轻轻蹭了一下季希的肩。

季希嘴角有点往上扬的趋势,很快又压了下去。大概她能明显感觉到,乔之逾对她,与对别人是两副面孔。

办理入住后,几个人乘电梯上楼。

姚染对朋友一向大方,订的都是豪华海景房,拉开窗帘,落地窗正对着大海,海天相接,一望无际。

季希站在露天阳台上,微眯着眼眺望远方,呼吸着清新的空气,心情舒畅。

"好久没来海边了,风景真好。"乔之逾趴在阳台边感叹,看着海水蔚蓝一片,她又回过头看看季希,绽开的笑容格外明媚。

季希也回过头,撞上了乔之逾正看她的目光,阳光海风下,她笑了笑,继续去看海,轻声说着:"我还是第一次来海边。"

"这次时间紧，可能玩不过瘾，下次我们带小乔总来，好好玩。"乔之逾仍望着季希的侧脸。

季希嘴角扬起的弧度不自觉地变大，每每听乔之逾说要带她去干什么，她就抑制不住地开心，即使还没做，心底也会升腾起一股雀跃之情。

"要不要先睡一觉，等吃饭了叫你。"

季希摆手道："不用。"

"我下午看你在车里打瞌睡。"

季希没有说话。

乔之逾笑了。

五点多的时候，海滩上已经支起了烧烤架。海滩、落日、烧烤、聚会，的确很美。十几个人围坐一圈，吃着聊着，热闹非凡。

季希坐在乔之逾左手边，而苏琪有意地坐在了乔之逾对面。

"干杯——"

"祝姚老板生日快乐。"

"永远十八岁。"

从黄昏到天黑，海风缓缓吹，越来越凉爽。有人嫌干聊干喝不够来劲，就提议玩点小游戏，输了的就说真心话。

聚会搞这一套真是永不过时，简单，又能活跃气氛。玩什么游戏不重要，重要的是可以八卦别人。

"玩个简单的，猜数字好了。"姜念举起啤酒杯提议。

"就这个，就这个。"

"谁当裁判啊？"

"当然是寿星当裁判。"

"规则你们都知道吧，我写个数啊，你们就按从左至右的顺序猜。"姚染拿出手机，在备忘录上写了个两位数。

从姜念开始，众人玩了起来。

"80。"

"0 到 80。"

"27。"

"27 到 80。"

……

第一圈轮下来，猜到的概率还挺小的，越到后面区间越小，踩雷的概率就大了。

半个小时下来，季希和乔之逾都完美避开，倒是听了不少八卦。大部分都是问感情方面的问题，初恋是谁，交往过几个对象之类的。

大家继续玩。

等到乔之逾的时候："12。"

"哎，12中了。"姚染晃了晃手里的手机，笑着起哄，"有什么想问我们乔总的赶紧问，机会难得。"

乔之逾坦然笑了笑，第一时间把眼神抛给了季希，仿佛在给她暗示，她倒希望季希问她什么。但不出所料，季希不是爱主动打听人隐私的人。

这时有人抢着问："交往过多少个对象？"

这个问题问罢，大家都很安静，对于美女的情史，都有强烈的好奇心。

当所有人都在期待从乔之逾嘴里听到一段浪漫的爱情故事时，乔之逾毫不遮掩，也很大方地回答："我没谈过。"

乔之逾说完以后，现场比刚才还要安静，连最熟悉乔之逾的姚染都惊呆了。她知道乔之逾没有丰富的感情经历，但也不至于一个都没有吧？

季希同样感到意外，本来都准备好了听乔之逾讲她和前任的事。

"真的吗？"有人忍不住质疑道，实在不敢相信。

"真的。"乔之逾笑笑。他说出来，很多人可能不会相信，她以前是一心忙于事业的人，后来虽然挺想恋爱结婚，但从未将就过。

游戏还在继续。

"68。"

"68到89。"

季希随便猜了个数字："87。"

"你这猜得太准了。"姚染看向乔之逾，"87到89。"

乔之逾朝季希笑笑，显得很无奈。

季希也瞅了眼乔之逾，嘴唇抿成一条线，有些尴尬，也有种坑了乔之逾的感觉。

"我想问，我想问。"苏琪抢答，速度之快令人咋舌。

见苏琪这么积极，大家都让她问了，乔之逾没有感情经历，就少了很多乐趣。苏琪朝乔之逾眨巴了下眼，十分好奇地问道："姐姐，你的理想型是什么样的？"

理想型？乔之逾听到这个问题后，低头想了想，笑道："认真的人。"

季希晚上没喝多少酒，倒是乔之逾和几个朋友碰杯，一杯接一杯，没少喝。季希心里是想让乔之逾少喝点，但别人都没少喝，她拉住乔之逾不喝太扫兴。

一群人一直闹到十一点多，才各自回房。聚餐也挺累人的。

走到门口，季希看乔之逾不开门，便问："房卡呢？"

乔之逾脸上带着一抹醉红，反问："不是在你身上吗？"

"不是你拿着的吗？"季希说。

两个人你推我，我推你。

"是我拿着的吗？"乔之逾摸了摸口袋，才发现在自己身上，"找到了。"

季希皱着眉，看她有点儿迷糊的样子，感觉她像是喝醉了。

两人进房，开了灯。

屋内隔音好，寂静一片。

乔之逾想去开窗，季希抢在她前头，还说："你先休息一下。"

季希走到阳台旁，推开落地窗，让风吹进房间。等她转身，就看到乔之逾倚在沙发上，还眯着眼，像是在小憩。她又去接了杯水。

乔之逾眯了一会儿睁开眼，看到季希走到沙发旁，将一杯水放在茶几上。

"站着干吗？"乔之逾懒洋洋地说。

"让我少喝点，你自己反倒喝这么多。"季希在乔之逾一旁坐下。

"没喝多。"乔之逾解释，还开玩笑说，"我酒量比你好。"

季希没跟她开玩笑，说道："都要醉了。"

"没醉。"乔之逾反驳道。

季希又问："不难受吧？"

每次就都是这几句话，反正也不是第一次了。

"要喝水吗？"季希看乔之逾的嘴唇有点干，关心道。

乔之逾："嗯。"

季希拿起水杯，递过去。

季希有点心不在焉，水溢出了一点，顺着乔之逾的嘴角往下流。她见状，连忙用左手接过水杯，用右手去帮乔之逾擦脸。

这时，门外响起敲门声。

苏琪看到开门的是季希，明显没那么开心，但还是笑了笑，问："方便进去吗？"

季希侧身让了让，她看苏琪手里还拿了杯西瓜汁，猜想对方是来向乔之逾献殷勤的。

果不其然，苏琪一进来，便直奔站在沙发旁的乔之逾而去。

乔之逾看到苏琪跑了过来，她礼貌而温和地朝对方笑了笑。

"看你晚上喝了不少酒，喝点这个解解酒吧。"苏琪把手里的西瓜汁递给乔之逾。

"谢谢。"乔之逾此时丝毫没有醉态，说道，"我没喝醉，你拿给她们喝吧。"

"她们的那份，我已经送过去了，乔姐姐，这份你就拿着吧。早点休息，明天见。"苏琪说。

乔之逾懒得多费口舌，于是接了过来。

等苏琪走后，季希开始审问乔之逾："你刚才在装醉。"

"哪儿有。"乔之逾装傻。

明明就是还不承认，季希刚才还以为她是真醉了。

"这个给你喝。"乔之逾把手里的西瓜汁递给季希。

季希瞥了眼鲜红的果汁，没接，道："这是人家特意送给你喝的。"

乔之逾都笑了，她问道："怎么了？"

季希说道："没什么。"

乔之逾无奈地笑了。

季希知道乔之逾在笑什么，她忙转移话题道："你现在去洗澡吗？"

乔之逾看时间不早了，便说："你先洗。"

"嗯。"季希点点头。等她洗完澡后，收到一条上司发来的微信消息，说有个文件明天中午之前就要。

浴室里传来哗哗的水声，是乔之逾在洗澡。季希盘腿坐在沙发上，开始处理文件。她想，带上笔记本果然是明智的选择。

半个多小时过去了，乔之逾穿了一条睡裙从浴室里走了出来。她看见季希不在床上，而是捧着笔记本电脑在忙工作，便问："要加班吗？"

"嗯，临时要改个文件。"季希回答道，她抬头看了乔之逾一眼。

季希低头，继续看着笔记本电脑屏幕，手指敲击键盘的速度变慢了。

"这么晚了还要整理文件？"乔之逾往季希身旁一坐，低声问道。

感受到身旁沙发微微凹陷，季希扭头看着乔之逾，道："不是你催着要的吗?"

乔之逾哑口无言。

看了一眼屏幕上的资料,乔之逾想起这的确是自己催着要的。她催自己的下属,自己的下属则催季希。

季希看乔之逾语塞的样子,抿嘴笑了笑。

"行,我跟你一起加班。"乔之逾凑过来,眼睛盯着电脑屏幕,看得很仔细。

季希走神了片刻,对乔之逾说:"你先睡觉,我去阳台那边。"

她怕打扰到乔之逾休息。

乔之逾看看季希,道:"我陪你。"

季希问:"不困吗?"

乔之逾笑道:"不困。"

说是出来玩,结果两个人加班到半夜。乔之逾和季希都是进入工作状态很快的人,有乔之逾的帮助,季希的工作效率比平时高了不少。

夜渐深。

"这里要改一下。"乔之逾伸手指着屏幕,小声说。

一旁的季希十分安静,没有出声。

乔之逾疑惑地转过头去看,下一秒便感觉自己的肩头下沉了一下。此时的季希正眯着眼睛,脑袋靠在乔之逾的肩膀上,似乎已经睡着了。

都困成这样了,还逞强。

乔之逾没有吵醒季希,帮她做完剩下的工作后,轻声叫醒了她。

季希睁眼时才意识到自己竟然靠在乔之逾肩上睡着了。

"睡吧,都困成这样了。"乔之逾的声音在深夜里显得越发温柔了,"我去关灯。"

在床上躺下后,季希不知怎么的,感觉自己反而清醒了不少。乔之逾关灯后,也躺了下来。

"带泳衣了吗?明天上午我教你游泳。"乔之逾略微朝季希转过身,慵懒地问。

"带了。"季希听乔之逾说要教她游泳,特意买了一套。

"睡吧。"乔之逾说。

"嗯——"季希合上了眼。

她着实累了,一夜安眠。

海边日出很美，只可惜季希和乔之逾都没能早早起床。

早上，季希率先睁开惺忪睡眼。
室内泳池几乎没几个人，今天天气好，大多数人都去海边了。
比起跟一群人待着，季希更喜欢现在这样，只有她们俩。跟乔之逾待在一块儿的时候，季希会特别放松。
走到泳池边，乔之逾和季希还是吸引了一些目光，她们两个人身材都纤瘦高挑，穿上泳衣尤其显得腿长，赏心悦目。
第一次穿泳衣，季希挺不习惯的，她挑了件相对保守的，乔之逾则是露背装，优雅中带着性感。
"以前试过没？"乔之逾问。
"没有。"
乔之逾细心帮季希戴好泳帽，又笑着问她："怕不怕水？"
季希说："应该还好。"
戴上泳帽后的季希显得很乖，乔之逾看着，唇一扬，眼睛笑弯了。季希没问乔之逾笑什么，很默契，似乎没有来由。
"带你去水里走走，先熟悉一下。"
乔之逾先下了水，她站在泳池里，然后朝季希伸出手，说："下来。"
季希走到泳池边，弯了弯腰，小心翼翼地下水。刚下水，她还掌握不好平衡，有点站不稳。
乔之逾马上扶了扶她的肩背，说道："我会扶着你，不用怕。"
季希抬头看着乔之逾，也小声道："我不怕。"
带着季希在泳池里走了几圈后，乔之逾先教季希呼吸技巧，她说道："嘴吸气，鼻呼气，吸气在水面，呼气在水里，别记反了。"
季希觉得简单，笑道："这还能记反？"
乔之逾看季希颇有自信，提醒说："呛水很难受的。"
季希学东西快，看乔之逾做了一次示范，换气做得很标准，她肺活量也还不错，脸埋在水里，一次能闭气很久。
"是这样吗？"季希将头探出水面，脸上湿漉漉的，呼吸急促。
乔之逾夸道："肺活量不错。"
"心情不好的时候，有时会这样，把脸埋在水里，等憋不住气再出来。"季希呼吸渐渐缓下来，说着，又感觉自己这种行为有点傻。

季希说得轻松，乔之逾听着却心疼。季希眉宇间有着同龄人没有的阴郁，她想要帮助季希驱除内心的阴霾，想让这个闷葫芦能变得开心起来。

　　"连起来试一下，像我这样。"乔之逾继续教着，先是在水面短促地吸了口气，再沉到水里三四秒，然后探出水面短促吸气，如此反复。

　　乔之逾教得耐心又细致，季希突然想起"免费的美女教练"这个说法，不禁笑了起来。

　　"上课不认真，还笑，都学会了吗？"乔之逾真有点教练的架势，只不过她是笑着说的。

　　季希越发想笑了，说道："差不多。"

　　乔之逾："来，试试。"

　　连续换气看着简单，但做起来还是有难度。加上季希做得并不熟练，她反复做了六七次后，毫无防备地吸了一鼻腔的水，真叫一个难受。

　　节奏都变了，季希脚底跟着滑了一下，一下没保持好平衡，幸好乔之逾及时抓住了她。

　　虽说泳池水浅，但对于一个第一次下水的人来说，出现这种情况挺没有安全感的。

　　季希像抓住救命稻草一样，还猛烈地咳嗽着。呛水的滋味着实不好受，这回她实实在在体验了一回。

　　乔之逾手抚着她的背帮她顺气，笑问她："难受吧？"

　　季希脸都红了，逞强憋出一句"还好"，继续咳嗽起来。

　　乔之逾看着季希红通通的脸，问道："真的不难受？"

　　季希这时绷不住了，皱着眉哼哼道："难受死了，咳……"

　　乔之逾一个劲地笑。

　　"有这么好笑吗？"季希问。

　　"看你嘴硬就觉得好笑。"乔之逾不给面子，调侃道。

　　季希咳着咳着也笑了。

　　看着季希在自己面前一点点放松下来，乔之逾也很开心，这才是两个人在一起时该有的状态。

　　"去休息一下，脸都呛红了。"

　　"好。"季希很听话。

　　坐在泳池边上，季希用脚拨着泳池里的水玩，显得有些孩子气。

　　"季希。"乔之逾叫了一声。

季希刚扭过头，乔之逾从泳池里扬起一点水，洒到季希脸上，咯咯笑起来。

季希猝不及防，眼睛眯了眯，脱口而出："乔之逾，你恶趣味。"

这是季希第一次叫她名字，乔之逾愣了愣，忽然笑了起来。

季希趁机扬水往乔之逾脸上浇。

乔之逾："嗯？敢欺负我？"

季希边躲边笑。

你来我往地互相伤害，两个大人像三岁小孩，但乐呵是真乐呵。

"你不游一下吗？"季希问。

"想看我游泳啊？"乔之逾一语道破季希的心思。

季希："想看冠军游泳。"

乔之逾："好，满足你。"

她一跃入水，修长的身体流畅摆动，像条美人鱼一样，击打着水花，从这一头，到那一头。

季希坐在池边，脚泡在水里，抿着唇笑，看得入迷。

眼前的一幕幕刻在心底，美好的记忆又添了一些。

短暂的休假结束后，又迎来了忙得不可开交的工作日。

办公室里气氛颇为紧张。

"后天有个项目要到D市出差几天，谁愿意去？"邵经理补充说，"要去乡下，条件可能不太好，最好是男生。"

要去那种鸟不拉屎的地方，这种苦差事大家都不想接，心不甘情不愿的，各种找理由推托。有的说要陪女友拍婚纱照，还有的说要照顾生病的猫，抽不出时间。

"我去吧。"

"我去吧。"

两个女声高度重叠在一起。

季希是想抓住一切机会锻炼自己，而孟静刚失恋，不想总在办公室里待着，出差正好也能换个心情。

"你们要想好了，那边条件挺艰苦的。我还是更倾向于让男生去。"

季希笑道："没关系。"

孟静也说没事。

中午去茶水间接咖啡时，季希隐约听到一些不和谐的声音。

"女的就是会装，有必要那么假惺惺吗？还争着说'我去'。"

"是啊，又不是什么好差事。"

"弄得我们还被上头批了一顿。"

孟静听到对方是在谈论自己和季希，脚步停了停，面露不悦。

季希往里走，还故意用力把水杯往吧台上一放，碰出的声响引起了他们的注意。

两个男同事嚼舌根嚼到一半看到当事人现身，立马表现得和和气气，不再谈论。

季希接了咖啡，偏还在那两个人旁边坐下，丝毫不避讳。两个男同事见状，笑嘻嘻地打了个招呼，很快就走了。

"季希，我真佩服你。"孟静佩服季希的自信，佩服她丝毫不在意别人的看法。

"该难为情的是他们，不是我们。"季希言简意赅。

孟静也释然了，道："你说得对。"

季希要是在意别人的看法，就不会有今天。她念中学时，班上大部分学生都是在混日子，反倒对刻苦读书的人嗤之以鼻，而认真学习的人通常都是被孤立的对象。

季希从不随大流，或许是由于从小吃多了苦，她变得更有主见。她只知道朝着目标前进，觉得这才是她该做的事。

"你将来一定能做到投资总监。"孟静由衷地佩服季希，她压低声音道，"我感觉你有乔总的气场。"

乔之逾的确是她想成为的人，在公司第一眼看到乔之逾时，就这么想。不过现在提到乔之逾，心里多了丝温暖。

季希笑了笑，仍是云淡风轻的口吻："一起努力。"

孟静："嗯，一起努力。"

午后，两人边喝咖啡边聊天，季希这时收到了几条微信消息。

这是来自备注名为"恶趣味"的微信消息。从海边回来以后，季希心血来潮地给乔之逾改了备注，"乔总"两个字太显眼了。而乔之逾也把她的微信备注为"闷葫芦"。

恶趣味："我陪客户在外面吃饭，这家日料的味道不错，下次我们来吃。"接着还发了两张食物的照片。

闷葫芦:"中午吃的面条。"然后发了一张面条照片给乔之逾。

季希以前根本不会拍这些,现在会拍是因为有人可以分享。

紧接着,季希又告诉乔之逾:"我后天要去D市出差。"

恶趣味:"要去几天?"

闷葫芦:"四天。"

孟静留意季希好半天,才笑着问:"在跟男朋友聊天吗?"

"不是。"季希回过神,否认道。

孟静听了,不再追问。

离开北临的前一晚,季希一个人在家整理行李箱,要去四天三晚,带的东西自然不少,这还是她第一次远距离出差。

七点多的时候,季希接到了乔之逾的电话。

"给你寄的包裹到了,开门签收一下。"乔之逾说。

有些突然,季希好奇道:"给我寄了什么?"

"已经到门口了,你收了就知道了。"电话那头的人在笑。

"嗯。"季希满心以为是送快递的,她打开门,就愣住了。因为她看到乔之逾正站在门口,朝自己笑。

惊讶过后,季希连忙问:"你怎么来了?"

"过来给你送点东西。"乔之逾将手提袋递给季希,"拿着。"

"这是?"季希不明所以地接过。

她刚准备给乔之逾拿鞋,乔之逾却叫住了她:"不用了。"

"我待会儿还要过去,他们在等我。"乔之逾就站在门口,叮嘱道,"这里面有防晒霜和防蚊虫的药,跑外勤记得每天擦防晒霜,D市我去过,那边蚊虫多,先给你备着。"

季希攥着手提袋,望着乔之逾不知该说什么。她打小在乡下长大,就算被蚊虫咬一身包,家里也不会管。

"你这么忙还过来。"季希不想她跑来跑去,太辛苦了。

乔之逾立在原地,轻声问:"你说呢?"

季希嘴上没答,但心里比谁都明白。

"第一次出差,工作虽然重要,也要好好照顾自己。"

"嗯。"季希看着乔之逾,不忘提醒,"应酬少喝点酒。"

乔之逾笑道:"记住了,我先走了,你进去吧。"

季希立即放下东西，跟着乔之逾出门："我送你。"

乔之逾没有拒绝。

没等多久，电梯便来了。

季希走进电梯，问乔之逾："车停在哪儿？"

乔之逾道："就在楼下。"

进了电梯，季希按下了一楼按键，与乔之逾并肩站着。

一段不长不短的路，两人并肩慢悠悠地走过。

她们都没说话，时间仿佛也跟着慢下了脚步。

乔之逾很享受这样的平静。

这时，乔之逾的手机铃声响起，有人来催她了。

季希又笑了，催促道："你去忙吧，我也上去了。"

看着乔之逾上车后，季希在原地待了一会儿，若有所思。

而乔之逾独自坐在车内，给季希发了一条微信消息。

季希是在电梯里收到乔之逾发来的消息的，只有简单的一句："每天给我打电话。"

盯着手机屏幕，季希笑了笑，在输入栏里打下一个字："嗯。"

想了想，她又删掉了。

乔之逾没退出聊天界面，就看着系统提示"对方正在输入"，却迟迟没有消息发过来。

乔之逾耐心等着。当她看到季希发来的回复后，才意识到自己想多了。

她的回复依旧只有一个字："嗯。"

不过后面还跟了个小猫卖萌的动图，怪可爱的。

季希喜欢猫，她看到小猫的表情包会默默收藏起来，但平时很少发给别人。

乔之逾看着这个回复，已经能脑补出季希说"嗯"时的认真神情。

季希打开乔之逾送来的包裹，有防晒霜、驱蚊药、创可贴，以及一些常用药品，还有一个包装精致的小方礼盒。

她拆开礼盒，看到一个晶莹剔透的玻璃瓶，里面装着香水。

拿起香水，季希喷了一点在手腕处，抬腕嗅了嗅，这个味道太熟悉了，是乔之逾身上最常见的香气。

季希想了想，将香水摆在床上，拍了张照片。她将照片发给了乔之逾，又在键盘上打下:"谢谢,很喜欢。"

乔之逾没回应,应该在忙。

等季希洗完澡爬到床上时,她才看到一条未读微信消息,是十分钟前发来的:"也是我喜欢的味道。"

乔之逾随后也发来一个动图,就是她先前发过去的那只胖猫。

乔总发这种卖萌的动图,感觉很违和。

季希又给乔之逾发了一个小猫的动图。这些动图她大多是从聊天群里收藏的,一直没用过。

过了一会儿,乔之逾给她回了消息。

恶趣味:"睡觉去,明天还要早起,晚安。"

季希习惯性回复:"嗯。"

发完以后,她才想起自己似乎又对乔之逾说"嗯"了。

翌日九点,乔之逾坐在办公室里时,季希已经登上飞往D市的航班。

做投资这行,出差必不可少,每个项目的情况都不一样,有时去国外,有时去一线二线城市,去小县城或农村调研也是常有的事。这行的出差补助和待遇挺可观的,如果是肥差大家自然抢着去,像要下乡这种,大家难免会不乐意。

"你应该是第一次出差吧?"孟静小声问季希。

"嗯。"季希点点头。

"我以前在投行的时候,一年有三百天都在出差,什么鸟不拉屎的地方都去过。"孟静和季希闲聊起来,"听说那边乡下条件挺艰苦,你可能会吃不消。"

季希说:"我是在乡下长大的。"

孟静意外道:"那你皮肤好白。"

季希从小就被人说皮肤白,她其实没少晒太阳,但晒不黑,总是有着营养不良的白,也许是天生的。不过今天出来前,她特意用了乔之逾给她的防晒霜,还有香水。

小县城的条件比季希想象中还要差。尽管合作方安排了相对较好的酒店,但卫生条件还是令人担忧。季希不知道是吃坏了东西还是水土不服,莫名其妙长了疹子,晚上还腹泻,让她感觉很是难受。但季希是再怎么不舒服也不会耽误工作的人,就算硬撑,她也能行。

"好点了吗？"孟静看季希的脸色不太好，有些担心，"晚上你还是别去了，你去了他们肯定又让你喝酒。"

"我跟邵经理请过假了，你快去吧。"季希说。

"要不要我陪你？我看你状态好像不好。"孟静又说。

"没事，我睡一觉就好了。"

孟静离开后，房间里并没有彻底安静下来，楼下时不时会有车子的鸣笛声。

季希早早地洗了澡，到床上躺下。

酒店的被子像是受了潮，盖着很不舒服，季希合上眼，翻了好几个身也没睡着，最后索性趴在床上，拿出手机看财经新闻。

目光扫过密密麻麻的小字，看久了也无聊。人身上不太舒服时，情绪会跟着变得焦躁，季希现在就有这种感觉。

熬到晚上九点多的时候，季希给乔之逾发微信消息："回去了吗？"

对方没过多久便回复了消息："到家了，你忙完了吗？"

看到乔之逾的回复，季希停顿了片刻，拨通了语音通话。

乔之逾倚在阳台的沙发上，看到季希的语音邀请，她点了接听。

乔之逾问道："今天工作累吗？"

季希倚在床头，道："不累。"

乔之逾笑道："出差哪有不累的？"

季希只是和乔之逾简单说说话，就感觉心情好了很多。她问："小乔总在干什么？"

"小乔总已经睡了。"乔之逾在沙发上舒服地躺下，道，"不顺便关心一下大乔总吗？"

听到"大乔总"三个字，季希被逗笑了，但听乔之逾的声音，像是喝了酒。她低声说话时温柔中带着慵懒，像是有根羽毛在耳朵边挠着，让人觉得痒。

"真难得，季老师最近每天都给我打电话。"乔之逾一边说着，一边悠闲地用指尖蹭着沙发。

听乔之逾说完这句话，季希越发确定自己的猜测，于是问道："你喝酒了？"

乔之逾问："耳朵也能听出来？"

"听出来了。"季希也觉得奇怪，她就是能听出来，乔之逾喝了酒说话和没喝酒说话是有区别的，尽管区别很小。

乔之逾又道："没喝多少。"

"嗯。"

乔之逾听到季希说"嗯"后，直接笑了起来。

季希语塞，就因为乔之逾说她只会说"嗯"。

"后天我去机场接你。"乔之逾突然冒出一句。

季希抿着嘴，笑道："好。"

出差结束后，季希一大早便回到了北临。

此时北临在下雨，淅淅沥沥的。这个月份的雨，每下一场，气温就降几度。再多下几场，夏天就彻底过去了。

天气一点一点冷起来，季希很讨厌。北临的秋季短得几乎可以忽略不计，入冬很快。而季希最讨厌的，莫过于冬天。

计划赶不上变化。今天乔之逾没来接她，说要加班脱不开身，所以安排了司机来接。

来接她的司机季希也认识，之前见过几面。

雨刮器在挡风玻璃上有节奏地刮来刮去。

"季总。"司机系着安全带，心想能让乔总特意来接的人，肯定是厉害的人物，通常不是这个总就是那个总。

被人一口一个季总叫着，季希怪不习惯的，连忙道："别叫我季总。"

"您太谦虚了。对了，您住哪儿？"司机想着，拍点马屁总没错。

季希说了楼下地铁站的名字，礼貌地说了一句："谢谢。"

"不客气。"汽车缓缓动起来，司机打着方向盘，顺嘴说了一句，"要不是乔总住院了，她就亲自来接您了。"

季希捕捉到了这句话里的重点，问："乔总住院了？"

"嗯，前天好像是摔了一跤，我开车送去医院的……"司机看季希没什么架子，聊起天来语气都轻松了不少。

"严不严重？"季希立刻问，昨天打电话也没听乔之逾说住院的事。

司机不确定，只道："应该还好吧。"

季希已经拿出手机打了个电话出去，在手机铃声响到第四声的时候，电话被接通了，电话那边传来乔之逾的声音："上车了吧？"

"你怎么了？"季希语气担心。

乔之逾倚在病床上，还装傻："什么怎么了？"

"你住院了？你昨天怎么没跟我说？"

司机竖着耳朵，听到季希说这句话时，心里咯噔了一下，突然有种不好的预感，心想自己是不是多嘴了。

乔之逾也猜季希多半是从司机那儿知道的。这事儿她本来没打算告诉季希，听季希语气焦急，反过来安慰道："就是在浴室不小心摔了一下，没受伤，不碍事。"

"没受伤你需要住院吗？"季希不信。

乔之逾恢复认真的语气，道："真的没事。"

季希放心了一些，她看着车窗外哗哗下着的雨，低声问："在哪家医院？"

"今天别过来，先回去好好休息。"乔之逾猜到了季希的想法，她刚出差回来，很辛苦。

"你告诉我在哪儿。"季希固执地追问。

乔之逾拗不过季希，告诉了季希自己所在的医院和病房号，还强调说："别担心。"

季希赌气道："没担心。"

到家后，季希放下行李箱便又下了楼。她撑着伞站在路口，拦下一辆出租车，往医院赶去。

高级单人病房内，乔之逾摁着遥控器，正在切换电视节目。

桌上的保温盒里有粥有汤，是李阿姨刚送过来的。乔之逾没什么胃口，就没打算吃。

夜幕降临，乔之逾望向窗外，雨滴砸在树叶上发出沙沙的响声。这雨下了一天，没完没了的，无聊。

这时，门口响起轻轻的敲门声——咚咚咚。

乔之逾扭头看向门口，那晚不小心把脖颈拉伤了，现在还疼着。她本以为是姚染过来了，等病房的门一推开，她却看到季希站在门口，手里的折叠伞正滴着水。

季希额边的发丝微乱，是路上被风吹的，她看见病床上的乔之逾没打石膏，没缠绷带，状态也不算糟糕，才松了口气。

"怎么还是过来了？都说了没事。"这是乔之逾看到她说的第一句话。

季希目光直直地盯着乔之逾，暗含无数关心。

乔之逾心头骤然温暖。不用想,季希肯定是放下行李就马不停蹄地赶过来了。

季希将伞搁在墙边的置物篓里,走到病床旁,问:"伤到哪儿了?"

"磕到了头,住院观察几天就好了。"乔之逾说道。

"严不严重?"轻微脑震荡也不至于住院吧。

"不严重,没摔傻。"乔之逾云淡风轻地说。

季希却神情严肃地道:"还开玩笑。"

乔之逾看着季希笑了起来。她从抽屉里拿出头部CT报告,递过去,道:"没有骗你。"

季希低头仔细看了检查结果后,终于放下了心。洗澡摔倒,还摔到头,想想都后怕,好在没什么事。

"是不是那晚喝了酒,才跌倒的?"季希又问。

"我没喝醉,是不小心滑倒了。"

"还不承认,我看你就是喝多了,又跑去洗澡,多危险啊!这么大了洗澡还能……"季希说了一大通,说着说着又停了下来,或许是自己都不习惯自己这么啰唆,这么担心一个人。

乔之逾默默地听着季希"训话",还拉过季希在床边坐下,她抬头望着季希,道:"季老师,我知道错了。看在我是病人的份上,你就别再念我了。"

这么一来,季希不知道说什么好了,反倒是闭上了嘴。

两个人都安静下来,一个倚在床头,一个坐在床边,耳畔是哗哗不止的雨声,还有电视里传出的欢笑声。

季希刚想问什么,乔之逾先开了口:"头不疼,就是偶尔有点晕,没事。"

季希噎住了,因为乔之逾提前回答了她想问的问题。

"头发都乱了。"乔之逾伸手顺了顺季希的头发。

季希强忍着笑,问:"你晚上吃了吗?"

乔之逾老实回答:"还没。"

"想吃什么?我去买。"季希来得仓促,什么都没带。其实季希挺纳闷,为什么乔之逾住院都没有家人陪,就让她孤零零地在医院待着。

"保温盒里有粥,还有汤。是阿姨先前送过来的。"原本没什么胃口的乔之逾忽然感觉有点儿想吃东西了。

"怎么不吃?"季希看着一旁桌上的保温盒都没打开。

250

"你吃了没？"乔之逾反过来问。

"我不饿。"季希说。

乔之逾挑眉道："不饿就不吃了？"

季希学着她挑眉，道："你不也没吃？"

两个人你一句我一句说着，就跟拌嘴一样。

"一起吃。"乔之逾侧过身准备下床。

"你别动，就躺在床上。"季希拦住乔之逾，"我来。"

乔之逾听话没下床，看着季希的一举一动，不禁笑了。

季希揭开保温盒的盖子，一股清香扑鼻，是冒着热气的莲子银耳粥。李阿姨准备的分量足，两个人吃绰绰有余。她小心翼翼地盛出一碗，递给乔之逾，叮嘱道："烫，小心点。"

乔之逾正要接，不小心又扭到了脖子，眉头皱了一下。

季希立即察觉到她的不对劲，关心道："怎么了？"

"脖子扭伤了，没事。"

"我喂你吧。"季希端着碗，轻声道。

季希舀了半勺粥，先是贴心地吹了几下，怕乔之逾又扭到脖子，她直接将粥送到乔之逾唇边，叮嘱道："慢点吃，别烫到。"

乔之逾先是愣了一下，然后张开嘴吃了下。

"好吃的，你也尝尝。"乔之逾舔着唇去，回味甘甜。

在乔之逾的催促下，季希不自觉地将下一口送到了自己嘴里，粥吃进胃里暖洋洋的。

"好吃吗？"

季希也舔舔唇，道："嗯。"

乔之逾道："多吃点。"

就准备了这么一只勺子，粥几乎都是两个人你一口我一口地吃的，竟然就这么吃光了。

"再喝点汤？"

"我不喝了，饱了。"乔之逾说，"你喝点汤吧。"

"我也饱了。"

"真的饱了？"

季希点点头。

闻到季希身上有熟悉的香水味，乔之逾低声笑问："用的是我送的香水吗？"

"嗯。"季希莫名有些难为情。

"看你累的，让你今晚不要过来。"乔之逾不知道是不是自己的错觉，才几天不见，季希的脸又瘦了，气色也不太好。

窗外的雨，沙沙地下着。

"脖子还疼吗？"季希关心地问道。

乔之逾道："有一点。"

"你别乱动。"季希又说。

"好！"乔之逾点点头，"都听你的。"

"出差很累吧。"乔之逾看到季希疲惫的神色，关心地说道，"到床上躺会儿。待会儿我让司机过来，送你回去。"

病床很大，躺两个人绰绰有余。季希犹豫了一下，还是躺了上去。

安静了一会儿，乔之逾突然问季希："出差怎么样？那边的风景应该还不错吧。"

"学到了不少东西，"季希拿过手机，道，"我拍了一些照片。"

那边乡下的风景的确不错，山清水秀，相比雾霾严重的北临，简直是人间天堂。季希拍了许多照片，有好看的，有好吃的，各种各样的。

季希点开手机里的照片给乔之逾看，两人的脑袋凑在一块儿，盯着屏幕上的照片。"怎么没拍你自己？"乔之逾见大都是风景照片，便问道。

"我不习惯自拍。"季希说。

"那你习惯一下。"

季希想了想，认真地道："我下次拍。"

"嗯。"乔之逾开心地笑了。

初秋，北临的气温降了下来。秋雨一场接一场，偶尔多云放晴一天，第二天又是阴雨绵绵。

这次下雨，季希的心情不像以前那么阴郁了。

乔之逾前些天出院了，重新投入工作中。

两人在公司见面时与往常无异，标准的上下级同事关系。她们把工作和生活都分得很清楚。

周五，是离假期最近的一天，也是全公司员工精神振奋的一天。

但季希打不起精神来，她每逢生理期都会很难受，可工作量不会因为她不舒服而减少。她每次熬一熬就过去了。

即使状态再差，她也能把手头的活儿干好。

今天天气难得放晴了一会儿，季希坐在工位上，稍稍能晒到些太阳。秋日的阳光很舒服，晒得人懒洋洋的。

季希皱着眉揉了揉小腹，又喝了一点热水。这时手机一震，是乔之逾发来了消息。

恶趣味："要是很疼就请假，别硬撑。"

季希本能地抬头往乔之逾的办公室看了看，透过透明的玻璃墙，隐约能看到她的身影。

乔之逾今天穿了一件浅蓝色的细条纹衬衫，她气质好，即使是最简单的搭配也能彰显出她强大的气场。

如果不是特殊情况，她们不会在办公时间聊私事。

闷葫芦："我没关系，还好。"

恶趣味："我点了外卖，红糖姜茶。你待会儿去前台拿。"

闷葫芦："嗯，谢谢。"后面附带一个表情图。

季希习惯给乔之逾发表情图了，乔之逾也会给她发，还是非常幼稚的那种。

客客气气的一句谢谢让乔之逾有些无奈，这个闷葫芦，怎么还跟以前一样啊？

季希中午点了外卖，吃完后，又喝了杯姜茶，这才感觉肚子没那么疼了。

乔之逾有应酬，中午就出去了。

季希理解，坐到她这个位置，工作和应酬没有明显界限。

午间，季希跑去天台上透气，她趴在栏杆旁，眯着眼眺望着不远处波光粼粼的江面，感觉身体舒服了不少。

兜里的手机嗡嗡作响，季希拿出一看，屏幕上"恶趣味"三个大字不断跳动。

"吃完饭了？"季希理了理头发，接通电话后，将手机贴在耳边。

"刚吃完。肚子还疼不疼？"乔之逾坐在车里，以前她不觉得应酬麻烦，现在却觉得多一秒都忍受不了。

季希道："还好。"

"不疼就好。"乔之逾又问，"晚上有时间吗？"

季希低头看着自己的影子,道:"应该不用加班。"

乔之逾靠着座椅,语气慵懒:"一起吃饭吗?"

听着乔之逾轻柔的声音,季希马上应道:"嗯。"

只聊了短短几分钟,季希结束通话,她听到身后有脚步声,回头一看,是陆风手插在西装裤兜里,悠闲地走了过来。

"来晒晒太阳,再不晒太阳要发霉了。"陆风微微眯起眼,阳光下,笑得露出一排白牙。

季希淡笑着打招呼,也没其他话说。没站多久,她准备下楼。

"季希。"陆风叫住季希,带着半开玩笑的语气。他一直在默默关注季希的状态,任何蛛丝马迹都收在眼底。

季希脚步一顿。

"你和乔总关系真好。"陆风又道。

季希不想被公司的人知道她和乔总私下有交情,于是装傻。

陆风笑了笑,他倚着栏杆,吊儿郎当地说道:"那天在医院,我都看到了。"

季希:"在医院?"

"嗯,我本来是去看乔总的。"陆风解释,他听说乔之逾住院,那天就想着去看一下,最后站在门口没进去。

季希大概明白了陆风说的。只是,他怎么会去医院找乔之逾?通过这短短的几句话,她推测陆风和乔之逾的关系不简单。她忽然又想起那次陆风打电话给她,说乔之逾心情不好,让她去陪陪。

陆风似乎很熟悉乔之逾的情况。

"你放心,我不会到处说的。"陆风马上向季希保证。

季希没就这个话题继续说下去,而是问道:"你和乔总很熟吗?"

对于这个问题,陆风想了一下,说熟吧,他们一年没说过几句话;说不熟,他们又是姐弟。

"算熟吧。"陆风想了想,如是说。

这个话题就这样结束,季希没有继续聊下去,转身想走。

"季希。"陆风朝季希的背影喊了一声。

"什么?"顶楼风大,吹得季希长发飞扬。

陆风一下子变得正经起来,像换了个人一样,说道:"我想跟你说些事,关于乔总的。"

季希回过身,阳光落在了她的脸上。

"你应该还不知道吧，她是我姐。"陆风实话实说。

季希表面平静，内心已经掀起波澜，她诧异道："你姐？"

"我随我妈姓。"陆风解释，看季希的反应，就知道她肯定不知情。

季希对陆风说的话有些怀疑，毕竟这信息量太大了。

陆风瞧着季希似乎不信，笑道："没骗你，你可以问她。"

乔之逾从没提过自己跟陆风的关系，季希怎么也想不到他们会是姐弟，但细细一想，这恰好能解释一些事情。

"我们同父异母，她妈妈去世了。"陆风逆光站着，继续说道，"她跟家里的关系不太好，这些年她在国外也不怎么回家，反正一个人挺不容易的。"

陆风摸了摸头发，觉得自己说得没头没脑，有点不知道该怎么说下去。

其实现实情况要更复杂，乔之逾是乔家收养的养女，和乔家没有血缘关系。

陆风知道，乔家并不待见乔之逾，也没把她当自家人看。而乔之逾跟乔家的关系差，很大程度是因为他母亲对乔之逾有偏见，一直防着。虽然不是亲姐，但好歹也是名义上的姐姐，他觉得这样不太好，可自己又改变不了什么。

"我就是想说，"陆风斟酌片刻，没有把细节说出来，毕竟是自己家的家务事，还挺狗血，"她虽然很成熟很要强，其实也需要人关心。你可以多照顾她一点。"

陆风说"我姐"时很生疏，毕竟他从小在国外，没跟乔之逾一起生活过，谈不上感情多深。可他有些心疼乔之逾，也是真心希望有人能对乔之逾好。

关于乔之逾生活中的点点滴滴，季希总是听得认真，认真到默默记在心里。原来她跟家里关系不好，难怪连住院都没有家人来看她。

季希听后，回答："嗯。"

"我知道我多管闲事了。但我相信你会听的。"陆风笑容阳光，说完迎着风，潇潇洒洒地走了。

季希仍站在原地，还在想陆风刚刚说的话。

外人都把乔之逾传得很完美，她是风风光光的乔家大小姐，是别人遥不可及的高岭之花。乔之逾平时脸上也总是带着从容的笑，但季希能感觉到，她并没有表面看起来那样坚不可摧，季希见过好几次她脆弱的模样。

和乔之逾见面时，季希并没有问她跟陆风的事，她不主动跟自己说，

255

或许是不喜欢提。每个人都有自己不愿意提的事，季希很能理解。

从上个周末季希出差到现在，乔清有一个多星期没跟季希见面了，所以她晚上一见到季希，就高兴得多吃了半碗米饭。

晚餐过后，三个人坐在一张大书桌旁，桌上摆满了五颜六色的蜡笔。季希和乔之逾一左一右，陪着乔清画画。

受季希影响，乔清对画画的兴趣越来越浓，乔之逾听从了季希的建议，等乔清大一点，再请个专业的老师认真教她。

乔清握着蜡笔聚精会神地在画纸上描绘，乔清认真的样子看起来挺像那么回事的。季希低着头，时不时地夸她。

"老师，用这个颜色？"

"用这个。"

"这是会笑的小鸟。"

"嗯，小鸟会笑。"

……

小孩子心思单纯，心里想什么，就在纸上画什么。光从乔清画的画就能看出她比之前开朗了不少，蓝天白云，清溪暖阳，她画的全是些美好的东西。

此时季希的小腹一阵胀痛，怕乔之逾担心，她晚上偷偷吃了止痛药。

"还疼？疼就休息。"乔之逾还是发现了她的异样。

季希露出一副没什么大不了的表情，道："没事。"

乔之逾看了她一眼，站起了身。

季希问："你去哪儿？"

乔之逾道："去倒杯水。"

几分钟过去了，乔之逾端了杯热腾腾的红糖水过来，她直接在季希身旁坐下，将手中的玻璃杯递了过去："喝点红糖水暖一下。"

季希接过温热的玻璃杯，感觉心里暖洋洋的，她道："谢谢。"

"不用什么都说谢谢。"乔之逾看季希这模样，不禁弯唇笑了笑。

季希闻言，点了点头。

"老师，我画得好吗？"画得差不多的时候，乔清歪着小脑袋问季希。

"画得很好，继续。"季希夸着，注意力又回到乔清身上。

乔清默默地将脸蛋朝季希的方向凑了过去。季希见状，在小家伙的脸蛋上亲了一下。

这是老规矩了，表现好的时候，小家伙会索要亲吻作为奖励。以前她只对乔之逾这样，后来和季希熟了，也开始对季希这样。

乔清满意地笑了，她抿着小嘴继续认真画画。

窗外窸窸窣窣地响了起来，不一会儿，雨滴开始拍打着树叶。最近北临的天气很魔幻，昼夜温差大，雨也是说下就下。

"老师，今天不要回去了，外面下雨，还会打雷。"乔清抱住季希的手臂，说道。

想到季希生理期不舒服，乔之逾附在她耳畔说："我和小乔总照顾你。"

有这么好的待遇，季希也不想回去。

"我要和老师一起睡！"乔清不等季希回答，抢先喊道。

乔之逾揉了揉乔清的小脸，道："这么大了还跟老师睡？"

"就这一次，我想和老师、姨姨一起睡。"乔清撒娇道。

乔之逾听了，答得飞快："好。"

乔清还在缠着季希撒娇："我还想听老师讲故事。"

"好！"季希说。

季希第二次在乔之逾的房间过夜了，表现得最兴奋的是乔清。她和乔清趴在床上，故事书翻了一页又一页。

"听完这个就睡觉，好不好？"季希说。

乔清乖巧地点点头。

一个故事听完，乔清圆睁着黑黑的大眼睛，耍赖道："还想听一个。"

就这样折腾着，等乔之逾洗完澡出来，乔清还没睡，在床上缠着季希闹腾，季希依着乔清，各种哄。看到这一幕，乔之逾会心一笑。

乔之逾坐在床边，俯身摸摸乔清的脑袋，道："老师今天不舒服，乖宝宝听话，让老师早点休息。"

乔清还是比较懂事的，听到乔之逾这么说，立马刻安静下来。她还闭上眼睛说："乖宝宝睡觉了。"

听到她自己叫自己乖宝宝，季希和乔之逾都被逗乐了。乔之逾看了看季希，像逗小孩一样，顺手也在季希脑袋上拍了一下，才向梳妆台走去。

季希理了理被摸乱的头发，看着乔之逾的背影，偷偷笑了。

乔之逾注重保养，护肤工程还挺烦琐的，等一整套做完，乔清都已经呼呼入睡了。

季希躺在床上闭着眼，其实并没睡着，小腹还难受。

乔之逾放轻了脚步，上床。

季希听到动静后睁开了眼。

"还没睡？"乔之逾问。

"小乔总睡了。"季希把声音放得极轻，怕吵醒乔清。

乔之逾探身看了看乔清，只见乔清窝在季希怀里，睡得正香，她也放低了声音，道："这么大了还抱着睡，不能养成这个习惯。"

季希一听，轻轻松开了乔清。

乔之逾往身侧靠了靠，问："是不是还觉得难受？"

季希朝乔之逾摇头。

"看你嘴唇都白了。"乔之逾将手搁到季希小腹上，耐心地揉着。

揉了一会儿，她又问："好点了吗？"

"嗯。"季希看着乔之逾的脸，不知道是不是心理作用，真的觉得好多了。

乔之逾心疼，季希这性子让她心疼，季希在任何人面前逞强都可以，但她不希望季希在她面前逞强。

"难受就跟我说。"乔之逾继续帮季希揉着小腹，声音和手上的动作一样轻柔。

季希专注地盯着乔之逾，心里暖烘烘的。

床头暖色系的夜灯光线柔和，照亮床头一隅，周遭寂静无声，唯有窗外淅淅沥沥的雨声。

这时，躺在一旁的乔清翻了个身，呓语："姨姨……"

屋子里瞬间安静下来。

然而乔清哼唧了两句就没声儿了。

乔之逾望着季希，小声问："说梦话？"

季希淡定地说道："睡吧。"

乔之逾无奈道："嗯。"

"姨姨……"乔清又迷迷糊糊地喊了一句，这回她是真的醒了。

"怎么了？"季希小声问。

乔清迷迷糊糊看见季希，以为自己在做梦，她像小猫一样钻进季希怀里，嘴里还含糊地说："抱……"

季希的心都要被萌化了，哪里拒绝得了乔清的请求，她抚摸着乔清的小脑袋，道："嗯，老师抱——"

"小黏人精。"乔之逾笑道。看季希转过身去抱乔清,她跟着翻了个身,对季希说,"我可以帮你揉一揉肚子,你睡吧。"
　　季希回头看着她,道:"不用揉了,好多了。"
　　乔之逾点点头,认真道:"你以后不用在我面前逞强。"
　　季希笑着回应:"嗯。"
　　夜深了,卧室里十分安静。
　　窗外淅淅沥沥的雨声,就像是纯天然的抒情背景乐,催人入眠。

第十章
老家遇故人

翌日,又是绵绵细雨的阴雨天。

乔之逾醒来,发现季希和乔清还在睡,两人的睡相出奇的一致,乔之逾看着看着便笑了。

季希也睡醒了,只是看起来还有点迷糊。

乔之逾问:"醒了?"

"嗯。"季希睡眼惺忪地回道。

"要不要再睡会儿?"乔之逾问。

"不睡了。"

阴雨天也并非总是让人烦闷,比如现在,周末的雨天最适合慵懒地睡个好觉。

乔清还没醒,小孩子睡眠长,睡得又香,像只小懒猪。

季希低头一看,笑了。

"马上就要放国庆长假了,有什么安排吗?"乔之逾她,"要不我们带小乔总去海边玩。"

见乔之逾说得兴致勃勃,季希有些犹豫。往常一有长假,她都会回老家陪奶奶和妹妹。

乔之逾问:"是不是有安排了?"

"我奶奶的腿一直不舒服,我得回家陪她去医院看看。"季希不想扫乔之逾的兴,但这次国庆假期她确实要回去一趟,没有时间出去玩。

"要不要我陪你一起?"

季希听后觉得很暖心,她摇摇头,道:"就是有点风湿,不严重,不过一直拖着，我想带她去看看。"

"去哪边的医院？来北临我可以帮忙联系医院。"

"容城。"季希说。

"你家在容城？"乔之逾听到这个熟悉的城市，勾起了一些回忆。

"嗯。"季希想了想，又对乔之逾说，"对不起。"

乔之逾笑她："说什么对不起啊，傻不拉几的。"

"我扫兴了。"季希见乔之逾说起旅行的事时，一副满怀期待的样子。

"所以你不是真的想去？"乔之逾说道。

季希认真地道："不是。"

"逗你的。"乔之逾就爱逗她，"你放假回家，自己也要好好休息一下。"

"嗯。"

看天气预报，十月上旬天气都很好，很适合旅行。

国庆假期，季希给家里打了个电话，奶奶嘟囔了一句最近下雨，腿有点不舒服，但不碍事。老人家可能都这样，想要你回家陪陪她，嘴上又不好意思说出来。

放假前的最后一个工作日，大家都神采奕奕。这次国庆假期连着中秋假期可以放八天，八天假期对一群加班族来说，称得上奢侈，大家都在想着怎么过。

"嘻嘻哈哈的干吗呢？这还没放假呢！要不就别工作了，天天都放假，多好！"一个男人扬了扬手里的一沓文件，嚷嚷道。

说话的男人是投资副总，出了名的欺软怕硬。几个人立即安静下来，看电脑的看电脑，敲键盘的敲键盘。

"你这怎么弄的？数据都不是最新的，赶紧给我改了。"

邵宇起身，翻了翻文件，道："冯总，这没错啊，资料是这样的。"

"你不会核实检查一下？改好送到乔总办公室去。"

等姓冯的走后，邵宇无奈地叹了口气，上边出错了，锅就往下边甩。这种情况见惯不怪，背锅背得多了，也就习惯了。在职场上混，谁不是憋着一口气？

公司里讨厌冯副总的人挺多。

群里有人吐槽起来——

"二马这是吃火药了？又来撒气！"

"刚刚他好像被乔总骂了。"

"估计最近乔总心情也不太好……"

……

"这份文件，谁送一下乔总办公室？"邵宇说完，组里没有人回应。

一听要进乔之逾的办公室，就没有人想去，因为最近好些人都是被乔总骂出办公室的。乔总虽然人美，平时也总把笑容挂在脸上，但发起脾气来也是挺吓人的。

乔之逾不是会拿下属撒气的人，但忙的时候，下边要是犯一些低级错误影响工作进度，她难免会生气上火。季希见过一次乔之逾发脾气，她发脾气时表情很冷，那种气场，会给人很强的压迫感。

"我去吧。"季希起身拿起文件，说道。

站在乔之逾办公室前，季希轻轻敲了敲门。直到里边有人应了声"进来"，她才推门进入。此时乔之逾正坐在落地窗旁的沙发上，低头看着什么，手里还夹着一支燃着的细长香烟。

她一般心情不好或有压力时才会抽烟，而且多半是因为工作烦心。季希听到过一些传言，说是公司有个合作到期了，但利益方面没谈拢，对方想要撤资。这事对公司影响挺大的。

乔之逾没有抬头。

季希便叫了声："乔总。"

乔之逾即刻抬起了头，看到季希后笑了下。

季希道："文件放您桌上了。"

"拿给我看看。"

季希走近，将文件递过去，她发觉乔之逾的面容有些憔悴，这让季希心里有些不是滋味。在乔之逾压力大的时候，自己什么也分担不了。

乔之逾以为季希是因为看到自己抽烟不高兴了，她便低声问："不喜欢我抽烟？"

季希摇摇头，想了想，还是关心道："少抽点。"

"嗯。"

季希朝乔之逾微微一笑。

只待了一小会儿，季希便道："我去工作了。"

乔之逾点点头："去吧。"

午饭还是在楼下的餐厅吃。今天阳光很好,暖意融融,吃完饭后,孟静说在楼下晒会儿太阳再上去,季希跟她一起。

九月底的风拂去了炎热,带来刚刚好的舒适感。

季希穿了件浅灰的衬衫,偏宽松,衬得身板纤瘦,她的气质很适合这种性冷淡风。她平时给人的感觉总是淡淡的,仿佛永远燃不起热情。

孟静虽说每天都跟季希见面,但有时还是会多看季希几眼。也难怪想追季希的人那么多,她觉得季希不仅好看,性格也很吸引人,做什么都认真努力,从不抱怨。

花坛旁有只橘猫在溜达,身上有点脏,应该是流浪猫,也许喂食的人多了,它的身子圆滚滚的。

季希小心翼翼地走过去,蹲下身,给猫拍照。她拍了两张,一张远的,一张近的。

拍完,季希立马把照片发给了乔之逾,还打字说:"楼下晒太阳碰到的,好可爱。"

她希望乔之逾看到这两张照片时,心情能稍微放松些。

午后,阳光洒进办公室,气温升了上来。

季希昨晚做演示文稿熬夜到两点多,这会儿舒服地晒着太阳,感觉昏昏欲睡。

一阵嘈杂的说话声让季希提起了精神,身边的人纷纷站了起来,看季希还坐着,孟静顺便拉了她一把。

季希望去,一行人众星捧月般拥着个戴眼镜的中年男人走进办公室。季希习惯了这架势,估计是公司的合伙人,因为几个公司高管都出来迎接了。乔之逾也在其中。

这次来的是给公司出资的老板,真正的金主爸爸,自然不能怠慢。

"老流氓来了。"季希耳朵尖,听到有人轻声说了一句。

"王总,这位就是乔总。"有人介绍道。

"乔总,果然漂亮。"王恒笑眯眯地握着乔之逾的手,在众目睽睽之下,那只握着乔之逾的手迟迟不松开,揩油揩得过分明显。

季希眉心紧蹙,明白了刚刚为什么有人骂他老流氓。

其实,在公司待够一年以上的都听说过这位王总。主要是因为去年他在公司性骚扰了一个女秘书,事情闹得挺难看的。

原本公司高层打算息事宁人，私下劝女秘书算了，事情闹大对双方都没好处。但那个姑娘性子很刚，不想受这委屈，宁愿闹到报警，不要工作也要把这件事说出来。

这件事对王恒来说，并没有多大影响。只是后来公司女性职员看到这位王总，都会下意识地远离。

"你去洗手间吗？我也去。"孟静叫住起身的季希，跟上前。

邻组的一个女孩也起身，道："加我一个。"

"我也去。"

女生上厕所，总是很容易组起队来。

洗手间里没人，一个女同事四处张望了一下，小声跟季希和孟静说："你们才来不久，我告诉你们，那个王总不止一次性骚扰女员工，你们要是跟他接触，得留个心眼。"

"你们注意到他看乔总的眼神了吗？色迷迷的，太恶心了！"另一个女同事也吐槽。

孟静道："我也觉得，他今天竟然当着大家的面揩油。"

"最近不是在闹撤资吗？我听说，王总今天指名要跟乔总谈这事，还强调只跟乔总谈。"

"公司高层怎么说？"

"肯定会让乔总去争取，要是真的撤资，对公司影响太大了。"

"点名要跟乔总谈，这是什么意思啊？"

"你说什么意思，看样子就是……想睡乔总。"

"那也只是他想，乔总可是有背景的。"

季希一言不发地听着，指尖掐着手心，越发不安地担心起来。

季希猜乔之逾一下午都很忙，忙到都没时间看微信。因为快下班时，她才收到乔之逾发来的消息："可爱。"

是对她中午发的那两张橘猫照片的回复。

紧接着，季希又看到乔之逾发来的下一条消息："晚上我要开会，不能一起吃饭了。"

季希看到消息后，心中多少有些失落，她后天就要回容城了，本来她们约好今晚一起吃饭的。

内心虽有遗憾，但她理解乔之逾这段时间工作繁忙，撤资这事让人头疼。加上王恒又指名要跟乔之逾谈，这下压力都到了乔之逾头上。

今晚高层开会估计也是为了讨论这件事。

季希回应:"你忙,没关系。"

季希心疼乔之逾,她最近太累了。

过了几秒,乔之逾又发来一句:"想跟你一起去吃好吃的。"

后边附了张动图,是一只神情委屈的猫咪图片。

季希忽然笑了起来,谁能想到平时女王范的乔总也会这么可爱的图片。

季希一本正经地回复:"等这段时间忙完了就去。"

乔之逾坐在椅子上,低头看着手机屏幕,继续打字:"开完会再给你打电话。"

季希回了个"嗯"。她手握着手机,脑海里又浮现出下午王恒看乔之逾时的眼神,他就差把"见色起意"四个大字写在脸上了。他还说什么要单独和乔之逾聊,显然是动机不纯。

从下班回家,一路上,季希心里都在想这件事。

夜色渐浓,季希还没睡,她在等乔之逾的电话。

直到晚上十点,来电铃声才响起。

"我开完会了。"乔之逾回到家,神情疲惫地坐在沙发上,第一件事就是拨通了季希的号码。

季希正靠在床头,心不在焉地看书,问道:"到家了?"

乔之逾道:"刚到。"

季希听到乔之逾疲惫的声音,便问:"今天是不是很累?"

乔之逾揉了揉颈椎,她闭上眼轻声道:"有点儿。"

双方都沉默一秒后,乔之逾突然喊了声:"后天你就要回去了?"

"嗯,后天走。"

乔之逾想了想,道:"我们明晚见?"

"那明天下班,我们一起吃饭?"季希说道。

"明天晚上我有饭局,等结束了去找你。"乔之逾说。

听到饭局两个字,季希很敏感,她立刻想到了下午的事,便问道:"是跟王总的饭局?"

"你怎么知道?"

既然乔之逾这么说,那肯定是了,季希说:"在公司听到的。"

乔之逾解释:"他要跟我谈续约的事,我想尽可能地争取一下。"

"他为什么只跟你谈？他只约你一个人见面吗？"季希藏不住语气里的担心，"我在公司听说了他的一些事，他不止一次骚扰女员工。你别跟他单独见面。"

投资圈就这么大，王恒是什么人，乔之逾自然是有所耳闻。他说是只信自己，只想跟自己谈，其实就是黄鼠狼给鸡拜年。

"怕我被欺负？"乔之逾反倒笑了，她柔声道，"我有分寸的，而且他也不敢欺负我，不用担心。"

乔之逾这话不假，她虽然不受乔家待见，但在外还是顶着乔家大小姐的名头，一般人真不敢对她怎么样。

话虽如此说，但季希难免心中不安。明知道对方不是善茬，怀着图谋不轨的心思，乔之逾还要去谈生意，她怎么放得下心？

"他约你在哪儿吃饭？我到时候去接你。"

"我去找你就好，不用来接我。"

"我去接你。"季希抛出完全不容反驳的四个字，没有商量的余地。

乔之逾拗不过季希，便告诉了她地址。那是一家高档西餐厅，季希知道在哪儿，以前她跟着领导见客户时去过一次，有印象。

七点，乔之逾如约到达餐厅，餐厅里只看得见服务生，并无其他顾客，看这架势，王恒是包场了。

乔之逾刚走进去，一大捧艳俗的红玫瑰就送了上来。她笑道："谢谢王总，花很漂亮。"

"哪有乔总漂亮，你喜欢就好。"王恒笑得一脸热情。

餐桌上摆着的一条钻石项链，在吊灯的映照下，反射着高调刺眼的光芒。这条项链看着就价值不菲。

王恒道："小小见面礼，觉得很适合你。"

乔之逾瞥了一眼，将礼盒盖上，再推向对方，道："王总，这见面礼太贵重，我不能收。"

"是太贵重还是瞧不上？咱们约个时间，我亲自陪你去挑。"王恒变着法子献殷勤。

乔之逾不想拐弯抹角，说实话，她也恶心眼前的这个男人，他闹出的骚扰事件不止一两件，要不是有工作上的联系，她甚至不想多看他一眼。

"王总，今晚主要还是谈工作上的事。"乔之逾皮笑肉不笑。

"先交朋友，后边什么事都好谈。"

"只要合作，大家就是朋友。王总跟ZY合作这么多年了，早就是老朋友了，我们的实力王总应该比谁都清楚。所以，贵公司为什么会想撤资呢？"

"别一上来就谈工作，乔总看着可不像是不懂情趣的人。先吃东西吧。"王恒顾左右而言他，一边说，一边上下打量着乔之逾的脸蛋和身材。

不愧是圈子里出了名的老流氓，真是猥琐。

乔之逾拿出准备好的文件，开门见山道："这是最新拟定的协议书，根据你的意思，我们做了一部分修改，主要是分红方式做了修改。"

王恒摆手道："扫兴是不？这饭还没吃就聊工作？来，干杯。"

"抱歉，我今天开了车来，而且最近胃不好，喝不了酒。"

"乔总，我看你是不给我面子。"王恒举着酒杯，笑着感叹，"我可是很欣赏你的，不仅长得漂亮身材好，能力还特别优秀。跟我交个朋友，我能让你的能力发挥到极致。"

在职场摸爬滚打这么多年，什么人她没见过，是不是真的有合作意向，乔之逾聊上几句就能看清楚。

这样打太极也没意思，乔之逾道："王总，我这人喜欢直来直往，您今天的行为我可以理解为——你想追我吗？"

看着乔之逾妩媚的笑容，王恒瞬间就来精神了，他道："我就喜欢直来直往的，我很想追你，都说机会是相互的，也不知道乔总能不能给我这个机会？"

潜台词是什么，很明显。

乔之逾笑道："还是抱歉，我给不了王总这个机会。"

王恒有些诧异，下一秒，他自信地道："像你这样的女人，我认为你适合更强的。"

乔之逾不置可否，直接笑着起身，从容地道："王总，我还有事就先走了，协议书您好好看。别的我不多说，我就一句，不签肯定是您的损失，而不是我们。再见。"

这饭局结束得比想象中还迅速。今晚过来，乔之逾主要是跟王恒商定协议书的事儿，并没有打算陪他周旋。

对付王恒这样的人，一味地放低姿态只会让他得寸进尺。如果他本来就没有续约的意向，怎么说都没用；如果有的话，这就是一场心理战。乔之逾选择赌一把。

离开餐厅后,乔之逾没有马上给季希打电话,而是点燃一支烟。她先整理了一下情绪,不想把工作上的情绪带到生活里。

外界把她传得越神,她的压力就越大。就像这次的事情,公司所有人都觉得她出面搞定王恒是轻而易举的事。

听到手机响,乔之逾连忙拿出手机。

闷葫芦:"谈完了吗?"

乔之逾低头笑了一下,发了一句语音消息:"结束了,你来吧。"

说完,乔之逾继续抽着剩下的半根烟,她就听到身侧传来一个熟悉的声音。

"之逾。"

乔之逾侧身看去,看到一个单薄高挑的身影,不是别人,正是季希站在不远处,慢慢地朝她走了过来。

叫乔总太别扭,季希刚才犹豫了一下,脱口叫了她的名字。

乔之逾看到季希,先是意外,然后脸上浮起温和的笑。

看到乔之逾笑了,季希也笑了起来。

"一直在这等我?"乔之逾开口问。

季希点点头。她今天一下班就过来了,就在西餐厅旁的那家甜品店里,刚才看到乔之逾出来,她才跟过来。

路上有车呼啸而过,一辆接一辆,很是喧嚣。

"这么快就谈完了?"季希问,看着乔之逾闷闷不乐抽烟的模样,她直觉谈得应该不愉快。

乔之逾语气轻松地问道:"谈完了。"

"姓王的是不是欺负你了?"季希蹙眉。

乔之逾挑眉笑道:"我看起来很好欺负吗?"

语气柔和了下来。

季希稍稍舒了口气。她不知道自己能帮乔之逾做些什么,能在她不高兴的时候陪着她也挺好的。

乔之逾掐灭烟,将半截烟扔进一旁的垃圾桶里,她伸手拉住季希,道:"陪我走走。"

季希笑了笑,道:"嗯。"

北临街头的夜景很美,五光十色,既有现代化的繁华气息,又有独属于这座城的历史味道。

乔之逾扭头看着季希，问："没吃东西就过来了吗？"

"你是不是也没吃？"季希反问。

"饿了，我们去吃东西。"

看到附近有家过桥米线，乔之逾拉着季希走了进去。

米线店里人不多，出餐很快。

季希和乔之逾都爱喝汤，各自点了一份原汁原味的骨汤米线，汤底鲜甜浓郁。热乎乎的米线吸溜进嘴，吃下肚去，有种温暖的饱足感。

"不合胃口吗？"季希嘴唇红润，她看乔之逾吃得很慢。

"没有。"

季希闷声喝了口汤后，才问："今晚谈得怎么样？"

乔之逾夹了片木耳送进嘴里，不紧不慢地嚼着，说道："可能谈不下来。"

季希安静了两秒。看王恒那架势，要么就是没有意向，要么就是想从乔之逾这儿占便宜，这事儿肯定棘手。

乔之逾苦笑道："我也会翻车的，不是什么都能做好。"

公司里都把乔之逾封成神了，还说什么有乔总在肯定不用担心，这得承受多大的压力。如果这件事没处理好，公司里肯定少不了闲言碎语。

季希认真地看着乔之逾，跟她说："不要给自己太大压力。"

半个小时后，两人吃完了米线，身上都暖和了起来，甚至有点热。走到室外吹吹风，才感觉舒服了许多。

晚饭过后，乔之逾跟着季希回了公寓。

屋子坐北朝南，阳台虽不算大，但有一整面的落地窗，又是顶层，因此采光和夜景都是一流。季希推开窗，初秋的清风拂面而来。夏天真的过去了。

乔之逾与季希并肩站着，眺望远处的楼群，那万家灯火通明。她喜欢季希租的这个小公寓，因为有种温馨的感觉。

两人安静地欣赏夜景。

季希悄悄去看身旁的乔之逾，其实感觉得出来，乔之逾今晚的状态不好，虽然有笑容，但明显情绪低沉。

"想什么呢？"乔之逾转过身，面朝不说话的季希。

季希也稍稍转过身，低声道："你最近压力很大吗？"

乔之逾也不掩饰自己的脆弱,轻声答:"是有点。"

"我是不是很不会安慰人?"季希在这方面很有自知之明。

乔之逾摇摇头,问道:"你明天就要回去了?"

"嗯。"

"几点?我送你去西站。"

"八点。"

乔之逾点点头,她的面色带着疲惫。

季希知道她今天很累。

翌日一早,季希出发回容城。她订的是早上八点的高铁票,她故意跟乔之逾说是晚上八点,就是不想让乔之逾一大早起来送她。

北临到容城市区,坐高铁只要一个小时。

不过季希老家挺偏的,到了市区,还得转火车去县城,然后转大巴到乡镇,到了镇上,还要再走上几公里才能到家。

这一趟下来,怎么也要半天时间。

国庆假期的第一天,阳光明媚。长假出行的人非常多,车站人山人海,挤满了人。

季希拉了个二十四寸的行李箱,好不容易才挤上车,按照票上的位置坐了下来。季希的座位靠窗,阳光照在脸上,让人感觉很温暖。

车厢里不怎么安静。有小孩在叽叽喳喳地吵闹,还有人高声地外放视频,偶有乘务人员经过提醒几句,但没安静多久就又变得闹哄哄起来。

季希坐上回容城的高铁时,乔之逾还在睡觉,或许是因为最近太累了,她一觉睡到九点多才醒。

睁开眼后,乔之逾拿过床头的手机看了一眼时间,然后第一件事就是给季希打电话。

季希看到熟悉的来电显示后,立刻点了接听。

乔之逾半张脸埋在枕头里,问:"起床没?"

她的声音沙沙的,慵懒好听。季希听着,都能脑补出乔之逾刚醒来时的画面,她笑道:"你刚醒吗?"

"嗯,忘记定闹钟了。"乔之逾用手指揉着额头,睡久了,感觉有点头昏脑涨,她说道,"你吃早餐了吗?"

"我吃了。"季希还在想怎么跟乔之逾解释。

"今天一起吃饭吧,晚上我跟小乔总送你去坐车。"乔之逾还没完全清醒,"你们俩要好几天见不着了。"

听着乔之逾的话,季希更加难以开口解释,她手握着水瓶,沉默了几秒才硬着头皮开口:"我上高铁了。"

乔之逾一顿,问道:"不是晚上才走吗?"

"我记错了,是早上八点。"季希装傻道。

乔之逾这时从床上坐起身,撩了撩凌乱的长发,这下她清醒了。以季希的性格,要是能记错时间就有鬼了。

季希见电话那边沉默下来了,担心乔之逾是不是生气了。

乔之逾有些无奈,问道:"怎么不继续编了?"

果然是瞒不过她的,季希说:"我自己打车也一样的。你好好休息。"

乔之逾知道季希是关心自己才故意这样,原本以为今天还能见一面,结果她倒好,直接不打招呼就走了。

季希只好说:"我过几天就回来了。"

"到时候我来接你。"乔之逾说。

"好。"季希乖巧地应道,她看着窗外的好天气,问,"你假期不出去玩吗?"

"不出去了。"一个人的话,乔之逾懒得出去玩,她不像姚染那么爱旅游,加上这几天是旅游高峰期,人又多,她就更没兴趣了。

"在家休息也好。"季希说。

高铁上信号不好,她们简单说了几句便结束了通话。车厢里还是很吵,季希拿起耳机塞进耳朵,随便放了一首歌听。

她边听歌,边扭头看着窗外。收入眼底的景色从高楼大厦变成了绿树,风景疾速倒退着。

每次回去,季希都像是从一个世界掉入另一个世界。她当初刻苦读书,就是为了逃离曾经的世界。

现在也算逃离成功了吧。

季希是六岁那年被人领养的。六岁之前,她待在容城市区的一家孤儿院里;六岁以后,她开始在容城的一个穷山村生活。

六岁以前的记忆,被岁月冲刷,早已变得斑驳模糊。

季希只记得那时候的她因为自闭常被年纪大的孩子欺负,但有个姐姐会护着她、安慰她。只是时间太久远，她甚至忘了人家叫什么，唯独记得对方鼻尖上有颗痣。

和乔之逾一样，鼻尖旁边有颗好看的痣。

所以，她注定与鼻尖有痣的人有缘吗？这样一想，季希觉得缘分挺神奇的。

六岁以后的事，季希记得很清楚。

被领养后，她的养父母说不上对她好，也说不上对她不好。他们供她念了几年书，但也不想花钱供她一直读书，所以上高中后，季希都是靠自己才能读下去。

起先季希单纯以为是养父母不能生育，又想有个孩子，才领养自己。后来她听到大人们在闲聊，说长期不孕的人只要去领养个孩子，就能很快怀上……

当时她还小，躲起来大哭了一场，哭得撕心裂肺。她感觉自己被二次抛弃了，没有人真心愿意要她。她满心以为自己有了家，其实从来都没有家。

这种打击对一个小孩来说，很残酷。

从此，季希渐渐不愿意相信任何人，也很难再信任别人。

或许是巧合，她的养母后来真的怀上了一个孩子，是个女孩，取名季楠。

从季楠这个名字也能看出来，他们真正想要的是个男孩。他们为此努力了很久，最终在第二胎如愿以偿地生了个男孩。

那时候，老家那边重男轻女的思想很严重，像季希这样的女孩普遍只读到高中便要去打工了，再过两年便结婚生子，一生一眼便望到头。

季父、季母连季楠都不怎么管，更别提管季希了，他们带着儿子在外地打工，有时候一年都不回来，只寄回来一点还不够交学费的生活费。

季希从小是跟着奶奶生活的，可以说，因为奶奶和妹妹，她才勉强有一些家的感觉。

下午两点多，季希才到达村口。

周遭冷清，她一路上都没遇见什么人。村里现在没多少人住，年轻人都进城务工了，只剩下了些上了年纪的老人和留守儿童。

季希迎着太阳，拖着行李箱走过蜿蜒的乡间小道，轮子碾过地面，发出隆隆的噪声。

她听到身后一阵匆忙的脚步声。

"你好。"一道声音响起。

季希转身，疑惑地看着眼前的人。

"你是季希吧？"

风撩开季希额前的头发，她在阳光下眯了眯眼，眼前的男人很陌生。

"你不认得我了？我是陈煦，陈月半。"陈煦说完，刻意鼓了鼓自己的腮帮子，企图让季希想起自己。

听了对方的名字和外号，季希的记忆才被唤醒。她看着眼前高挑清瘦的男人，愣了好一会儿，才道："你瘦了好多。"

"上大学瘦了几十斤。"陈煦笑道，"瘦点好，对身体好。"

"嗯。"

陈煦是她在镇上念初中时的同学，至于她为什么还对他有印象，大概是因为整个班里只有她和陈煦在认真念书。在那个多数人都在混日子的时间里，努力认真的人反而会变成"异类"。

后来，季希高中考上了县里的第一中学，而陈煦分数稍微差一点，去了排名第二的四中。再后来，陈煦举家搬走了，两个人就再也没见过面。

说起来，那都是十年前的事了。

"我帮你。"

"不用。"季希说。

陈煦还是帮季希拉过了行李箱，说道："没事儿，你以前没少帮我。"

行李箱轮子继续发出隆隆声响，两人顺着熟悉的道路，往农家院子里走。

"刚刚去山上溜达了一下，我们初中毕业以后就没见过面了吧？我这次是回来陪我爷爷。"陈煦边走边说，"我听说你考上了Q大，还是理科状元，太厉害了。"

季希浅浅地笑了一下，她印象中的陈煦话很少，还有点自卑，反正不是现在这样。可见时间真能改变很多。

"你是留在北临工作？"

"嗯。"

"我也在北临，不过我现在还没毕业，在医院实习。"

"恭喜，当医生了。"

"这么久了，你还记得吗？"

"嗯。"

两人一路上闲聊了几句。遇到十年没见的老同学，陈煦还是有点儿激动。

相比之下，季希就显得十分淡定。

"你好像没怎么变。"陈煦感慨道。

"是吗？"

"嗯。"陈煦点头。

季希没反驳，这么多年过去了，她确实没怎么变，一如既往地朝着目标固执地前进，只不过不同阶段的目标不同罢了。

陈煦热心地帮季希把行李送到了家。他俩的家离得不远，再往上走一点，就是陈煦家的老房子。

小院子里，一个扎马尾的女孩正陪老人聊天晒太阳。女孩身材娇小，怀里还抱着把木色的吉他，歪着脑袋悠闲地弹着小调，曲调婉转好听。

在乡下能听到这样的声音，真的挺奇妙的。

听到拖行李箱的声音越来越近，季奶奶和季楠几乎同时抬起了头。

"奶奶，我回来了。"季希提高音量喊道。

"回来啦。"季奶奶嘴一咧，开心都写在了脸上。知道孙女今天要回来，她特意在院子里等着的。

季楠一看到季希，眼睛都亮了。她放下吉他，忙起身喊道："姐，你还没吃饭吧，我去给你热饭。"

"不用热，吃过了。"季希叫住季楠。坐大巴前，她随便啃了个干面包填肚子。她胃口不大，有时候上班忙，甚至会忘记吃东西这件事。

季楠热情地搬过行李，季希跟在她后面进了屋。

屋子里破破旧旧的，光线不太好，也比室外阴冷一些。

"姐，你这次放几天假？"季楠忙帮季希倒水。

"国庆加中秋一共有八天。"季希说。

"可以好好休息一下了，我听说你老是加班。"

"你呢，学校功课忙吗？"季希喝着水，关心地问。

"还好，应付得过来。"

季楠笑起来脸上有一个酒窝，很甜美。虽说是一起长大的姐妹，但季楠的性格要比季希开朗许多，话也多。

季希和季楠回到院子里，发现季奶奶正和陈煦聊得开心。

季希端着水杯走近，客气地道："喝点水吧。"

"谢谢。"陈煦接过季希递来的水杯。

"希希,你们两个之前还是同学吧。"季奶奶回忆起多年前的往事,"那时候你们俩一放学,就搬两个板凳凑在一块儿写作业。我还记得,陈煦那时候还没你高,现在倒是长得又高又瘦。"

陈煦听了,笑道:"奶奶还记得呢,我喜欢吃地瓜干,您每次都给我留很多。吃不完还让我带回去,我都不好意思了。"

人年纪一大就喜欢聊这些往事,季奶奶也不例外。她琢磨了一会儿,笑眯眯地问陈煦:"你谈女朋友了吗?"

季奶奶一问这话,季希马上预感到什么。

陈煦干笑道:"还没呢。"

"希希也没男朋友。"季奶奶若有所指地说道。她盼着季希结婚也不是一两天了。以前季希在念书,她不好催,现在季希毕业了,季奶奶觉得结婚这事不能一直拖下去了。

季希有些尴尬。

陈煦尴尬地闷声喝了口水。

"希希,陈煦也是研究生毕业,现在还是一名医生。"在奶奶看来,教师、医生、公务员之类的职业,稳定又体面。反观季希的工作,奶奶总觉得既辛苦又不稳定。

"你们都在北临,平时也可以互相照应一下。"

"奶奶,"季希无奈地打断季奶奶的话,"北临很大的。"

"没关系。"陈煦缓解了一下尴尬,顺口又问季希,"老同学,要不加个联系方式?"

季奶奶听见了,眼睛笑得眯成一条缝,布满褶子的脸上笑开了花。她巴不得把两人撮合到一起。

日落时分,远处的大山连绵,被暖黄的余晖笼罩。乡下的黄昏景致不比城市差,那是一种慢节奏的自然美。

在院子里支起一张小桌子,摆上几个菜,三个人就在外面吃晚饭。

知道季希要回来,季奶奶特意给她炖了一只鸡。

"你多吃点,瞧你瘦的。"季奶奶一个劲儿地给季希夹菜,说道,"在外面肯定没好好吃饭。"

季希扒了一小口饭,感觉心里暖暖的。虽说她是领养来的,但奶奶一直没把她当外人。她还记得刚来季家的时候,从来不敢吃肉菜,还是奶奶夹到她碗里,她才稍微吃一点。

　　如果不是奶奶和妹妹,她可能压根就不知道亲情是什么滋味,也不会想着回来看看。

　　饭没吃一会儿,季奶奶朝季希挤挤眼,闲聊起来:"老陈家的孙儿挺好的,瘦下来好看多了。"

　　季希明白她的心思,连忙道:"奶奶,你别胡说,弄得人家多尴尬。"

　　"怎么胡说了?我看你们挺合适的。"季奶奶看着季楠,想拉个帮手,说道,"楠楠,你说是不是?"

　　季楠装傻,闷声吃饭,一脸"我不懂别问我"的表情。

　　"你这个年纪,也该处对象了。不能总是一个人在外面晃着。"季奶奶继续念叨。

　　季希嚼着米饭,敷衍道:"嗯,有合适的我会找。"

　　季奶奶笑道:"陈煦不就挺合适的?"

　　季希皱皱眉,赶紧转移话题:"你的腿好些了吧?明天我带你去医院检查一下。"

　　"休息几天好多了,不用去。"季奶奶摇头,嫌弃地小声嘟囔,"去医院又得花冤枉钱。"

　　"花不了多少钱。"季希劝道,"还是去检查一下比较好,我正好放假,有时间。"

　　季奶奶说什么也不肯去,执拗得很,说没事,自己身体硬朗着呢,还能下地干活。

　　季希分不清真假,很多时候奶奶说身体不舒服,是希望自己能回来看看她。

　　这时,季希的手机响了一下,她点开屏幕看消息,果然是乔之逾发来的。

　　一张图片,两条消息。

　　"在吃晚饭。"

　　"你吃了吗?"

　　照片里,乔清在乖巧地吃着米饭,一眼看去,精致的餐桌,精致的餐具,还有精致的晚餐。

　　季希沉默地盯着屏幕上的照片,她知道她和乔之逾之间的差距,但看到这张照片和自己对比后……这种差距,如此具象。

　　她回乔之逾:"我也在吃。"

乔之逾问道:"吃的什么?"

季希看了看眼前简陋的木桌和带着豁口和裂痕的饭碗,犹豫了,最终打字回复道:"鸡肉和茄子。"

过了一会儿,乔之逾发了一条时长好几秒的语音消息过来。

季希点开,将手机贴在耳边:"我今天跟李阿姨学了几样菜,等你回来尝尝。"

入夜,晚风卷起凉意。

乡下没有什么夜生活,天一黑,四下静谧,仿佛进入了休眠期。

季希和季楠住在一间屋里,屋内陈设简单,只有一张老式的木床和一张掉了漆的书桌,她们从小用到如今。

书桌上摊开着几套试卷,印着密密麻麻的字,是高中数学内容。

"水烧好了,你去洗澡吧。"季楠挽着衣袖,从屋外走了进来。

乡下条件有限,没有热水器,洗澡都是用锅烧水,再兑些冷水,洗澡洗头都挺麻烦的。

季希抬头道:"你先洗吧。"

季楠笑道:"我试卷还没做完,洗了澡就想睡觉了。"

季希听了,便放下手里的手机,拿出睡衣,准备去洗澡。

季楠拉过板凳在书桌前坐下,拿起桌面上的中性笔握在手里,也不低头做题,偏头偷偷瞧了瞧季希:"姐——"

季希看了她一眼,问:"有题不会?"

"不是。"季楠顿了一下,才笑着小声八卦,"你是不是谈恋爱了?"

回来这几天,她发现季希会去外面打电话,神神秘秘的。

"做你的卷子。"季希说道。她拿起睡衣,往屋外走去。

季楠则埋头解试卷上的题,专心致志。只是题才解了一半,她的思路被一阵手机铃声打断了。

季楠放下笔起身,拿起一旁季希的手机,看了看来电显示后呆住了,因为"恶趣味"三个字太扎眼。

季楠正犹豫着要不要接,电话那头却挂断了。她放下手机,又折回书桌旁坐下,继续刷试卷。

季希的手机有消息通知在响,没过几分钟又响起来电铃声。

季楠坐不住,还是拿起手机按下了接听,怕对方有急事找季希,给耽误了。

"在干吗,怎么才接我电话?"手机那头传来温柔又好听的女声,季楠听到着实蒙了。

安静了一秒,季楠解释道:"我姐姐在洗澡。"

这会儿轮到乔之逾安静了,她好像没听季希提过有个妹妹的事。听到一个陌生女孩的声音后,她随即恢复了平日的端庄:"嗯。"

"她应该马上就洗好了,待会儿我让她回您电话。"季楠马上说。她声音偏甜,尤其是笑着说话时。

"谢谢。"

"不客气。"季楠觉得对方音色很好听,礼貌地说了句,"姐姐再见。"

"再见。"乔之逾笑了笑,结束通话。她觉得稀奇,季希妹妹的性格倒是挺开朗的,一点都不沉闷。

高悬夜空的月亮,一天比一天圆。

明天就是中秋了,一到这种团圆的节日,乔家都会办家宴,但这种场合,乔之逾很识趣地不会去参与。

当所有人都在团圆的时候,会显得一个人更加孤单。乔之逾侧卧在床上,心里有些感慨。

乔之逾眯了一会儿,听到枕边手机的振动声,她睁开眼,摸过手机一看,笑着接通,道:"洗完澡了?"

"嗯。"

"刚才你妹妹接的电话。"

"她跟我说了。"

"你妹妹嘴比你甜,还叫我姐姐。"乔之逾笑着,只有跟季希聊天时,她才会这样彻底放松下来。

季希站在屋檐下,手机紧贴耳边,她叮嘱道:"过两天要降温,你记得多穿点衣服。"

乔之逾道:"你怎么跟老干部一样?"

季希顿住了,她低头看着地面上的小石子,心里有些别扭。

不知道乔之逾会不会觉得她有些古板无趣。

"乡下晚上的温度很低吧?"

"嗯,比北临要冷。"

季希抬头，看了看天上挂着的一轮明月，明天就是中秋节，乔之逾会回家过吗？按陆风的说法，乔之逾跟家里的关系很不好。

先前乔之逾生日和住院时，季希也能看出一些端倪。考虑再三，她问乔之逾："你明天是在家过中秋吗？"

"不是。"

"我明天回北临，晚上我们一起吃饭？"

"难得回去，不在家多待几天？"

季希找借口说："工作上有点事，我明天下午就回来。"

乔之逾道："我来接你。"

季希都听到她声音里的笑意了，也笑道："好。"

因为临时改签买不到票，季希返程只能坐汽车。正好县城有直达北临的大巴，虽然车程较长，但中途不用转车，折算下来也是半天时间。

陈煦医院那边有事，也要回北临，就顺路和季希一起坐了汽车。

长途大巴不能开窗，整个过程闷闷的。

陈煦变得健谈了许多，一路上说了些初中时的往事，季希听着没什么感觉，可能不觉得那是多美好的回忆。

直到五点左右，车子才到北临的汽车站。

到站下车，旅客齐刷刷地往出站口涌去。

"你住哪儿？我帮你叫辆车吧。"陈煦拿着手机，问季希。

"我朋友来接我。"季希婉拒道，说完她便四处看了看，很快，目光在一个位置定格了下来。

就算是在人群中找到乔之逾也不是件难事，她太出众了。特别是乔之逾出门前还精心打扮了一番，更加引人瞩目。

乔之逾早早就到了，刚想给季希打电话，就看见季希拖着行李箱，跟一个年龄相仿的高个男生并肩走了出来。两人看起来似乎是一起的。

看到季希后，乔之逾收起手机，走上前。

从见到乔之逾的那一刻起，季希就问："你等多久了？"

"没多久。"乔之逾伸手帮季希拉过行李箱。

"你好。"陈煦望见乔之逾，主动打起招呼。

"你好。"乔之逾礼貌地回了一句，又挑眉看着季希。

季希会意道："这是我同学。"

陈煦不好意思地笑笑，转而对季希说："我先走了，有空再联系，我请你吃饭。"

季希点点头。待陈煦走后，她觉得有一道目光打在自己身上，扭头一看，果然是乔之逾。

"关系很好啊，你对他这么热情？"乔之逾很明显话里有话。

季希望着乔之逾的脸，不禁问："哪儿热情了？"

"都约你吃饭了还不热情？"

"就是客套话，他是我初中同学，我们老家在一个地方，顺路一起坐车回来。"季希解释着。

乔之逾很能抓关键词："那就是青梅竹马，他长得挺帅的。"

季希有些无奈，道："走了。"

从汽车站回到公寓，不堵车要花四十几分钟。

电梯里，季希先开口问道："小乔总呢？"

"今天回她外公家了。"

季希没继续问下去，她不会去问别人敏感脆弱的事，比如乔之逾为什么和家里不和。乔之逾想说的时候自然会跟她说。她深知，主动说和被人问，是两回事。

季希和乔之逾再出去时，天已经完全黑了。商场离得近，没必要开车。

今天是中秋，大家都在家过节，所以这会儿超市里的人并不多。

两个人推着一辆购物车，在超市里闲逛。

"你想吃什么？"

"都行。"季希听乔之逾这语气，就像什么都会做一样。

经过蔬果区时，乔之逾说："拿点儿青菜吧。"

季希摇头道："别拿这个。"

"不爱吃？"

"不新鲜。"季希说。

"怎么看出来的？"乔之逾惊讶道。

季希看着乔之逾一脸迷惑的样子，突然有些想笑，乔总今天有点迷迷糊糊？她笑道："叶子都要蔫了，一看就知道不新鲜。"

"那你来挑。"乔之逾平时哪会买菜，即使是现在在学做菜，那也是阿姨提前准备好的食材。

季希低头仔细挑起来，乔之逾看她长发垂下，便伸手帮她拨了拨，别在她耳后。

比起在外面吃,乔之逾和季希都更喜欢在家自己做着吃。
回家后,乔之逾一边收拾东西,一边道:"你去休息,等着吃饭就行。"
"我来帮忙。"
"你怕我炸了厨房啊?"乔之逾颇有信心地道,"放心,不会的。"
季希"扑哧"笑了一声。
"我洗菜。"季希闲不住,已经开始收拾了。
小小的厨房里,因为你一句我一句地聊天,温情满满。
水龙头里水流声哗哗的,季希就连洗菜都特别专注。她动作熟练,一看就知道是常做这些。
等食材都洗好切好时,乔之逾突然喊了一声:"季希。"
"嗯?"季希回头。
"我炒菜,你出去看电视,这里有油烟。"
季希感觉心头一暖,点点头出去了。

晚餐是乔之逾亲自做的,比起上次,她这次的速度快了不少,两个人,三菜一汤,还算丰盛。
刚坐下,季希突然想起了什么,起身道:"家里有喝的,我去拿。"
季希找出假期前公司发放的中秋礼盒,她记得里面装有饮料。
过了一会儿,乔之逾看见季希拿着一个磨砂玻璃瓶走来。季希犹豫了一下,说:"这是酒,你开车来的。"
"喝一点吧,好歹今天也是过节。"乔之逾说着接过季希手里的酒瓶。
"我来。"季希看乔之逾没能拧开瓶盖,她接过,暗暗使力,终于拧开了瓶盖。
"劲儿挺大。"乔之逾不由得想起刚到公司那会儿,季希干起重活累活来丝毫不比男生逊色。
季希一边笑一边往杯中倒酒。
半透明的液体填满了两只玻璃杯。这是一瓶梅子酒,其实更像饮料,但多少含有一些酒精,所以待会儿乔之逾肯定不能开车。
"多吃点。"乔之逾给季希夹菜。
"你也是。"

乔之逾却道："我怕胖。"

季希鼓着腮帮子，一脸不满。乔总的身材哪里跟胖沾得上边？于是她不由分说地夹了块肉放到乔之逾碗里，嘀咕道："这么瘦还减肥？"

乔之逾夹起菜送进嘴里，一脸满足。

两个人，一瓶酒，一桌家常菜，电视里正直播着热闹的中秋晚会，喜气洋洋，欢声笑语一片。

一切琐碎而平淡，却也温暖。

虽说乔之逾做了四个菜，但分量不大，两个人刚好可以解决。梅子酒的味道还不错，两个人你一杯我一杯，很快把一整瓶都喝光了。

吃完晚餐，刷完碗，已经是九点多了。晚饭吃得有点撑，两人没打算出去散步，就站在阳台上吹风看星星，消消食。

网上说今晚有超级月亮，百年难遇，季希不以为意，新闻总爱夸大其词，动辄就是几百上千年一遇，时间不长还不好意思说。

季希不懂天文，她仰头望向夜空，众星捧月，月亮确实挺漂亮的，也不知道是不是心理作用，她总觉得今天的月亮要比平时大点儿。

抬头看着看着，季希的嘴角浮起一抹笑。

今年的中秋特别不一样，乔之逾甚至给了她一种家的感觉。

乔之逾转头看了一眼季希，再一次拿起手机咔嚓一声，眼前的画面定格。季希很上镜，她微微仰着头，给人淡雅又清冷的感觉。

季希听到快门声后，以为乔之逾是在拍月亮，结果一回眸，发现乔之逾的手机镜头正对着自己。她笑道："你拍我干吗？"

乔之逾趁季希转头笑的空当，又抓拍了一张照片。

"不能拍吗？"乔之逾心血来潮，打开前置摄像头，说道，"我们自拍一张。"

如果换成别人，季希嘴里早就蹦出一句"不要"，但看乔之逾有兴致，她也淡淡地笑着凑过头，将脸移到镜头里。

她背倚栏杆，晚风和煦。

乔之逾找着角度，看镜头里的季希，提醒道："笑一下。"

"我笑了。"季希辩解，她从不自拍，略显不自然。

"笑得开心点。"乔之逾还在挑刺。

"够开心了。"季希无可奈何，扬起点笑容。

一连拍了好几张合照，季希逐渐放松下来，镜头里，身后夜景璀璨，两人发丝微乱，笑容明媚。
　　时间已不早了，乔之逾今晚准备留在这儿休息。

　　夜渐深。
　　哗啦啦的淋浴声持续了一阵，后来变成了吹风机的嗡嗡声。
　　"我洗好了。"乔之逾走出浴室，顶着一头蓬松浓密的长鬈发，卸了妆后，五官只剩最原始的精致漂亮。
　　乔之逾舒服地钻进了被窝，就看到了季希摆在床头柜上的招财猫。
　　等季希洗完澡都快十一点了，乔之逾斜靠坐在床头，还在看电视节目，应该是某个搞笑的综艺节目，她边看边笑，忍不住还会笑出声。
　　季希看到乔之逾这样笑，莫名其妙被戳中了笑点，她简单擦了点水乳，也爬上床。
　　"这个好好笑。"乔之逾还在笑着。
　　季希笑看着乔之逾，越相处，她越发现乔之逾并非公司传言中的高冷女王。现在的她，才展现出最真实的一面。
　　乔之逾关掉了投影。
　　"不看了？"季希问。
　　"你想看？"乔之逾追问，又道，"早点休息，坐车挺辛苦的。"
　　季希的身体的确感到疲乏。
　　"明天我预约了按摩，你陪我去。"
　　"嗯。"
　　乔之逾这样说，主要是想带季希去放松一下。总是待在办公室里，肩颈会变得僵硬，乔之逾每半个月会做一两次按摩，这样整个人会轻松许多，是缓解疲劳的好方法。
　　没了电视节目的喧闹，夜晚变得静悄悄的。
　　乔之逾说了一句："晚安。"
　　季希轻轻应了一声。
　　乔之逾伸手关了灯，房间被黑暗填满。
　　夜里，季希做了一个梦。
　　梦里，她回到了小时候住的孤儿院。那时候，她跟人打架，被人拿开水泼在肩头，顷刻间皮肉翻烂，露出骇人的肉粉色。

那会儿,她觉得自己要死了一样。

她还梦到了那时的姐姐。

"干吗跟他打架?"

"他欺负你。"

……

季希抬头看,眼前却是乔之逾的脸,她盯着乔之逾鼻尖旁的痣看,久久不说话。儿时的事,现在的事,在梦境里交织、破碎,混乱不已。

画面一转,大雪纷飞的雪地里,她身子快要冻僵了,瑟缩在墙角。她看到乔之逾朝她走了过来,她开心地起身,拉住乔之逾,像拉着救命稻草。

翌日清晨,阳光透过窗帘缝挤进房间,又是个好天气。

乔之逾睡得很好,一整夜没醒,享受了前所未有的舒适安眠。季希还没醒,不过眉心皱着,嘴里还在喃喃说着梦话。

又做噩梦了,季希从梦魇中脱离,睁眼,是明晃晃的现实。

"做了什么梦?还说梦话。"乔之逾没听清季希说的什么。

季希还没完全从梦里走出,她怔怔地看着枕边的人,道:"做噩梦了。"

乔之逾第一次见季希这样,她安抚道:"醒了,不怕。"

季希稍安,只是心里仍不安定。

因为起得晚,两个人早饭午饭就放在一起吃了。昨晚在超市买的菜还剩了一些,季希炒了两个小菜,简简单单又是一顿饭。

看乔之逾吃得开心,季希就放心了。

一起做饭,吃饭,刷碗,和乔之逾在一起做这些琐碎日常,季希又觉得她们之间的差距没那么大。尤其是在餐桌上,听乔之逾聊起在国外生活的事:她也勤工俭学过,她也为了工作没日没夜地加班,她也是从最底层一步一步干到现在的位置……

其实很多方面,她们都相似。

下午乔之逾打算带季希去按摩,晚上去姚染的酒吧。之前说好的请姚染和姜念喝酒,一直没腾出时间,季希提前回来了,今晚刚好能一起聚聚。

乔之逾昨晚换下的衣服没洗,今天只好穿季希的,她们身高胖瘦都差不多,穿对方的衣服问题不大。

季希的衣服,素色的衬衫偏多,上班必穿,适合各种场合穿,也百搭,挺省事的。

辞去兼职后,季希有好长一段时间没来时光了,主要是工作太忙。

时光还是老样子,十分热闹。

季希带着乔之逾刚一走进时光,就有不少朋友迎上来。

"好久不见。"

"希希,想死你了。"

从前台到卡座,打招呼的声音不断。

季希性子淡是淡,可还是有许多人愿意主动跟她说话,爱看美女是大部分人的本性。再说了,季希在一众美女中也算有个性的。

乔之逾斜眼看着季希,不禁问:"以前在这儿兼职,追你的人不少吧?"

酒吧这种地方,走桃花运的概率本来就比别处多。

季希回答道:"还好。"

乔之逾笑道:"那就是有很多。"

季希还想说乔之逾平时在外面花枝招展的,她反过来问道:"追你的人不是更多吗?"

乔之逾得意地笑了。

时间尚早,酒吧里的人不是特别多。姜念和姚染还没来,季希和乔之逾坐在吧台边等她们,她们点了两杯饮料,边喝边听歌。

以前季希会站在这一片调酒,她们第一次见面就是这儿。到现在,短短几个月的时间,生活看似依旧平淡如水,却又发生了翻天覆地的变化。

忆起当初的情形,乔之逾指了指不远处的一张圆桌,说道:"你坐在那边。"

"嗯?"

"我们第一次见面的时候。"乔之逾补充道。

她印象深刻,那时季希穿了一条吊带裙,清清冷冷,肩背上似火的图案却惹眼。

季希有些出神,原来乔之逾也在回想她们第一次见面时的情景。说实话,那场面挺逗的,她能想一次笑一次。

"你还记得吗?"季希问。

"你那么盯着我看,我能不记得吗?"

季希无言以对。

"我当时就觉得,这姑娘看着傻傻的。事实证明,我的直觉没错。"乔之逾喝着果汁,顺带调侃了季希一把,她又好奇地问,"你对我的第一感觉是什么?"

思绪被带回几个月前,季希摸着玻璃杯,想了想,道:"想把你画下来。"

还真是一种说不上来的感觉。

"为什么?"这是出乎乔之逾意料的回答,她想了想,说道,"因为我像你小时候邻居家的姐姐?"

"不是。"季希看着乔之逾,笑了笑,"我也不知道。"

已经过了约定时间,姚染她们还没现身。

乔之逾正准备给姚染发消息,刚拿出手机,恰好看到姚染的来电,她顺手接通:"你们什么时候过来?我们已经到了。"

"今晚不过去了,有点事。不好意思。"

乔之逾心思细腻,听出来姚染说话时的语气不对,便关心地问:"没事吧?"

电话那头安静片刻,又道:"没什么,你们玩得开心点。"

这反应,肯定是有事。可姚染不说,乔之逾也不好一直追问,只好说:"有事再跟我联系。"

姚染声音低沉地道:"好。"

"姚染她们不过来了。"乔之逾放下手机,说道。

"临时有事吗?"

"她没说,感觉心情不太好。"乔之逾也纳闷,下午联系的时候还有说有笑的,她半猜半疑,"不会是跟姜念吵架了吧?"

"不会吧……"季希说着目光往乔之逾身后瞥了瞥,发现有人一直在盯着她们这边看,已经有好一会儿了。

这时,对方已经起身,朝她们这边走了过来。是个漂亮女人,她手里拿着一只酒杯,妆容高调明艳,走起路来风姿动人。

"你认识那个人吗?"季希问。

乔之逾顺着季希看着的方向望去。

女人已经走近,她定睛看了看后,笑容愈加灿烂:"乔总。我刚刚看着就像是你,还真是你。你回国了。"

听对方这样熟悉的口吻,季希就知道她是乔之逾的朋友。

"黎总,这么巧,在这边喝酒。"乔之逾从高脚椅上起身,打着招呼,又简单地跟季希介绍,"这位是盛飞资本的黎总。"

原来是同一个圈子的人,季希礼貌地打招呼:"黎总,您好。"

"早不在盛飞了,现在自己做项目。"黎弋握着酒杯,偏过头,饶有兴致地打量着季希,她眼尾上挑,给人几分凌厉的感觉。她好奇地问乔之逾,"这位小美女是谁呀?"

乔之逾挺想介绍一些圈内的人脉资源给季希,这对她以后的职业发展有好处,但黎弋还是算了。这个女人是出了名的不好惹。

黎弋还在打量季希,凭女人的直觉,这个女孩跟乔之逾的关系不一般。

乔之逾笑着问黎弋:"你觉得呢?"

黎弋笑道:"乔总改变还挺大的。"

乔之逾莞尔,她跟黎弋的关系算不上熟,其实没必要说这么多,可她就是看不惯黎弋瞧季希时的眼神。

"还有朋友在等我,改天有空一起喝酒,正好有项目上的事想请教乔总。"黎弋和乔之逾碰了碰杯,客套地说着,转身离开时还笑着朝季希抛了个媚眼,"拜拜,小美女!"

"再见。"季希应了声,浑身都要起鸡皮疙瘩了。

工作室那头,姚染和姜念还在办公室里僵持。

姚染指尖敲着办公桌上的一张身份证,指着上面的出生日期,脸色铁青地质问姜念:"你给我解释一下。"

姜念摸着额头,心想,完了完了。

下午员工拿她的身份证出去办事,回来就直接把身份证放在她的办公桌上,好巧不巧被姚染看个正着。

于是,她的真实年龄暴露无遗。

姚染心里气不打一处来。她看到姜念的身份证人都傻了,她才发现姜念竟然才二十五。

"我不是故意骗你的。"姜念支支吾吾地解释,"我一直想跟你坦白,就是没找到合适的机会。"

姚染抓住重点:"你一开始就在骗我。"

姜念也没想到,当初信口胡诌的一句谎话,会导致现在这样的局面。

"我不喜欢别人骗我。"姚染鲜少这么发脾气,上次这么气还是打离婚官司的时候。

"其实我再过一个月就二十六了,四舍五入一下,跟三十岁也差不多……"姜念越说越没底气,认错态度诚恳,"我错了,对不起。"

还四舍五入!姚染心里气不打一处来。

情况比姜念想象中还要糟糕,她从没见姚染这么发过脾气,说道:"我们先冷静一下。"

"我很冷静。"姚染的声音冷冰冰的。

说完,姚染就离开了。

第十一章
你还记得我吗

天气渐凉。新一季度的业绩指标下来了，工作堆积如山，全公司上下没有人不忙。

乔之逾还是成功拿下了和王恒的续约，对方最终没有撤资。公司有不少人夸乔总厉害的，也有不少人在八卦：乔总是不是真的和王总睡了。

季希平时并不在意这些嘴碎的话，她大学参加竞赛获奖时，也被人说过她是不是跟系里的年轻教授有一腿，说得很难听，她只当那些人吃饱了撑的。

可现在听到乔之逾被说时，她心里很气，只是没办法，她管不住别人的嘴。

晚八点，季希照旧僵坐在工位前，加班加点做分析报告。

邵宇敲了敲季希的桌面，递过一份文件，道："小季，明天我带你去谈个好项目，要是事情成了，年底的奖金非常可观。"

"带我去？"季希有些意外，老实说，如果有什么好事，基本上轮不到他们这些刚入职不久的员工。

"对呀，带你去助我一臂之力。"邵宇眉飞色舞地说着，"我有内部消息，别看这家公司才刚起步，其实背景厉害着呢，没准将来是个'独角兽'。"

季希就更纳闷了，这么重要的项目，完全没必要带她这么一个初出茅庐的人去。看看资料，是家互娱公司，创始人的履历很漂亮。

"项目是好项目，"邵宇先给季希打了个预防针，"不过他们创始人不太好搞定，我跑了好几回都没见上面，说明天下午有时间。"

季希又扫了一眼创始人那栏的介绍，盛飞资本前运营总监——黎弋，怎么觉得有些熟悉？

次日下午，季希跟着邵宇和另一个投资经理去了趟易动互娱。电梯里，邵宇对季希说："待会儿我们只有十五分钟时间。"

季希问："不是说有一个小时吗？"

"摆架子呗，说黎总时间紧，只有这么久。我跟你说，黎总这人脾气很差，所以不管她说什么我们都要顺着她。不然五分钟都谈不了。"邵宇还知道黎弋还有个别致的嗜好，就是喜欢跟帅哥美女打交道，所以才想着叫季希一起过来。

"十五分钟也谈不了什么。"季希说道，"努力再争取点时间吧。"

邵宇点点头："没错，这就是待会儿的目标。"

等到了，前台说黎弋还在开会，先领他们去休息室里等着。

"家底厚就是不一样，瞧这办公室气派。"邵宇喝了口咖啡，从四十几楼的高处眺望城市风景，绝美。

黎总，盛飞资本……季希琐碎的记忆一下子通了，她想起一个多月前跟乔之逾在酒吧里碰到的那个女人。她想：不会这么巧吧？

从傍晚等到天黑，一个多小时过去了，还没等到黎弋现身。

"小季，饿不饿，要不你先去吃点东西？估计她这个会议一时半会儿也开不完。"

"不饿。"季希笑了笑，说道。她初入职场，公司氛围好，前辈都挺照顾她的。

"这个黎总，还真是尊金佛。"

这边刚吐槽完，玻璃门外就响起了一阵高跟鞋声，紧接着一个身段窈窕的女人走了进来。

休息室里的三个人都变得精神起来，立即起身，喊道："黎总，您好。"

季希看清黎弋的脸后，立马把她跟那晚在酒吧打过照面的女人画上了等号，就是这么巧。

"我们是 ZY 资本……"邵宇双手递上自己的名片。

黎弋没接名片，只看了一眼，便道："谈融资的事啊，我今天开会开累了，改天吧。"

她只是云淡风轻的一句话，别人可是白等了将近两个小时。

"黎总，我们预约过的，您说给我们十五分钟时间。"季希在一旁不卑不亢地说。

黎弋目光锁定在了季希身上，眼熟得很，她笑了起来，道："小美女，又见面了。"

这话，让季希都不知道该怎么接。

"给个名片吧，今天不想谈，改天。"黎弋改了口，慢悠悠地对季希说。

邵宇看季希和黎弋认识，感动得快要流泪了，心想带季希来果然是明智之选，他第二次把名片递上去。

黎弋扬扬下巴，笑眯眯地看着季希道："留她的就行，我习惯跟熟人谈。"

这就是熟人了？季希总觉得这个黎总不太好打交道。在众人的注目下，季希给黎弋递了名片。

黎弋接过名片一看，季希，业内最底层的小分析师。

晚上回到家，季希照常跟乔之逾打了会儿电话再睡觉，她没跟乔之逾提今天碰到黎弋的事儿。她想靠自己的能力拿下黎弋的项目。

季希那次跟黎弋联系上，是在周五的晚上。她接到一个陌生电话，对方一开口，拖着又长又懒的尾音："季希吧，知道我是谁吗？"

"黎总？"季希反应很快。

黎弋的声音和语调，但凡听过两次，都会留下印象，辨识度太高了。只是季希不解，黎弋为什么会亲自联系自己，而不是让助理或秘书打电话。

"是我。"黎弋百无聊赖，把玩着手里的名片，说道，"有时间吗？出来聊聊。"

都九点多了，季希看了看窗外的夜景，疑惑道："现在？"

"嗯，我刚好有空。"

季希思忖了一会儿，应道："好。"

听邵宇说，黎弋神龙见首不见尾，很难约到本人见面。

黎弋给她发了条短信，地点是一家咖啡店，她打车过去需要二十分钟左右。简单整理了一下资料文件后，她以最快的速度出门。

季希提前到了咖啡店，推开玻璃门，在靠窗的位置看到了黎弋。只见对方懒懒地倚在座椅上，面色微红，一看这模样，就知道是喝了酒。

"黎总，您好。"季希走向前，打了个招呼。

黎弋抬了抬眸子，看向季希，点点头，神情慵懒地说道："坐吧。想喝什么随便点，我请客。"

"谢谢，不用了。"季希看黎弋有醉意，便问，"现在方便谈吗？"

"谈合作啊？"黎弋眨巴着眼睛，极其任性地哼道，"你没看见我喝多了吗？而且现在心情不太好，不想谈。"

临时叫自己出来，又说不想谈，跟遛着好玩一样。季希硬压着一口气，心平气和地说："可是您刚才让我过来，不是为了谈合作吗？"

"我今晚心情不好，喝多了，谈不了事。"黎弋看着季希，重复了一遍，笑着吐槽，"你怎么没点眼力见儿？"

季希看她确实像是喝多了，只好说："那我们改天再……"

黎弋偏头，用手支着脑袋，打断季希的话："你以为我跟你一样闲啊，想约就约？"

这也不行那也不行，季希眉头皱了皱，不懂黎弋这是什么意思，觉得黎弋找她不仅是谈工作这么简单。

"所以，您为什么让我过来？"季希问。

"太无聊了。"黎弋面带醉意。她身子往前一倾，手臂撑在桌上，托腮望着季希，"我今天的心情很不好，你知道吗？看到你以后——"

季希安静地等她继续说。

黎弋说："我心情就更不好了。"

季希无语了。

黎总的行事风格还真是非同一般。

黎弋逗了季希一把后，看着季希此刻的反应，哈哈笑了起来。别说，还挺有意思的。

"我不明白您的意思。"季希都怀疑黎弋这是喝断片了，逻辑不清，但看着又不像。

黎弋打量着季希，心情的确不大美丽。凭什么乔之逾对她爱答不理，对这个姑娘就这么积极热情？

所以她好奇，想单独会会季希。

黎弋从头到脚打量着季希，不得不说，确实是挺耐看的一个女孩。

季希被盯得有些不大自在，或许是因为对方的眼神太凌厉。

"合作的事，让你们团队下周二来我公司，到时候详谈。"黎弋转移话题，笑得风情万种，"你陪我聊聊天吧，姐姐想跟你交个朋友。"

听黎弋亲昵地自称"姐姐"，季希顿了一下，总觉得哪里不太对劲儿。

"怎么了，我又不吃人，聊聊天而已。"黎弋嘴上说个不停，又问，"你多大了？"

"二十四。"季希说。

"今年刚毕业？"黎弋审视着季希，猜测道。

"嗯。"

"一毕业就能进入ZY，很厉害啊。"黎弋说，"不过乔总把你安排进去，也简单。"

她显然是误会了什么，季希解释说："我是校招进去的。"

黎弋笑笑，不说话，显然不相信这个解释。

"季希，我还挺欣赏你的。"黎弋饶有兴趣地说。

黎弋直来直去，也不绕弯，轻声问季希："你天天跟在乔之逾后面，她每个月给你多少钱？"

"黎总，"季希当即脸色一沉，"您喝醉了。"

"我没喝醉。"黎弋轻飘飘地说。

季希语气和神情都很认真："请您尊重我。"

这句话说出口时，气氛略显尴尬。黎弋愣了一下，看季希一副认真的模样，倒不知道说什么好。

季希不想再待下去，在这里让她感觉极其不舒服，她道："我还有事，就先走了。"

瞧这姑娘有点儿傻白甜，这类人她见过不少，黎弋不禁提醒道："看你合我眼缘，我才多说一句。有些事别太当真，乔之逾是什么家世背景，你不会不知道吧？"

季希微微低头，没再跟黎弋说话。她不知道自己是怎么走出咖啡厅的，等回过神，已经站在了风中。

北临最近降温降得厉害，天气有点儿冷了。

马路对面就有公交车站，季希心不在焉地站在站牌旁等公交车，然后心不在焉地上了公交车，在最后一排落座。

季希还在想着黎弋说的那番话，不可否认，她潜意识里认同黎弋的一部分说法。她很现实，有些东西不用人提醒，她也明白，被人提醒，只会感觉更难受。

公交车一路摇晃，让人心生烦躁。

季希扭头看着窗外，不想再想那些乱七八糟的事情，但又不受控制地在想。

等回到公寓,她心里还乱糟糟的。

人总会有特别莫名其妙的时候,莫名其妙地矫情,莫名其妙地脆弱,莫名其妙地难受。季希今晚就很莫名其妙。

洗完澡后,她怎么也睡不着,于是喝了酒,还喝了不少,有些意识不清。她学会喝酒很多年了,从没让自己醉过,但今晚就醉一次,什么也不想,闷头睡一觉。

因为从来没醉过,季希也不知道自己喝醉是什么样的。她躺在床上,脸红得厉害,迷迷糊糊地摸过手机,屏幕上画面重叠,她皱着眉眯了眯眼,屏幕稍微清晰了些,好像已经十一点多了。

夜深了,一片寂静。

乔之逾刚睡着不久,被手机来电的振动声惊醒。她摸了摸床头的夜灯开关,看到季希打来的电话,她立刻接听。

"之逾。"季希的声音软绵绵的。

乔之逾很快清醒过来,问:"怎么了?不舒服吗?"

"我没事。"季希对着电话轻哼。

这状态不对,乔之逾问:"你在家吗?喝酒了?"

"嗯,在家。"

绝对是喝酒了,乔之逾听着实在不放心,道:"我马上过来。"

结束通话后,乔之逾起床换上衣服,出门,一气呵成。

深夜车辆稀少,一路畅通无阻。

乔之逾到了以后,站在门口给季希打了个电话:"我到了,开门。"

季希将手机放到床上,脚底跟踩了棉花似的,走去开门。

门一打开,乔之逾就看到通红的一张脸,季希穿着睡衣,醉眼迷蒙,身上有酒气。

"怎么喝酒了?"乔之逾来得急,微乱的长发随意挽着,只穿了套浅色的运动套装。

季希关上门,盯着乔之逾看,问:"外面冷不冷?"

说着,她一个踉跄站不稳。

乔之逾及时扶住她,道:"今天怎么喝这么多?"

醉后的季希依旧安静,她沉默不语。

乔之逾总觉得她心里藏了事,关心道:"有事可以跟我说,以后不许再这么喝酒了。"

季希乖巧地点了点头。

过了一会儿，乔之逾看季希一副无精打采的样子，道："困了？"

"有点。"季希说。

"去睡觉。"乔之逾闻到她身上的沐浴乳味道，猜她应该已经洗过澡了。

季希拉着乔之逾，舍不得松开，道："不要走。"

"我不走。"乔之逾无奈，继续哄道。她此时有点想把季希醉酒的模样拍下来，等明天她酒醒了再给她看。

茶几上摆着空酒瓶，季希家里有不少酒，都是先前在时光兼职时的福利，她酒量不赖，要喝成这样，也是不容易。

乔之逾弯下身，想扶季希在床上躺下。

"头晕吗？"乔之逾问道。

"嗯——"

"谁让你喝这么多。"乔之逾低声埋怨。

季希的声音很小："渴——"

"我去倒水。"

"不要。"季希闹着。她今天任性得很，不听话。

"别闹了。"乔之逾轻声叹着气，低头瞥见季希肩背的文身，她不由得多看了几眼，这还是她第一次这么近距离观察。

听说文身很疼，文这么大一片，该有多疼啊！

乔之逾伸手摸了摸，皮肤有些凹凸，并不平滑。触碰之后乔之逾才发现，季希的文身下有相当大的一块疤，恰好是在左肩的位置。

季希左肩位置有伤疤，她又刚好是容城人。

乔之逾多年前的记忆被勾起。她在孤儿院时认识一个女孩，那女孩很可爱，还为了她跟别人打架，左肩被开水烫伤了一片。

她经济独立后，甚至想过去寻找对方，但无果。找到的概率太小了，院方只是说女孩六岁的时候就被人领养走了。

"我们以前是不是见过？你有点像我一个朋友。"

"你像我小时候邻居家的姐姐。"

恍然间，乔之逾想起季希对她说过的一些话。

此刻，她越发怀疑季希就是她要找的那个女孩。

乔之逾细细地看着季希的五官，但看不出端倪。会这么巧吗？她又觉得自己想多了，怎么可能，这样的概率几乎为零吧？

季希睡熟了，乔之逾没有吵醒她，还在望着她的脸，许久都没睡。

喝了酒比平时睡得沉，好在第二天是周末，不用早起上班。

季希睡得天昏地暗，醒来后感觉头晕得厉害，她揉着额头，在床上支起身子，坐着。

乔之逾刚洗漱完，从洗手间出来。在这边过了两次夜，洗漱用品季希都有给她准备，很方便。

"酒鬼醒来了？"乔之逾走到床边坐下，悠闲地看着她。

刚醒来，季希觉得大脑一团糟。

"你不是想问我为什么在这里吧？一点儿都不记得了？"乔之逾挑起眉问。

"记得。"季希渐渐想起了昨晚的一些事情，她的确大半夜给乔之逾打了电话，这会儿酒醒了，她感到很后悔。

"还记得跟我说什么了吗？"乔之逾又问。

"我说什么了？"这点，季希还真是不太清楚。

装傻还是真傻？乔之逾卖着关子，故意调侃季希："我说不出口，早知道拍下来给你看。"

季希听乔之逾这么说，觉得尴尬，完全不能想象那情形，她以前也没喝醉过。缓解尴尬最好的办法就是不提这件事，她脸上带着歉意道："对不起，昨晚大半夜让你过来。"

想起昨晚，季希觉得自己太不理智了，还把自己灌醉。

"不用跟我说对不起。"乔之逾打断她，"昨晚如果是我心情不好，是我喝醉了，你也会来的，不是吗？"

季希听了，点点头。

乔之逾问道，"头疼不疼？"

"还好。"季希说。

"昨晚上比今天可爱多了。"乔之逾笑她。

季希想知道昨晚到底是什么情形，她问道："我没撒酒疯吧？"

"撒了，"乔之逾不给面子地直说，"要我学给你看吗？"

季希抿上嘴，她不该问的。

"因为什么事心情不好？"乔之逾问道。

季希想了想，只是说："碰上个烦人的客户。"

乔之逾半信半疑，那也不至于喝这么多酒。

"有事情可以跟我商量，不要喝那么多酒。"乔之逾数落着，"知道错了吗？"

季希性格挺傲的，唯独在乔之逾面前有种特别的乖巧。此时她老老实实地答："知道了。"

乔之逾又垂眸看看季希锁骨边的图案，问道："这个图案，有故事吗？"

刻在身上的东西，总会有某种含义。

"比如，纪念什么人？"乔之逾摸着季希的肩头，笑着问。

季希目视乔之逾，虽然能听出乔之逾是在开玩笑，但她还是回答得固执而认真："才不是。"

她没跟人提起过背后的故事，就连姜念也不知道细节。姜念只知道她肩上有疤，她想用图案遮住。

"前两年姜念给我做的，寓意新的开始吧。"季希埋头想了想，云淡风轻地说，"以前过得挺不容易，现在都好起来了。"

说得简单，经历却漫长，是一天天熬过来的。还记得小时候她总想着快快长大，那样就能自己挣钱养活自己了。

每每看季希这样，乔之逾心里都不是滋味。季希真的吃了太多苦。

"这儿有块疤。"乔之逾说。

"你摸出来了？"不仔细看，是看不出她肩上有疤的。

"嗯，好像挺大一片。"乔之逾好奇地问，"怎么弄的？"

季希安静了一会儿。乔之逾问到了她最敏感的事，她打小就深埋在心底，从未对任何人提及。对她来说，这是禁区一般的存在。

乔之逾直觉这块疤有故事，她再度细细看着季希的眉眼，还是忍不住问道："你从小是在容城长大的吗？"

"嗯……"季希刚开口，一旁的手机就嗡嗡响了起来。

季希要去拿手机，乔之逾弯了弯腰直接拿过来，递到她手里。

看看屏幕上的来电显示，是季奶奶打来的。

"奶奶。"

季希这边听着电话，然后笑容慢慢淡了下来。

乔之逾能听到电话那头在说话，但听不清具体内容。不过看季希皱眉的神情，似乎有什么事。

"你奶奶前段时间腿疼还干活，给摔着了，都疼了一星期了，我让她跟你说一下，她就是不肯，怕耽误你工作。这哪成啊，你还是得回来一下，带她去大医院检查一下，这事可不能耽误……"

电话那头说话的是邻居家的陈爷爷，也就是陈煦的爷爷。

"我今天就回去，麻烦您了。"季希简单说了几句，结束通话。

"有什么事吗？"乔之逾在一旁听了个大概，问道，"要回家？"

"奶奶摔了腿，我回去看看她。"

"要不要紧？"乔之逾看电话来得急，于是说，"我陪你一起吧。"

"不要紧，放假了你多陪陪小乔总。"季希的第一反应是拒绝。一来，她不想让乔之逾跟着赶来赶去，二来，她认为乔之逾会受不了乡下的环境。

乔之逾犹豫了一会儿，说："我不放心。"

"不用担心。"季希说道。

乔之逾也不好再坚持，只问："上午就要走？"

"嗯，坐高铁很快。"

季希在手机上查了下车票，算算时间，买了两个小时后的一班。走得仓促，她只简单收拾了点东西，乔之逾开车送她去了南站。

不是节假日，高铁站里人稀稀拉拉的，显得冷清。

季希解开安全带。

乔之逾却握了握她的手，交代道："有什么事都可以给我打电话。"

"嗯，你回去吧。"

季希下车后，乔之逾望向车窗外，看着匆匆离开的清瘦背影出神。

她觉得两个人似乎仍有隔阂。或者换句话说，季希好像不够信任她。

季希吃了很多苦，她真的很想帮这个闷葫芦多分担一点。

酒吧里，光影交错。

乔之逾走进时光，一如既往地吸引了许多人的目光。穿过人群，她张望着，在靠近舞台的卡座旁看到了姚染的身影，一个人在喝酒，神情落寞。

"啧，乔总最近又漂亮了，春光满面的。"姚染抬起头，还带着苦笑与乔之逾说笑，又问，"小季怎么没跟你一起？"

"她家里有些事，回去了。你少喝点。"乔之逾拿过她手里的酒瓶，已经空了三分之二，看这架势是打算不醉不归了。

姚染看着乔之逾道："站着干吗？"

乔之逾在姚染对面坐下，看姚染这状态，不禁问道："你跟姜念还在吵架？"

姚染和姜念闹矛盾的事，乔之逾先前听姚染说了。

"没吵，懒得吵了。"姚染语气平和，垂着头晃了晃杯子里的酒，一副无所谓的模样。

乔之逾会意，她道："你们俩闹着玩呢？"

"是她在闹着玩。"姚染揉着额角，冷笑道，"我被这个小姑娘骗得团团转，气都气死了。"

"就这么介意？"乔之逾问。

姚染嘴上虽然这样说，心里气的，还是姜念骗她这件事。

"她们年轻，跟我们心态不一样，想的也没我们多。"姚染喝得上头了，说道。

乔之逾听着，有些走神。

因为一通电话，季希马不停蹄地忙着，没休息成。

季奶奶的情况不太好，老人家本来就骨质疏松，再摔一跤，容易骨折。具体情况还得去医院检查了才知道。

季希决定接季奶奶到北临治疗，腿疼是老毛病了，北临医疗条件好，也更方便照顾。

季奶奶同意了，主要是因为陈煦说他认识一个有名的骨科医生，很擅长治疗这方面的病症。听到要去有熟人的医院，老人家就放心了。

季奶奶有两个儿子一个女儿，早已各有各的家庭，看老人身体还硬朗，他们也不怎么过问，每个月只给点生活费。

这回老人家受伤，他们有的说挤不出时间，有的说不清楚大医院的看病流程，反正都顺理成章地把事情推到季希头上。

他们潜意识里觉得，这姑娘是捡来的，供她白吃白喝那么多年，现在她做点事报答一下，是理所当然的。不管其他人什么态度，照顾奶奶这件事，季希没有怨言，小时候奶奶照顾她费了许多心血，她都记在心头。

季奶奶一把年纪了，看得通透，她心里明白，什么亲儿子亲闺女，都不如这个没血缘关系的孙女亲。

门诊是陈煦帮忙挂的号，包括住院陈煦也帮了不少忙。季希本来不想麻烦陈煦，偏偏季奶奶只相信陈煦。

检查结果出来了，好在没有骨折，是滑膜炎，膝关节积液，只是积液有些严重，需要抽取。虽然不用手术，但需要住院治疗。

季希临时请了三天假，后面的调养打算请个护工。她也不能每时每刻都守在医院。

病房是三人间，中间空了一张病床，靠窗的那张病床上也是个老太太，性格随和，挺健谈的，不会让病房的气氛沉闷下来。她一口一个你孙女真孝顺，你孙女真漂亮，哄得季奶奶眉开眼笑。

照顾病人是件累人的活儿，才两天，季希便憔悴了许多。

奶奶来北临住院的事，季希本想跟乔之逾说，但恰好乔之逾飞往外地出差了，她便没提。工作已经够忙了，她不想再让乔之逾多担心。

乔之逾是出差回来才知道季希一个人在医院陪奶奶住院，她发现季希没去公司上班，打电话一追问，才问了出来。

静悄悄的长廊里，季希背靠着墙面，手机贴在耳边，低声打着电话。

"奶奶情况怎么样？"

"还好，没骨折，就是滑膜炎膝盖肿了，行动不方便，把积液抽出来就没事了。"

"我忙完了过去。"

季希说："没关系，你不用赶着过来。"

乔之逾却问："奶奶喜欢吃什么？我带过去。"

"不用麻烦。"

"季老师，你让我空手过去？"

季奶奶倚在病床上看电视，是那种五十集起步的家庭伦理剧，家长里短、鸡毛蒜皮，一集一小吵，两集一大吵，但是老人家总能看得津津有味。

季希打完电话回到病房里。

"希希，"季奶奶的注意力从电视屏幕上移开，对着季希说，"今晚不用在这儿守着我了，回去睡觉。"

"不用，我白天睡过了。"这两天季希都是晚上守在这儿，白天回公寓稍微休息一下，让奶奶一个人在医院这边过夜，她肯定不放心。

"你这孩子，要是有什么事我可以叫护士，你天天守在这儿身体怎么吃得消？"

"我明天得上班了，只能请个护工来照顾你。"

季奶奶一听要请人来照顾，便不同意了："那得多少钱一天？我现在好多了，可以出院回去了。"

"医生说还要住院疗养几天。"

季奶奶撇着嘴嘀咕："医生肯定想让多住几天，住院费多贵啊。"

"陈煦也是这样说的。"季希说道。季奶奶就听陈煦的话，他的话比主治医生的话都管用。

季奶奶无话可说，只道："哦。"

"奶奶，我现在工资不低，还有提成和奖金。你不用担心钱的问题。"季希知道她是担心多花钱。这两天每次去做个检查，她就会悄悄拉着季希问要花多少钱。

"这个钱肯定不能让你花，奶奶也不会让你出。"季奶奶皱着眉，执意道，"你现在有钱了也是你自己的，别大手大脚，攒着好好过日子，知道吗？"

季奶奶心疼孙女，这姑娘命苦，如今好不容易生活好了起来。

其实季希悄悄供季楠上声乐课花的钱更多，但她没告诉奶奶，她要是告诉奶奶，奶奶肯定不会让季楠继续走这条路。季希心甘情愿做这些，如果没有奶奶和妹妹，她压根撑不到现在，还记得刚上初中那会儿，她心情特别绝望，甚至想过割腕一走了之。

"奶奶。"季希转移话题，"待会儿我一个朋友来看你。"

"是什么朋友？"

"就是我之前跟你说过的那个，工作上很关照我的……"季希跟季奶奶提过乔之逾的一些事，当时说的是领导，现在情况不一样了，再说领导好奇怪。

"那个，对你很好的领导？"季奶奶记性不错，还记得。

"嗯，就是她。她听说你住院，想来看看你。"

"她人可真好。"

季希笑了笑，应该没人会不喜欢乔之逾吧，长得漂亮，有气质，又有涵养。

乔之逾晚点才到医院，她买东西去了，她带了一个果篮，还有一些有助于骨伤恢复的营养品。

季希在长廊里看到乔之逾的身影，乔之逾穿了一件衬衫，外套搭在手臂上，看模样，应该是匆匆赶过来的。

"你怎么买这么多东西？"季希小声问。

"哪里多了？"乔之逾也小声答。

两人并肩走进病房。

季希先叫了一声："奶奶。"

301

季奶奶扭头往门口望去，怔了怔，她原以为领导年纪应该不小了，但看到之后，发现竟然这么年轻漂亮，看着比季希大不了多少。

"奶奶，我是季希的朋友，来看看您。"乔之逾热情地打着招呼，"现在感觉好点了吧？腿还疼吗？"

看着乔之逾，季奶奶莫名有点儿紧张，连忙道："好多了，不疼了。你听得懂我说话吗？我不会说普通话。"

其实容城的方言跟普通话差不了多少，好懂，就是口音重了点。

"奶奶，我听得懂，我小时候在容城生活过。不过我现在不会说方言了。"乔之逾解释道。

听到乔之逾说她小时候在容城生活过，季希心中某根神经迅速被触动了下。

"你来看我就很开心了，还带这么多东西，太破费了。"季奶奶说，"你是希希的领导吧，我听希希说起过，感谢你平时照顾希希。"

领导？乔之逾不动声色地朝季希瞪了一眼，心想她说是朋友也比说是领导合适。

季希朝乔之逾挤挤眼，一时半会儿不知该怎么解释。

"她跟您提过我啊？"乔之逾笑着问。

"提过，"季奶奶说，"你坐呀。"

"奶奶，我叫乔之逾。"

"嗯。"季奶奶笑眯眯地点点头，看着乔之逾道，"跟电视里的人儿一样。"

乔之逾还疑惑了一下这句话的意思。

季希这时在一旁低声提醒："夸你漂亮。"

乔之逾嘴角扬起。

季希看季奶奶对乔之逾笑得眼睛都眯成一条缝了，就知道肯定喜欢得不行。她猜得果然没错，乔总一笑起来，怎么会有人不喜欢。

乔之逾看老人家喜欢自己，自然也高兴，说道："奶奶，我洗水果给你吃。"

"那哪行，希希，你快去洗点水果给领导吃。"

又是领导，乔之逾怎么听着别扭，她瞪了季希一眼。

季希拿水果的动作很快，对乔之逾道："我去洗一点水果，你陪一下奶奶。"

隔壁床的老太太见季奶奶总有人陪，那叫一个羡慕，笑说着："哎哟，每天都有人来陪你唠嗑，我可真是羡慕你。"

季奶奶心里美滋滋的,活了一大把年纪,能不孤单就满足了。

季希在洗水果,水流哗啦啦地响。这时门外的走廊里传来一阵脚步声,最后在门口停下来,问道:"奶奶,今天好些了吗?"

乔之逾闻声扭头一看,只见一个穿休闲外套的高个儿男子走了过来,有些眼熟,她认出来了,正是季希之前的那个同学。

"来啦,怎么又买水果?"季奶奶和陈煦打起招呼来,明显比对乔之逾说话自然许多,就跟一家人似的。

陈煦看到乔之逾,一眼便认出来了,说道:"你好,上次我们在汽车站见过吧,你也来看奶奶。对了,我叫陈煦。"

乔之逾只是笑了笑:"你好。"

季希洗好水果,发现陈煦正在跟乔之逾说话。

"我来吧。"陈煦走到季希面前,接过水果,又对病床上的季奶奶说,"奶奶,我给您削个苹果吃。"

见陈煦这么熟悉,显然不是临时来看望,乔之逾不禁望了望季希。

偏偏这时隔壁床话痨老太太对季奶奶说:"您真是好福气啊,孙女孙女婿都这么孝顺,天天来陪着你。"

病房里骤然安静下来。

季希对老太太解释:"您误会了,他是我同学,在这边上班。"

陈煦也附和道:"我们是老乡。"

老太太尴尬地笑道:"啊呀,不好意思。"

季奶奶看了一眼陈煦,开玩笑道:"要是有这么好的孙女婿就好咯。"

"奶奶……"季希着急打断季奶奶的话,让老人家别开这样的玩笑。

她又看了看乔之逾,发现乔之逾的表情有些奇怪。

"季希,我晚上值夜班,可以看着奶奶,你回去休息吧。看你这两天都在通宵陪床。"

陈煦是个热心肠,本来就是老同学,又是邻居,现在老人家在他上班的地方住院,他想帮点忙只是举手之劳。

"不用。"季希想把陈煦的嘴给缝上,"你去忙你的,不好意思耽误你时间。"

"哪儿的话,都是朋友。"陈煦笑着说。

病房里的氛围从陈煦来了以后就变了,直到陈煦走后,也没缓和过来,季希真真切切感受到乔之逾的低气压。当着奶奶的面,季希也不好说什么。

两人陪季奶奶聊了会儿天，季奶奶打着点滴，渐渐困意便上来了，季希帮她拉了拉被子，就让她睡，不再打扰。

乔之逾坐在病床前，还心不在焉地想着事情。

季希见状想去拉乔之逾，带她出去说清楚。

乔之逾直接站了起来，以眼神示意一起出去。

季希跟在乔之逾后边，离开病房时，顺手带上了门。病房外有一排塑胶座椅，空无一人，医院一到晚上，有种说不出的冷清。

刚坐下，季希便低声跟乔之逾解释："我跟陈煦只是同学，他爷爷和我奶奶是邻居，小时候我奶奶很照顾他，所以他才对我奶奶这么上心。你不要误会。"

"我没误会。"乔之逾清楚季希的性子，可她就是不明白，为什么这件事季希跟陈煦说了，却不跟她说？

季希就那么不想麻烦自己吗？

乔之逾一肚子小情绪，但她看到季希憔悴的模样，努力心平气和地说："我们谈谈。"

季希此时的心情也有些沉重。

"为什么你找陈煦帮忙也不找我？"乔之逾质问季希，声音压得很低。

"奶奶知道他在医院上班，他还说认识骨科的医生，才来这边的。"季希眉头皱着，认真解释。

"那你为什么不跟我说？我之前就说过，奶奶如果来北临的医院，我可以安排。"

季希小声道："你在出差，而且我一个人能应付过来。"

她不想让乔之逾担心，也不想什么事都麻烦乔之逾。虽然一个人陪家人住院，忙前忙后打理一切，确实是挺崩溃的一件事。

一旁有人穿着病号服慢悠悠地经过，瞥了她们一眼。

季希和乔之逾不约而同地安静下来。乔之逾能理解季希，但季希有事宁愿麻烦别人也不告诉自己，心里很不是滋味。

"你不是孤单的一个人，你身边还有关心你的人。"乔之逾说道。她有什么事情，总会希望季希在身边，而季希一有事却总想着自己一个人应付。

季希咬了咬唇，一时不知道该怎么办。

"我错了。"季希主动开了口，往日里清冷淡漠的人，此刻语气透着股卑微的感觉，"你别生气。"

空气中又沉寂了好一阵，两个人都在想着什么，氛围蓦然变得压抑。

乔之逾望着地面的瓷砖，打破了这份沉寂，语气柔和又冷静："我不是怪你，我只是担心你。"

"你下次再这样我真的生气了。"乔之逾用只有两个人能听见的声音又补了一句。

季希紧紧咬着下唇，说道："不会了。"

乔之逾叹了口气，说道："你每晚陪在这也不是办法……"

"我准备请个护工，等出院了，把奶奶接到我那儿，照顾起来就方便了。"季希跟乔之逾说着自己的打算。

"出院了接奶奶去我那儿住吧，你那儿就一张床怎么住？"乔之逾考虑得周全，"住我那儿我们可以一起照顾奶奶，我们白天上班，李阿姨也可以帮忙照料。"

季希张张嘴，欲言又止。

乔之逾先发制人，道："你又有意见？"

季希怕麻烦的话硬是憋回了肚子里，她改口说："没有。"

乔之逾这才觉得满意，道："这还差不多。"

这些天请假，季希工作落下了不少，复工后基本每晚都要加班。尤其是黎弋的那个项目最麻烦，黎弋挑剔事多，点名要跟她对接。

每天加完班，季希再和乔之逾一起去医院看望奶奶。

请护工照顾了两三天，季奶奶说什么都要辞了人家，说自己一个人住院也挺好的，用不着花这个冤枉钱。其他事季希可以依她，这件事肯定不行。季奶奶便碎碎念着要出院，不想在医院待着了，又闷又不舒服。

咨询过医生后，说差不多可以出院，加注意就好。

"奶奶，我和季希明天下午来接你，去我那儿住。"

"去你那儿住？"季奶奶听了乔之逾的话，赶紧摇摇头，说："不合适，怎么能这么麻烦你。"

乔之逾笑着说："我跟季希是特别要好的朋友，没什么麻烦不麻烦的，不用分得这么清楚。"

"奶奶，"季希在一旁也劝着说道，"我那边房间小，只有一张床。"

季奶奶看了看季希，欲言又止。

"奶奶，我房间都收拾好了，过去住就行了。"乔之逾道。

"你这孩子，真是又漂亮心肠又好。谢谢你。"

乔之逾看着季希，对老人家柔声细语道："季希的奶奶就是我的奶奶。"

季希偷偷看了下乔之逾，心里有说不出的感动。

"那敢情好，我又多了个孙女。"

季奶奶被哄得直笑，每一道皱纹都写着开心，看季希有这样一个好领导，她倒没那么担心孙女一个人在北临了。

翌日，季希和乔之逾一起去为奶奶办理了出院手续，奶奶腿疼好了许多，能走路了。季希拉了个行李箱，简单收拾了点衣服，一起搬去乔之逾那儿。

乔清听说季希要在这边住好些天，无疑是最激动的那一个，乔之逾没提前跟乔清说，怕小不点兴奋得一晚上不睡觉。

乔清坐在沙发上，因为有季奶奶在，没平时那么活泼。

"小清，这位是季老师的奶奶，你要叫太奶奶。"乔之逾牵着乔清的小手，拉到季奶奶面前，教她叫人。

乔清本来挺怕生的，但听到是季希的奶奶，就没那么怕生，还乖乖地喊了句："太奶奶好——"

上了年纪的人特别喜欢和小孩儿打交道，季奶奶也是，乔清这么一叫，就跟自己多了个重孙女一样，立即喜笑颜开道："第一次见面，太奶奶给你个红包。"

"奶奶，不用了。"乔之逾立马制止。

"第一次见面还是要给的，意思一下。"

季奶奶坚持，老人家最讲礼数，没准备红包，就拿了一百块出来，对一个在乡下生活的老人来说，这也不算少了。

"拿着吧。"季希跟乔之逾使了使眼色，要是不拿着，肯定免不了要拉扯一番。

乔之逾无奈，只好收下，再对乔清道："快谢谢太奶奶。"

乔清乖巧得很，喊道："谢谢太奶奶。"

"哎，不客气。"季奶奶笑着说道，冷不防望向季希，抓紧一切机会，旁敲侧击道，"你看看人家，女儿都这么大了。"

季希有些无语。

"奶奶，这是我外甥女，我还没有结婚。"乔之逾说道。

季奶奶有些尴尬，笑道："那肯定有对象了。"说完，还不等乔之逾回答，季奶奶便将矛头转向了季希，苦口婆心道，"你看看人家，就你不想处对象。"

你都二十四了，该处对象了。"

季希正无言以对的时候，她听到乔之逾突然接了句："没关系，想追她的人可多了，不愁找不到对象。你说是吧？"

最后一句，乔之逾看着季希问的。

晚上。

"逾逾，要麻烦你好些日子，我们真是过意不去。"

陌生的地方，又是住在别人家，季奶奶还是不大习惯，处处都小心翼翼的，放不太开。

听到季奶奶亲昵地叫自己，笑得和蔼可亲的，乔之逾心中泛开一股暖意，感觉像是多了一个家人一样。

"奶奶，你别跟我客气。"乔之逾挽住季奶奶的手，"把这里当自己的家，如果有住得不习惯的地方，就跟我说。"

季奶奶很感动，只会说着最朴实的话："你这姑娘真好，谁娶了你真是有福气。"

乔之逾听后直笑。

又说了几句，乔之逾怕打扰到季奶奶休息，打了声招呼，准备离开。站在门口，她悄悄对季希说："你再陪陪奶奶吧，让她安心点，我怕她刚来不习惯。"

季希点头应道："嗯。"

等乔之逾离开，季希将门轻轻关上。

"你这个朋友人是真的好，一点都不嫌弃我这个老人家。"季奶奶倚靠在床头，朝季希感叹道。

季希在床边坐下，拉了拉被子，道："嗯，她特别好。"

"这姑娘很有钱吧，房子这么大，家里还有保姆做饭。"季奶奶继续碎碎念着，又在房间里看了一圈，她一辈子也没住过这么好的地方。

"她工作能力很厉害，做到了我们这行最高级的职位，可以挣很多钱。"季希说道。

季奶奶问道："那她身边的人应该也很厉害？"

季希瞬间噎住，不知道说什么好。

"你跟着她好好学，将来跟她一样赚大钱。"季奶奶拉着季希的手，笑盈盈地说，其实她觉得自己孙女已经很有出息了，恨不得逢人就说她孙女是高考状元。

307

季希顺着老人家的话说:"我会的。"

"欠她这么大的人情可怎么还啊?"季奶奶又犯起愁来。

"奶奶,你别想这些,我跟她关系很好的。"季希安慰着,就想她能静下来安心养病,"睡吧,我在这儿守着你。"

"傻孩子,不用守着,你快去睡觉。"

季希还是多陪了季奶奶一会儿,聊些有的没的,直到季奶奶倦意上来,睡着了。季希坐了一会儿,走神想着心事,许久才上楼。

二楼主卧的门虚掩着,季希轻轻敲了两下,才推门进去。

乔之逾站在阳台上,似乎是没听到敲门声,直到季希的脚步声走近,她才转身,背倚着阳台栏杆,一头长发被风吹动。

一旁的桌上摆着一台开了机的笔记本电脑,季希猜乔之逾在忙工作,因为她还没洗澡,身上穿着白天那身漂亮干练的套装。

"奶奶睡了吗?"乔之逾看季希走了过来,关心地问道。

"睡着了。"季希回道。

风吹过树梢,枯叶一片片落下,带来深秋的气息。

季希突然开口:"我高中时成绩还可以,一直稳居第一的那种,我一直以为自己很厉害,等到上了Q大以后,我才知道自己有多普通,那种落差感让人挺压抑的。"

乔之逾没想到季希会突然提起以前的事,她安静片刻,问道:"你还有多少事是我不知道的?"

很多事,季希都不想让任何人了解,只愿自己一个人知道。她低头掐灭烟后,再度望向乔之逾:"只要你想知道,我都告诉你。"

季希犹豫了一下,当着乔之逾的面,她一颗一颗解开了自己衬衫的衣扣,露出肩头。她道:"这一整块都是疤,是我小时候跟别人打架,被人泼开水烫的。"

乔之逾上次就好奇,但她没说。她现在想把乔之逾好奇的事情,都告诉她。

小时候、打架、烫伤,一一契合。

乔之逾的目光在季希肩头的旧伤上定格。

"其实奶奶不是我的亲奶奶,我是他们从孤儿院领养的。"季希低头理了理衬衫领口,努力以轻松的口吻说着,"你还记得第一次见面,我找你搭讪吗？因为你鼻子上的那颗痣，我觉得你很像我在孤儿院认识的一个姐姐。"

季希朝乔之逾微笑，像是在聊一件微不足道的小事。

她从前是那样不愿提及这些，但当下她愿意跟乔之逾说，觉得乔之逾会理解她的感受。

乔之逾凝视季希，心间翻涌起波澜，多年前的记忆和当下的点滴交错在脑海里，有些乱。

季希见乔之逾愣愣地盯着自己，便一笑而过："也没什么，都是过去的事了……"

"你是为了她跟人打架，才被烫伤的。"乔之逾截断了季希的话，目光徘徊在她脸上，继续说，"她比你大了几岁，你不爱说话，只跟她说话。"

最私密的事被乔之逾准确无误地说出口，季希霎时哑然，她望着乔之逾，这才反应过来什么。

空气瞬间沉寂。

第一次看到季希肩上的疤时，乔之逾就怀疑，因为她记得季希提过在孤儿院做义工的事。还有——

季希说她似曾相识。

季希刚好比她小五岁。

季希说小时候自闭过。

凡此种种，都能明显对上。

只是乔之逾无论如何都想不到，世界竟这么小。她的声音有些发颤，惊讶道："你还记得我吗？"

季希有些不知所措，她紧盯着乔之逾，当所有的人和事联系上，不知怎么的，泪珠就从眼角涌了出来，顺着脸颊无声滑落。

想起多年前的事，乔之逾眼眶湿润，怔了许久。

季希吸了吸鼻子，道："我就觉得在哪里见过你。"

乔之逾替她拭去泪痕，半晌才说："我没认出来，你变化太大了。"

季希依旧目不转睛地看她，都傻了。

多年过去，记忆遥远，她们的变化都太大了。那时院里的女孩儿，统一留短发，一个个都跟男孩子似的。

如果不是乔之逾鼻尖的痣，如果不是季希肩上的疤，她们都认不出对方的脸。但某些回忆依旧清晰，是她们那段压抑时光里，为数不多的美好记忆。

"真的是你……"乔之逾有些难以置信,她的记忆要比季希要清晰,毕竟大了几岁。

季希也失了神,说道:"跟做梦一样。"

乔之逾指尖擦过季希湿漉漉的眼角,思绪混乱,不知该说什么。

两个人过了很久,都缓不过神,恍若如在梦中。慢慢地,她们才将眼前的人和记忆里的人彻底画上等号。

"还记得我以前叫你什么吗?"乔之逾问。

季希点头,纵然许多往事都很模糊,但唯独关于乔之逾的事,她都记得。她点头道:"别人都叫我哑巴,只有你不这么叫。"

内向话少的小孩更容易被欺负,小时候的季希便是这样,总被其他小孩追着喊哑巴,别人越是这么喊,她越不想说话。

那时还小,乔之逾回忆着,轻轻叫了声:"小家伙……"

季希的眼泪又不受控制地落下。看季希这样,乔之逾的泪水同样夺眶而出。她上前一步,不停地帮她擦眼泪。

她的心情久久不能平静。

"我觉得你像,"季希看看乔之逾的鼻尖,再看看她的眼眸,说道,"又觉得不可能。"

乔之逾的背景,跟她就像两个世界,季希怎么能想到,她们会有相同的出身,乔之逾就是当年的姐姐。

孤儿院的孩子能被富裕家庭收养的情况少之又少。乔之逾的养母曾是孤儿院的资助方,乔母心善,又喜欢孩子,才领养了她。

比起其他孩子,乔之逾觉得自己还算幸运,至少在物质方面没发过愁。而这二十几年,乔家的生意蒸蒸日上,她的身份也一转,变成了无数人羡慕的对象,但鲜少有人知道内情。

夜色如水,晚风和煦,一切都很舒适。

"你过得好吗?"季希扭头看着乔之逾,又想,她过得肯定没自己糟糕吧。

从离开孤儿院,到跟着养父母来北临,再到后来,发生了许多事,乔之逾一一说给季希听。

听说乔之逾这些年过得比自己好,没像自己那样吃苦,季希很开心。

"我妈走了以后,我爸又娶了一个,家里天天闹得鸡飞狗跳。"乔之逾苦笑,"他们那边不能接受我,我索性出国了,到现在也不怎么回去。"

所以她连住院都没人照顾,季希明白这种不被接受的滋味,只有经历过才懂。不管怎样,总有种孤独感会如影随形地缠着你,会感觉自己不一样,甚至是多余的。

看乔之逾神情黯然,季希上前说道:"以后有我。"

"嗯。"乔之逾心中有着前所未有的踏实感,问道,"你呢,过得怎么样?"

乔之逾问出这句话时,心里有点难受,她知道季希过得不好,知道季希一直是一个人奋斗,吃了许多苦才争取到现在的生活。

"我一直跟着奶奶生活,养父母不管我,奶奶和妹妹对我很好……"季希闷闷地说了许多,一如小时候,很多话她对谁都不肯说,只对乔之逾说。

就这样过了很久,她的心才一点一点平静下来。

夜已深,墙上的时钟指针在静悄悄地转圈,绕了一圈又一圈。

季希和乔之逾躺在床上,在暖色调的夜灯下,沉默着,突然多出来的这种身份,还是需要点时间来适应。

"盯着我干吗?"乔之逾这样问,她何尝不是在盯着季希看。

季希嘴里喃喃道:"还是觉得像做梦。"

"我也觉得,"乔之逾唇边挂着笑,往昔与现实交织,她不禁感叹,"当年,你就像个小猴子。"

季希忍不住傻笑道:"你是说我小时候丑吗?"

"没有。"

季希还是笑着。

乔之逾再看到她肩上的图案,如果不是因为自己,她也不会留这么大一块疤。

季希云淡风轻地说:"是院长家的小孩吧,说你偷东西,明明是他偷的,我气不过跟他打了起来。"

这是季希六岁以前,为数不多的记忆深刻的事,因为被开水烫的滋味太疼了。

"你当时把我吓坏了。"

现在想起儿时的事,季希说:"就是想打他。"

乔之逾感觉鼻子更酸了,一个总是闷声不响、被人追着喊哑巴也不还口的小家伙,却为了自己跟人打架。以后不能让她再受半点委屈,吃半点苦了。

以前她不信什么命中注定，现在，似乎不得不相信。

夜深了，两人仍毫无睡意，有一句没一句地说着，聊以前，谈现在。

"你还记得那次你带小清在我这儿上课，有人找过来，我让你们回去吗？"季希主动跟乔之逾提起这件事。

"记得。"乔之逾印象深刻，那天她感觉得到季希情绪的崩溃。

"他们是我的生父生母。他们那天还给我下跪了，求我原谅他们，我没办法原谅……"季希低声问，"我是不是很冷血，这样做不对吗？他们都说我冷血。"

就连最亲的奶奶也对她旁敲侧击，要不要认回生父生母。

季希说这些话时，眼泪几乎夺眶而出。她不是天生喜欢把所有的事都藏在心底，只是找不到可以倾诉的人。很多事情她也不是冷情，只是想用淡漠来保护自己。

"你有选择的权利，只要是你决定的选择，其他人没有资格说你，知道吗？不管怎样我都会支持你。"乔之逾告诉她。

她终于明白了季希那天为什么会崩溃。

"嗯——"季希在这一刻觉得自己心头的沉重卸了下来，变得轻松很多。

"从高中开始我就靠自己。我一直不信任别人，更不敢依赖别人，没有安全感。"季希又闷声说道。

"我理解。"都有过被抛弃的人生经历，没有谁比乔之逾更懂季希的敏感。她看着季希，温柔又坚定地说，"我跟他们不一样。"

"嗯。"季希闭着眼说道。

乔之逾看着季希的脸，果然她的眼尾泛红了："怎么又哭了？"

季希也不知道，今晚就是想哭，明明很开心，眼泪就是不听使唤。

再回到容城乡下，是乔之逾开车过去的。

季希没有拒绝，奶奶的腿本来就不太舒服，如果坐高铁或汽车都太折腾了，自驾要方便许多。

季奶奶原本说什么也不肯让乔之逾送，季希和乔之逾一再劝说，她才妥协。

知道乔之逾就是小时候的姐姐后，季希安心地卸下心防，不再像以前那样敏感多疑。其实退一步说，就算没有小时候的经历，乔之逾也一直在给她安全感，只是她自己不懂怎么去信任一个人。

这两天北临和容城都是晴天，气温略有回升。季希陪着奶奶坐在后座上，晒着暖洋洋的阳光，很是惬意。

乔之逾放了一点音乐，声音不大，听着很舒服。

听着歌，看着窗外飞速倒退的绿树蓝天，季希稍一转头，瞥见阳光洒进车里，落在乔之逾身上。

季希不自觉笑了起来，有种难以用言语形容的美好。

车下了高速，驶向县城，拐向小镇。

窗外的风景逐渐变得自然朴实起来，空气也变得清新。日暮时分，田埂的小路上能看到三三两两的小孩在悠闲地溜达。

道路蜿蜒，乔之逾放慢了车速。十几分钟后，车停在了梧桐树掩映的院子里，往前走一段小路，有幢老房子，就是季希的家。

"前面就到了。"季希跟乔之逾说着，心里还是担心乔之逾会不适应。

房子比乔之逾想象中还要破旧一些。她看穿了季希的局促，笑着说："你们这边风景真好，空气也好。"

季希稍稍放松了一点，点头道："是比北临好多了。"

季楠在家，也是刚回来。她在县城念高中，一星期放一天假，周日晚上还得赶回去上晚自习。她平时半个月回家一次，但最近奶奶身体不好，所以她一有空就会回家，今天就是赶末班车回来的。

知道季希会带朋友回来，季楠又收拾了一下房间。

听到屋外的脚步声，季楠停下了手里的活儿，匆匆走了出去，直到碰面后，她看到季希身旁站着一个身材高挑的漂亮女人。

"你妹妹？"乔之逾看见眼前穿着连帽卫衣的女孩，问季希。

"都不知道打招呼，这孩子。"季奶奶在一旁提醒道。

"姐姐好。"季楠笑起来很甜，跟季希是两种风格。

"我们之前通过电话的。"乔之逾笑了笑，又问季楠，"记得我吗？"

"嗯，我记得姐姐。"季楠笑着点头，她对声音很敏感，现在将声音和乔之逾的脸一搭配上，声音好听，长得也好看。

乔之逾又吐槽季希："你妹妹的嘴比你甜多了。"

季希假装没听见，笑道："先进屋休息。"

一间卧室大概不到十平方米，墙壁老旧斑驳，带着岁月的痕迹。简陋归简陋，但很整洁，季希和季楠都是爱干净的，勤于收拾。

"逾逾，你就跟希希住这间，房间有点简陋，你将就一下。"季奶奶有些不好意思，尤其是住过乔之逾的大房子以后。

"哪里，奶奶你别这样说。"

"你陪逾逾休息一下，我跟楠楠去做饭。"季奶奶对季希说道，老人家闲不下来，在乔之逾那里连吃饭喝水都被人伺候着，她反而不习惯。

"奶奶，我做饭就行，你刚出院，好好休息。"穷人家的孩子普遍懂事得早，季楠打小干惯了，做一桌家常饭菜不成问题。

季希看了看季楠，说道："你煮饭，待会儿我来烧菜。"

季楠笑嘻嘻地说："你信不过我的厨艺啊，我现在烧菜比你烧得好吃。"

乔之逾在一旁看着直笑，她很喜欢这样的氛围，满满的温情。看到季希有这样的奶奶和妹妹，她心里也好受了些。

等奶奶和季楠离开房间，季希考虑了一下，还是跟乔之逾说："要是在这儿住不惯，我陪你去县城住。"

"说什么啊？"

"我说真的。"就算乔之逾不想在这边住，季希也能理解，乡下洗澡什么的太不方便了。

"季老师，我觉得你有点想太多了。"乔之逾道。

季希想，或许真是自己想多了吧。如果乔之逾介意，就不会答应季奶奶在乡下多玩一天再回去了。

想到这里，季希又安心了一点，她道："你休息一会儿，我去做饭。"

"我跟你一起。"

天还没完全黑，晚饭照旧在小院子里吃。这段时间家里没人，所以没什么食材，倒是新鲜蔬菜应有尽有。炒上几个鸡蛋，粗茶淡饭，晚饭勉强应付一顿。

其实乔之逾挺喜欢这样的感觉的，过多了灯红酒绿的快节奏生活，偶尔慢下来，是种享受。

紫菜蛋汤冒着热气，点缀着绿油油的葱花，香味四溢。

季希正要往嘴里送，乔之逾见了，道："烫，吹吹再喝。"

"我吹过了的。"季希转头说。

"多吹一下，不长记性。"乔之逾看季希老爱吃烫的食物，担心对食道不好。

"嗯。"季希听话地再次吹了吹。

喝完汤,季希一抬头,季奶奶正笑眯眯地盯着她。

过了一会儿,季奶奶又转头对乔之逾道:"逾逾你多吃点,明天奶奶再给你做好吃的。"

"谢谢奶奶,我吃什么都可以。"

季楠低头吃了口菜,眼角余光又扫了扫季希和乔之逾。她纳闷,她了解她姐的性格,她姐从来都是独来独往,出了名的高冷。她也从来没听季希提过朋友之类。

深夜的乡村,有着各种各样的虫鸣鸟叫,但不会让人觉得聒噪,反而使得夜更加寂静。

因为乔之逾来了,季楠只得暂时住在奶奶那间屋里,那边还有张折叠床。

季希洗完澡从屋外进来,顺手关上门。

乔之逾坐在床上看手机,床上换了新的床单被套,小碎花,小清新中带着点儿土气。与穿着睡袍的乔之逾格格不入,形成强烈反差。

季希爬上床,这种木板床很硬,翻身时不小心还会发出点声响。她问:"被子要不要换厚点的?"

乔之逾道:"不冷。"

屋子的隔音实在是太差了,还能听到季奶奶在跟季楠抱怨住院费贵的事,碎碎念了好一会儿。老人家耳朵不太好使,说话也习惯性提高自己的嗓音。

又过了一阵,才彻底寂静下来。

乔之逾摸到枕头底下似乎有什么,她挪了挪头,从被褥下摸出一个线圈本,封面写的是错题集。

"你妹妹的?"乔之逾问。

"是吧。"季希接过,随手一翻,她怔住了,这哪里是错题集,分明就是个小账本。

季希信手又翻了几页,上面清清楚楚地记着这几年她给季楠的学费和声乐课费用,每一笔都记着。

乔之逾疑惑地道:"账本?"

季希缓了缓,才说:"我妹妹学声乐的,家里本来没打算让她念书,我帮她交的学费,她每一笔都记着。"

为什么要偷偷记账,答案显而易见。

　　"你有个很懂事的妹妹。"乔之逾安抚道。也难怪季希之前要做那么多兼职,声乐课的开销不小。

　　"嗯。"季希合上线圈本,又塞回了原来的位置,假装没有动过。她不打算跟季楠提,这也许就是季楠的精神支撑了。

　　乔之逾突然喊道:"季老师。"

　　"嗯?"

　　"都好起来了。"

　　季希眯着眼笑了笑,小声说着:"都好起来了。"

　　这句话,季希和乔之逾都曾在心里对自己说过,但此刻体会得特别深刻。有对现在的欢喜,还有对将来的憧憬。

第十二章
允许你难过

回到北临后,下了两场雨,气温断崖式下跌至几度。

她最讨厌的冬季快要来了。

昨晚加班熬夜,季希起得比平时稍晚,闹钟响第一遍时,她关了继续睡。要不是乔之逾早上给她打了电话,她肯定要睡过头。

她赶紧洗漱,再简单化了个妆,把时间控制在二十分钟以内。

八点三十五分,季希拎起包拉开门,脚步匆匆地出门。只是刚走出门口,一道阴影朝她罩了过来,她抬头看清眼前的人后,脚步一顿,脸色瞬间沉了下来。

面前站着一男一女,眼窝深陷的干瘦妇女正是她的生母杨萍,而另一个皮肤黝黑的寸头男人嘴里嚼着东西,一脸无赖模样,她不认识。

这两个人像是专门等了许久。

"希希……"杨萍硬着头皮,拉过寸头男人给季希介绍,"这是你舅舅。"

男人看到季希后,往地上吐了一口,一团黑乎乎的槟榔渣,非常恶心。杨庆一笑,左右眼角各挤出三道皱纹,上前套近乎:"可见着了,我这外甥女可真漂亮,小时候我还抱过你呢。"

面对杨萍,以及这个突然冒出来的舅舅,季希无动于衷,表情冰冷,声音也像从冰窟窿里掉出来的,她只有一句话:"说过别再来找我。"

"唉……"杨庆颇无奈地叹了一口气,扯着破锣嗓子说道,"当初你爸妈是做得不对,那么小把你给弄丢了,让你吃了不少苦。其实他们心里也不好受啊,自己身上掉下来的一块肉,毕竟血浓于水,这血缘关系是断不掉的。你说都这么多年过去了,能再找到就是缘分,过去的事就让它过去吧……"

弄丢了，说得好听！季希永远记得自己是怎么被"弄丢"的，烙在心口上那么深刻。她现在释然了，不想怨恨也不想原谅，只想让这些都随风而去。

"说完了吗？"季希打断杨庆的话，"我六岁就被人收养了，从法律上说，我对我的生父生母没有任何责任与义务。而我本人，也不想跟你们有任何联系，你们这样属于骚扰，我可以报警。"

杨庆脸上的笑容僵了僵。

"我知道你不会原谅我们，"杨萍拉住季希的手臂，焦急地说道，"我也不想再来麻烦你，你弟弟的治疗挺顺利的，但还得做一次化疗，我们实在是借不到钱了，又急着用钱，才来找你的。还差三万，求求你，你救救你弟，他年纪那么小都还没结婚。你就借三万块钱给我们，我们保证以后不打扰你。"

如果不是因为缺钱，他们还会想着自己吗？季希早就看得通透，更是寒心，她当初被遗弃就是因为这个所谓的弟弟，现在又……不觉得可笑吗？

"丫头，三万块对你来说肯定不算什么，你就当是做件好事。等有钱了，我们肯定马上还你。"杨庆在一旁帮着说。

杨萍鸡啄米似的点头："对对对。"

"我没钱。"季希不为所动，连正眼都没瞧，绕过他们走了，不想再耽误任何时间。

季希走后，杨萍心灰意冷地往墙边一靠，嘴里喃喃地说："这姑娘心硬着呢，不会理的。"

"实在不行……"杨庆一只手叉着腰，另一只手在寸头上摸了摸，说道，"咱想办法上她单位闹去，我就不信她拉得下面子。"

"这……合适吗？"杨萍犹豫道。

"怎么不合适？你想想那手术费，我们也没辙了。"

杨庆在当地就是有名的地痞，人见了都恨不得绕道走的那种，讲道理的就怕惹上不要脸的。

北临最近几天的天气都是阴沉沉的，总有雨。

下雨天迟到的人总比平时要多，大家一面掸着衣服上的水珠，一面吐槽天气。

季希踩点了，接近九点零一分时打的卡。本来是九点上班，但公司人性化规定零一分以后才算迟到。

坐到工位上，季希扭头，透过办公区的落地窗往外看，灰色的江面，灰色的高楼大厦，灰色的天空，连成一片灰蒙蒙的景象。

季希揉了揉额角，头昏昏沉沉的，最近天气变化大，好像有些着凉了。这也是她讨厌冬天的原因，她体质不太好，气温一低，就容易发烧感冒。

开机后，季希先去接了杯热水，然后例行点开邮箱，查看未处理的工作邮件。接着昨天的工作，她很快进入状态。

外边有点吵。

但季希依旧保持着全神贯注的状态。忽然，一个行政人员快步走进办公区，声音不大不小地喊了一声："季希。"

季希抬头。

对方又道："你出来一下，外面有人找。"

季希握着鼠标的手松开，迟疑着起身，跟着那个行政人员往外走。没走多远，那闹哄哄的声音越发清晰了。

"你们别这样，我们去叫她。"

"哎，办公室不能进去！"

"快拦住他们！"

……

人拉不住，已撒泼闹了进来和季希迎面碰上。季希看清闹事的人后，蒙了。她不知道杨萍他们是怎么找到公司来的，他们怎么会知道地址？

"希希，妈实在没办法了才来找你的。"

杨萍一见着季希，众目睽睽之下，立马上演起一哭二闹的戏码，她扑通一下，第二次在季希面前跪下，拉扯着、哭喊着，"求你了，不要这么狠心好不好？"

杨庆干起了看家本事，一边使出蛮劲挡着保安，一边煽风点火地说着："哎！大家来评评理啊，这丫头念了书出来就不认父母了，嫌弃爸妈是农村人，连他们死活都不顾，你们说有这个理吗？！"

这一闹，办公区里几乎所有人都停下了手头的工作，注意力一齐聚了过来。

季希头晕得更厉害，就像陷入了一个怪圈，周围人的围观目光和低声议论，形成了一个令她窒息的氛围，她再看看眼前两人的嘴脸，感到十分恶心。

她从没想过会出现这样的情形。

"起来。"季希在这样的情况下依旧保持着镇定，只是身体在微微颤抖，她咬着牙，目光如死水般盯着眼前的女人，"出去说。"

"那你答应妈，我就起来。"杨萍耍赖。

季希咬了咬牙，一字一顿道："先出去。"

杨庆嗓门很大："就在这儿，当着你领导和同事的面说。"

季希不予理会，直接看向一旁的安保人员，喊道："保安大哥，麻烦把闹事的人拖走，不行就报警。"

因为是家务事，旁人看热闹的居多，也不敢轻易上前干涉，杨庆力气又大，主要是不要脸，两三个保安都挡不住。

哭声、吵闹声、交头接耳声，各种声音交织在一起，素来安静的办公室里一片混乱。

"吵什么吵，这儿是办公场所。"一个投资总监走了过来，瞪了瞪季希，嚷嚷着，"你怎么回事？家务事处理不好闹到公司来？"

场面一度混乱，季希早上没吃东西，有些低血糖，头晕，她身子晃了一下，还好身后有人扶了她一下。

"乔总。"有人喊出声。

乔之逾扶稳季希后，看向在办公室里撒泼的两个人，脸色铁青，她厉声问道："闹什么？"

她虽这样问，其实已明白什么情况。

杨庆一看旁人朝乔之逾唯唯诺诺的模样，猜这个漂亮女人是公司里有头有脸的人物，便卖起惨来，哭诉道："领导，您可一定要帮我们评评理，这个丫头她出息了就不认父母了，我们也是没办法才找过来。"

"有什么出去说，大家还要上班。"季希强忍着一口气，看着乔之逾道，"我会处理好的。"

"到我办公室来说。"乔之逾拉住季希，她看了保安一眼，示意他停止拉扯。

乔之逾这么一发话，场面才安静下来。

季希拖着步子往里走，依旧能听到耳畔细碎的讨论声，她即便不看周围，也能感觉到，所有人都像看小丑一样在看着她。

回到办公室，在沙发上坐下，乔之逾目光不屑地扫视着对面两个人。

"领导……"

季希还未开口，就听到乔之逾抢在前头说起来："季希的事我都知道，二位也用不着卖惨，当初你们弃养，她就跟你们没关系了。她认不认你们是她的权利，你们没资格说什么，懂了吗？今天来公司闹腾，你们图什么啊？让当年被你抛弃的女儿来承担你儿子的治疗费吗？如果我是你，我肯定没这个脸。"

这些事，她那晚听季希说过。

杨萍被驳得半句话也说不出口，嘴角抽了抽，杨庆也傻了眼。

"没什么好说的，报警吧，跟他们讲不了理。"

弄成这样，季希心里已经只有冷冰冰的厌恶。

有的"亲情"，真不如从未存在过。

"你们知道今天的行为算什么性质吗？寻衅滋事，敲诈勒索。还有，你们这一闹，已经影响到我们公司的正常经营。"乔之逾红唇轻启，不紧不慢地说，字字铿锵，气场强大，"如果你们不明白，我可以安排律师跟你们详细谈，到时候闹上法院，可不是一点钱可以解决的。"

听到要赔钱，杨萍这时有点慌了，看看杨庆，小声嘀咕："我就说这……"

"你……你在这儿唬谁呢？"杨庆梗着脖子，还嚷嚷着，"我们就是想借钱而已，怎么就犯法了？"

"那你的意思是想跟我们打官司？"乔之逾挑眉冷笑道。

杨庆顿时哑了，这事跟他想的不一样，他就想闹一场，寻思着季希受不了自然就会拿钱出来，哪想到会出来这么一号人帮季希说话。他只知道胡搅蛮缠，哪懂打官司的事，又觉得眼前的女人强势不好惹。

乔之逾到底比季希阅历丰富不少，处理起这类事游刃有余，面对这样的人，就得表现得比对方更强势。

"要是你们想打官司，行，留个联系方式，我会让律师联系你们。"乔之逾转眼望向杨萍，"你看这样处理行吗？"

杨萍和杨庆这会儿更哑了，你看看我，我看看你，迟迟没说话。最后杨萍先示弱："我们乡下人不懂这些，也没其他意思，就想着找她帮帮忙……"

"我说了不愿意，你们这属于骚扰。我可以报警，我没这么做，是因为给你们最后一点面子，不是让你们得寸进尺。"季希一字一句说着，表情坚定，"我不想再和你们有任何联系，我最后一次说。"

这么一闹也好，她可以"绝情冷血"得心安理得。

"是自己走,还是叫保安,还是让警察过来?"乔之逾幽幽地补了一句。

刚才还一路嚣张的杨庆这下连大气都不敢出,杨萍扯了扯他的衣袖,又用眼神示意。就这样,他们灰溜溜地走了。

办公室里安静下来。

"是不是吓到了?"乔之逾问道。

"没事。"季希咬咬唇。

"还说没事。"

季希性子要强,自尊心又强,今天把这块疤在大庭广众之下揭开,该有多难受。想到这儿,乔之逾反倒先红了眼眶,有泪水从眼角溢出,她语气里并没有责备,只是见不得季希受委屈。她小声道:"你又不跟我商量。"

前段时间季希心不在焉的,她猜就是在心烦这些事。

季希鼻酸了,还是强忍着。

"允许你难过十分钟,不要忍着。"

乔之逾太了解季希的性格了,不想再看季希把什么都憋在心里。

季希这下彻底绷不住了,她不住地哽咽抽泣,凭什么别人能有完整又温暖的家,自己却只能摊上这些烂事?

她真的很想大哭一场。

季希今天哭了个痛快,把这么多年的委屈、难过和压抑,统统化作咸涩的泪水,从眼眶涌出。

乔之逾听着季希呜咽的哭声,觉得偶尔发泄一下,比总是忍着要好。

哭并不代表脆弱。有时候眼泪往外流出来,也就流出来了,倘若默默地将眼泪往心里灌,反倒在心底侵蚀出一道道疤痕。

季希便是如此,心间沟沟壑壑,太多伤疤。今天这样哭一次,连带心中闷了多年的气都发泄出来了。

没有情绪失控太久,季希深吸了一口气,说道:"好了。"

乔之逾知道季希不会让自己崩溃太久,所以才说给季希十分钟时间。

季希能听懂乔之逾的用心,所以哭过后,她抛去苦涩,更多是感动。

"他们怎么会找到公司来?"乔之逾纳闷。

"先前他们去公寓找过我一次,大概是跟踪我来的。"听起来挺荒唐可怕的,但季希找不到其他的可能,自己在哪儿上班,连奶奶和妹妹都不知道。

"还是住我那儿吧。"乔之逾不放心,虽然今天警告过他们,但人一旦疯狂起来，保不准会干出什么出格的事。她看着季希道，"你脸色好差，今天请假休息一下。"

"不碍事。"季希边摇头边说。

"别逞强。"乔之逾又说。

"真的不要紧。"季希内心比一般人都要强大不少，她红着眸子淡笑，"这件事我一个人能扛下来，何况现在还有你陪着我。"

有乔之逾在，她就觉得一切都没那么糟糕。

"嗯，季老师特别棒。"乔之逾夸道。

过了好一阵，季希才说："乔总，我要回去继续上班了。"

乔之逾点点头，低声说："我给你点了一份早餐，应该快到了，吃了再忙吧。"

"你怎么知道我没吃？"季希有些惊讶。

乔之逾道："这还用问？你一个人的时候经常不吃早饭。"

季希没办法反驳。

季希回到项目部时，大家都很安静，目不斜视，仿佛刚才什么都没有发生。

但季希知道，今天这事，肯定会成为同事间私下的谈资，她倒不是那么在意别人对她的评价，她来公司上班，就是为了做好工作，好好挣钱，其他的都是次要的。

过了几分钟，乔之逾从办公室里走了出来，途经项目部办公区时，行政部经理走过来，打了个招呼："乔总，我正要去您办公室。"

"也没什么事。"乔之逾就站在原地说，"刚才那事是误会，那两个人是来闹事敲诈的，下次你们多留点心，别什么人都放进公司，万一让客户碰到，影响多不好！"

"是是是，我们疏忽了。"

乔之逾站在过道里这么一说，不少人都能听到，她是故意这么说的，主要是怕公司舆论对季希不好。

季希能听到乔之逾在交代什么，她心里暖洋洋的。

晚上，季希去了乔之逾那儿。白天的事，她越想越心有余悸，好在他们只是跟去公司闹了一下，还算容易打发。

窗外冷风阵阵，雨声沙沙，这雨一时半会儿不会停。

季希一动不动地坐在化妆台前发呆。

乔之逾没问季希怎么了，再怎样，白天的那些破事也会影响到情绪。

过了一会儿，她突然道："你那儿以后不能再住了，还有，手机号码也要换掉。"

"我打算搬家。"季希也不想三天两头地被打扰，太糟心。

搬家？

乔之逾想了想，笑道："房子我已经帮你找好了，房东挺漂亮的，你看这样还满意吗？"

当听到乔之逾说房东漂亮，季希不禁笑了起来。

"不愿意啊？"乔之逾凑近道，"这么好的条件你不愿意？还有什么要求，都告诉我。"

季希的话在嘴里堵了堵，道："我说认真的。"

"我也是说认真的。"乔之逾收起了玩笑的口吻，和季希商量，"你搬过来住，我和小乔总都会很开心。"

其实听乔之逾说这些，季希早已心动，之前她一个人住觉得没什么，现在一个人的时候会觉得孤零零的。

乔之逾用一个眼神就能看穿季希的心思，知道不需再多说。

"嗯。"季希应了，嘴角还忍不住扬起一点弧度。

就这么开心？"乔之逾盯着季希脸上的这抹笑，说："看来是对我这个房东很满意了。"

乔之逾的厚脸皮让季希脸上笑意更甚，她顺着乔之逾的话道："满意，特别满意。"

"那我们周末搬家。"乔之逾话锋一转，忽然间说道，"你还记得小时候吗？"

提及小时候，季希总觉温情暖人心间。明明充满苦涩的一段时光，却被赋予了一份不可言喻的美好。

"小时候你就爱黏着我，"乔之逾是有印象的，只不过没有在第一时间把季希与记忆中的小孩联系在一起，她回忆着，"你对谁都爱答不理，但会跟着我叫姐姐。"

季希有一点印象，笑道："你记得这么清楚？"

"因为你小时候很可爱啊。"乔之逾笑着说。

季希专注地看着乔之逾的脸庞，真有种恍如隔世的感觉。

时光转瞬即逝，又是一年冬天。

雪下了一夜，天地万物都换了色调，染上一片素白，雪依旧如鹅毛般飘舞着。

季希拉开窗帘，站在落地窗前，她时常会盯着什么发呆，想一些心事。今天的风比昨天小了许多，少了点凌厉的肆虐，多了些柔和的浪漫，甚至有些许童话故事的梦幻感。她也没想过，自己有朝一日会用童话来形容雪天。

在窗边，乔之逾瞥见季希的侧影，一头长发松松垮垮地挽了起来，睡衣外面套着毛线开衫，衣袖微微卷起，坐在画架前专心致志地画着什么。

乔之逾说了声："起这么早？"

季希回过头，朝乔之逾一笑："你不多睡会儿？"

乔之逾看看时间，都已经睡了十二个小时了。她走到季希身边，季希在画水彩，画雪，不完全写实，风格带着童话色彩。她问道："季老师今天兴致这么高，一大早起来画画。"

季希闲时喜欢随心所欲地画点什么，但她从没画过雪，没画过冬季。这也算是一种逃避，不敢直面吧。

"你想试试吗？"季希抬头看着乔之逾。

"好啊。"乔之逾接过季希手里的画笔，说道，"怎么画？"

季希教乔之逾握笔："这样。"

"这样？"乔之逾稍稍偏头，问道。

"嗯。"季希笑着，手把手地教着，颇有耐心。

涂涂抹抹画了几笔，乔之逾又扭过头对季希说："画残了可别怪我。"

季希笑笑。

"今晚跨年夜怎么过？"乔之逾问。

"游乐场？"季希想了想，说。

"好啊。"乔之逾难得听到季希主动提出去哪儿。

十二月底的北临，气温在零度徘徊，说话时会呼出一团团雾气。

游乐场上人多到拥堵，排项目费了不少时间，好在氛围好，显得不那么乏味。季希和乔之逾偏爱安静，不过偶尔凑一下热闹，感觉也不错。

晚间有雪，很小很小，轻飘飘地往下落，地面人群喧闹，仰望天空却一片静谧。

　　季希和乔之逾登上摩天轮时已经很晚，夜色一如既往地璀璨美丽。摩天轮动了起来，缓慢地转圈。

　　季希看着，想起熟悉的情景，乔之逾也悠闲地看着窗外风景。

　　季希问道："你还记得我们上次来吗？"

　　"当然记得。"乔之逾转过头看着季希，"两年前了，七夕节。"

　　季希莞尔，也记忆犹新。

　　临近零点，季希和乔之逾在游乐场里闲逛。广场上聚了不少人，都在等一场跨年烟火。

　　"冷不冷？"乔之逾问道。

　　季希回眸看着乔之逾道："不冷。"

　　乔之逾嫣然一笑。

　　伴随着一声刺耳的声响，烟花在漆黑的夜空中瞬间绽放，五彩斑斓，分外耀眼。四周充满了欢笑声和各式各样的交谈声，一片喧闹。

　　季希看着乔之逾，心中却异常平静，交错的光影映在她精致美丽的脸上，细雪还在飘落，悄然落在她的发梢上。在这一刻，季希仿佛做了一个短暂而又漫长的梦。

　　"好漂亮。"乔之逾仰头望着天空。

　　季希也抬起头，嘴角上扬。

　　天空中的烟花进行着倒计时，数字一闪而过：5，4，3，2，1，0。

　　又是新的一年。

　　季希和乔之逾几乎同时望着对方说："生日快乐。"

　　橘色夜灯下，雪花翻飞，映衬着两人并肩的背影，美得像一幅油画。

　　不知不觉，雪下大了，季希和乔之逾往前走，身影渐渐融入喧嚣的人群里。

　　（正文完）

番外 温暖

下了班,季希和乔之逾一起走出写字楼时,已近十点。有风吹来,凉丝丝的,夏天彻底过去了。

"去吃点东西吧?"季希对乔之逾说。

"你晚上没吃?"乔之逾问。

"你今晚不是没吃吗,不饿?"

"你怎么知道?"被季希一说,乔之逾才反应过来自己胃里空空的,真的有点想吃东西了。

"下午就一直开会,晚上又要忙新项目的事……"季希嘴里念叨着,然后在乔之逾的注视下声音渐小。

乔之逾在心底偷笑,还真的以为某些人一工作就两耳不闻窗外事,什么都不在意了。她瞧着季希,故意严肃表情,以上司的口吻说:"上班认真点。"

季希欲言又止,最后只是"嗯"了一声。

看季希当真了,乔之逾明媚地笑起来。

季希微微蹙眉,她找个话题转移注意力,轻声说:"你想吃什么?"

本着就近原则,乔之逾指了指一旁的二十四小时便利店,说道:"随便吃点吧。"

"在便利店吗?"季希在便利店解决晚饭是常有的事,多少个晚上一桶泡面就给打发了,只是她不好意思拉着乔之逾一起,总感觉不太合适。

"饿了。"乔之逾不由分说,已经拉着季希往便利店走去。

店里人不多，都是些刚加完班的上班族。或许是因为天气转凉了，收银台旁的关东煮最受欢迎。乔之逾知道季希喜欢热乎的食物，点了一大份关东煮，两个人一起吃。

乔之逾："趁热吃，暖和。"

季希摇头："我不吃，我不饿。"

"你让我一个人吃这么多？"乔之逾硬拉着她一起吃，孩子气般任性地说，"你陪我一起吃。"

季希拗不过乔之逾，虽然乔之逾总说她吃饭比较香，她也没觉得自己吃饭有多香。

她们并肩坐在吧台边，吃着热气腾腾的关东煮。季希想起自己曾经形单影只的时候，她偷偷地转过头看乔之逾，从未想过有人会这样闯进她的生活，帮她赶走了自以为不是孤独的孤独。关东煮吃着很暖胃，她看着乔之逾的侧脸，心头也暖洋洋的。

桌面上的手机屏幕亮了，伴随着振动。乔之逾一看号码，就知道是乔清打来的。她没有接，而是把手机递给一旁的季希，说道："小乔总打来的。"

季希："我接？"

乔之逾解释道："下班那时候就给我打了电话，问你在不在。我说今天晚上你要加班，会晚点回去。她今天在幼儿园玩游戏磕到了膝盖，估计想打电话跟你撒娇。"

"小清。"

季希将手机贴到耳畔，电话那头立即传来乔清的声音："季老师，你跟姨姨在一起吗？"

"嗯，我和姨姨刚下班。"

乔清果然把在学校玩游戏摔跤的事情跟季希复述了一遍，绘声绘色的。

过了一会儿，小家伙又小心翼翼地问："季老师，你今天晚上可不可以和姨姨一起回家？"

季希迟疑了一下，看了乔之逾一眼。

乔之逾隐约听到了乔清在说什么，嘴角含笑。

电话那头乔清的声音委屈巴巴的："可以吗？"

季希又看了乔之逾一眼。

乔之逾不置可否，眼神示意你自己决定。

"好，我们很快就回去。"季希最终没能抵抗得住小家伙的撒娇。

乔清开心了，在电话那头笑。挂断电话前，她想了想又跟季希多说了一句："季老师，其实姨姨也想让你过来玩儿。"

小鬼头生怕显得自己不懂事似的，赶紧把乔之逾也搬出来。

"嗯。"听到乔清这么说，季希直想笑。

结束通话后，季希将手机还给乔之逾。

乔之逾好奇地问："她还跟你说什么了？"

"没什么。"季希看着乔之逾，再想到乔清说的话，很想笑，但她抿抿唇忍住了。

"吃完我们就回去。"乔之逾说。

"嗯。"季希小口吃着煮萝卜，还在憋笑。偏偏有些事情就是越想越想笑，她刚吃完，一个忍不住直接笑出了声，结果被呛住了，"咳咳……"

"这么不小心。"乔之逾忙帮她顺着后背，看她脸都笑红了，问道，"你笑什么？"

季希又干咳了两下，才缓过来。她憋不住了，跟乔之逾直说："小清说，那些话是你教她的。"

乔之逾一阵无语，也情不自禁笑起来。

看到乔之逾笑，季希更克制不住了，一副乐呵的模样。

笑过后，乔之逾揉了揉头发，气势十足地反问："不可以？"

季希被问到了，着实佩服乔总在任何情况下都能理直气壮。

乔之逾以命令式的口吻说道："不准笑了。"

季希的嘴角依旧扬着，乔之逾对上她的目光，说道："降温了，有点冷。"

季希听后，立即拉着她，说道："我们回去。"

两人走出便利店，街道上行人三三两两，吹着带着些许凉意的微风。季希准备脱下自己的外套，对乔之逾说道："你穿我的外套吧。"

"不用。"乔之逾帮她拉好外套。

"没关系，我的外套比较厚。"季希固执地说。

乔之逾既感动又无奈。

她们回到家时，乔清还没睡，穿着卡通睡衣趴在客厅沙发上玩拼图。一听到开门声和脚步声，她翻身爬下沙发，迫不及待地往玄关跑去，喊着："姨姨，老师。"

"这么晚了还不去房间睡觉？"乔之逾责备她。

乔清撇撇嘴。

保姆阿姨笑眯眯地说:"听到季老师今晚过来,就是不肯睡,一定要等着。"

季希蹲下身,摸摸乔清的小脑袋,问道:"摔到哪儿了?给老师看看。"

乔清立马卷起裤腿,露出膝盖,说道:"这里。"

"还疼不疼?"季希看到她白嫩的膝盖上青了一小块,好在没破皮,不过知道乔清在幼儿园都愿意和小朋友们玩游戏了,她还是很开心的,小家伙在慢慢敞开心扉。

乔清想摇头都又点了点头,小姑娘年纪小,小心思可不少。

乔之逾在一旁看了,打趣说:"晚上是不是还想和老师一起睡?"

乔清的想法被戳破,有点儿害羞,但还是顶着红扑扑的脸蛋儿跟季希说:"老师,可以吗?我想听你讲故事。"

见小家伙乖巧卖萌地盯着自己,季希实在拒绝不了。

洗完澡后,季希和乔之逾陪着乔清看故事书。乔清夹在中间,甭提有多开心了。大概是今晚等得太久,一直在强忍睡意,说是要听季希念故事书,结果听了不到十分钟,小家伙就趴在枕头上呼呼大睡了。

乔之逾轻手轻脚地抽走被乔清压着的书。乔清咂咂嘴,依然睡得很香,只是睡着了还不忘往季希身上挤。

"小乔总越来越黏你了。"乔之逾小声说。看眼前这情形,今晚估计又是要让乔清抱着睡。

"有吗?"季希看了看乔清的脸颊。从乔之逾的话里,隐隐约约又听出了一点其他情绪。乔清整个人几乎贴在她身上,跟牛皮糖似的,确实黏人。她说道,"今天是特殊情况,她很少这么撒娇。"

"你这么惯着她,她以后不得越来越黏你?"

乔之逾说着,看季希和乔清一大一小抱在一起,又觉得可爱,道:"这么大了,马上就要上小学了,还天天要跟大人睡。"

"才不会,小清很懂事的。"季希一边说着,一边摸了摸乔清婴儿肥的脸蛋。

乔之逾的目光落在季希侧脸上,伸手在季希脸颊上捏了一下。

季希不满道:"别把我当小孩好不好?"

乔之逾笑得肩膀颤抖,她看着季希和乔清两个人,低声道:"睡觉吧。"

很快,灯光熄灭,室内一片寂静……